U0898297

胡同院子家

杨青——著

中国出版集团
中译出版社

图书在版编目(CIP)数据

胡同 院子 家 / 杨青著. -- 北京 : 中译出版社,
2021.3（2021.6重印）
ISBN 978-7-5001-6538-5

Ⅰ. ①胡… Ⅱ. ①杨… Ⅲ. ①长篇小说—中国—当代 Ⅳ. ① I247.5

中国版本图书馆 CIP 数据核字（2021）第 029502 号

出版发行 / 中译出版社
地　　址 / 北京市西城区车公庄大街甲 4 号物华大厦 6 层
电　　话 /（010）68005858，68358224（编辑部）
传　　真 /（010）68357870
邮　　编 / 100044
电子邮箱 / book@ctph.com.cn
网　　址 / http://www.ctph.com.cn

策划编辑 / 范　伟
责任编辑 / 范　伟　张若琳
装帧设计 / 潘　峰
排　　版 / 潘　峰
印　　刷 / 北京玺诚印务有限公司
经　　销 / 新华书店
规　　格 / 787mm ×1092mm　1/16
印　　张 / 30.25
字　　数 / 400 千字
版　　次 / 2021 年 3 月第一版
印　　次 / 2021 年 6 月第二次

ISBN 978-7-5001-6538-5　定价：52.00 元

中 译 出 版 社

题记

北京的胡同院落，就像镶嵌在文明脉络里的明珠。飘散的烟火味、住户人家的喜怒哀乐则是这座城市灵动的源泉。

时代变迁，胡同日渐消逝，胡同文化枯萎凋敝，嬗变中老北京的善良、正直、智慧、坚忍、豁达依然故我，它们是北京文化底蕴中深远绵长的一部分。

传承、保护、发展，为了北京的明天。

目录

胡同院子家

引子

主人站在北屋里朝西屋房脊上卧着的小猫晃了晃猫罐头，小猫起身敏捷地顺着瓦垄跑到房檐，纵身一跃，跳到葡萄架上，顺着方木立柱快速溜到院子里。

“喵”，眨眼间，它已经用头顶开了房门下方刻意留出的小碗口大小的圆洞处钉着的皮革帘，钻进屋里。

“金瓜！天快黑了，你还不想回来。”主人弯腰抱起小猫，用手抚摸着它的头。

小猫十分享受地眯起眼，不断地扬起头回应主人。“我知道，你不习惯被关在屋里，但周围人家离得远，你不能跑远了，跑远了就找不到家了，这不是胡同。咳，跟你说你也听不懂，反正，你我原来的家都没了，我们要学会适应，好吗？”

“喵，喵。”

主人抱着她的小宠物喃喃自语。

北京城西南，有一条古老的街道，元时叫“冈儿上”；后人因该地遍植石榴树，街上开满石榴花而又叫它“榴街”；再后来，因居民多以屠牛、贩卖牛羊肉为生，改称这里为“牛肉胡同”“牛街”。牛街有大大小小六十来条胡同，猫的主人原来就住在牛街路东一条东西向狭长弯曲的小胡同里。胡同里还有几个南北向的小岔口，把它分割得有些零散。整条胡同里有五十多个院子。

旧北京南城会馆、义地多。这条胡同东头早年有个会馆，会馆再往前是块义地。会馆和义地连起来占去了半条胡同的右半边。这块义地建有围墙，所以被称为义园。20世纪50年代初，在义园里建起了小楼，政府机关进驻了；会馆则逐渐变成了大杂院儿，里面除了一个将原先会馆的几间老房子圈建成的院中院——一个小四合院外，还有一些用碎砖头儿垒墙、木头搭架、油毡覆顶的低矮小屋以及后来新建的两排以红砖做墙、水泥大瓦为顶的平房。

大杂院里的住户你来我往、搬进搬出的都是住不了多久的外来户。这半条胡同左边双号门牌有好几个小院里住的都是本地回回人家，猫主人的家就在其中。

老北京大大小小的民居以四合院为最佳格局。有钱人家住着一进到三进的四合院，院里人享受着“天棚、鱼缸、石榴树，先生、肥狗、胖丫头”，安逸、隐秘的私人生活。相比讲究的四合院，这几户回回人家的院子就简单得多了，大部分院子只是刚刚契合了院子最基本、原始的意思，就是指屋子前后用墙或栅栏围起来的空地。别看院子小、房子老旧，里面住的人家加起来也不抵大杂院儿里的三分之一。但这些回回人家都是胡同里的老住户，尤其是胡同姐妹们，对这条串联起各个院落的小胡同有着特殊的感情，这条胡同不仅是她们出入家门的通道，更是烙下她们许多社会生活印记的场所。这里承载着她们的欢笑、泪水、迷茫与向往。

现如今，那条小胡同早已在旧城改造的大潮中，消失得无影无踪了。可猫主人及胡同姐妹们仍时不时地回忆起过去，旧时的故事说不完，新故事正在演绎。

灾祸

快到9月了，天还是那么闷热。

这天下午四点来钟，天阴了，秀琪正恹恹地躺在炕上看《红楼梦》，就听院子里传来父亲的声音，“艳敏来了”。

接着，一个清脆的声音：“二伯，您又刻什么呢？大热天的，歇会儿吧，秀琪在家吗？”

“我这就算是歇着呢，她在屋呢。”

闻听此话，秀琪连忙把书往被垛里一塞，起身靠在了被垛上。

“哗啦”，竹帘一挑，一个高挑个儿、白净脸儿、梳着两条短辫、穿着短袖白布衫蓝裤子的姑娘走过糊着高丽纸的花格木隔断，进到里间来。

秀琪往上靠了靠身子，拍拍炕沿，“艳敏姐，正想你呢，哪天回学校啊？”

“明天走，过来看看你。”艳敏在炕沿上坐下端详起秀琪。

只见她这张瓜子脸这些天越发清瘦了，显得鼻梁更加挺括，原本大大的一双眼睛有些下陷，白皙的脸上微微泛黄，略带自然卷曲的黑发用一根皮筋随意地扎在脑后呈马尾状。

“你还觉得不舒服？脸色这么差。”

“嗯，我最近还是总感觉头晕，天热就更难受。”

“等热天过去，还是问问街道，再找个合适点的工作吧，老在家里闷着不行，也别总想着上大学的事了，其实我在学校这几年不也什么正事没干吗？”艳敏说这话时瞥见秀琪咬着嘴唇低下头。

“艳芬那边有信儿来吗？”秀琪把话岔开。

“来了。她还可以，这丫头能干也能吃苦。不过就是我妈每次接到信都得大哭一场。有什么办法呢？当时人家玉玲就能想出办法不去插队，就她挺积极的。”

“艳芬太要强了，艳敏姐，你们分配有消息吗？”

“快了吧，我回学校也是想打听这事。”

“帮你驮回一摞书的那个工宣队的是不是对你有点意思呀？那天在你们家，我看他看你的眼神有点那个。”

“哎哟，秀琪，你今年 20 岁了，人长大了歪心思也长了不少呀，都是看闲书看的，我可不饶你！”说着，艳敏伸手去抓秀琪，秀琪左右躲闪着。两个人笑着扭成一团。

“不闹了，饶了我吧，告诉你件事儿。”秀琪上气不接下气地求饶。

“我哥他们系可能要迁到外地了。嗯，说是搞‘三线’建设，

备战备荒。北大已经给他们开过会了，估计今年年底就得走。”

“有这事儿？是短期的还是永久的呀？他一个人去，嫂子和孩子们呢？”

“这我还不知道，听说我哥要走，我爸这两天也心事重重的，怎么办呢？真是愁死了。”秀琪眨着大眼睛望着艳敏。

“北大都往外迁，那我们这些人还不都得分到外地去呀！”艳敏一副心急火燎的样子。

两个人正说着，忽听远处有闷雷滚过，不觉天色昏暗下来，起风了。

艳敏起身告辞准备回家，正要往外走，雨已经下来了，狂风夹着雨点啪啪地打在南面小厨房的油毡顶上，溅起一片白雾。“太大了，艳敏姐，你先等等吧，等这阵儿过去再说。”

雨点儿越来越大了。

“呦，下雹子了！”只听父亲马国禄喊了一声。紧接着他又大喊：“都别出来，这雹子不小呢。”这时艳敏来不及脱鞋就上了炕，和秀琪一起在炕上趴着从朝南的窗户往外看。蚕豆大小的雹子转眼就变成了乒乓球大小，被风裹着狠命地砸向东南方向，“哗啦啦”，玻璃的碎裂声响起。紧接着，听到东屋哈三大大（大妈）绝望地大叫：“主啊，要了命了！”

十几分钟后，风停了，冰雹变成小雨，天也渐渐亮了。两个不知啥时出溜到炕沿下抱头蹲着的姑娘站起身打开房门，外面就像魔幻世界。房顶、地面铺满厚厚的冰雹，院里的老洋槐树被打得折了枝，耷拉到房顶和地面上，枣树也几乎秃了头，光杆儿杵在那儿。花盆、腌菜坛子碎了，天竺葵、美人蕉和芥菜头夹杂在冰雹堆里。东屋的玻璃全碎了，割破的窗帘被风吹起，虽挂在屋里却飘在窗外，没折叠完的纸盒飞得到处都是。头上、脸上淌血的哈三大大和哈三伯相互搀扶着蜷缩在屋角哭泣。马国禄也打开门冲出来，他愣愣地扫视了一圈，突然，摊开双手，下意识地刚要张嘴，随即又闭上了。心中默默念诵《古兰经》中的祈祷词："我的主啊！求你不要惩罚我们，如果我们遗忘或错误。"

秀琪跑回屋，拿起毛巾又拉开抽屉翻找红药水儿，想帮哈三伯老两口擦拭、涂抹伤口。艳敏看到这个状态略一犹豫，说了声："我不帮你了，先回去看看我妈怎么样了！"说完转身跑出去。

哭声、骂声、大呼小叫声响彻了整条胡同。

"我这是招谁惹谁了，怎么这么欺负人呢？"一个年轻妇人怀抱着一个几个月大的婴儿，旁边还站着个哇哇大哭的三四岁的小女孩，坐在院门口台阶上，一边拍着腿一边使劲儿地哭着，泪水顺着她布满浅麻子的脸往下淌着。一个留着齐腰长辫的姑娘从院里快步走出来，拽着妇人的肩膀要拉她起来，

"别在这儿号丧，快进来，丢不丢人。"

"哎哟喂，啥叫丢人，这些鸡是我一把米一把菜地喂大的，刚能下蛋，一场雹子全没了。我还指望着它们呢，哎呀呀，这是怎话说的呀？"

这个哭号着的女人叫买美霞，她是老丁家四儿子的续弦媳妇，拽她的是她的小姑子丁玉玲。

丁玉玲生得漂亮，五官极为标致，高鼻梁、杏核眼、樱桃小嘴，街坊四邻都说她像是从画上下来的。老丁家就这么一个宝贝闺女，

所以十分得宠，几个哥哥都让她三分。从小养成了说一不二、无拘无束的乐观性格。

“快回去收拾吧，一会儿我哥就回来了。”听到这话，买美霞马上抹了抹脸，抱着孩子站起身。

玉玲弯腰抱起哭泣的女孩，“平平跟姑姑走。”

“你上哪儿去？”买美霞问。

“马家，说不定还去看看芳芳。”

小胡同西高东低，雨水不断从西流过来，地上的冰雹经雨水冲刷结在一起成了冰坨坨，随着水流缓缓地移动，玉玲跳过一坨冰，踮着脚，跳上了秀琪家的台阶。

1969 年的这场雹灾让北京人尤其是生活在南城的人记忆深刻。

第二天一大早，海秋云就来找秀琪了。

少妇秋云，圆脸、体态丰满、个头不高，一头乌黑利索的短发。

秀琪正帮着哈三大大用报纸糊昨天被冰雹打碎玻璃的窗户。见到秋云忙招呼：“秋姐，你昨天几点到家的？可急死我们啦。”

“呃，我到家都八点半了。”

“听我妈说了，你和玉玲过来了，哎，也不知怎么这么巧，都让我赶上了。去年西单商场爆炸，扎到我头皮上的玻璃碴子拔出来后头发才长出来，今年赶上下大雹子我又在外面，你说我是不是招‘百俩’（灾难）呀。”秋云一边摸着自己的头顶一边笑嘻嘻地说。

“闺女，可别胡说。”一旁的哈三大大嗔怪地说。

“我姐上上个月不是生了二小子嘛，我们给她汇了五块钱，但她那边一直没回信儿，自信前脚走，我妈后脚就非让我给我姐发个电报去。我办完事刚要从电报大楼出来就下雹子了，我就赶紧往里面跑躲回去了。”

秀琪夸赞：“亏你机灵，没想往车站跑，听说有人上了公交车那才惨！”

“哎呀，可不是，你是没看见长安街上的那惨状，华灯都碎了。满街的玻璃碴子、树叶、纸片子，那些车呀被砸得鼓着瘪着的都有，路上看到好多人都流着血，哭着、喊着，有的身上青一块紫一块的。听说，虎坊桥那边还压塌了房子死人了呢。”

秋云连比带画地说。

“是呀，海大大一个人带着小蔷蔷真急坏了，我们过去时艳敏和她哥已经去找你了。”

“你碰上艳敏姐和大哥了吗？”

“碰上了，快到宣武门教堂那儿碰见的。”

“得嘞，姑娘，累你了，差不多了，你们聊你们的去吧，我自己来。”哈三大大推了推秀琪。

秀琪带着秋云回到北屋自己房里，边洗手边问：

“今天艳敏姐还说回学校呢，也不知道她走成了没有。”

“走啦，你不知道啊，上次来帮她送书的那个男的一早又来了。”

“啊，真的？那人又来了？嘿，我说什么来着？我觉得他可能对艳敏姐有意思。昨天我还问艳敏姐来着，她死不承认，你觉得呢？”

“肯定有问题！”

“那咱得空儿得好好审审她！”

“这方面你有经验。”

“嘿，说艳敏呢，你转着弯把我绕进来，你这鬼丫头，脑瓜灵得不上大学亏死了！”

说到这儿，秋云突然觉得说错了什么，下意识地捂了捂嘴：“对不住，不该哪壶不开提哪壶。”

窗外哈三大大朝屋里喊了一嗓子，“秋云呢，你妈好像在外面喊你，说孩子哭了！”

秋云嘟囔着：“一点空儿都不给我留，刚出来就叫，走了。”

送走秋云，秀琪拿起小铁铲和剪子朝墙角走去，她发现了一根被打断的天竺葵，想把它捡起来栽到树下的土里。马国禄正从外面回来，一看到秀琪，便大声说：“别过去，小心扎手！”清早，父亲已经打扫过院子了，树杈、砖头瓦砾、碎玻璃跟一座小山似的堆在墙角。秀琪愣愣地站在院里，环视着满目疮痍的小院，自从三年前起它就变样了，昨天又遭此打击，这还是那个自己出生以来就未曾离开半步，带给自己无限童年欢乐的小院吗?

秀琪自言自语：“毁了，好好的院子怎变成这样了？”父亲听了，边往屋里走边用老北京自我解嘲的方式说：“咳，马尾拴豆腐……”接着是一声叹息，“咳，这才哪儿到哪儿呀！”

马国禄的话应验了。

转年秋冬的一天上午，院门口突然传来了喧闹声。

马国禄正要出门看个究竟，只见居委会陈主任带着一群人朝门里走来。

“陈主任啊，快请进！请进。有什么指示呀？”

陈主任是个长着一张大饼脸，一头花白头发，见人从不露笑模样，操着一口保定腔，有着一双解放脚的半大老太太。当她迈进秀琪家院子的门槛时脚还被绊了一下，幸亏马国禄伸手扶了她一把。

一群人进到院子里来东张西望，有人拿出卷尺丈量着，还有个人拿着本儿不停地记着什么。马国禄好奇地问了一句：“陈主任，这是要？”

“最高指示不是说备战备荒嘛，现在上级让在有条件的院里都挖防空洞，我们看了一下，附近这几个院儿就你家这个院儿还算是方正。”陈主任边回应马国禄边不停地和旁边记录的人比画着。

“在我们这院儿里挖防空洞？”马国禄很是吃惊。

“是呀，毛主席说‘深挖洞、广积粮’！得做好准备！”

“您说的是真的？”

“怎么？这是儿戏的事吗？”陈主任有些愠怒。

“对了，明天下午两点到居委会开会啊，每家都得去人。”陈主任带着人一边往外走一边对马国禄说。

秀琪从鹤年堂中药店帮哈三大大抓药回来，见到父亲忧心忡忡地站在院子里，哈三爷愣愣地围着院子转圈，忙问道：“怎么了？”

“居委会陈主任带着一群人刚走，说要在院里挖防空洞。”

“啊，不会吧？我倒是听说要挖防空洞这事了，现在外面好多条胡同都已经开挖了，不过，人家院子大，咱们院儿就这么丁点儿大的地方，也许他们就这么一说，他们先得到各院勘察，找到合适的院子才挖呢，没事，大杂院不更适合挖吗？轮不到咱这小院。”

秀琪宽慰着父亲。

“但愿吧！”

“明天下午两点到居委会开会啊，听好了，每家一个人，下午两点。”胡同里有人在提着喇叭通知居民。

第二天下午两点，各家各户几乎都派了代表来参会。居委会陈主任宣布开会，先由区人武部一个穿军装的干部给大家做动员，讲开挖防空洞的目的和重要性；接着由街道干部宣读开挖的院落。秀琪家的院子果真被选中了。宣布完，街道干部问大家有什么想说的？这时候群情激奋，人们个个摩拳擦掌，尤其是大杂院里的代表，还带头喊起口号：

“响应伟大领袖毛主席的号召！”

“打倒苏修、美帝！”

“备战备荒为人民！”

……

等口号声停了，马国禄慢吞吞地说：“我们院儿不是不能挖，可是院子不够大，又有老人、小孩，就怕不安全！”

“你说的老人是哈三儿吧，难道还要考虑历史反革命分子的安全吗？”陈主任立马瞪起眼甩出一句。

星期天一大早，秀琪正在厨房给父亲和小侄子萧然热粥，院门“咣当”一声被推开，七八个扛着镐头、铁锹的青年男子在一个干部模样的人带领下拥进院儿来。秀琪认出其中三个是大杂院里的，还有两个是胡同西边的，另外两个人根本不认识。

“你们还真要在我们院子里挖呀？”秀琪赶忙迎上前。

这时，一个小伙子走过来，“那能说着玩吗？上面说了，挖防空洞是战备需要，大家都得出力、流汗！闪开点，别碰着，哥儿几个干吧！”

一群人先拿白灰在院子里画出个方框，老洋槐树正被圈在方框里边。一个人走到树下，抬头看了看，说：“把它放倒了吧。”那场大雹子，使老洋槐树受了重伤，一直没有恢复元气，它的枝叶再也不像原来那样繁茂了，南半边的枝子都干枯了。两个小伙子噌噌爬上树，嚓里咔嚓，不一会儿就把树枝儿都锯掉了，老洋槐树成了光杆，孤零零地站立着。两人跳下来后，又有人给树套上绳索，以便掌控倒下去的方向，两个人拉开大锯，“刺棱、刺棱”地锯着树干，“咕咚”一声，树干被放倒了。

秀琪怕小孩子碍事，把侄子萧然叫到自己屋里，让他坐到炕上不准他出去。姑侄俩透过窗户上的玻璃往外看。

洋槐树倒下了，秀琪的眼泪也顺着眼角流了下来。

枣树是父亲买了房子以后在院子里种下的，而这棵洋槐树，听父亲说比这院房子的岁数还要大得多呢。

每年春天，洋槐树发芽没有杨树那样快，开花也不像桃、李花那样早，它慢慢地生长，一两个月才将树荫遮盖住大半个院子，有它，一家人在烈日炎炎的夏天从没感到过曝晒。洋槐树开花的时候，一进胡同口就能闻到一股沁人心脾的芳香，老远就能看见院墙内高出屋顶的枝头上挂满一嘟噜一嘟噜的小白花。前些年困难时期闹饥荒，父亲还让大杂院粮食不够吃的孩子进院撸过槐花。

秀琪记得黛玉葬花的细节，小时她也学着书里的情节，用簸箕撮起过被风吹到墙根的一堆一堆的落花，把它们放到花盆里。

雨水少的年头，夏天，大槐树上的虫子就特别多，在树下坐着或经过，常有连着细丝垂下的树虫落在头上或肩上。孩子们叫它们“吊死鬼儿”。小时候，哥哥常抓起它们吓唬秀琪，她会嗷嗷叫着跑去告诉奶奶或妈妈，渐渐长大了，她就不再害怕了。胡同里的小姐妹们经常在一起捉虫子，捉到就放在瓶子里，然后倒出来数数，看谁捉得多，养鸡的拿回家去喂鸡。

秋天，结了槐角，奶奶说，这扁平的荚果可以入药。

冬天，树上椭圆形的叶子落光了，只剩下枯枝，秀琪躺在炕上就能清楚地看见小河家的黑白花大狸猫从南边院墙上走过，它到远处找同伴时偶尔会停下脚步，在伸到墙上方的树枝上蹭几下，有时还会趴在高处的粗枝上眯一会儿。

多少童年的欢乐随着洋槐树轰然倒下的一瞬，随风而去了，叫秀琪如何不伤心呢。

七八个汉子干了一上午，起出了长七八米、宽三米左右的地砖，挖下去半米来深的坑。起出的地砖被堆到原来小茅房的旧址上，摞起高高的一个小砖堆。挖出的土摊在方坑的四周，然后大家就纷纷回家吃饭去了。

一连几天，都没再有人来继续挖。院子里凭空多了个大坑，坑边还堆起了一圈黄土，这可愁坏了秀琪，一再叮嘱父亲和哈三爷老两口，注意脚下。他们确实都加着十二分的小心，尽量靠着屋檐下窄窄的一条边儿进进出出，每个人鞋上都沾满泥土。小侄子萧然倒是开心极了，每天放学都跳到坑里玩，脸上、衣服上沾满泥土，像只小泥猴子。秋天风大，西北风卷着泥沙吹进屋里，桌子、炕上、地上每天都是厚厚的一层，厨房里更是不能在柜子外摆放任何东西。

没多久，街道派人来视察了，还是陈主任带队。进院一看，这进度哪成呀？她皱着眉头招呼跟着的人赶紧去旁边几个院叫人过来。

附近的人陆续来了以后，陈主任语重心长地说："深挖洞是毛主席的指示，咱们得有备无患，苏修、美帝亡我之心不死，他们打来了，咱能打便打，不能打咱就钻防空洞，保存实力！"大家面面相觑，但都默不作声地认真听着。

不知谁说了句："就这么小块儿地方能挖多大个洞呀，我们这几个院的人怎么也得有几十口子，都躲在这里？"

"哎，你这话说得，眼下在这个院子是先挖一个小洞，有条件了再往大里挖、往远处挖，小洞连大洞，将来连成片！"陈主任拿眼巡视着人群，想找出刚才说话的人。

"虽说区里统一组织调配人力、物资，但各家院子里的洞还要自己挖，每一位居民都要有备战意识，有备无患，这你们不懂啊？"陈主任越说越激动，嘴角泛起白沫也顾不得擦。忽然，她把目光转向马国禄："老马，那天你开会去了，武装部的同志是不是这么说的？"

"嗯，好像是吧！"马国禄似是而非地回答。

"我们要进行的是人民战争，人民战争，就要大家参与，有力出力，有……那话怎么说来着？"估计想说有钱出钱，但话说出来一半就卡住了，她好像觉得提钱就不大对头了。人群中又不知谁接了句："有力出力，没力供吃喝不就得了"。

"哈哈！"人们都笑了。

陈主任的动员没白做，下个星期天起，院子里又开工了，附近几个院的人还真的都参与进来了。

艳敏的爱人宋长生还真行，不知道从哪儿给大家弄来了几把镐头和铁锨。丁老四、刘家兄弟和与海家同住一个跨院的老双以及6号院的小河是主要劳力，妇女、老人和半大孩子也齐上阵，拿着簸箕排着队帮着往院外传挖出的土。

虽已是深秋了，但大家都冒着热汗。

秋云前两天崴了脚，她下了早班也过来了。秀琪正在烧水，见到秋云忙把她拉到一边，“你就别掺和了，再累着。”

“没事，没那么娇气。”

马国禄从屋里拿出一盒茶叶递给秀琪，秋云和艳敏帮着洗干净茶壶和茶碗，秀琪搬出小炕桌把沏好的茶倒在茶碗里一一摆在桌上。马国禄招呼着干活儿的人们：

“大伙儿歇会儿吧，喝口茶！”

男人们从坑里跳上来，端起碗。

“二伯，茶叶五毛一两的吧，还真香！”丁老四品着茶说。

“其实，我们这些干活的粗人喝点高末就行了，又煞口，又不白瞎了您这好茶叶！”

“都像你这么‘百黑利’（自私），二伯这是正兴德一块一两的呢！”秋云晃着茶叶桶。

“喝吧，出那么多汗，喝口儿好的。”马国禄笑着。

又过了两个星期，坑已经挖到快有两米深了。

这天早上，干活的人又陆陆续续地来了。老双干过建筑，他看了看坑的深度对大家说：“咱这坑不能再往深里挖了，离房根儿太近。再说，马上就要在四边砌砖了，这砖的问题怎么解决呀？”

“是呀，我们每天都提心吊胆的，就你们在坑上放的这两块木板子，我走在上面腿都打晃儿，更别说这老的、小的了，进进出出多悬呢？”秀琪揪心地说。

“砖的事不会让咱自己想辙吧？”丁老四焦虑起来。

“这可说不好！”秀琪提醒大家。

接着她又说：“前段时间小学里挖洞的时候不就垒了个砖窑，老师带学生们去象来街那边运回修地铁挖出来的黄胶泥，回来让学生们自己脱砖坯，做好后让晾干了带回学校放在窑里烧。这不，萧然的砖坯还是我求小河给帮着脱的，孩子上学背着书包还得端着晾干的坯子！”

“不会，不会，大杂院前两天已经运过来砖了”玉玲抢着说。

艳敏则说：“那也说不定是人家院里有门路的人给弄来的砖呢？”

“我过去问问不就得了。”玉玲边说边跑出去了。

不一会儿，玉玲回来了，后面还跟着一帮大杂院儿的人，男女、小孩都有。秀琪家的门户原来一向是很严的，大杂院里的大人基本都是第一次进来，这群人左顾右盼嘴里还说着：“这院平时总关着院门，原来还有个影壁挡着，看不见里面，敢情就这么丁点儿呀。”尤其当他们看到院子里的大坑时笑得前仰后合的。

“这也是防空洞？别告诉我是菜窖吧。”一个外号叫“胖子”的小子撇着嘴说。

别人都还没吭声，买美霞先不爱听了，“你们家的菜窖这么大，风大别闪了舌头！”

“呦，大姐，您还别不爱听，说这是菜窖都抬举你们了，不服气，到我们院儿看看去！让你们知道什么是防空洞！”

“看看就看看！”

“走！”

一干人等冲出秀琪家院子奔大杂院去了，院子里只剩下马国禄和背着手往坑里看的哈三。

秀琪的烦恼

“秀琪呀，我给你姑父送包子去！”马国禄拿着个饭盒，踩着架在大坑上的木板，摸黑走向院门。

马家的小院不大，坐南朝北，西、北、东三面磨砖对缝的瓦房，北房尤为高大。西、北房都是里外间，东房两间各开一门，北房连着一个蛮子门，门道正对的是一座砖影壁，南面有间油毡顶的矮房做厨房和水房，另有根水管伸出墙外，浇花、洗衣都从这里接水。北房与西房的角落里有个用木架支的小棚子，上面盖着苇箔、罩着油布，里面放些打扫院子的笤帚、簸箕、花盆等杂物。西南角落原来有个小茅房，后来胡同里盖了公共厕所，它就被填拆了。

北屋过去是奶奶住，北屋里间有铺炕，秀琪打小就喜欢在炕上玩，躺在炕头听奶奶讲故事，在炕上翻跟头。她还记得六七岁时从炕上摞着的被垛上往下跳，把一块炕面砖弄碎了，奶奶替她瞒着，后来还是被父亲发现了，和了些灰泥给换了一块新砖。父母亲住在西屋，长大了一些的秀琪和哥哥各居东屋一间。

院子里靠边常摆着一溜儿花盆，春夏秋开满了鲜花。北房前有一棵洋槐树，每到四五月份，槐花飘香，落花似雪。夏天，小时候的秀琪和哥哥总在树下看书、写字。西房边还有棵枣树，枣子熟了的时候，哥哥上树打枣，秀琪在下面拿着小盆儿捡拾。一小盆、一小盆地收拢起来倒在筐子里。不一会儿，母亲把洗干净的枣端来放在树下的小饭桌上，全家人围坐在一起乐呵呵地品尝着鲜枣。父母还总是吩咐她把枣给街坊四邻送一些，大家共同分享，老街坊们都夸他们家的枣又脆又甜。

秀琪的高祖有点学问。到了她祖父这一辈儿，在前门外廊坊二条开了间前店后厂的玉器铺子。秀琪的祖父是玉行的高手，年轻时曾远赴西域、南洋，进货出货，家境殷实。到秀琪的父亲马国禄少年的时候，祖父西去多年杳无音信，家道衰落。马国禄的大哥过早地撑起家庭重担，积劳成疾，二十岁出头就没了。马国禄十岁就在姐夫的店里学徒当伙计。再后来，他独自去天津做小买卖。公私合营后，他被安排到天津劝业场工作直到退休。

正想心事的秀琪扭头见父亲要出门，连忙跑进西屋，抓起父亲的帽子追出去。

马国禄六十岁开外，年轻时相貌堂堂，浓眉大眼、鼻梁挺括、宽额头、高个子，就是现在头发都花白了也腰板不塌，带着一股英气。玉器鉴赏是他从小练就的看家本领。他头脑灵活、爱好多，写一手好字，跟牛街的篆刻大家梁先生是好朋友，常向他讨教篆刻的技巧。而且，他勤学苦练，在生意场上竟练就了一口流利的商务英语。抗战胜利后，凭着这口英语，马国禄在天津与美国大兵做生意挣下不小一笔钱。马国禄是个大孝子，用挣到的二十几根金条买下了如今这个小院让母亲颐养天年，他自己三十出头才成家。秀琪近来发现，爱说爱笑的父亲除了每天定时关起房门挂上窗帘做礼拜，就是闷声刻印章，每次给姑父送饭回来，在街上看到的一些人和事都让他长吁短叹一阵子。

秀琪把帽子给父亲戴在头上，叮嘱着："天黑了，您慢点走！"看着父亲的背影消失在门外，她转身回到自己屋里。

秀琪的理想是读北大历史系，但是没想到她的大学梦被一场轰轰烈烈的政治运动打碎了。四年前，疼爱她的奶奶在 81 岁高寿时过世了，转年，给奶奶过完"百日"，父亲退休回到家，还没等一家人从失去高龄亲人的悲痛中走出，运动开始了。

运动一来，学校就停课了。高中刚上了一年，秀琪再也没办法安心读书了。学校成立了几个"战斗队"。校园里铺天盖地贴满了批判党内走资本主义道路的当权派在学校代理人的大字报和漫画。秀琪在父亲的影响下写得一手漂亮的毛笔字，几个战斗队都争着拉她去帮着抄写大字报，秀琪不想参与，就推说生病躲在家里。一天，秀琪一开街门，一把蘸着屎尿的稻草掉了下来差点掉到她头上。

"这是谁干的！"她气得跑到门外对着胡同口张望。

大门上不知何时还贴上了一张骂她的大字报，有人用粗大的红笔在上面写了："马秀琪想在运动中逍遥自在捞稻草！"秀琪看了又气又怕。她几下把它撕得粉碎跑进院，关上门。过了几天，又有人在胡同口贴她的大字报。

秀琪是马国禄四十几岁才得到的女儿，出生时不足月，而且体重只有二斤。当马国禄在协和医院隔着玻璃看到躺在暖箱中的宝宝，这个经历过无数困境的坚强汉子流下了热泪，医生告诉他做好准备，孩子状况不太好，他随时可能会失去这个女儿。

可能是马国禄默默“求主襄助”的祷告起了作用，抑或这个女孩儿生命力顽强，反正，秀琪慢慢长大了。

父亲马国禄知道了发生在家门口的事，他叮嘱秀琪别到学校去了，也不准她出门。有几次，学校来人找秀琪，马国禄就挡在门外说女儿病得起不来床。偶尔有人往院门上丢砖头或乱画也都是父亲去处理。

街道上也天天开会，不是动员胡同里的居民主动上交带有“剥削”性质的金银财宝，就是让揭发检举看到和听到的反革命言行。

一天，母亲开完会回来说已经有人往居委会交珠宝、首饰什么的了。晚饭后父亲把她和母亲叫到西屋，拿出母亲的官皮箱和一个花布包。秀琪好奇地把它们一一打开来，官皮箱里是母亲的几件首饰，其中一对珠子花和翡翠耳钳秀琪小时经常对着镜子戴着玩。小布包面有根金条、几个玉镯和鼻烟壶及一些秀琪叫不出名字的玉把件，其中还有一个翠绿的翡翠兔子和一只春带彩的贵妃镯。秀琪知道这贵妃镯是一对，哥哥结婚时母亲给过嫂子一只。她拿起那个翡翠兔子看了看。

“放下，”父亲沉着脸说。

“东西都在这儿了，你明天交了吧。”

“都交呀？”母亲有些不舍。

“交了安心！”接着父亲对着母女俩一字一句地说：“记住，

一切都是身外之物，生不带来，死不带走！”

后来连房契也上交了，不仅房子归公了，秀琪家每月还多出了六块两毛八分钱。的房租开销呢。母亲一到该交房租时就不免为这多出的开销叨唠着，父亲却自嘲地对母亲说：“这回别说换瓦、安玻璃，就是房顶漏了咱也不用自己找人修了，有人替咱张罗了，这算花钱买省心吧！”

秀琪感觉得出父亲嘴上虽然这么说，但心却在滴血。自从自己记事起，家里虽然不是大富大贵，但生活无忧，父亲将多年积攒的财宝交上去时他眼都没眨，但当他拿出房契时的不舍，秀琪看在眼里。秀琪记得父亲反复端详着那张泛黄的纸，手微微颤抖，还走到院子里巡视了一遍才把它交给来人。

房子归公了，住户自然也就由房管局负责统一安排了。

一天，房管局的管理员，一个姓铁的女人带着街道上一群人来到马家，对父亲马国禄说要他们家腾出两间房安排红卫兵。

自祖母无常后，秀琪就住到北屋。两间东房已经打通，虽说哥哥一家现在不住在家里，但也经常在周末带着嫂子和小侄子、侄女回家，东房一直给哥哥一家留着。

父亲马国禄赔着笑脸：“铁同志，您看我们这不都住着人吗？没有空房呀！”

铁管理员铁青着脸，眼睛往上一翻：“你们家的情况你自己清楚我们也都清楚，别揣着明白装糊涂，你儿子根本不在这儿住，我们也不想去你儿子单位要什么证明，你就麻利点腾房吧，大家都省事。”

僵持了几天，马家实在扛不住街道和房管局的人轮番的骚扰，最后各退一步，房管局出人、出料把两间房中间的墙又砌了起来，秀琪帮着父母把哥哥一家的东西都堆到一间里，另一间腾空，可供四五个来串联的红卫兵打地铺住。

秀琪还记得红卫兵来的那天，院子里就像走马灯，进进出出、乱乱哄哄。其中有个十七八岁的小伙子，一进院就指着影壁问马国禄："这面墙是干啥的？"

马国禄回答："这是影壁。"

"怪碍事的，要它有什么用？"

"起遮挡视线、屏蔽的作用。"

"影壁？你家什么成分？"

"小业主。"

"不是工农呀，难道你家有什么秘密不敢让人看需要屏蔽？"

"没有，绝对没有！"

"那就别要它了！"

马国禄吓得不敢吱声，赶忙回屋去了，他叮嘱秀琪，少出屋，千万别招惹他们。谁知第二天一早，几个红卫兵三下五除二，没一会儿工夫就把影壁推倒了。

同学中大部分人都去串联了，秀琪原本也想去，她先是跟母亲提出来，母亲听了忙说："这我可不敢做主，你自己问你爸去。"马国禄闻听脸涨得通红，指着东屋压低了声音对女儿说："串联？别说你这身子骨禁不住那种奔波，就看这群孩子那阵势，你想跟他们一样外面撒欢儿去，绝对没门儿，不上学念书了，也没人管教，这都是怎么一回事儿呀！”

他在屋里踱步，来回走了几遍，“这事没商量，你必须听我的，别人要问，你就说最近总头晕。”

秀琪是个懂事的姑娘，她从小就敬畏父亲，既然父亲执意不准，她也不敢造次，再加上目睹了这些进进出出的外地来京红卫兵的作为，自己也不想去了。

一拨儿又一拨儿，直到天冷了红卫兵渐渐就不来了。红卫兵虽不再来了但那间东屋却再也收不回来了。

房管局又安排住进了一家四口，小两口带两个孩子。男的姓王，在粮店上班；女的只知道叫杏花，从老家来，没有固定工作，平时在家，偶尔会扯着大的、背着小的到煤铺做临时工。这家人搬进来有半个来月了，人倒是还和气，见到秀琪一家，点点头算是打招呼。老北京最讲人情世故，街里街坊的，晚辈见到比自己年纪大的必先张口叫人。牛街的回回尤其爱让孩子叫长一辈的外人姑姑、伯伯，不叫阿姨、舅舅，显得不外道。秀琪母亲背地里不满地说这家人：“嘴真硬，一个院住着，不懂叫人，没规矩。”

这天晚上，阴着天，风吹得窗户纸直呼扇。东屋外传来敲打声，正在北屋和秀琪围着火炉聊天的母亲推门看了一眼又退了回来嘟囔了一句：“他们这是防谁呀，我还没防他们，就那点破家当还怕人惦记他们，哼！”

第二天早上，秀琪起得晚，正在墙根下刷牙，天气很冷，吐到地下的水马上就结成一片冰花。忽然，东屋有人敲玻璃，一回头，见一个小脑袋把脸贴在玻璃上，是王家老大，可房门上新钉上个合页，上着锁。秀琪想起昨晚母亲的唠叨。她赶紧走过去，站在窗前看屋里。只见那小的小脸通红地围着被子坐在床上，屋里的炉火不知是不是还燃着。

“你妈呢？”

“她今天有活儿！”

“怎么不带你俩去？”

“二柱病了，他发烧。”

秀琪进了西屋，“妈，那家小二发烧了，他们把孩子锁屋里了。”

母亲似乎明白昨天可能是错怪这家人了，忙说：“这可使不得，走，过去看看！”

母亲来到窗前看了看里面，指挥着：“大小子，你给弟弟倒点水喝。”那大孩子马上端起桌子上一个洋铁瓷的大把儿缸子，可里面好像没多少水。秀琪见状，忙跑回屋倒了杯温水端到窗前。门上了锁，秀琪又搬来一个凳子，捅破高处木格窗糊着的高丽纸，把杯子递给了站在床上的大孩子。

“你去趟煤铺，把他妈喊回来，孩子出点事怎么办？”母亲像下命令似的对秀琪说。

那女人被秀琪叫回来后，秀琪母亲跟在她身后说：“孩子病了，你要是非出去不行也该跟我们打个招呼，搭把手，不碍事！这么小的孩子锁屋里可不是事，屋里还生着炉子，出了事后悔就晚了。”那女人不住地点头。

这事过后没几天，秀琪从外面回来，一进院就闻到一股特别的味道，她喊了声：“什么味呀？”

母亲忙把她拉进屋，冲东屋努了努嘴。

“别喊了，估计是在屋里炼大油呢！”

马国禄也叹了口气，对母女俩说：“人家也得吃点荤腥呀，瞧那俩小子黄皮寡瘦的，都不容易。”其实他心里也觉得别扭，可是不知道该如何跟对方说，而且还有一件事令他一直惴惴不安。

有天清晨，马国禄拉灭了灯从水房出来，正碰见那男的站在外面往里张望。两人见了面都有些尴尬，“王同志今天起得早啊！”

“您天天这么早就冲洗别着凉。”听了他的话，马国禄吓得一激灵，原来自己每天礼“榜搭”（晨礼）前的冲洗他都知道。马国禄担心这位王同志无意间把自己的这一习惯告诉别人，那么自己在家做礼拜的事就会被人知道，或者王同志本人就明白自己在干什么，说不定哪天就会去举报自己搞封建迷信，让他挨批斗。他紧张极了。好多天，马国禄都不敢再去水房洗涤了。

秀琪经过观察，发现这家人其实也还刻意避讳。那女人过来送还杯子时，一个劲儿地道谢，还说想买个新杯子还回来，可花色配不上，就只好用开水把杯子烫过了。他们从外面买了带肉的吃食都遮挡着拿进屋，从不让孩子们拿到屋外吃，偶尔才会在炒菜时放点大油、大肉。可在牛街这地界，这种味道一飘散，实在是格外刺激人们的嗅觉。秀琪一家闻到就受不了，只好紧闭门窗，在屋里点芭兰香除味。冬天还好，随着天气转暖，这家人在东屋的房檐下支起个小棚子搭块油毡当厨房。这样一来，马家人实在觉得难熬，母亲整天唉声叹气。

“他二婶儿，在家呢？”这天快吃午饭的时候艳敏的母亲刘五婶儿来了。

秀琪迎出来，“五婶儿，屋里坐，我妈在呢。”

近来每个月底，刘五婶儿都会来借几块钱，等到月初刘五爷发了退休金就还上。秀琪见刘五婶儿东拉西扯的，知道她是不愿当着自己提借钱的事，就躲进了里屋。

两个老太太聊了一会儿，一阵窸窸窣窣的拉抽屉拿东西的声音伴着小声的说话还是传进秀琪耳朵，“我这也没法子，顾不上个脸面了。”

“别这么说，就接个短儿，咱过得着！”

外面传来小孩子欢快的叫喊声，东屋的邻居回家做饭了。只听母亲说：“得，赶紧关窗户！”

“怎么？他们在院里吃那个？”是五婶儿在问。

“也没总吃，但咱也没法拦人家不是。”

“往前数，在咱街上租房住的人也不少，都入乡随俗，怎么现在新搬进来的就这么不懂事呢！”

“哎哟，您小声点，早先是双方自愿租赁，现在不是强占吗？人家这些租户等于跟房主没关系，人家干吗顺着咱们呢？换咱不也得该吃吃该喝喝吗？”

晚上，秀琪听到母亲对父亲说：“你就不能想点办法让他们搬走吗？”

“难呢，你没看见街里闵家的房改成了派出所，贾家的占了办了托儿所，人家那都是大四合院呀，但凡好点的院子都被街道征用了。”

终于有一天，父亲想出一个主意！

马国禄买了半斤好茶叶，放在布兜里提着去找铁管理员，都是回回，请她帮忙给做做工作，换一家邻居还不行吗？

王家也觉得住在这院儿不方便，于是经铁管理员一撮合，同意跟旁边大杂院里的一户回民哈三爷换房。

哈三爷早年间当过伪区长，“镇反”的时候被逮走关了多年，才放出来不久，三天两头要去居委会请示汇报。可能在里面待得时间久了，人变得有点迟慢。哈三爷原本有两个太太，街坊四邻口中的哈三大大是大太太：一辈子没生养；小老婆倒是给他生了个儿子，但是一解放哈三爷就进去了，那小老婆便跟他离了婚，带着儿子跟别人过去了。

哈三爷原来的宅子被没收了，政府给他们老两口在大杂院儿新盖的平房里面安排了一间，俩人全凭哈三大大给人看小孩、糊纸盒度日。

自打这老两口搬进来，小院消停多了，再也闻不到呛鼻子的味儿了。从那时起，马国禄每天清早去水房总是手里拿个手电，秀琪对父亲说：“干吗不开灯，黑漆漆的滑倒了怎办？”父亲朝她苦笑了一下：“不能让旁人知道呀！”

秀琪的哥哥文琪是北大高才生，毕业后曾被保送去苏联留学，回国后在北大任教。在牛街，提起秀琪的哥哥，人们都挑大拇指称赞。

秀琪的学习和哥哥一样出色，唯一不同的是她喜欢文史。父亲原来有很多藏书，她从小就蹬着凳子，一本一本拿来看。运动开始后，秀琪家的书早就扔的扔、烧的烧，但她还是瞒着父亲藏起了一套《红楼梦》。

起初，她把书包好藏在炕洞里，有一天她在街上看到了这样一幕：

年迈的胡三爷穿着件被撕破了的白色汗布背心，背后有大片血迹，额头也鼓起个大青包，手里抱着一大把被砍下来的葡萄枝条，一瘸一拐地走着。胡三大大和她女儿都被推了阴阳头跟在后面，一家人正被人赶着游街。听路边的人说，红卫兵正抄他家的当口，胡三大大偷偷塞给刚下班进门的闺女一个金戒指，而这一幕恰巧被一个红卫兵发现了。那还得了，资本家家属敢私藏、转移该上交的东西，胡三爷遭到毒打，那母女更是惨不忍睹。秀琪看了吓得赶快往家跑。

回到家，惊魂未定的她便直奔北屋，进屋就蹲在炕洞前。

“找什么呢？”不知何时父亲出现在身后，她慌忙扭过头，语无伦次地说：“找鞋，不是，找鞋油。”

“你是找书吧。”

“啊？”

“我烧了，你这孩子还嫌家里事少呀。”

秀琪一抬头，看见父亲愠怒的脸，她一下站了起来，刚要说话，却发现父亲已转身向屋外走去。她无奈地看着父亲的背影，眼里涌出泪水。

虽然 1967 年 10 月，中央就宣布“复课闹革命”了，但学校根本没法再上课，直到去年，他们这些只读了一年多高中的学生就通通算高中毕业了。秀琪去学校开会时听说 1966 年到 1968 年北京城区中学毕业生加在一起，待分配的共计有二十五万多人。

高考取消后，大批初、高中毕业生失去了升学机会。1968 年春，北京市“革委会”对中学毕业生分配工作进行部署，各学校办起毛泽东思想学习班，掀起了上山下乡的新热潮。

秀琪也被通知到学校参加思想动员会，先是整天学习“老三篇”“五七指示”接班人的五个条件和《青年运动的方向》，然后分小组讨论该如何响应伟大领袖的号召到广阔天地去接受贫下中农再教育。

看到不少同学都报名去内蒙古了，学校也几次派人到家来做秀琪和父母的动员工作，秀琪也有些坐不住了。就在这节骨眼上，母亲因替秀琪的前途着急，突发脑出血住院了。哥哥远在广东湛江的南海舰队参加战备实验，根本联系不上，秀琪和父亲轮流守护母亲。秀琪的身体本来就弱，连日劳累、着急，竟昏倒在医院。最终，母亲的性命没有留住，她也住了好久的医院。

出院后，秀琪又在家休养了几个月，年初，学校把她的关系转到街道上。街道也给秀琪安排过工作，是在东郊的一个家具厂。

秀琪接受命运的安排前去工厂报到。工厂离家很远，要倒两趟车，每天上班她还要带着饭，来回挤车，回到家身体像散了架。上班还不满一个月，当车间里的电锯再次响起尖厉的锯木声时，秀琪晕倒在机器旁。

厂里派人把她送回家，父亲马国禄看着病弱的女儿，说啥也不想让她再去了。他劝慰女儿："丫头，在家先休养一段，工作的事过一阵儿再说吧。"

"哐"墙上的挂钟打点了，秀琪抬头看了看，都8点了，父亲还没回来。

一年多了，秀琪很少出门。要不是秋云、刘家姐妹和丁家姑嫂这些胡同姐妹时常陪伴、给她宽心，秀琪真不知怎么打发日子。

住在跨院里的秋云

“妈妈，爸爸怎还不回来，我都想他了。”一个稚嫩的童声。

“快了，最近他也许忙，等我哪天倒了休带你去看爸爸好不好？”

“好，什么时候呀？”

“秋云，没谱的事先别给孩子许愿，让孩子惦记着。”在外间擦桌子的秋云母亲海大大说了一句。

“来，蔷蔷，快躺下，妈妈给你讲故事。”

秋云长秀琪几岁，打小就爱往马家跑。秋云是个公交车售票员，她跑的车是广安门到朝阳门的 9 路无轨电车。

秋云和姐姐春云原本是海家的两枝花。秋云她爹海振武在街口上有个小烧饼铺子，海家烧饼铺虽只有一间小门脸，但远近闻名。好多人就好海家烧饼这口儿，因为海家烧饼有三多：面上的芝麻多，烧饼里面芝麻酱多，烧饼的层数也多。烧饼出炉时，走过路过的人闻到香味儿没有不想停下脚步来个热烧饼吃的。四九城里不少人都大老远地专门来买他们家的烧饼。

海振武早年打过小鼓收过破烂也摆过小摊儿，据说有一年在天桥铺陈市摆摊时，搭救了一位昏倒的推小车卖烧饼的老人，老人缓过来后出于感激，收他为徒弟，手把手地教会了他烙烧饼的手艺。

海振武为人憨厚，做事认真，二十几岁学徒，在师傅手下干了十年，给老人送终后用积攒下来的钱租下街口的这间临街房自己开了家烧饼铺。海振武夫妇有过六七个孩子，但因为生活颠沛，只留下俩闺女。海振武像爱护眼珠子一样对待俩闺女。海振武没读过书，但舍得送俩闺女上学。他老伴儿手巧，经常买块布头儿拼拼凑凑就能给俩闺女做出既合身又好看的衣服。俩闺女放学打自家铺子前一过，海家夫妇在铺子里听着旁人夸赞自家闺女，脸上都乐开了花。

公私合营后，海振武被安排到前进食堂，还是烙烧饼。这一年，食堂里招了个外地来的小伙子，让他跟着老海当徒弟学手艺，老海见这孩子用心学，干起活儿来也不惜力，暗自喜欢。这小伙子在北京也没什么亲人，每逢节假日，老海就让那孩子到家来，让老伴儿做点好吃的，帮他缝缝补补，老海用心栽培，甚至有心将来招他做个上门女婿。不承想，那小伙子学了手艺竟拐了老海的大闺女春云跑回老家去了。为这事，老海又急又气，觉得在街上抬不起头来，又天天想闺女，从此便一病不起，没多久就无常了，留下秋云母女相依为命。

秋云是个孝顺闺女，父亲病故后家里没了收入，初中毕业后她就工作了，挑起生活的担子，当上了公交车售票员。

公交车售票员可不是个轻松的活儿。身上背个装着票、款的皮夹子，穿梭在拥挤的车厢里，一张一张地收钱、找钱、给票，给老弱病残找座位；车子进出站要报站名，还要及时喊司机师傅关门，以便截住企图逃票的主儿。每到一站都要下车，尤其上下班人多的时候，售票员要喊着“一、二、三”，用力在后面把所有乘客推上车，然后自己再挤上去，有时胳膊被车门夹得生疼。越是人多拥挤的时候，越是要心明眼亮，及时发现、巧妙地提醒乘客有扒手。至于被人抱怨甚至被骂更是家常便饭。

无轨电车凭车顶伸出的两根长杆电极搭在电线上带电驱动，有时车出了状况，售票员还要下车通过长杆上的绳索拉杆断电、重新搭上，司机才能操作起步。如果路况不好晚点了，跑一趟车下来连上厕所、喝口水的时间都没有，就得接着跑下趟。一天下来，口干舌燥、筋疲力尽。冬天手脚冻得生疼，夏天每天都是汗流浃背，自己都能闻出身上的馊味。

秋云喜欢这份工作，特别喜欢上早班儿。她买了辆旧自行车，每天早晨四点来钟就起床，车把上挎个布兜，装上头天晚上做好的午饭，外加做早点的一个馒头或糖三角，在空旷的大街上独自骑着自行车先到广安门总站，帮着司机师傅把车打扫干净，再吃了早饭等着发车。冬天，她上路时天还没亮，往往顶着星星迎着刺骨的寒风骑行。但上早班儿有个好处，就是可以早点下班回来陪母亲。

星期天上班的人少，车上的乘客也比较少，每当这时秋云就有机会观察车上的每一位乘客。经过一段时间的观察，秋云发现一到星期天，总会有一个戴着回民学院校徽的个头不高、戴一副白框眼镜、文文静静的小伙子在牛街站上车到北海站下车。起初，秋云是被他安静的样子吸引，时不时地多看他一眼。

有一天，秋云正忙着售票，不经意间一抬头，竟然发现那小伙子正用一双热辣辣的眼紧盯着自己。

又是一个星期天，小伙子带着一个同伴一同上了车。车上乘客稀疏，他俩先是找了个离车门近的双人座位坐下，小伙子看了一眼秋云，声音很大地对同伴说："你别以为我李自信每个星期天都逛北海公园，我是到北京图书馆看书去！"显然这话是说给秋云听的，秋云还真听进去了，心里喜滋滋的。

一来二去，秋云和李自信两个人不但多了一些眼神交流，终于有一天还对上话了。

"今天车上人不多哈，又是你当班？"李自信上车后边找座位边说。

"嗯，我一周上四天早班，你这又去图书馆呀？真羡慕你们这些当学生的。"秋云边数着钱边回答。

"哈哈，礼拜天没事干。"

"小海，待会儿到站你下车时帮我把右边的反光镜擦一把，好像落上老鸹屎了。"司机在前面喊了一声。

"行，王师傅！"

"小海，你姓海呀？"李自信小声问。

秋云大方地说："对，我叫海秋云。"

“听你这姓，猜你也是回民吧？”

“是呀，我和王师傅都是回民。”听秋云这么一说，小伙子满意地笑了笑。

“你都去看什么书呀？”秋云有一搭无一搭地问。

“主要是文学方面的，还有摄影方面的。”

“你喜欢摄影？”

“其实就是瞎看，我没学过，穷学生也没相机，就是觉得挺有意思的。”

小伙子李自信忽然讨好地看着秋云，“你喜欢看小说吗？”

“喜欢呀，可我没看过几本，没地方借去呀？”秋云也机灵地把话儿递过去。

“《青春之歌》看过吗？”

“看过，不过觉得没看够！太喜欢了。”

车到站了，秋云忙跳下车去帮师傅擦反光镜，话题就此打住。

不知不觉秋云开始盼着下一个星期天早点到来。

又过了些日子的一个星期天，小伙子一上车就塞给秋云一本书，“给，你先看着。”

“《青春之歌》？太好了，下个礼拜天准还你！”

李自信发现就在那一瞬，秋云不知是感到了意外惊喜还是害羞，脸上泛起了红晕。

接过书，秋云只看了一眼马上塞到皮夹子里，正有一位抱小孩的乘客也上了车，秋云赶忙张罗着帮他找座位去了。

从李自信那里借看了几本书以后，有一天，秋云收到了李自信夹在书里的一张纸条。李自信约她下星期天上午 10:00 陶然亭北门见。

星期天的早晨，秋云精心打扮了一番，穿上白衬衣、花裙子、黑绒布方口扣襻鞋，在辫梢上还扎了红毛线绳，准时来到了陶然亭公园。李自信已经在那儿等她了。

“哎呀，你穿裙子真好看，第一次见你穿！”小伙子李自信上下打量着秋云惊讶地说。

秋云笑笑：“平时上班挤上挤下地不方便，不敢穿。”

“穿裙子才能显出女孩子的妩媚。”李自信像是自言自语又像在夸秋云。

进了园，两个人沿着甬道走了一会儿，然后并肩在长椅上坐下。李自信有些紧张地搓着手向秋云挑明了喜欢她，想让她做自己的女朋友。

秋云的心怦怦乱跳，脸色绯红低着头不吭声。李自信调皮地说，“你不言语，我就当你同意啦！”

“谁同意呀，人家对你还不够了解呢。”秋云把头扭到一边，嘟着嘴。

李自信忙不迭地说：“这，这好办，我给你做自我介绍啊！”

于是，李自信就告诉秋云，他老家在河北永清，家有父母和一个姐姐、一个妹妹，自己明年就在回民学院师范部毕业了，毕业后很有可能去大西北，但家里的意思是让他回老家来，他还没想好。

“你连以后去哪儿工作都还没定，再说你如果不在北京，咱俩怎么交往呀？”秋云很委婉地把姐姐远嫁，家里只有自己和母亲的情况告诉了李自信。

李自信听了愣了一会儿说：“那不是问题，为了你，我愿意回老家，我老家离北京又不远，坐上长途车半天就到了。”

秋云赶忙说：“那也不行，你不留在北京哪成？家里只有我和我妈，我可走不开，离开北京可不行！”

“你看要不这样，咱俩先交往着，以后的事慢慢商量行吗？”李自信渴望地盯着秋云。

“你要是愿意，暑假跟我回去看一看，我们老家可好了，你去了肯定喜欢。那里树多，我带你去看白塔寺辽代石塔，有一千多年了；对了，我们那儿的安育清真寺号称‘京南第一寺’。我如果以后回去，肯定是去学校教书，将来你也可以在永清找个轻松点的工作，别再当这售票员了，太辛苦啦！”

听李自信这么说，秋云不好再拒绝，她低着头思考了一会儿，为难地用极低的声音回答：“那好吧！”

“秋云！”李自信欣喜地去拉秋云的手，但她触电似的躲开了。

“哪天我去你家见见伯母可以吗？”

“先别急，你等我信儿吧，我先跟我妈打个招呼。”

公园约会后的几天里，秋云经常装作漫不经心地跟母亲提起李自信，试探着母亲的口风。海老太太年近七旬，一头白发银亮亮地在脑后盘个小纂，总穿蓝布大襟短褂、黑布长裤，永远围一条洗得干干净净的灰布围裙，利利索索的。

老太太抬起满是皱纹的脸盯着秋云看了看，头一摇：“丫头，外地的别考虑，除非你也打算抛下你妈！”

这话像钉子，扎在秋云心里。自打姐姐不辞而别，父亲病故，母亲一夜之间头发全白了，她就是母亲唯一的亲人，母亲把她看得很紧，无论去哪儿，都要打听清楚。秋云知道母亲的顾虑，就不再说下去，想等机会慢慢聊。

这一天，李自信居然不请自来了。

他小分头理得整整齐齐，提了一兜橘子、香蕉，拿着一本书，斯斯文文的，进门就说是秋云的朋友，叫李自信，来看望老太太。

海老太太正坐在房门口的小饭桌前切茄子片，正好切完，顺手码放在旁边一个大盖帘上，祛水分准备晚上做烧茄子。见来人忙起身，撩起围裙擦了擦手，请客人进屋坐。

李自信有眼力见儿，指着盖帘说："我给您放小厨房顶上吧，太阳足，还免得过来过去的人给弄翻了！"

"那就劳驾你了！"海老太太求之不得。

老北京都好面子，等李自信进了屋，海老太太马上给他涮了茶壶沏了壶新茶，坐下来陪他聊天。海老太太早年跟老海摆过小摊儿，后来又在铺子里帮着收钱，什么人没见过，李自信一进门，老太太就猜到他的来意，但老太太偏偏不捅破这层窗户纸，只当他是秋云过去的同学或一般朋友，只问李自信在学校里的事，根本不打听他的家境，也不提秋云。

李自信打量起这个家。两间里外间的南屋，炕在里间，外屋的榆木桌椅、衣柜虽然旧，但柜子上的铜饰件擦得锃亮，一看主人就爱干净。

喝了好几碗茶，见老太太根本不主动问他什么，李自信没话找话地聊了一会儿，有些坐不住了，推说还有事就不等秋云了。海老太太嘴上说“急什么，留下吃饭吧”，却把房门打开准备送客了。

送走了李自信，海老太太暗想，这小伙子模样还行，闺女肯定是被这小子的外表和机灵劲儿打动了心。不禁暗自感叹，“这丫头，眼窝浅呀！”

正院的刘五婶儿见海家来了个年轻人，估计是秋云的对象，就在院里来来回回走了好几趟，还抻长脖子往屋里看。李自信前脚走，刘五婶儿后脚就进了屋。

“海大嫂，刚才来的是秋云的对象吧？”

“呦，哪呀，就是她原来的一个同学。”

“挺斯文的一个人，瞧着眼生，不是街里人吧？”

“您瞧，我就没您这心眼，我都没打听人家是哪儿的人！”

刘五婶儿讨个没趣儿，也不好再问，只好退了出来。

从秋云家出来，李自信感到像老太太吃柿子——嘬瘪子。他暗自揣摩秋云母亲对自己的态度，莫不是秋云根本没和母亲提起自己？要么就是老太太太有心计。他在教子胡同口等着秋云。

见了面，他拉着秋云的手说：“我看伯母不像是知道咱俩的事，你跟她提我了吗？”

秋云十分吃惊，跺着脚说：“你去我们家了？谁让你去的！”

看秋云有些生气，李自信忙解释：“就是去看了看伯母，随便聊了几句。”

秋云知道母亲的态度，她觉得李自信一露面反而会坏了事，就气急败坏地说：“我妈吃软不吃硬，你不等我做好工作就登门，我妈一定不会同意的，我得先赶紧回去看看她。”说完就要走。

李自信拦住她："关键是你的态度，我李自信是百分之百爱你的，我可以掏出心给你看！暑假你能跟我回趟老家看一看吗？"

"再说吧！"

放假了，秋云真的瞒着母亲跟李自信去了趟永清。

李自信的爹早年是冀中回民支队的队员，现在在县里工作，李家在当地很有一些人脉。秋云家住的正院、跨院加起来都没有李自信家院子一半大，一排五间大瓦房，豁亮极了。李家对前来的秋云极尽热情招待。又是宰鸡又是炖肉，李自信的母亲看着秋云喜欢得不得了，拉着秋云的手说："闺女啊，你也都看见了，我家这条件不比京城差哪儿去吧，将来自信有个好前程，不会亏待你的。"

从李自信家回来后，秋云便坚定了要和李自信走下去的念头。她把自己的打算都和好姐妹艳敏、秀琪说了。

秀琪那时还懵懵懂懂，知道秋姐有了心上人，只知道替她高兴，艳敏告诫秋云："永清再好比不过北京城，两地分居的苦将来可有你受的！"

秋云还是不顾亲友的反对，在1964年春和李自信领了证。

听到这个消息，姐妹们心中有欢喜也有遗憾。秀琪记得艳敏惆怅地对大家说："想不到，秋云是个爱情至上的人呀！"

由于姐姐的缘故，秋云期待一场热热闹闹的婚礼。李家打算让李自信的姐姐到北京接海老太太和艳敏、秀琪等小姐妹，但海老太太是个有脾气的人，说什么也不肯前往永清。秋云没办法，母亲不同意、不到场，她不得不改变了主意。她没通知任何亲朋，只瞒着母亲把姐姐从包头接到永清作为娘家的代表出席，对外推说母亲身体不好，晕车，不能出远门。李家倒也不挑理，据说婚礼在当地办得热热闹闹，秋云出嫁当天很是风光。

回到北京，秋云带着李自信到街坊四邻家送了些喜糖算是把自己结婚的喜讯告诉了大家，街坊们嘴上嗔怪她不早说，心里窃喜还省下份子钱呢！只是姐妹们不饶她，秋云给每个人做了一双黑绒布面扣襻布鞋赔礼儿。结婚后，一对新人两地分居，秋云仍旧留在京城母亲身边继续当她的售票员；李自信除寒暑假外，一个月来一趟。他们的女儿蔷蔷如今也有四岁多了。

海家租住的是李家的南房。李家买的是个跨院，正院归刘家。

李家以前开一家小油盐店，老掌柜带着儿子一家四口。后来，李家的儿子进货时被酱缸砸了腿脚，加上他本身有糖尿病，伤口一直溃烂以致发展为败血症，花光了家里的积蓄，还是走了。老掌柜就把南房出租给海家，贴补家用。李家儿子无常后，李嫂就带孩子投靠了住在麻刀胡同的娘家，直到老掌柜无常了，儿子老双也十好几岁了，找了份工作，娘仨才重回这个小院住。但李嫂的老妈也落炕多年，李嫂白天基本上都过去伺候。老双上小学时跟艳芬同班，但比她大两岁。闺女小名叫线儿，比他哥小五六岁。

可能是打小寄人篱下，线儿的性格有点分裂，见人嘴甜、有眼力见劲儿，能揣摩人心思，很小家务活就样样会干。但她嫉妒心强、记仇，谁说了她几句她就记恨人家。她还有一个毛病就是爱占小便宜，谁家做点好吃的，或家里来了客人送点什么，她准会找个借口待在人家屋里，吃点得点才算完。因此，街坊邻居们都不待见这丫头。尤其是住同院的刘家、海家，一见线儿从她姥姥家回来，都躲着她。

海大大尤其看紧小蔷蔷，生怕小孩子招惹了她。小伙子老双倒是憨厚老实，没念几年书，十几岁就出去打零工。

那场大雹子下过没多久，老双领回家一个姑娘，俩人黑不提白不提地住在家里。对过儿屋里的海大大眼里不揉沙子，先不干了，去正院找刘五婶儿。

“五嫂子，这老双是怎档子事呀？”

“我也正要找您问问呢，敢情您也不知道呀！”

“咱这院可容不下斜的歪的，得跟他妈问个明白！”

于是，两位老太太在院门口等着李嫂，晚上她回家时把她堵在院外。

“那姑娘怎么回事呀？”

李嫂羞愧难当，“海大大、五婶儿，我还说找个机会带孩子们上你们屋里见见，这不没腾出工夫吗，我妈恐怕熬不过这几天了。这姑娘叫满丽，是我嫂子的侄女，我跟嫂子去了一趟她们家，我们家的情况她们也清楚，农村人只要能进城就行，也不挑礼儿。人家什么条件也没提，俩人就登了记。”

“哟，合着，这姑娘是大厂的呀？你弄个河北的儿媳妇，将来怎办呀？”刘五婶儿惊得瞪大眼睛。

“老双也没正式工作，我也舍不得让他去远地方插队去，我想，实在没辙了就让他跟媳妇回乡，这姑娘初中毕业。”

“他李嫂，话是这么说，但先顾眼下，也别委屈了人家姑娘，别让人说闲话，不然将来怎在这街上出来进去的呀！”

“是，是，您二老说的是，我这就买点喜糖，带着他俩挨家走走、见见！”

“哎，这不结了！早该这样。”

“管得太宽了吧！她家姑娘多风光呀，都跟人跑了。”从北屋里传出线儿的喊声。又听李嫂说：“住嘴吧！别找事儿！”

“这丫头是说谁呢？”正给孩子讲故事的秋云竖起耳朵。

“嗨，我跟你五婶儿今儿问了句北屋那姑娘的事。”

“您就是爱多管闲事。”秋云怪罪母亲。

“你这话儿是怎么说的，李家是正经、规矩人家，老掌柜那人多随和、稳重，到他们这儿不能走样。”

“咳！我的妈，那是人家的事，轮到您瞎操心。”听到北屋再没动静，南屋里间也拉灭了灯。

“妈，蔷蔷睡了，您先歇着吧，我去看看秀琪。”

刘家姐妹

比起秀琪，艳敏是幸运的。

1965 年艳敏高中毕业后考上了一所高等学校。送她到学校报到的时候妹妹艳芬和邻居好姐妹秀琪、玉玲都去了。她们有的帮她抬行李，有的抢着给她背书包，根本不让她插手，一路上姐妹们说着笑着，好像有说不完的话。

艳敏兴奋地对大家说："咱约好了，明年一起送秀琪，后年说不定就是艳芬和玉玲呀！"可是，艳敏入学才读了一年，运动就来了。

学校停课了，老师、同学中出身不好的人人自危，艳敏凭借着工人出身的家庭成分成了逍遥派，后来索性躲回家待了一段时间，看形势稳定一些了才返回学校。1968 年起学校恢复毕业分配了，艳敏的心思全集中在这方面。

坐在公交车上，艳敏感到宋副队长总是在车子拐弯晃动时有意无意地往自己身上靠。

宋副队长是进驻学校的工宣队负责人之一。三十岁出头，个头不高，国字脸五官还算端正但长了一脸青春痘，说话微微带点口音，一听就知道不是北京人，平时总穿着一身洗得发白的工作服，显示自己的工人身份。

1969 年年初，工宣队就开始陆续找一些应届毕业生谈心，了解毕业后的分配意向和家庭情况等。

从那时起，艳敏感觉得出宋副队长总找些借口单独接近自己。起初，艳敏心里有些反感，老是借故躲避，后来她发现不知为什么越躲越能撞见他。听上届的同学说，在毕业分配问题上工宣队可是起决定作用的，打那儿以后，艳敏也就不再刻意躲避他，今天宋副队长又上门家访来了。算上这次，他已经是第五次到自己家了。

“哎，你妈问我平时爱吃醋吗，绳（啥）意思？”宋副队长盯着艳敏不解地问。

“她听出你是山西人了。”艳敏边笑着回答边把脸扭向车窗外故意不看他。

“你妈还能听得出我是山西人，我十六岁就到北京工作了，难道我说的不是北京话吗？”他说话时把“是”发成“四”，把“人”的音发成“仍”。

艳敏瞥了他一眼，“我妈是谁，我妹妹就在山西插队呢。”

说到妹妹，艳敏觉得眼睛有点发酸。

刘艳敏、刘艳芬姐妹的父亲刘五爷早年在前门外的清真同和轩饭庄当伙计。饭庄的老板是本街人，同和轩在京派本邦菜上下了不少功夫，精工细作，质量上乘，它的“全羊席”、涮羊肉、清真烤鸭等让人叫绝，食客不少，买卖很兴旺。刘五爷年轻气盛，不知怎的得罪了师兄，后来被挤了出来。他不想再去别家干，也不想再做勤行，索性自己就推小车子卖切糕去了。一辆小推车，白五幅布下罩着一大坨撒满青丝、山楂糕条的江米豆馅切糕，风里来雨里去，一干十几年，刘五爷撑起一家人的生活。年近五十，他越来越感到力不从心，在区里工作的外甥托人给他介绍到“五四一厂”做门卫。

位于牛街南边白纸坊的“五四一厂”也就是北京印钞厂，始建于 1908 年，是宣南一代最有名气的现代化国营大企业，能到那里做个看门人，也是经得起审查的，实在是件荣耀的差事。刘五爷在此兢兢业业地干到退休，这样，刘家儿女们才在履历表上“出身”一栏赫然填上“产业工人”。

刘家住的小院原先是一户贩骡马挣了钱的人买地盖的房子，像是个躺倒的锄头。盖好后觉得形状不吉利，就出手了。正院没西房，刘家买了正院的两南、两北、两东六间房，五爷带着全家和一个外甥住；东边的跨院有南北房各两间，院子就是个小窄条，房东姓李。

刘家两儿两女，一大一小是儿子，中间是两个女儿。艳敏姐妹的大哥在肉联厂当业务员，小弟还在念中学。刘家的两个女儿，外形都属于白皙、纤弱型，但是性格却截然不同。艳敏灵秀聪明，从小就心眼儿活泛、善解人意，艳芬为人实在、憨厚。姐俩虽然只差三岁，但此时艳芬却在山西的大山沟里种地呢。

艳敏记得 1968 年 11 月份的一天，她刚进家门，刘五婶儿就把她拉到一旁说：“昨儿个艳芬的学校开家长会，我去了，学校请了

个山西来的人作报告，说山西怎么怎么好，学校的人说家里没有特殊情况，基本上就让毕业生去山西，当场就有人报名呢。”

艳敏听了眉毛一挑：“啊，艳芬呢，她没犯傻吧！”

“那倒不至于。”

刘五婶儿接着说：“听说北京现在待分配的学生有二十几万，都没营生干，谁不想留在北京找个工作呀！你爸这身子骨也越来越差了，你这儿也还没着落，万一艳芬再走了，这家怎么办呀？”

刘五婶儿一筹莫展想让艳敏帮着拿个主意。艳敏毕竟是大学生，她的主意多、看得远。

“妈，我的事您不用操心，倒是艳芬的事有点难办。知识青年上山下乡，是最高指示，是国家给这批学生指的出路，咱可不能直接说不去，这事儿必须得好好琢磨琢磨。”艳敏拉住母亲坐在炕沿儿上聊着。

忽然，她眼睛一亮：“艳芬不是从小就有爱过敏的毛病吗，您就说她有过敏性哮喘，找找学校，就拿这个说事。”

“说的也是，我怎么没想起来呢，谁都见过艳芬每年春天浑身起大片大片的荨麻疹，可起这荨麻疹跟下乡插队挨得上边儿吗？”刘五婶儿有些犹豫和不解。

“光说起荨麻疹当然不行，起荨麻疹说明是过敏体质，就能引起哮喘，哮喘就厉害了，怕花粉、化肥什么的，不适合在地里干农活儿。”

“呦，我看这也许行，那就按你说的试试吧，说她有那个什么来着？过敏性的喘。”

“是过敏性哮喘？”艳敏纠正母亲的话。

“谁过敏性哮喘呀。”娘俩正说着，艳芬从外面回来，她一边脱去外衣一边笑嘻嘻地问。

“你回来得正好，你姐正帮我给你找辙呢？”

“原来你们是说我得了过敏性哮喘呀，我怎么不知道呀？”艳芬大大咧咧地笑着。

“都什么时候了，还没心没肺的”艳敏瞪了妹妹一眼。

艳芬也坐过来，她看了看愁眉不展的母亲和心事重重的姐姐。她已经参加过学校办的毛泽东思想学习班，学习了老三篇、五七指示、接班人的五个条件和《青年运动的方向》等，还听了以前去外地插队的知青介绍的经验。她觉得国家有难处，眼下这么多毕业生都想留在城里，哪找那么多接收单位，与其毕业后在家吃闲饭，还不如自己找个出路。于是，她故作轻松地对姐姐和母亲说：“插队就插队，有什么了不起的，别人能去，我怎么就不能去。我走了家里也减轻点负担，我和玉玲、芳芳都商量好了，准备一块儿报名去。”

五婶儿一听就急了，“傻孩子，这可不是像去哪儿串门儿，这是要去外地，要迁户口的，去了就回不来了。你今年才十六岁呀，山西那么远，回一趟家还得坐火车！”说着说着眼泪就滚落下来。

艳芬搂着母亲：“妈，您放心，串联时我跟我姐她们去过山西，又不是我一个人去插队。我们有好多同学一块儿呢。再说过两年老四就毕业了，我去了，到时老四说不定就不用去插队了，万一也得走，老四还可以投奔我呢！”

看着大大咧咧的妹妹，艳敏冷笑了一下：“你以为会让你们去太原？插队不是到雁北就是晋中，反正都是苦地方，是农村！”她说完推门出去了。

不一会儿，艳敏不知从哪儿找来一张地图，她把妹妹拽过来，“你好好看看，山西在哪儿？”

姐俩伏在桌子上低头仔细看着、说着，刘五婶儿也凑过来，听了一阵儿，自言自语：“敢情这地方比黑龙江倒是近不少呢，听说钱家那姑娘去了黑龙江，军垦，那地方多冷呀！”

几天以后，刘艳芬从学校回来，情绪有点低落，艳敏关切地问：“怎么了？”

“我今天在学校贴出的去山西插队的光荣榜上没找到玉玲的名字。我们仨一起报的名，可她的名字没在上面。”

“哎哟，我就说了，玉玲那丫头鬼着呢，说不定她就不去了。你这傻丫头！”艳敏正在擀面条，她抖了抖手上的面粉，把锅从炉子上端下放在一边，喊了声：“妈，您接着擀面自己煮吧，我跟艳芬找玉玲去！”说完，就要拉艳芬往外走。

“别去了，我刚碰见她和她四嫂了，拿着大包小包奔火车站了，说是陪美霞回趟老家。”

“你没问她还去不去山西？”

“能不问吗，她说她父母不在了，享受政策照顾，可以不去插队，还说，美霞又怀孕了，她哥让她帮着照顾。”

“得，这回仨人就你一个人去了！”

“人家芳芳也报名了，是她妈病了才没去成，又不是临时变卦！”艳芬咬了咬下嘴唇。

“说什么时候走了吗？”

“很快吧，下周就去办手续，可以领二十二尺布票、四斤半棉花票和十一块钱的补助。”

一阵沉默后艳芬突然说：“我饿了，给我煮面吧！”

此刻艳敏明白，艳芬是在转移话题，她心里肯定有些悔恨。艳敏不想再说什么，默默地重新端起锅放在炉子上，擀面给妹妹煮面条。

汽车到了终点站，宋副队长起身，“该下车了。”艳敏这才回过神，不好意思地朝他笑了笑。

下了车，两个人往学校走去。路上，宋副队有意无意地问艳敏对分配有什么打算，艳敏若有所思地摇摇头。

“我也不知道，反正我家的情况你也看到了，最好能留在北京。我父母年岁大了，妹妹又不在家，弟弟还在上学，我哥一年四季出差，跑遍内蒙古、甘青、新疆的牧区给公司选购牛羊，大前年去四川的阿坝，赶上下大雨路断了，两个多月没音信，差点没急死我爸妈。他连自己的老婆孩子都照顾不过来，更别指望他照顾老人了。”

“听说留北京的名额可不多哦。”宋副队长故意给艳敏递话儿。

“宋副队长，你说我有希望留北京吗？”艳敏停下脚步急切地看着宋副队长。

宋副队并不看她，而是撇着八字脚径直往前走着，“需要各方面综合起来考虑，但这主要还得看表现呀！”他特意拉着长声。顿了一下回头小声说：“别老宋副队、宋副队长地叫，你可以叫我宋长生。”

艳敏追上他：“这我可不敢，还是叫宋副队长吧！”

“没关系，别拘束，叫我长生就行！”

“宋长生同志，有时间你给我具体说说行吗？”艳敏故意在宋长生后面加上“同志”两个字。

“行啊”，宋副队长马上应了，“只要你想听！”

此刻，艳敏知道，自己若要想留在北京，必须抓住宋长生，她妩媚地一笑：“特别想听！”

走到了学校大门口，艳敏怕被别人看见，就对宋副队长说：“宋副队长，不，宋长生同志，您先进去吧，我还要到书店转转。”

“啊，没关系，我也没啥事儿，我陪你去。”

艳敏有些尴尬，但实在是没有办法推脱，正在这时，后面有个同学大声喊艳敏的名字。艳敏就像抓到救星一样，跟宋副队长说了声“再见”转身就跑了。

这天，艳敏比平时到家晚了一点儿，都快八点了才进门。她留在了北京，被分配到东郊的制药厂，进了技术科。厂子离家远，她每天到家都比较晚。

艳敏一进屋，把手上的网兜递给刘五婶儿，然后赶忙脱下身上散发着一股药味的格子外衣，抖搂几下，转身拿起一个木头衣架，把外衣撑起来拿出屋，挂在院子里拴着的晾晒衣被的俗称“豆条”的粗铁丝上。

“什么东西啊？”刘五婶儿拎起网兜看了看。

“这是长生给您的，好像是红糖和白糖。”

“他打哪儿淘换的，他集体户口又没有副食本儿？”刘五婶儿嘀咕着。

“谁知道他哪儿弄来的，甭管他，您就收着吧。”

艳敏进了屋在脸盆里洗了洗手，“吃什么呀？”伸手就要去掀桌子上的盖帘儿。

“你先别吃，坐下，我有几句话想跟你说。”刘五婶儿沉着脸。

“您说呗，饿着呢，我边吃边听。”艳敏掀开盖帘儿，看见里面的粉丝炒白菜和一盘花卷，就端起碗，拿起个花卷，夹了点儿菜坐在桌子前面吃。

“你跟宋长生说，以后别老送东西了。”

“呦，这一阵儿您还少收人家的东西了。”

“我是说从今往后，就跟他少来往。”

“妈，没有长生，我可能这会儿在甘肃呢。”

刘五婶儿一字一句地说：“你听着，你留北京，分到制药厂，那个宋长生是出了力，咱记着人家的好，咱想办法还他这人情，但是，他想别的就没门了！”

“想什么别的？”艳敏不紧不慢地问。

“别揣着明白装糊涂！他想跟你结婚可不行，打我这就过不了，更别说你爸爸了，他是不会同意的。”刘五婶儿急了。

“那您说怎办？过河拆桥？”艳敏撂下碗。

“凉拌（办）！”刘五婶儿提高了声音。

“别说咱是回回他是汉人，你们吃不到也过不到一块儿，就论你是大学生，他顶多是个技校毕业的工人，你也不能找一个矮你一等的呀？这要是传出去，让你妈这老脸往哪儿搁！”

“他是工人不假，您别忘了，工人阶级是领导阶级！”

“别跟我扯闲篇儿，咱家也是工人成分，不比谁差！”

“同一个战壕里的战友，同一个阶级成分的人这不就算门当户对吗？”

“你妈我，虽然大字儿不识一个，但我就知道你是北京城里的大学生，他老家在山西大山里，你们俩差着等呢，以后这差距就会越来越大。我是过来人，我啥不懂？”

“您现在说这话，晚了！”

“你说什么？”

……

这一晚，艳敏跑了，刘家传出来刘五爷摔盘子、摔碗和刘五婶儿压抑的哭声。

“艳敏从山西回来了。”

一个来月后的一个傍晚，秋云兴冲冲地跑来给秀琪报信儿。

“什么，她一个人还是俩人？”秀琪放下正在看的报纸兴奋地问。

“俩人，早上回来的”秋云倚着门框，胳膊下夹着毛线团手里架着循环针，边打毛线边说。

“五伯让他们进门吗？”

“还说呢，一进门儿那个宋长生就给刘五伯鞠躬。说这辈子当牛做马对艳敏好，还说让刘家收下他这个儿子，反正挺会白话的。”

“嗨，这人还真会说话，不过，人家能这么说也不容易，看得出他是真心喜欢艳敏姐。”

秀琪看着秋云织的毛衣，问：“是给蔷蔷织的？”

“可不，去年织的今年再穿就显小了，这孩子长得真快！眼看天就凉了，赶紧拆了重织，这几天紧赶呢。”

“要不，我帮你织袖子吧！”

“那敢情好了，一会儿我把毛线给你拿过来！”

“我正想去看看艳敏姐呢，一块儿过去吧！”

秋云说：“这会儿那宋长生正刷房子呢。”

“他们还要在这个院住下来？”秀琪听了很是吃惊。

“对啊，艳敏发誓不离开家，说是要照顾父母一辈子，宋长生也表了态，说是学校虽然可以给安排一间住房，但他愿意一切都听艳敏的。据说五伯自打他俩进门就没说一句话。五婶儿求了五伯半天，说人家都领了证，在厂里也发了糖，婆家也见过了，就是合法夫妻。闺女回家横竖也不该往外赶，五伯这才同意他们把艳敏姐俩原来住的那间小东屋收拾出来暂时当婚房。”

“那我可得看看去，咱先合计一下给他们送什么结婚礼物呢？”

秀琪和秋云一前一后地进了院。

“艳敏姐，新娘子！太不像话了，结婚这么大的事儿也不跟我们说一声。”秀琪一进院就喊。

艳敏身穿一件红毛衣，闻声忙从屋里迎出来，不好意思地说：“秀琪，你就别跟着起哄了，回头我一定请你们姐几个。”

“艳敏姐都胖了，看来你婆家净给你好的吃了。”秀琪上下打量着艳敏，秋云也在一旁笑。“瞎说，他们家除了小米饭就是小米粥，上顿土豆丝下顿熬土豆，哪儿有什么好吃的，倒是在大同市里吃了一回羊肉口蘑汤的莜麦面栲栳还不错。”

“栲栳是什么？”秋云不解地问。

“就是蒸熟的莜面卷，浇上羊肉汤。”艳敏解释说。

“莜面那东西吃多了不好消化。”秋云酸酸地来了一句。

刘家的东屋，刘五爷的外甥住一间，另外一间艳敏姐俩住。秀琪站到姐俩的东屋门口往里看了一眼，宋长生脑袋上戴着一个用报纸叠的帽子，身上的工作服沾满了白灰点子。正蹬在一个方凳子上用一个长竿绑上刷子往墙上刷大白，见了秀琪咧嘴笑了笑，算是打了招呼。

“真能干呀！”秀琪冲他喊了一句。回过神儿问艳敏：“你没去看看艳芬？”

“去了，长生他们家离艳芬插队那地方不算太远，都属于雁北地区，就是路不太好走。”

“艳芬那里条件怎样？”秀琪关切地问。

“太苦了，沟沟坎坎，还是盐碱地，除了土坯房就是窑洞，刚去时他们这些知青都分散住在老乡家，后来国家拨给每个知青二百多块钱安家费，现在有个知青点，住的是请当地老乡帮着盖的排房。他们知青点单起伙，大伙儿轮流做饭，基本上没什么菜，老吃土豆，还老不够吃。”

听艳敏这么一说，秀琪难过极了，“真想她，今年过年她能回来探亲吗？”

“说不好，当着我妈可千万别提艳芬的事！”艳敏叮嘱着秀琪和秋云。

艳敏把秀琪、秋云让进父母的房里，刘五伯不在家，五婶儿端出一小碟糖块，从里面挑出两块大白兔奶糖分别递给她俩，叹了口气：“得了，姑娘们，吃艳敏一块喜糖吧！你们姐妹一场，别挑礼儿，她这也是没法子呀！”

秀琪接过糖剥开放进嘴里，拉着五婶儿的手说：“‘穆巴拉克’

（吉庆），给您道喜了！”

五婶儿听了却把头别过去，不想让她们看见自己眼中的泪花儿。

“五婶儿，别想太多，现在时兴新事新办。”秋云扳过五婶的肩，安慰她，接着又指了指外面东屋，“人家挺能干的，又在您眼皮底下，您放心！再说，不是还有我们吗？艳敏吃不了亏！”

刘五婶儿含泪点了点头：“你们聊着，我去弄饭。”说着就起身出屋了。

秀琪见五婶儿的柜子上有一摞“毛选”，就走过去拿起一本，翻到扉页，看上面有字，就念出声：“‘做毛主席的好战士’宋长生、刘艳敏同志新婚志喜！哈哈,这么多红宝书,够你们俩学一阵子的！”

“可不是嘛，不瞒你说，光‘毛选’我们就得了六套，都是厂里和学校同事送的，还有石膏做的主席像什么的，都不知道该往哪儿放。”艳敏苦笑着，指了指墙角放着的一个手提包。

“还是秋云姐猜得对，说你肯定得了不少精神食粮，我们俩就决定送你点实用的吧。”

“对，一对枕巾加一床线绨被面怎么样？”秋云笑嘻嘻地问。

“那敢情好了，不过线绨被面不太好弄吧？”

秀琪得意地说：“这你就别管了，秋云姐有办法。”说完和秋云会心地一笑。

“那我就不客气了”

“哈哈……”

“看新媳妇回门喽！”

“嘿嘿！”声到人到，买美霞和玉玲姑嫂俩抱着平平、静静推门进来。

艳敏赶紧给她们让座、端糖，两个小姑娘乖巧地坐在一旁吃着糖。玉玲抖搂着一块藕荷色的花布：“我们姐俩送你个袄面儿，过几天我帮你裁好让五婶儿给你絮个新棉袄。”

“谢谢了！这颜色真好！”艳敏接过花布在身上比画了一下。

买美霞脸朝着外面说：“你一个人张罗我们哪儿行，不成，不成，得让新姑爷过来见见面呀。”

艳敏回答说：“他刷房子呢，身上太脏了。”玉玲也起哄：“我今天必须得让姐夫给我剥块儿糖！”随后冲东屋喊：“姐夫，姐夫！”

艳敏没办法红着脸去叫宋长生过来。

宋长生一进来，买美霞就发出“啧啧”的夸赞：“歇会儿吧，刚回来就干活，艳敏这是多有福气的人呢！”宋长生笑着说：“不累，来吃糖。”说着就要去拿，艳敏瞪了他一眼，“也不看你的手有多脏！”宋长生吐了下舌头搓了搓手转身出去洗手。玉玲冲艳敏做了个鬼脸。

待宋长生洗了手再进来，买美霞劈头就问：“大兄弟，你进我们回民的家门，我们的规矩你可懂？”

宋长生看了看屋里的几个女人，摸着头，支支吾吾地说：“知道一点，后来听艳敏也说了。”秋云忙打圆场：“人家跟艳敏处了这么久，知道在一起时什么能吃什么不能吃就行了呗！”

“我是怕他在五伯、五婶儿面前露怯，招老家儿翻脸！”美霞白了秋云一眼，接着说：“要说现在，风气真是变了，我小时候俺村一个人娶了汉民媳妇，还请阿訇念经，完了，那媳妇还要洗肠子呢。”

“你们村里猴年马月的事了，你又没亲眼见，现在破‘四旧’，宗教迷信别提哈！”玉玲拦住她，不让她再说下去。

“我们都是来自五湖四海，为了一个共同的革命目标走到一起来了。”玉玲一本正经地背诵着红宝书里面的话，一屋子的人都被她逗乐了。

宋长生说：“我既然进了这家住到这院，就一切都听艳敏的，尊重她的生活习惯。”

“这态度端正”，秀琪说了句。

“大兄弟，你放心，我们也不欺负人！”

“有我在，看谁敢欺负他！”艳敏来了一句。

“噢，给艳敏一大哄！”

“噢！”屋里一片笑声。

艳敏胳肢窝下夹着本书推开房门，屋里的宋长生拉住她，倚着门在她脸上亲了一下。这一幕恰好被从跨院里走出来的秋云看见。“呦，呦，还亲热不够呢，干吗去呀？”

艳敏不好意思地笑了笑，“去找秀琪！”

“我也正要去呢！”

“走吧！”说完，两人挽着手向秀琪家走去。

丁家姑嫂

“秀琪姑姑，秀琪姑姑，我小姑找你呢，你来一下啊。”平平忽闪着大眼睛，头上的两个羊角辫一颤一颤地跑进院来。秀琪正在厨房洗碗，听到叫声赶忙迎出来，“平平，慢点，别跑，瞧着脚底下！”

平平扯起秀琪的手就往外走，“走啊！”

“你小姑怎么不来？”

“小姑在家帮妈妈裁衣服呢，她说有急事儿找你！”

“嗬，你都能当个小跑腿的了，等一下，姑姑把这几个碗洗好咱就走。来，你先吃个西红柿。”秀琪拿起厨房盆子里放着的洗好的西红柿递给平平，并叮嘱：“哈着点儿腰吃，别把西红柿汁滴在衣服上啊。”

秀琪麻利地收拾好厨房，牵起平平的小手，扭头对着东屋说：“三大大，您帮我听着点儿门，我爸送萧然上幼儿园了，我去趟丁家。”

正在糊纸盒的哈三大大隔着玻璃往外看了一眼，“去吧，有我呢！”

平日胡同里的人家出门从不锁门，跟院里邻居打个招呼就行，都相互关照着。有陌生人出现，只要一进胡同口，准有人抢着问：“去谁家呀？找谁呀？”凡是老北京人对这习惯都熟悉，准会笑呵呵地一一回答，并得到指点：去吧，哪个门、哪屋，甚至还能提前知道要找的人在干什么呢，比如，“在家呢，正躺着呢”或“刚出去”！若是不了解胡同生活的人，听到被盘问，心里一定会有老大的不快，嘴上不说心里也会说：“管得着吗？查户口呢？”径直往前走。看到来人表情冷漠，胡同里的人便会“哼”一声，不再理会，但会一直拿眼盯紧他（她）的去向。

刚走到门道处，迎面碰见父亲，平平见到马国禄甜甜地叫了一声“二巴巴（爷爷）”。

“哦，是小平平呀，真乖。”马国禄说着走到近前慈爱地摸了摸孩子的头。

“我要秀琪姑姑去我们家。”平平扬起小脸抢着说。

“哦，好啊，去吧，去吧。”

秀琪叮嘱父亲回房歇会儿，牵着平平走出家门。

来到丁家，买美霞正挽着裤腿，穿一件无领、无袖的碎花布坎肩，趁着午后的阳光，拆了枕头在洗里面的荞麦皮。只见她从一个大瓦盆里用笊篱一下下地把洗过的荞麦皮从水里捞出来，摊开放到地上铺着的一张席子上。

“四嫂，一会儿都不闲着呀，静静睡了吧！”秀琪与美霞打着招呼。

“秀琪来了！快屋里去吧，我不招待你了，就抓这点工夫抢点活儿，一会儿孩子醒了，我什么都干不了，下午两点半我接班。这仨熊孩子给我累的！”买美霞抹了一下额头上的汗。

老丁家原本在虎坊桥那边开着一间小肥皂厂。家里四个儿子，一个闺女。他家的肥皂不但在京津周边有名气，还远销陕甘。老两口相继过世得早，老大挑头干，没两年，哥几个也分了家单过，原本一个大院子砌起一堵墙，在小胡同拐弯的小岔口处另开了一个朝西的门卖给了别人，现在只剩下老四一家和闺女玉玲还住在这个院儿里。

买美霞的男人丁老四前些年死了媳妇，留下一个五岁的男孩儿。后来经人介绍，娶了买美霞。

买美霞老家在河南驻马店，十三岁时她爹在洛阳的一个工地上干活儿出了事丢了性命。她们孤儿寡母一大家子人没办法，投奔了住在牛街的老舅，在老舅的帮衬下就在牛街找了个地儿落下脚。买家孩子多，美霞是老大，跟她娘打零工，什么活儿都干过。十八岁时有人上门给介绍对象，美霞躲在屋外偷听，得知要给人续弦，当场就大哭起来。她娘明白，等人走了，劝了美霞大半宿。“闺女，是委屈点，可咱这条件容不得咱挑挑选选呢，人家不挑咱就知足了！”

丁老四初见美霞死活也不乐意，难怪介绍人不带姑娘照片就来了，只说是家里条件不太好，没有像样的照片，原来是个麻子脸，太难看。但别人都劝他多为没娘的儿子想想，五岁就没了妈，多可怜！

带着个孩子还能娶个黄花大闺女也不亏呀！因此，丁老四就捏着鼻子应下了亲事。

结婚后，丁老四托人给美霞找到个工作，在胡同口外的公共浴室当服务员。这工作离家近，方便照看家。美霞实在又很能干，虽然过门就当起了后妈，但她对继子视如己出，平时把父子俩和家都收拾得利利索索，对小姑子玉玲也能忍让。第二年给老丁家生了个闺女，去年刚入夏时又添了个女儿，今年前妻儿子已经上四年级了。原本美霞她娘帮她带孩子，但自打美霞两个弟弟分别有了孩子后，她娘就说要照看孙子忙不过来，加上美霞的老二静静又是个女孩，她那历来重男轻女的娘，说啥也不再帮美霞带孩子了。

买美霞盘算，送两个孩子上托儿所的开销太大了，她当服务员这点收入就出去了一大半。小姑子玉玲若不去插队，凭她的个性，挑三拣四，拈轻怕重，一时半会儿找不到合适的工作，与其闲着在家晃荡，还不如让她帮着带孩子。平日里玉玲的花销都是哥哥们平摊，小姑子老大不小的人了，作为嫂子，她嘴上不说心里却不快。因此，她让男人丁老四跟玉玲商量，能不能以后玉玲跟他们一起吃饭，不用自己再单起伙了，他们这边每月多给玉玲三块钱零花钱，让她帮忙看侄女。

玉玲是个聪明人，她觉得划算，也喜欢自己的侄女，就爽快地答应了，但有个条件，她不能整天干，如果街道有重要活动，她得去参加，嫂子必须马上请假回家接替她。丁老四两口子觉得这不难，反正美霞就在胡同口外上班，一扭屁股一抬腿就到家了。

公共浴室实在是简陋，淋浴的莲蓬头原本就不多，也就八九个，几乎都坏了，被人掰下来，人们都直接用水管子流出的水冲洗，以致洗头时被水砸得晕头转向的。外面换衣间几排木柜子和一摞竹筐以及几条木头长椅几乎就是这家浴室的全部家当了。只免费提供灯塔牌洗衣皂及拖鞋，说是拖鞋，其实就是旧塑料鞋底子上面烫个横梁做的趿拉板。为节省开支，一块肥皂被切成四小块，每位顾客原则上发一小块；拖鞋平时都收集放在大筐里，顾客用时，要到大筐里自己淘，就别管大小了，能找到一对就不容易，常常都是一顺儿。服务员的工作也就是收发衣柜钥匙、发放肥皂，早晚清洁一遍浴室，看着点拖鞋，别被人顺回家去。星期一到星期六白天都不算太忙，但平时晚上和周六下午到周日人多，离不开岗。女部每班有两个服务员，这点活儿有个人应付着就行了，服务员临时请会儿假是常事。

刘家的院子现在就剩个小窄条，三间大北房，对面挨着墙搭了间小厨房，院里有棵香椿树，就种在临街的院墙根儿。春天，香椿树发芽，常有大杂院里的孩子悄悄爬上墙头，顺墙上树撸香椿芽。只要被发现，丁老四就会拽下孩子，照着屁股上就是几巴掌，嘴里吆喝着：“胆大包天，这叫偷，懂吗？摔坏了算谁的？”但香椿芽还是会让他们带回家的，不就是点香椿芽嘛。玉玲姑嫂也常常摘下香椿芽送给隔壁的马家和其他几个院子的邻居。

玉玲住靠里的一间。小院本来就很窄，被布满了湿漉漉荞麦皮的一大张席子占据了大半个院子，秀琪只好抱起平平溜边儿走进屋。

玉玲正端着碗，边吃边对着一块裁下的边料发呆，床上摆着一件旧衬衫和裁好的一件淡蓝色加小白格子的的确良半成品。

“玉玲，你这本事越来越大了，这是给谁裁衣服呢？”

玉玲笑盈盈地抬起头，“四嫂她妹妹，明天去见对象，想做件短袖衬衫，急茬儿的，四嫂已经裁好了，可你瞧瞧，她裁的这领子差点意思吧？”秀琪放下平平让她自己去玩，凑上去看了看，“挺好呀！”

“好什么？这格子衣服的领子对格斜裁，做出来才好看，直的多一般呀，我想给她用裁下来的边料重新裁一条领子，不过料子不多，不知够不够，我得比画比画，我刚进门就给她干这活！”

“我说呢，怎还端架子让平平来叫我，找我有什么事儿啊？”

玉玲不紧不慢地说：“你还记得咱街道宣传队的事吧？”

年初，街道上组织毛泽东思想宣传队，自己排练一些小节目到处去表演，搞宣传。街道积极分子们几次动员秀琪去参加活动，都被她以身体不好，一累就喘不过气来给推了。但她知道玉玲最喜欢这类活动，报名参加了舞蹈队。

“秀琪姐，我们宣传队正排练呢，准备参加国庆节在宣武工人俱乐部的演出，主任说我们不能总演歌舞和三句半，要争取用多种形式宣传毛泽东思想，想找些会乐器的、会打快板的，我可给你报上名了，你口琴吹得多好呀！”

“哎哟，谁让你给我报名了？也不事先问我同不同意呀？”秀琪一听就急得瞪起眼。

“我觉得吧，你总在家闷着不好，参加活动能开开心，跟我们一块儿去排练多热闹呀！”玉玲边说边扒拉了几口饭。紧接着又得意地说：“居委会现在不是挪到芳芳他们家那院儿了吗，这些天我们在那里排练呢，好多人看，可热闹了，下午你跟我去看看吧。”

“不去，我又不是你们宣传队的成员，再说我都好久没吹了，吹什么呀，歌本都没了。”秀琪摇了摇头坐在床沿上。

“《大海航行靠舵手》《北京的金山上》不都行吗。”

“我平时就是吹着玩，哪儿上过台，台下那么多人看，吓死人了，不行，不行！”秀琪一面说一面往屋外走，“你跟谁那儿报的名就找谁给我把名字销了！”

秀琪说很久没吹了，是真话，她原本有一只小口琴，后来哥哥从莫斯科回来又送了她一只德国 Hohner 牌蓝调布鲁斯口琴。这种全音阶的口琴有十个吹孔，每孔吹吸产生两个音，称为民谣口琴。这个口琴的体积不大，音色具有相当的模仿能力，优美中带点忧郁，很适合吹奏具有民族风格的曲子。这种口琴低音没有 4 和 6，却有两个 5。这样的设计可能是为了演奏一些和弦而考虑的。一开始，秀琪很难适应，她没有掌握压音技术，总也吹不好，后来，还是哥哥带她去请教了他在乐团工作的一个朋友才了解清楚。秀琪曾花了好多精力来练习，用它吹出的《山楂树》真的好听极了。但自从她毕业赋闲在家，却再也没心情吹它了。

“宣传毛泽东思想是政治任务，你敢不去？”玉玲想将她一军。

“政治任务应由你这样的思想觉悟高的人去完成，我觉悟低，你能把我怎样？”秀琪扭过头绷起脸。

玉玲见讨了个没趣儿，忙说：“别走呀，秀琪姐，回来，回来！我还有话跟你说。”

见秀琪回转身，玉玲说：“我今天听了个偏方，说是有病治病没病强身的！”

“呦，怎听着像过去逛土地庙时遇到的卖假药的说的话！”秀琪忍不住又笑了。

玉玲头一歪，“你爱信不信，这可不是一般人说的。”

“不是一般人是谁呀？听着挺玄乎的。”

玉玲凑近秀琪，显得有些神秘，“大院里住的那个赵主任你知道吧？”

赵主任，就是大前年搬进大杂院里院中院的干部。虽说胡同里的人谁也说不清他究竟是哪个机关的主任，但凭偶尔有汽车停在胡同口接送他，就知道他一定是个大干部。因胡同窄，汽车开不进院，所以赵主任只能步行进出院。他一般低着头，从不和邻里打招呼，每当这时，邻里们也都主动闪开，目送主任进出。

前年胡同拐角处建起一座抽粪式公共厕所，自打公厕落成，各院自建的小茅房就失去作用了，再也不用掏粪工背着粪桶到胡同里挨着院地进小茅房掏粪了。胡同里的男女老少也因此有了个信息交流的中转站。男女老少趁在厕所蹲坑的工夫，说点家长里短。于是，关于赵主任家的一些情况便传出大杂院。

人们说不准常出入赵家的一对年轻军人是赵主任的儿子儿媳抑或女儿女婿，反正知道那个好像小时得过小儿麻痹，一条腿特细还微微有点跛的小子确定是他儿子，名叫赵翔，人们背地里都叫他小波（跛）儿。赵家院里上下水、卫生间都有，但小波儿有时会和大杂院的个别年轻人一起出现在胡同的公厕里，有时他也会站在胡同口看着进出的人，大多数时候都阴沉着脸。

“你听小波儿说的吧？”

玉玲扭着身子，脸上显出一点得意的神情：“这你就别管了，反正听说赵主任也试着做了，说管用！”

“到底是什么偏方呀？”秀琪好奇地问。

玉玲凑近秀琪的耳朵一字一顿地说：“打鸡血”！

“什么？你再说一遍？”秀琪差点惊掉下巴。

“你不出门，不知道，现在特流行这种打鸡血疗法，听说有部队首长也试了，特有效。”玉玲一副看不起人的样子。

“你是说往人身上注射鸡的血？往哪儿打？”

“这我真不知道，我只听了一耳朵，要不我帮你打听打听，你身体弱，说不定管用呢！”

秀琪点了下玉玲的脑袋，“你好歹也算初中毕业，有点卫生常识好不好，人和畜禽是一类吗？”

玉玲马上反驳：“人不也是高级动物吗？”

秀琪说：“去年哈三大大养的小油鸡长得好好的，有一天早上有一只打蔫，我爸让她把打蔫的那只拿出来单放一筐里，老太太没理会，第二天早上六只全死了。前边徐家、季家的鸡也都死了，听说是鸡瘟，都挖个深坑撒上白灰埋了！

打鸡血，你知道吗，人要是染上鸡瘟也会死的！”秀琪狠狠地白了玉玲一眼。

“以后这种乱七八糟地说道别不动脑子瞎传。”秀琪责备起玉玲。

“真的？好，好，说正事，宣传队活动你当真不参加？”

“不参加！”

“还说我傻，你不积极点，人家街道安排好点的工作怎会想起你？不出门就有好事找上门吗？你呀，得学得主动点，多参加活动。你看人家老双的媳妇。”

“说满丽不就得了，还老双媳妇，人家有名有姓的，她怎了？”

“人家现在学着当赤脚医生呢？”

“听说她就是初中毕业，又没学过医，敢当医生？”秀琪睁大眼睛。

“她爷爷好像在乡下是个郎中，估计人家有家传！再说了，她现在不是在接受培训吗，好歹学着掌握些打针、量血压、发药的知识才能当赤脚医生吧！”

“在哪儿培训？”

“具体不知道，街道给安排的。”

“那好呀，学好了为大伙儿服务！”

玉玲婉转地说：“我的意思是，你要是也多参加活动，像这样的好机会还能轮到她，不就是你的了吗？你多聪明呀？”

“好，以后有别的活动再说吧，你们这表演类的就算了。”

玉玲拍拍秀琪的肩膀，“行了，我的姐，我一会儿就给人回话儿去，说请不动您！”

玉玲撂下碗又去摆弄布料了。秀琪走到院子里跟美霞打个招呼：“我走了，四嫂。”随即又折回屋门口对玉玲说：“最近一直没见到芳芳啊？”

“她呀，三班倒，忙，听说人家都当标兵了！”

“什么标兵？厂里的？”秀琪问。

“可不是吗。”

“芳芳真是好样的，见到她替我带个好！”

代课教师

“同学们好，我是新来的马老师，今天我给你们上一堂语文课。”秀琪站在讲台上，下面是五十来个双手背后，挺直腰板儿坐得直溜溜，瞪着新奇的眼睛望着她的孩子们。她的声音不高，这是她第一次以一个代课教师的身份给学生上课。尽管此前一周她已经做了不少准备工作，但站到这里她还是能感到自己说话时微微有些颤抖，她悄悄用手掐了自己的大腿一下。

“今天我们要学习一篇新的课文，叫《小马过河》。”秀琪停顿了一下，快速扫视了一遍教室，与坐在最后的校长交换了一下眼神。

“在学习这篇课文之前呢，我想问同学们几个问题。”

“你们在生活中遇到过困难吗？遇到困难的时候，怎么样想办法解决呢？是不是会听别人的建议呢？”

“有没有同学愿意回答？”秀琪看着下面的孩子们。两三个学生举起手，秀琪微笑着指着一个虎头虎脑的小男孩，“你来。”

“我帮妈妈搬蜂窝煤总是把衣服蹭黑了，还老把煤块儿掉地上摔碎了。”

“哈哈！”教室里传出一片笑声。

秀琪也笑了，她感到不再像开始那么紧张了。

“你能帮妈妈干活儿，是个好孩子，但想没想过怎样干才尽量不把衣服弄脏又能不打碎煤块呢？”

小男孩不好意思地摸了摸小脑瓜。

秀琪接着启发学生们：“那，其他同学有没有好的建议给这位同学呢？”

孩子们的情绪被调动起来了，有的说搬的时候可以在胸前垫张报纸，有的说可以戴个围裙，有的说放在簸箕里端，有的说把煤块放在搓衣板上端……

秀琪被孩子们的热情感染了，她彻底放松下来，感到从没有过的开心。

“大家说的或许都有一定的可行性，谢谢大家的参与！放学回家后尽量多帮家长干些力所能及的活儿吧！”

她走到第一个回答她问题的小男孩身边，俯身对他说：“大家的建议你都听到了，下次再帮妈妈搬煤块时你可以试一试，关键是找出适合自己的方法，好吗？”

小男孩高兴地点点头。

“好，那么我们今天就看看课文中的小马在遇到困难时是怎样克服的，它又是怎样对待别人的意见和建议的。”秀琪回到讲台上。

“请同学们打开书，认真听老师读课文。”

“马棚里住着一匹老马和一匹小马。一天，老马对小马说……”秀琪抑扬顿挫地念着课文，孩子们也都双手拿着书认真听老师朗读。坐在教室最后排的校长频频地点头。

下课了，孩子们像小鸟般蹦蹦跳跳冲出教室。秀琪收拾着自己的教案和课本。校长走到她面前，微笑着，“真不错，启发式教学讲得好，小马，留下吧。”

上课的铃声响起，操场上的孩子们都纷纷跑进教室，校园里又恢复了平静。秀琪站在操场上环视着这座她再熟悉不过的校园。最南边连着校门的一排带走廊的教室对面的大槐树下是个领操台，领操台后面是一排坐南朝北的房子，校门与领操台之间是个小操场，操场的东边有几间办公室，操场的西边有个小门通往清真寺。秀琪独自走过操场来到北面的一个四合院。这里也都是教室，穿过小院后面还有一个可以活动的小块平地，不知何时已砌起了两个乒乓球台子。她摸了摸球台，又看了看周围。她在这里念了六年书，她熟悉这里的每间教室，发现它们比以前破败了，木质门窗上有的钉着木条，有的玻璃破了用白纸糊着，唯有大槐树长得更加高大、浓密了。不光是她和哥哥，就连父亲都是在这儿读的小学呢。这所小学的前身是1908年牛街的王浩然阿訇创办的清真第一两等小学堂，它开办在牛街清真寺的东跨院，这所小学开近代中国回族新式教育的先河。清真第一两等小学堂后来发展为京师公立第三十一两等国民小学，再后来改为北平第二十小学。现在这所小学虽然划片招生，但学生大多都是附近的回族孩子。

放学了，秀琪站在学校的大门口，等着小侄子萧然从学校里出来一起回家。那一天，她也是在等萧然放学时，被送学生出来的梁老师也就是她原来的班主任发现了。

“秀琪，你怎么在这儿？”梁老师好奇地问

“梁老师，我来接我小侄子。”

“哦，你哥哥的儿子都上学了，时间过得真快！可不是吗，我也该退休了。”梁老师拉着秀琪的手仔细端详。

“你现在干什么呢？”

秀琪有些难为情，说自己目前没什么事儿，前一阵儿身体不好，所以一直在家歇着。梁老师听了，灵机一动，她拍了拍秀琪的手：

“巧了，你看这样好不好，我们这儿有一个老师马上要生孩子了，她的班没人带，我去跟校长说说，你可以来试试做个代课教师，你愿意吗？”

秀琪惊喜地看着梁老师，“真的吗？我不知道自己行不行？”

“我了解你，应该没问题，你等我的消息吧！”

“谢谢梁老师！”

秀琪就这样当起了代课教师。

“小马，快看看去，你班上的学生打架呢！”校工跑进办公室，秀琪赶快跟着他向教室跑去。

秀琪老远就听到教室里一个女老师的怒吼声和孩子的哭声，她没敢贸然进去，隔着教室玻璃往里看。

这两年入学的孩子可真多，每间教室都被塞得满满的，破旧的课桌高低不齐拼凑摆放在屋里，每一排都挨得很近，学生们的座位距离都压缩到最小，仅够勉强起身、坐下。

这是一节手工课，按教学要求，老师先对学生们进行革命传统教育，讲一个红军老班长在长征路上帮红小鬼缝补衣裳的故事，接下来，教学生们缝制一个可随身携带的针线包。

秀琪在教室外听、看了一两分钟，明白了，在开始学缝制的环节，一个女学生的线团掉在地上，她弯腰捡拾，不得不将椅子往后顶了一下，后面的男孩子没留神就被针扎到了手，随手便打了女孩子，女孩哭着回身打男孩，男孩躲闪时又碰到旁边的另一个男孩。那被碰到的男孩也不依不饶动起手，三个人打成一片。秀琪才来学校没几天，还叫不出学生的名字，也不清楚他们的性格特征。

秀琪敲敲窗，教室里的老师同学都看到了她，她推门与老师打个招呼后，带三个同学出来解决问题。

在教室外面，路过的王老师一眼看见其中一个男孩就甩了句，“贾小强，又惹事了，我看你就等着被开除吧！”

贾小强，就是率先打女生的那个孩子，抬起袖子蹭了把鼻涕，狠狠地瞪了王老师一眼。

秀琪注意到贾小强虽有些瘦小，但脸上一副天不怕地不怕的样子，不像那两个孩子都知错地低着头。他衣衫破旧，衣裤都打着补丁，因常用衣袖揩鼻涕，袖口上有一层发亮的硬痂，脚上的鞋子也露出大脚趾。

秀琪柔声对贾小强说：“同学捡东西不小心碰到你，我知道你被针扎了手，来，让老师看看流血了吗？”贾小强略一迟疑，把手伸过来。秀琪拉起他的小皴手摩挲着，“没事，男孩子，扎一下没什么了不起的，不疼了吧？”贾小强可能没想到老师会这样对待他，有些愣愣地看着老师。秀琪接着说：“同学捡东西不小心碰到你就动手打人是你不对，尤其不该打女同学。”然后她又转向那个女孩子，“碰了同学要说对不起，以后记住了！”女孩点点头。

“我今天要批评你，看他俩都动手了，你就不该再上手。”她这样对另一个男孩说。

“咱们教室小，发生碰撞是难免的，以后都要学会互相谦让，今天的事你们仨人都有错，相互说声‘对不起’和解吧！”

三个孩子中女孩子先说了一声，接着是另一个男孩，最后贾小强才用极小的声音挤出一声。

“还要记住，你们今天影响了全班，以后要学会顾全大局，别扰乱课堂纪律，以后别再发生类似的事了，行吗？”除了贾小强以外的两个人马上点头。秀琪看着贾小强，“老师等你的回答呢。”贾小强也勉强点了点头。

在以后的日子里，秀琪仔细观察，贾小强个头虽小，但他却是班里的孩子头，总是带头调皮捣蛋，动不动就爱动手打人。她几次找小强谈话，发现他虽然有些爱犯浑，但很聪明，学习成绩还不错。

这一天，下午下了课，秀琪来到了贾小强家。推开门，脸上戴着花镜，手上戴着顶针，身上还挂着线头儿的贾小强的母亲慌慌张张地迎了出来。

“我是贾小强他们班的代课教师……”不等秀琪说完，贾小强的妈妈马上接茬：“老师呀，您请进，小强又在外面惹祸了吧？”秀琪连忙解释说就是来做个家访。

小强的母亲随即面露难色，“哦，老师，前两天班干部来过了，今天又烦劳您亲自来一趟，这学杂费我这个月真凑不上，下个月一准儿交，您看行吗？”

秀琪摆摆手，“您误会了，我是给他们班代课的老师，我就是找出班上几个有代表性的学生做个家访，看看平时他们都干些什么。”趁小强妈倒水的工夫秀琪环视着小强的家。一明两暗的三间小东屋，中间堂屋迎面的桌子油漆早已脱落。秀琪坐在桌子旁的椅子上感到椅子腿儿有些晃荡。墙上除了胡乱画的图画、铅笔写的算式，还贴有一溜儿花花绿绿各式各样的糖纸。左右两边屋里各有一铺炕，天气已经凉了，但炕上还铺着旧凉席，破洞的地方都用布补上了。左边的屋里靠墙有几个旧木箱子和柜子，右边屋里有一架缝纫机，旁边的一个长木凳上有些整块的布料，拉起的铁丝上挂着做好的和要修改的衣服及纸样，地上有不少碎布条子。

见秀琪盯着墙上的糖纸看，小强妈忙解释说：“他爸在义利食品厂上班，有时给孩子们买点厂里内部处理的糖块回来。小强就把糖纸都攒着，挑不一样的贴在墙上，没事照着画着玩。”

“小强爱画画儿？”

“就是瞎玩呗！我这一天忙到晚，只要他不出去惹事我就知足了。”

“他都画些什么呀？”

“谁知道！”

“您能把小强平时画的给我看看吗？”

“不准有，谁知他画完搁哪儿了，您等会儿，我翻翻看。”小强妈翻箱倒柜地找了起来。

她一边找，秀琪一边和她拉家常。小强家有六个男孩，前两个哥哥已经去插队了。还有四个在上学，贾小强是最小的一个。他母亲没有工作，在家替人做衣服、缝缝补补。从小强母亲的话中秀琪明显可以感到这家人生活的窘困。不说这夫妻俩的收入，就是凭票供应这一项，对这有着一大群男孩的家庭来说能让孩子们吃饱都是非常困难的。俗话说“半大小子吃死老子”，吃饱喝足都难，别的开销根本排不上队，难怪小强妈以为自己是上门催收学杂费来了。

“这儿有几张。”小强妈终于从一个柜子里的衣服底下翻出一个小本子递给秀琪。

秀琪接过来仔细看着，里面基本都是铅笔画，有的是糖纸上的图案，有的是语文课本上的插图，还有一些是小鸟、小老鼠之类的。尽管简单稚嫩，但看得出他是用心的。

一天，放学了，秀琪把贾小强叫到一旁，从书包里掏出一把新铅笔、一盒蜡笔和一双半旧的鞋、一身军绿的衣服递给贾小强。

“老师知道你喜欢画画，我送你几支中华铅笔和一盒蜡笔，你好好画。另外这是我侄子穿小了的鞋和衣服也给你，别看他比你小，可他长得高，别嫌弃。”贾小强愣愣地看着老师有些不知所措。

秀琪弯下腰，把贾小强前面露出大脚趾而且破了帮儿的鞋脱下来，给他换上萧然的一双半新的蓝色网球鞋，然后把衣服递给他，“回家换吧。”小强换上新鞋，拿脚踩了踩、试了试，咧嘴笑了。秀琪摸了摸他的头，“回家去吧。”

“谢谢老师”。贾小强给秀琪鞠了个躬，把笔和衣服放进书包，一溜烟地跑了。

天冷了，教室里要生炉子了。学校卸的煤球里夹杂着很多煤末，校长犯了愁，最后只能组织师生们攥煤球，算是一堂劳动课。

秀琪还真没干过这种活儿。那天，按通知，各小组的同学们分头都带着簸箕、小铁铲子来上学，下午就上了一节课，下面就安排上劳动课了。秀琪让孩子们把课桌椅都一律推到后面，腾出前面的一小块空地。各组的男孩子们拿着簸箕到教室外面撮煤末，堆成一堆儿。只见贾小强拿起一把小铁铲，在煤末中间挖开一个小圆圈儿。

一个个头高的男生自告奋勇地拿着小桶提来一桶凉水，贾小强指挥他就要往圈里倒。“等一会儿！”秀琪跑着去教师办公室提来一暖瓶热水，把热水倒到桶里。这样，贾小强带头，几个男孩子拿小铲儿，把煤末和成了泥。然后，秀琪招呼同学们一起攥煤球。但是很多孩子嫌脏怕弄黑了手，迟迟不肯过来。秀琪蹲下身带头攥起来。贾小强冲着同学们喊：“快点攥，别让老师一个人干呢！”他这一吆喝，不少同学都蹲下来开始干活儿。攥好的煤球，再用簸箕端到教室外面的操场上晾晒。

小强干得特别快，攥完煤球别人都抢着到水房洗手，贾小强却默默地拿起笤帚，帮秀琪一起把教室的地面打扫干净。

第二天早上，上课前，秀琪郑重地表扬了贾小强。秀琪悄悄地看了他一眼。只见贾小强身子挺得直溜溜的，只是有点不好意思地抿着嘴，脸上微微有点发红。

星期天的早晨哈三大大一开街门，就被一个蹲在门口抱着一个蓝布口袋的小男孩吓了一跳：“哟，你这孩子，蹲这儿干吗呢？”

“我找马老师。”

哈三大大对着院里喊：“秀琪呀，你出来一下，有个孩子找你。”

秀琪连忙披了件棉外衣，跑到门外，一看原来是贾小强。

“你找我，怎么不敲门？等多久了？”秀琪用手捂住他冻得发红的耳朵。

“我怕太早了，刚等一会儿。”贾小强把布袋子举到秀琪面前，秀琪打开后，发现里面是一些零碎不成块的威化巧克力。她有些好奇，刚要问，小强说：“这是我爸从他们食品厂买的饼干头儿，我妈让我给您送来的，您尝尝，可香了。”

“小强，你留着吃吧，老师不要！”

“您一定得收下，我爸他们厂里时不常地有卖，不要粮票”。望着一脸稚气的小强，秀琪不再推辞。

“那好吧，你跟我进来！”秀琪把小强拉进屋，从钱包里拿出三块钱和五斤粮票塞到小强手里。

“不要，不要，我妈说送您的。”小强又把钱和粮票塞还给秀琪。

“你不拿这些，老师也不要这饼干。”

贾小强为难地接过钱和粮票。

“拿好了，回去一定要把它们交给你妈妈。”秀琪嘱咐道。

秀琪又问他：“吃早饭了吗？”小强吧唧了一下嘴说吃过了。

“吃的什么？”

“一个窝头。”

“好，你等等。”秀琪转身出去到南面的小厨房里，拿出昨天的半张烙饼，回到北屋，放在蜂窝煤炉子的炉台上烤了一会儿，递给小强。小强接过热乎乎的烙饼，狼吞虎咽地吃着。看着小强的样子，想着这朴实的一家人，秀琪的眼睛湿润了。

学校的操场小，孩子们太多，晨练根本安排不开。于是学校就开展了一场象征性长跑活动。不用到学校操场，每天早上按规定的路线在胡同、大街上跑。规定坚持跑完一个月的，就象征着跑到了红色摇篮西柏坡；坚持到本学期结束的，就象征着跑到了革命圣地延安。这样一来，孩子们的积极性被调动起来。

秀琪从小就不怎么爱锻炼，但是，为了带领孩子们，她也硬着头皮起带头作用。秀琪把班上的孩子们分成五六个人一个小组，小组是按居住距离远近来分的，同一个院儿的，或者相邻几个院的孩子们被分到一起。这样，大家行动起来方便，也出于安全考虑。秀琪每天清早 6:30 就跑到学校门口，看着一组一组的孩子跑过，有时还沿着长跑路线查看。

“秀琪，这么早你就上班啦？”这天早上，秀琪在胡同口迎面遇见刚买完油饼的宋长生。

“你也够早的呀。”

“艳敏弄孩子呢，我买早点，吃完我们一起先送孩子上托儿所再去上班。”

“哦，快回去吧！”说完，秀琪消失在冷风中。

一开始，孩子们劲头十足，可是，天气越来越凉，一些孩子贪恋热被窝，不愿意起床跑步了。

秀琪决定在教室后面的黑板上出一期黑板报，把坚持参加锻炼的同学的名字写到上面，加以表扬和鼓励。她安排班里的小干部和积极分子设计这期板报，并且点名让贾小强也参加。几个小干部好奇地问秀琪：“干吗让贾小强也参加？”秀琪说，“我们要让每一位同学都感受到集体的力量与温暖，贾小强同学画画好，让他给我们画一幅延安的宝塔山。”

“他行吗？”

秀琪叫过来小强，“你觉得行吗？”

小强摸了摸脑袋，“我回家先画两张看看，然后再往黑板上画。”

“好的，你做好准备。”

贾小强没有辜负老师的期望，他很认真地在黑板上画出了一幅宝塔山，而且，画得有模有样的。不但这样，秀琪有一天早晨站在学校门口还发现，贾小强的小组跑过来的时候，拿着一个硬纸板，左上角是一面红旗，下面是宝塔山。原来贾小强和他的小组成员们约定，无论如何也要坚持跑完一个学期，一定要跑到延安。

一个学期很快就要过去了，秀琪的代课生涯也就要结束了。听说秀琪要走了，这天放学，孩子们都恋恋不舍地围着她，有的孩子还掉下眼泪。秀琪四下看看，没有发现贾小强。

下了班，往家走时，天已经黑了。

“马老师！”一个小身影从黑暗中闪了出来。

秀琪定睛一看，是贾小强。

“老师，这个送给你！”

秀琪接过来，是一幅画，画上是一个胳膊上戴着“红小兵”的三角臂章的小男孩。秀琪知道，小强还没加入“红小兵”。她摸了摸小强的头。

“小强呀，老师明白你的心思，你现在进步很大，下学期继续努力，一定会加入红小兵的。再有，你记住，一定别放弃自己的爱好，认真画，将来一定会有出息的。”

“嗯！”小强使劲点点头。

邂逅

琉璃厂鼎鼎有名。它坐落在虎坊桥路口北，东边连着大栅栏，往北不远就是和平门，是北京城里文化人爱去的地方。这里书籍、字画、古董、篆刻、文房用品等店铺聚集。

这天天气阴沉，像要下雨，店里没人，秀琪闲不住，拿着抹布在擦拭着柜台的玻璃。一抬头有位顾客走进店来。那人高高的个子，先是四下看看,然后径直来到摆满宣纸、毛笔的柜台与柜台里的人攀谈着。秀琪望着这个人的背影，觉得有些熟悉。那个人低头看着柜台。秀琪走到U形柜台的另一端，那人一抬头和秀琪的目光正好对上。

“子轩哥。”

高个子看着眼前这个留着两条半长的辫子、皮肤白皙、鼻梁挺括、黑黑的眉毛、大眼睛里满是惊喜的姑娘，“你是……秀琪？”

“对啊，我说背影怎这么眼熟呢，好久不见了！”秀琪高兴地说。

“差点认不出你了！”这个被秀琪称作子轩哥的男子姓尹，是秀琪哥哥的同学和好朋友。尹子轩努力把眼前这个亭亭玉立的姑娘和记忆中瘦弱的小女孩联系起来。

“怎么，你在这儿上班吗？”

秀琪没有直接回答，她打量着这个白净脸，留着分头，三十岁左右，戴着白边眼镜，穿一件洗得有点发黄的白衬衫、蓝涤卡裤子、旧白边懒汉鞋的高个子男人接着问：

“子轩哥，好多年没见你，你去哪儿了呀？”

“我一直在安徽教书呢，刚调回到北京。你哥呢？二伯二婶儿还好吧？”

“我哥去陕西了，我爸还行！我妈……都没了好几年了。”

“怎回事？”见秀琪眼圈发红，子轩有些尴尬地扶了扶眼镜，停顿了一下接着问：

“你哥干吗去陕西？”

“你不知道呀，为了战备，北大在汉中建了个分校，设了无线电电子学、技术物理学、力学三个系，我哥 1969 年年底就去了。”

尹子轩说：“我这些年很少和人联系，好像你哥从苏联回来时我还在外地搞‘四清’，又过了一段时间在你家我们匆匆见过一面，再后来我就去安徽了。你哥是一个人走的还是他们全家都走了？”

“我哥起初是想自己一个人去，我嫂子不放心，然后就决定全家都去，可我爸爸舍不得孙子，因为孩子没多久就要小上学了，不知道那边的教育条件怎么样。商量来商量去，就把我小侄子留下了，我哥和我嫂子带着小侄女儿一起走了。”

这时，外面进来几个客人，秀琪不好再聊下去，忙说：

“子轩哥，你这次回来就不再走了吧，有空去我们家聊吧，我爸还总念叨你呢！”

“行，你先忙，我正想着去看看二伯呢，咱回头见！”

秀琪去招呼客人了，子轩的目光始终追寻着秀琪，他忽然发现，以前那个梳着两条发黄的小细辫儿，忽闪着大眼睛坐在树下吹口琴的少女如今已是亭亭玉立、稳重而矜持的大姑娘了。

下个星期天，尹子轩提着一包点心来家里了。一进院子就愣住了，“呦”了一声。

马国禄迎出来，见到尹子轩分外高兴。“二伯，您好！您还那么硬朗！”

“子轩啊，快进屋！”

子轩没动地方，他环视着院子，“这是怎么了？大槐树呢？地砖都碎了，七扭八歪的，中间还洼陷，下雨不得存水呀？”

“这不是去年挖了个菜窖式的防空洞，不合格又给填了嘛，就这样了，进屋说！”马国禄苦笑着把子轩让进屋。

坐定后马国禄给子轩倒了杯茶。

“你来得真巧，刚沏的，正好！”

“您这儿总有好茶喝。”子轩尝了一口，夸赞的同时也打量房间里的变化。原来硬木的条案、八仙桌、太师椅都不见了，放八仙桌的位置换成了一个普通的木方桌和四把木椅，他还记得原来那条案上曾摆放着擦得锃亮的铜质炉瓶三事。

“咱爷俩得有八九年没见了吧，想你呀！”

“二伯，真是一言难尽哪。我的出身不好，分配的时候就把我安排到安徽。这不是去年中日邦交正常化了嘛，我爸帮了点忙，我才调回来。”

“这么说跟你爸联系上了？”

“联系上了。”

“哦，那就好，那就好，你爸今年也得有六十好几了吧？”

“可不。”子轩点头应着。

“那你这些年在安徽干什么？”

“在马钢的子弟学校教书。”

尹子轩说着从随身的挎包里掏出两块刻印章的石材，捧给马国禄：“二伯，也没啥孝敬您的，您看这两块小料您喜欢吗？是我从安徽淘换来的。”

“你看你又是点心又是石头的，以后再来不许破费啊！”

马国禄嘴上这样说，心里高兴，他马上接过石料把玩并对着阳光仔细看。

“这块是池州玉。池州玉应该出自池州青阳县境内九华山一带吧。九华山是佛教名山，山上寺庙的建筑中用了不少这种玉石材料呀。它软硬合适，圆润、细腻，外皮发黄，里面是白的。你看这块，顶上小狮子的颜色就是故意留了一点皮子的颜色，下面磨了露出白色。

这块是黄蜡石。安徽、河南大别山区的河边、山脚下出得多。哎，你看你这块，上红下黄，黄红两色都正，不带过渡色，好料哇！不过，黄蜡石虽有和田玉之温润、田黄之色泽，但刻它有点‘吃刀’，它硬！

过去南边有个真腊国，应该就是现在西哈努克的那个国家柬埔寨那边吧，那里出产的黄蜡石最好了。

我喜欢！你有心了。”

西屋这边马国禄和尹子轩聊着天，秀琪赶紧把副食本儿和钱塞给萧然，让他去聚宝源买两毛钱羊肉馅儿，自己麻利地和面，她要给子轩做炸酱面。

炸酱面上桌了，尹子轩看着油汪汪的小碗炸酱和黄瓜丁、焯过水的芹菜丁、煮黄豆、大蒜，端起一大碗面条用勺子[illegible]了勺炸酱，放上醋、芝麻酱和菜码一起拌好送到嘴里尝了尝，感慨地说：“这么多年了，又吃上咱牛街家常炸酱面了，真想这口儿。”

子轩看着秀琪，“秀琪的手艺不错，得二婶儿真传，以前我可没少吃二婶儿做的饭。”

“以前我家的门槛儿都快让你踢破了。”秀琪开了句玩笑。

“我那时没地方去，除了我姨家就是你们家。你哥和我都是小学连跳两级，上回中那时候班上就我俩小，我们俩能玩得到一块儿！”

“我记着你俩总一起做作业、下象棋什么的，下棋你老也下不过我哥。”

“你都记得？你那时还是小丫头，”子轩用手比画了一下高矮。

秀琪往子轩面前推了推菜码，“多放点儿。”又接着说，“我哥笑话我辫子太细，你还替我说话，说‘灵人不顶重发’，这些我都还记得呢！”

“是吗？记性真好，不过秀琪打小就聪明嘛。”

听子轩这么一说，秀琪倒有点不好意思了。

马国禄接过话茬儿：“子轩，三十大几了，成家了吧？”

子轩抬起头，苦笑了一下。“二伯，这年头我混成这样，哪有心思成家呀，再说南方那边我一直不太习惯。”

秀琪听到这，不禁看了子轩一眼。

子轩看看坐在一旁闷头吃面条的萧然怅然地说：“瞧，文琪的儿子都上学了！”

“嗯，回来就好，回来就好了，来日方长嘛。”马国禄拍拍子轩的肩膀。

“你回牛街的老房子住吗？”

“老房子早交公了，住上别人了！这次我能调回来主要是我爸给上面写了信，对外友协起了作用，我还得对口到钢铁系统，户口落在石景山那边了，我目前在厂里搞宣传。”

“你爸爸在侨届有能量呀！”

“他这些年也够颠沛的，从香港、菲律宾到日本。”

“不简单呢！我们自香港一别就是二十几年呀！人老了，有时怀旧。”马国禄感慨万千。

尹子轩狼吞虎咽地吃着面条，不住地夸赞秀琪手艺好。马国禄笑着说：“这两年难为秀琪了，忙里忙外地，一个人照顾我们爷儿俩。”

趁秀琪去厨房，子轩问起秀琪怎会在琉璃厂卖文化用品的小店上班？

马国禄叹口气，“这孩子身子弱，心气高，现在上大学的是工农兵，靠推荐，没咱的份儿。这些年没少折腾，工厂干过，也干过一段时间的代课老师，学校没编制，吹了。去年还是我托人帮她找了这家小店，岁数也老大不小的了，还是临时工，心里烦，先干着吧，没法子！”

“秀琪学习不错的，没赶上好时候呀！其实想想，我们大家都挺倒霉的。”子轩应和着说。

子轩要回去了，秀琪递给他一个圆的铝饭盒，里面装了满满一盒炸酱。“把酱带上吧，回去后想着把它倒在碗里，长时间放在铝饭盒里不好。你应该有电炉子吧？自己煮点挂面就能对付一顿，以后你想吃了就来我们家！”

“好嘞，那我就拿着了！”子轩喜出望外。

送子轩走到门道处，子轩关切地对秀琪说：“听二伯说了你这几年的情况，别灰心，情况会好转，有空还是多看看书，别荒废了，我现在搞宣传，你要是有想看的书我能给你找找。”

秀琪听了心头一震，已经很久没听到这样的关心和劝慰了，“真的吗？那太好了，我都不敢想以后。”

“别这么消极，想清楚自己想要什么，一步步去充实自己，挖掘自己的潜力，有空咱俩好好聊聊。”

晚上秀琪躺在炕上辗转难眠，她反复琢磨着子轩的话，思索着自己这些年的遭遇，的确，时间都荒废了。她决定从现在起要振作起来，不能再像以前那样浑浑噩噩了。

过了半个来月，子轩来送饭盒，顺便给秀琪带来了一本儿《唐诗选》。他说，“你没事看看这个吧。”秀琪高兴地翻看着，随即神秘兮兮地问：“子轩哥，你看过《第二次握手》吗？”子轩摇摇头，“没有。”

秀琪有些失望，“那《一双绣花鞋》呢？都是手抄本，现在好多人传看呢。”

子轩看着秀琪笑起来。“你笑什么？”秀琪问。

“听我说秀琪，我觉得你现在还是应该多读一些对你有用的书，别浪费时间和精力。”

“什么是对我有用的书呢？”秀琪反问。

“具体我也说不清楚，你以前喜欢文史对吧？看点这方面的，比如说王力先生主编的《古代汉语》，你看过吗？这套书是在以前北大文科古汉语教材的基础上改编的，我在学校的时候，好多高校文史的学生都读这套书。”

“那你能帮我借吗？”秀琪一下子来了兴趣，满怀期待地问。

“我单位这儿恐怕没有，哪天我托北大的同学帮你找找。”

“那我先谢谢你了啊。”

“马秀琪，你的电话。”听到同事喊，秀琪应声跑过去接电话。

电话那头传来子轩带有磁性的声音，秀琪一愣，她不记得告诉过他自己店里的电话号码，而且自己也从来没有用它打过私人电话。电话那边子轩说：“没猜到是我吧？”

子轩告诉秀琪，书帮她借到了，本想星期天送过去，但不巧明天他要出差，就通过查号台查到了店里的号码。他问秀琪明天在不在店里，他去火车站时可以先到和平门，如果可以，他在那儿下车，让秀琪过去把书给她。秀琪满心欢喜，愉快地答应了。

约好了中午十一点半，秀琪请了半小时假，从店里走到和平门十字路口东南角。

“秀琪！”子轩提着一个灰色上海牌旅行包，大老远就冲她招了招手。

“子轩哥，你都到了？”秀琪快步走过去。

子轩从包里掏出书递给秀琪，“你先看着，等我回来后去取。”

“你要去哪儿？”

“去南京、无锡，七八天就回来。”

“好，那你保重。哦，你带伞了吗？南方雨多！”秀琪收好书，看了一眼子轩，忽然心里升起一丝牵挂。

“带了。”子轩指了指自己的大手提包。

秀琪点点头，“我先回去了，还得上班呢。”

“快回去吧。”

秀琪刚一转身，子轩又叫住她，从手提包里拿出一个手帕包，“瞧我这记性，我们帮厂子附近的农民往墙上刷大标语，人家给的，你拿着吧，挺好吃的。”秀琪接过小包，打开一看，里面是沙果，就用鼻子闻了闻，笑着装到背着的挎包里。

“子轩哥，你下次来家里，我给你做打卤面。”

“行啊，我等着吃。”

“再见！”

“再见！”

子轩就站在那儿，看着秀琪款款地走远了才走向车站。

夏天来了，傍晚时分，胡同里被白天的太阳烤得发烫的地面在被泼上洗衣、洗澡的水后虽然还有些蒸腾，但大部分住在小胡同低矮平房里的人都顾不得等地面凉透，吃完晚饭便纷纷走出家门，搬着小板凳，抱着马扎儿，还有的夹着块席子到胡同里乘凉、闲聊打发时间，因为每家、每个院子的空间都太有限了。

秀琪家以前还是独门独院的时候，过夏天的情景就像白居易《消暑》诗里写的：“何以消烦暑，端坐一院中。眼前无长物，窗下有清风。散热由心静，凉生为室空”。老洋槐树的树荫遮盖了小半个院子，太阳一落山，接几盆清水泼在树下的地上，等水渗进地砖里，马上觉得凉爽了许多。天黑后打开屋檐下的院灯，紧闭的大门里，一家人可以随意穿着短裤、短褂、拖鞋，在树下坐着看书、看报，听半导体收音机。和牛街大多数回回人家对子女的教育一样，从小，马国禄就要求女儿：不能穿露肩的上衣、短裤、趿拉着鞋出院门，不许倚着院门或者一脚门里一脚门外地站着，更别说坐在胡同里了。现在，院子里的环境变了，社会风气也跟早先不那么一样了，偶尔秀琪也会加入在胡同里纳凉的姑娘堆里。

街道居委会通知今晚七点统一熏蚊子。街坊四邻都比往日提早吃完饭收拾好，七点一到，在屋内点燃分发给各家的六六粉，关闭门窗，走出家门。

父亲和哈三伯早就到南边法源寺附近遛弯去了，秀琪呼唤萧然不见应答，估计他溜到胡同里找小伙伴去玩了。秀琪觉得今晚注定看不了书，就拿起报纸搬个小板凳走向院外。

整条胡同、整片街区都弥漫着呛人的气味。天还亮着，玉玲拿着钩针坐在一边钩台布，几个女人坐在一堆儿，有的一边闲聊一边纳鞋底，有的晃着小竹车里的婴儿。买美霞一手拿把大芭蕉扇一手端个大把缸子。见秀琪出来，玉玲冲她招了招手，把小马扎往边上挪了挪，腾出个位子，“秀琪姐，坐这儿。”

美霞见秀琪拿着报纸，就说：“瞧瞧，瞧瞧，秀琪到门口坐坐也手不离书报呀。”

秀琪没回话，笑着跟大家点头打招呼后坐了下来。

“快完工了吧？”秀琪扯起玉玲腿上堆起的一团手工活儿，看了看，“真好看！”

往年这时，人群里一定少不了秋云，她一来，大家就笑声不断。秀琪不禁朝海家的院门里看了看，玉玲猜出秀琪的心思，说：“海大大刚回家里拿扇子去了，瞧，板凳还在这儿呢。老太太说李自信来电话说他病了，秋云姐就坐不住了，请假去永清了，也没带孩子，那不是蔷蔷吗，跟平平她们一块儿疯呢！”

顺着玉玲手指的方向，只见八九个小姑娘正聚集在公共厕所前面那块小空地上玩“老鹰捉小鸡”的游戏。通过翻手心、手背，决出单个的当“老鹰”，蔷蔷、平平等小女孩们每个人抱着前面人的腰连成一串，打头的是大杂院里住的一个个头高点的女孩，张开双手左挡右护，像母鸡保护小鸡般阻挡“老鹰”捉住后面的女孩。孩子们跑着，长队蛇形摆动着，笑着、叫着。

秀琪也被孩子们感染了，她的目光追随着她们开心地笑着。她问玉玲，“看见艳敏姐了吗？”

“人家一家三口儿估计上天安门广场凉快去了，刚才宋长生骑车带着那娘俩走了。”玉玲有点酸酸地说。

“没带她婆婆呀？”秀琪漫不经心地问了一句。

“走人了！”

“这么快就走了，大前天艳敏姐给我送来一大碗小米，说是她婆婆来了，我还说抽空过去看看老太太呢。不是说来帮她带孩子的吗？”听到玉玲说艳敏的婆婆已经走了，秀琪有点惊讶。

“听海大大说，来的第二天艳敏就和宋长生吵起来了。五婶儿劝不住，索性就回屋去不出来了，后来不知怎的艳敏把她婆婆的东西都扔出来了。”

“这个艳敏姐，过分了吧，宋长生被她压制是自找，人家老太太是长辈，不该这样！”秀琪有点愤愤不平。

“你哪儿知道怎回事呀？”玉玲往秀琪这边凑了凑说，“那老太太这回来北京就不想走了，你想呀，一个农村老太太进了城，眼睛都不够使的，拿帮着带孙子说事呗。艳敏姐多精呀，有的是轰走她的办法。”

“她做什么了？”

“海大大来了，你听她老人家跟你说吧。”玉玲见海大大走过来就打住了。

海老太太蹒跚着走过来，咳嗽了几声，连声说：“呛死我了，这蚊子没死，人都快受不了了！”

秀琪刚扶大大坐下，那边老双的媳妇满丽就追过来，蹲在她身旁问：“海奶奶，听说艳敏姑的婆婆昨儿就走了？”

海大大朝四下望望，一边摇着芭蕉扇一边小声说：“走了，昨儿一早上宋长生就给送走了！”

“怎么就走了呢？”

周围坐着聊天的几个妇女都来了兴趣，纷纷把目光投向海老大大。

“要说这农村人就是不爱干净，一进屋就盘腿坐床上了，人家艳敏屋里的炕早拆了换大木床了不是，那床上的被子叠得方方正正，床单子平平整整的，平时外人都不让进屋，连她妈进来都只能坐在椅子上。”

“嗯”，有人点头有人撇嘴。

海大大接着说：“那老太太爱孩子，抱过来就亲，给孩子拿小勺喂水先‘过河’。”

“什么叫‘过河’？”在稍远一点坐着纳鞋底的一个住在大杂院里的女人问了一句。

“就是先送自己嘴里尝一下烫不烫再拿出来喂孩子。”满丽告诉她。

“别打岔，海大大您接着说”，有人催促。

“艳敏进屋看见了，就把勺子抢过来扔地上了，老太太就急了，娘俩吵吵嚷嚷，老太太说的大同话，隔着窗户咱也听不懂，你刘五婶儿也跑过来了，各人都有个脾气，劝不动。我过去把艳敏的婆婆拉到我这屋。”

“宋长生呢？”

“买东西去了，我听见他回来，就喊他过来，他一见他妈坐在我那屋里哭，就去问艳敏。俩人就说噌了，宋长生嗓门大，艳敏急了，把她婆婆的东西都扔到院子里了，你刘五伯面子上磨不开，气得摔了杯子，让他们全滚蛋！”

“本来嘛，刘家同意艳敏跟宋长生就已经很开化了，宋长生还得寸进尺，把他妈也弄来了，过几年他弟弟、妹妹也都能来，这要是不拿出点法子来，早晚还不得在家里开了大荤，还了得吗？”买美霞愤愤不平地说。

玉玲说：“要是我呀，一天也不在这儿待下去，看人脸色多难受呀！”

“这不，宋长生为了息事宁人把他妈麻利地送走了。听说，长生不在学校了，回厂子当车间主任了。”听海大大这么一说，玉玲从嘴里小声挤出一句：“这回踏实了！”

“估计不会再来了。”众人纷纷点评着。

“小两口没有隔夜仇，这不，前脚把他妈送走，后脚人家就驮着老婆孩儿逛街去了。”海大大摇着扇子说。

“这老家儿呀，别掺和年轻人的事，一掺和准乱套！”不知什么时候线儿站在一堆人的后面，她不冷不热地说了一句。

海大大白了她一眼不吭声了。

天完全黑下来了，昏黄的路灯亮起，远处有手电筒在墙根晃动，两三个大杂院里的小男孩正在逮土鳖，逮到那些大圆的土鳖可以拿到菜市口的鹤年堂药店卖钱。看到这群孩子，秀琪想起萧然，她有些不放心，起身要去找他。

“看我不打死你！”一个男人怒吼着，接着，传来女人的尖声哭喊。一个披头散发的女人跑向她们，在她身后不远处一个男人紧紧追赶着。“咣当”，男人脱下一只破布鞋扔了过来，没砸到那女人，这边的一堆女人中有人嚷了声，“瞧着点人嘿！”追人的是大杂院里的崔三儿，前面跑着的是他的老婆。

崔三家祖上是旗人，上几辈一直给人看坟，他爹早年就在胡同里的义园帮忙，他家算大杂院里最老的一批住户。崔三儿没上过学，长大后一直以蹬三轮车为生。崔三儿这人特讲人情，胡同里谁家搬运点沉重的东西总会叫他的板车，道儿近的，自己又能蹬的，他就白借给人用，给包烟抽就得；道儿远，让崔三给蹬的，他也比别人收的钱少。据说他老婆是他捡便宜讨到的。那女人年轻时长得有点儿姿色，有天晚上出门的时候被人掩到没人的地方给欺负了，受了刺激，落下毛病，总是愣愣的，目光呆滞，一直没有人肯娶。崔三儿是个老光棍，快五十岁了，经人说合，花了很少一点钱，就把这女的娶到手了。崔三儿对她不错，吃喝穿戴都尽着媳妇，但这女人啥也不会做，崔三儿年纪不小了，每天蹬车回来连口热乎饭也吃不上。这老婆给他生了俩闺女、一个儿子。家里孩子小，老婆又呆，乱得像个狗窝。崔三儿无奈，狠狠心把二女儿送了人。

从崔三儿边跑边骂中众人听明白了，这女人刚才灌暖瓶时把儿子的手烫了。儿子可是崔三儿的心头肉，他说一定要剥了女人的皮！

当那女人从她们身边跑过的时候，玉玲看不过去了，把手里的活计塞到秀琪手里，站起身一把拉住了崔三儿，“得了，别追了，她也不是故意的，就冲她给你生了好几个孩子，你也不该打她呀。”

“孩子的手要紧吗？用凉水冲了吗？”买美霞着急地问。

“给他抹点酱油。”不知谁说了一句。

这句话提醒了秀琪，她对崔三儿说，“你等我一下，我去拿獾油。”秀琪记得家里厨房的柜子里有一小瓶，去年她手指头溅上油了，抹上它很快就不疼了。

拿了獾油，众人也把那媳妇拉了回来，还有人帮她整理着乱发。崔三儿瞪了女人一眼，“还不滚回去。”说完就走了。

“唉，可怜呢！”

“可怜的人必有可恨之处！”

“崔三儿也不容易呀！”

人们发出一声声感叹。

秀琪看看众人，抱起小板凳，对大家说：“味儿散得差不多了，我就先走了，找萧然去！”说完就要往家走。玉玲一把拽住她，“这些日子都没怎么见你的影儿，又闷头看书呢，有什么好书也给我翻翻呗。”

“秀琪那是文曲星下凡，她看的书你看得进去吗？”买美霞对玉玲说。

“你知道什么就插话。”玉玲白了她一眼。

“我最近在看《古代汉语》，你要是有兴趣先拿一册去看看吧！”

“《古代汉语》不是小说名吧？”看秀琪摇头，玉玲就接着说，“那看着得多费劲呀，现代汉语我都不爱看，别说古代的了！是最近老来你家的那个大个儿的书吧？那人看着就怪有学问的。”

“子轩哥是我哥的同学，是他推荐我看的。”

“我说呢，那天我可看见你俩出教子胡同了！”玉玲诡诈地冲秀琪笑笑。

“他带我去找一个老师。”

“嗯，是个好理由！不过，说说笑笑看着怪亲热的呢！”

“你就坏吧！不搭理你了！”

整整一个晚上拿着的报纸连一个字也没看，一进家，秀琪就把报纸丢在一边，她的心里想着艳敏、秋云，甚至还想到崔三儿的媳妇，她觉得成了家的女人烦心事真多。

她又回味着玉玲对子轩的评价：那人怪有学问的。

可不是嘛！秀琪的眼前像过电影似的回忆起子轩带着她去许教授家的情景。

那天，她去向许先生请教：为什么说韩愈提倡开展一个文体革新的古文运动是为了学习和宣扬儒家之道，排斥佛、道？许先生讲完，秀琪边低头整理着笔记，边听许先生跟子轩聊起日本。

子轩可真不简单，他与许先生从唐代日本向中国学习，派遣遣唐使谈起，一直聊到现在日本已成为仅次于美国的世界第二大经济强国的原因。虽然他们说的“关税与贸易总协定”“国际货币基金组织”等具体是什么性质的组织，自己并不知道，但听子轩分析得真是头头是道。

记得子轩推推眼镜，不紧不慢地说：“日本政府保证优先发展重化工业；引进吸收外国的先进技术，实施促进本国技术更新的‘技术立国战略’；通过产业组织政策，加速企业规模的大型化和集团化，提高整个国家工业生产的机械化和自动化水平，以实现规模经济效益，使日本增强在国际上的竞争力等，是使日本在向战后迅速走向科技强国的原因。”这些真令人叹服，连许教授都夸子轩分析得精辟呢！

听子轩和许先生两人谈话自己真增长见识。秀琪思来想去，子轩哥是学理工科的，怎么懂得那么多！最后她归结出，这应该就是自己和受过高等教育的人的差距吧。

她暗自庆幸，跟子轩在一起，真的提升了自己，而且他真的就像哥哥一样能帮自己释疑解惑。不，他比哥哥更耐心、更体贴，尤其他看自己的眼神。秀琪的眼前浮现出子轩那双藏在白边眼镜后面的热烈而带有穿透力的眼睛，觉得心里有一种从没有过的暖暖的、痒痒的感觉。

试探

坐在自己房里的那张硬木琴桌前，秀琪摊开笔记本，翻开书。这套《古代汉语》收录的是从先秦到宋元的各种形式的文学作品，其中有一些是她以前读过的，再读，感到很熟悉。她喜欢这套书的选编风格，书分文选、常用词、古汉语通论三个部分。文选既按时间又按文体由易到难循序渐进。论说、散文、骈体文、辞赋、诗歌都有。对于重要作者和著作前面还都有简单的介绍，注释部分也采用传统的做法。秀琪尤其对古汉语通论部分感兴趣，这里不光有对古代汉语字词句子的详细解释，还讲解古代文化常识，包括天文、历法、律例、官职等，而后者是她以前基本没接触过的，感到受益匪浅。

子轩出差回来后她怕耽误了他还书，就让子轩把书拿去还了，随后她自己在区图书馆办了一张借书卡，在那里也借到了这套书。现在，她几乎每天下班吃完饭都准时坐下来学习，前后花了一年多的时间，把这套书反反复复地读了两遍，写了满满两个本子的笔记。

秀琪感到有点倦了，她打了个哈欠，伸了伸腿，随即，她的目光落在桌角处的一个小玻璃罩子上，里面是子轩出差回来送给她的一对趴着身子反跷小脚丫打电话的小泥人。子轩告诉秀琪，惠山泥人很有名，他还说当时看到这对小泥人，他马上想到爱问问题的秀琪，就买下来，让秀琪也跟小泥人一样有了问题随时打电话给他。

看着这对小泥人，秀琪心里美滋滋的。

这一段时间，秀琪感到前所未有的充实和满足。

父亲马国禄看到秀琪每天这么如饥似渴地学习，很是欣慰。有时候秀琪上班去了，他也把书拿过来翻看一下。

哈三大大到西屋跟马国禄说了一会儿话，送出老太太，马国禄就来到秀琪房里。秀琪正低头往笔记本上记着什么，一抬头见父亲进来就笑着说："爸爸，您坐下，正想和您聊会儿。"

马国禄笑眯眯地正要张口，秀琪说："您过去爱看《三国演义》，我想知道您对曹操怎么看？"马国禄摸了摸下巴，"呃，曹操其实是了不起的人物，绝顶聪明有计谋，你看，他挟天子令诸侯，自己说了算却处处打着天子的招牌。戏里都把他弄成个白脸奸臣，我觉得不应该，没有曹操北方的局面就不好说了。"

"哦，爸爸，您这样看的？不简单呢，我也佩服曹操！"

"您知道吗？曹操的文学成就也是非凡的，我过去喜欢他的《龟虽寿》，他写道'老骥伏枥，志在千里。烈士暮年，壮心不已。'

我现在看的这本书里收的这首《观沧海》更体现他的文学水平，您听，‘水何澹澹，山岛竦峙。树木丛生，百草丰茂。秋风萧瑟，洪波涌起……’这四言诗多形象，我虽没去过海边，但读着它就像真的到了那里一样。”秀琪充满激情地说着，兴奋不已。

看到女儿读书这么投入、开心，马国禄满意地点点头，他把想说的话咽回了肚子里，带上房门轻轻退了出去。

星期天子轩来了。正在院子里的马国禄把他拉到自己屋里，指了指秀琪的北屋，“我得谢谢你啊，你给这孩子指了条明路，她现在每天都挑灯学习。”

子轩笑笑，“秀琪是个好学、勤奋的人，我们国家目前这种情况不会持续太久的，今年3月就恢复了一批1971年调整时撤销的高校，高考早晚有一天会恢复，秀琪一定能够实现她的愿望。她应该上大学，她也一定能够上大学。”

“得嘞，借你吉言！”

马国禄有些神秘地压低声音说：“你知道吗，前两年家里的老书不都烧了、扔了吗，秀琪背着我藏了一套《红楼梦》，后来我发现又给藏起来了，跟她说烧了，居然让她又给翻出来了。”

“哈哈，二伯，这就叫魔高一尺道高一丈呀！”

“我叫秀琪去，今天咱吃打卤面。”

“二伯，改天吧，今天我和秀琪约好了，一会儿我还得带她去找个老师，秀琪的问题可真多呀！有好多问题我这个学理工的解释不清楚，给她找个先生，让她当面去请教。”

马国禄听了笑着连声说，“好，好，你们去吧，今天我亲自下厨，等你们回来吃饭！”

马上要放暑假了，哥哥来信，说工作忙回不了北京，说好的让嫂子带小侄女回来，但这两天孩子出水痘了，因此一家人暂且都不回来了。哥哥的信中字里行间都是对亲人的惦记与不舍。秀琪看完信后有了个想法：萧然出过水痘了，估计有免疫力，父亲也一直牵挂哥哥一家，不如趁暑假让父亲带侄子去汉中探亲。

秀琪把自己的想法跟父亲一说，马国禄高兴地同意了。秀琪买好票又跑去电报大楼给哥哥发个电报，把行程、车次都告诉哥哥，随后采购了不少带给哥嫂的东西。马国禄看东西太多且家里只有一个大点的旅行包，就说，要不少带点吧？秀琪宽慰他，“您放心，我跟子轩哥说好了，走前他带一个包过来，然后我们一起送你们爷儿俩”。马国禄看了一眼女儿，点点头，他心里好像想明白了什么。

子轩如期赶过来陪秀琪一起到北京站送祖孙俩离京。

送走了他们，走出站口，子轩说他想去王府井的新华书店转转，还没等他开口问秀琪有没有其他事，秀琪就说：“我没事，一起去吧。”于是，两人便往北走了一小段路来到长安街上。

秀琪惦记着那爷儿俩像是自言自语又像问子轩：“听说火车过秦岭时要挂两个车头，一个在前面牵引一个在最后推，也不知道安全不安全？”

子轩看看秀琪笑了，“没事的，你没坐过火车吗？”

“没有，我都没出过北京，大串联时想和同学一起去上海，但那时身体不行，没去成。以前我爸爸在天津时我怎没想着跟他去天津看看呢？”秀琪不好意思又充满遗憾地回答。

“以后有的是机会！找时间我带你去安徽看看。”

“好啊！”

两个人沿着长安街往西溜达着。子轩忽然有些悲伤地发着感慨：“文琪有福气呀，你们一家人相互惦记，看我，孤家寡人，一人吃饱全家不饿呀！”

听他这么说，秀琪不禁好奇地问子轩：

“子轩哥，你爸爸明明还在，你以前怎么说他死了呢？”

“这说来话长，我父亲这人二伯知道，他原先在香港做生意，后来背着我们又成了个家，我妈气不过，就跟我说他死了，其实，我心里知道怎么回事。”

“那你妈无常后你没找过你爸爸吗？”

“他那时已经去菲律宾了，可能国内形势也越来越紧，他也不敢联系我。”

“我记得后来你姨妈照顾你，我还记得她的样子，你姨妈还在吗？”

“都走了好几年了，她无常时红卫兵闹得正厉害，那时不让土葬，她是被火化的，我已经去安徽了，都没敢回来送她老人家。”子轩无限伤感地望着前方。

秀琪想说点宽心的，就接着说：“我奶奶倒是埋在西北旺的回民公墓了，可1966年，那里好多坟都被刨了，改种果树了，再也找不到了。”

“你在北京了解得不多，我在安徽时见到的比这更糟糕！哪里还讲什么民族政策呀！”子轩边走边给秀琪讲了好多他的见闻。

两个人不知不觉走到了王府井南口。

“你累了吧，跟着我傻走。”子轩抱歉地说。“我请你去东来顺吃点东西吧。”

秀琪听了摇摇头，“我不饿，你都不知道吧？东安市场早变样了。”子轩点点头，“我已经成乡巴佬了，多年没去过了。”

“1968 年老东安市场改制扩建，现在叫东风市场，变成国营的了，里面食品、服装、鞋帽、纺织品、百货、家电、文化用品都有的卖，就是人太多了。春节前我和邻居艳敏姐一起来过，南门进北门出，没买东西都挤出一身汗。”

秀琪又说：“东来顺倒还在市场北门，但里面乌泱乌泱的都是人，找个座位可难了，想想就头疼。天又热，里面空气不好，还是别去了。”

“那就听你的，这回就算了，我渴了，咱喝汽水怎样？”

“好！”

两个人拐进王府井大街，子轩买了冰镇的北冰洋汽水，因为还要退瓶，两人不能走远，就站在树荫下喝着。

“子轩哥，你没考虑也成个家吗？”秀琪就着吸管儿吸了一口汽水然后吐出一口气，调皮地看着子轩问。

“这个问题问得好，我正在考虑这问题。”

“你有目标吗？”秀琪眨了眨大眼睛望着子轩。

“嗯，有了！”子轩也看着秀琪。

听子轩这么说，秀琪忽然觉得心头一紧。

“我喜欢上一个姑娘，但不知道人家喜不喜欢我。”子轩下意识地看了一眼秀琪。

秀琪有点酸酸地说，“那你应该赶紧问问人家呀！”

子轩笑了笑说，“还不到时候吧。”

听了子轩的话，秀琪喘了口气又低下头喝了口汽水。

突然，子轩盯着秀琪问：“你想过个人问题吗？”

秀琪的脸一下红了，她把目光移开：“我啊，我连正式工作都没有，还是个临时工，想它干什么，不想考虑。”秀琪低下头。

“秀琪，不是每个人都在乎对方的工作、出身，我觉得爱一个人主要看性格、爱好，要心心相通，你觉得呢？”秀琪感到子轩正用火辣辣的目光看着自己。她不敢看他的眼睛，只是轻轻点了点头。

刚回到家，哈三大大就追着秀琪进了屋：“你爸爸这人办事可真不靠谱，我跟他说的事他跟你提了吗？他人走了，也不给我个说法儿，人家还等回话呢！”

秀琪莫名其妙地问：“什么事呀？”

老太太一拍大腿，“哎哟，他还真没跟你说呀？主啊，这怎么好？”

“是这么回事儿，西大胡同李家有个小伙子，在二机床上班，跟你同岁，25岁了吧，虽说是初中毕业，但人长得挺斯文的，他们家还有个妹妹，父母都有工作，条件不错。这小伙子手可巧了，自个儿修自行车、修话匣子。人家可挑了，据说见过一火车的人了！我外甥女建华跟他们住一个院儿，建华跟他提你了，他说知道你，一说就同意见面。我那天跟你爸爸说了，你爸说得问你，敢情他压根儿没跟你提，你说这算怎档子事儿呀！”

秀琪看着她有些生气连比带画地说，忙替父亲打圆场，“好像说了一嘴，我没着耳朵听，您赶紧给人家回话吧，就说我不同意！”

“干吗不乐意呀？差哪儿了？”哈三大大吃惊地刨根问底，秀琪笑着不说话。

“姑娘，我可告诉你，这岁数一晃儿就过去，别太挑，不大离儿就行了。再考虑考虑？”

“三大大，谢谢您了，我现在没空儿想这事。”秀琪边收拾着边说。

“上回给你说的沙栏胡同那小伙子，你不同意，人家今年五一都办事了！都是你爸爸给你惯的，什么都由着你的性子，别耽误了自个儿的终身大事，唉！”

老太太边说边叹气走了出去。

自打挖防空洞开始，胡同两边院子里的人相互看开挖的进展、交流经验，比原来熟络一些了，大人们有时见了面还相互打招呼，小孩偶尔也一起玩一会儿。

这天天气不错，玉玲正拉着静静在院门口站着晒太阳。胖子冲着玉玲吹着口哨走过来。“妹妹，哄孩子呢？”玉玲白了他一眼。

“有空跟我们一起玩会儿啊！”

“谁跟你们玩”，玉玲转身抱着静静进了院，“咣当”，关上了院门。

没过多久的一个下午，玉玲趁静静睡觉，让平平看着点儿妹妹，自己到胡同口的菜站排队买菜。菜还没来，人已经排起了百米来长的队。太阳晒着，天气本来就热，玉玲担心孩子醒了哭闹平平应付不来，更加着急，额头上不禁渗出细碎的汗珠。她抹了把汗，踮起脚尖往前面看。一眼看见排在队伍靠前的胖子，胖子也看到了玉玲，心领神会地冲她勾了勾手指，玉玲便走过去硬着头皮说“哎，待会儿能帮我买几个茄子吗？”

“我还给别人带一份儿呢，你站进队来不就得了。”胖子压低了声音并往后挪了挪身子。玉玲不敢直接加塞儿，就装作没事人似的跟胖子闲聊着。一会儿，送菜的车来了，人群开始骚动起来，玉玲趁机就站在了胖子前面。

不一会儿，眼见着茄子不多了，人们就开始往前挤，胖子故意把身子贴在玉玲身上往前凑，玉玲扭动着回头瞪了他一眼。茄子买上了，玉玲向胖子道谢。

“小意思，下回买还站我前面啊。”胖子冲玉玲打个榧子。

“平平”“快回家！”玉玲在胡同里喊着。大杂院的一个女孩提着瓶子正要去副食店大德祥打酱油，见玉玲正急着找孩子就说，一群小孩儿在院里藏猫猫呢，也许有平平。玉玲转身直奔大院，经过院子里的四合院时见院门虚掩着，里面传出拉手风琴的声音。玉玲心想一定是小波儿。

在街道宣传队玉玲见过小波儿拉琴，她认为小波儿很有点小才能。

玉玲顺着门缝儿往里看，果真是小波儿。他坐在院子里的藤架下，很走心地拉着琴。玉玲已经有一阵儿没参加宣传队的活动了，今天看小波儿拉琴有点入迷。

“小姑”，平平不知何时跑到她身边，玉玲这才缓过神儿，拉着平平回家去了。

没过多久，玉玲去居委会排练舞蹈，小波儿帮着舞蹈队拉琴伴奏。

跳了几遍，大家都有点累了，于是休息、喝水。玉玲走到小波儿面前与他搭话：“你拉得真好，有一天我去你们大院，听见你在家练呢。”

小波儿根本没有抬头看玉玲，只是“嗯”了一下，一点表情都没有，不理人，玉玲觉得有些下不来台，就走到一旁跟别人聊去了。

秀琪趁午休回了趟家，给萧然买了红小兵臂章送回来，天热，昨天放学路上孩子脱了汗衫抡着回到家，今早上学前发现臂章没了，急得直哭。秀琪答应给他买个新的，下午上学一定能戴上。

午后，太阳火辣辣的，秀琪正准备去上班，一眼看见萧然刚才洗完脸把脸盆放在院子里，就端起盆把水浇在自己的塑料凉鞋上，站在院门里抖搂着水花，享受片刻的凉爽。

“咚咚”，外面竟有几个半大小子在胡同里踢球，

只听玉玲的声音传来：“有毛病呀，大中午的，还让不让人歇会儿！呦，我当是谁呢，胖子，你老大不小了怎跟孩子们一块儿踢呀？”

接着一个不怀好意的男声传来，“我这是等你呢！”

“哪儿凉快哪儿待着去！”

“妹妹，一起玩会儿呗，我和我哥想打扑克，想叫你和小荣一块儿玩儿，有空吗？”

“我怎没见过你哥？”

“其实你们认识。”

“我可没空，孩子刚睡下，差点让你们给吵醒了！”

“别急着走啊，你说个时间，我们随时都有空，就看你了。”

“我不会玩！”玉玲进院关了门，“不会我们教你呀！”胖子冲门里喊了一嗓子。

胡同里前两年建的这座公共厕所是相当简陋，灰砖墙，墙上靠

近顶部有一溜儿两尺来宽的蜂窝状砖砌透气孔，就算是窗户。水泥地面，一字形排开的水泥预制成形坑，一进门最边上有个水泥马桶，供老年人使用。老人们怕凉，往往自带一个小棉垫子放在上面人再坐上去。坑与坑之间没有隔挡，仅在最里面一个坑有一道一米来高的水泥矮墙，大一点的女孩在每个月不太方便的日子总爱蹲在靠里边的坑上，小心翼翼地，生怕被小女孩多看，弄得满脸尴尬。另有一个没有水龙头的预留水管，供打扫卫生的大妈自带龙头拧上接一段软管冲刷厕所地面用。往日，这里是人们闲聊扯淡的地方，早上，不少人起床后先端着尿盆来这里，倒了再上厕所。白天，有时路过，来不及回家放东西就提着东西来了，蹲坑时相互借张手纸、嫌脏嫌味儿大帮忙在外面提着点东西都是常事。

公厕的男女部分仅凭一道抹着沙子灰的 2 米高的砖墙隔开，墙上方有一盏小灯泡，发散着不大的亮光，供两边照明。就这点昏暗的光亮，有时也常因有人偷了灯泡或故意打碎它而失去，男女老幼都不得不打着手电或举着蜡烛头结伴同去。

不知从何时起男女部之间的墙中央顺着砖缝儿，被抠出一个五分硬币大小的洞洞。这可热闹了。不光有时小孩子们相互趴着往对方那边看，还有大老爷们儿想看个西洋景。所以，每当妇女这边要上厕所，都先拿手纸把这个小洞堵上。有时候上到半截，小洞被捅开，厕所里就传出来叫骂声，“哪个臭不要脸的，看什么看，没见过吗？”

公共厕所前面的小块儿空地里也挖防空洞了。这回动静可大了。街道统一安排人力、物力，据说全区乃至全市的防空洞都要挖通，通到很远的大山里。

空地上先是竖起了一个木制脚手架，安上了一个大大的带铁链的滑轮。先挖竖井再掏横洞，每天挖下去的土用一个手推车装着放在一块厚厚的钢板上，钢板四角焊着铁链挂在滑轮上。开始是由几个壮小伙拉上拉下，后来改为简易的电动机升降了。一车一车的黄土被挖上来堆成了小山，不定时有大卡车停在胡同口来拉运。不少孩子都爬上土堆玩耍，个别大男人有时也上去，为的是借机抻着脖子透过气窗往旁边的女厕所看一两眼。因此，胡同里的女人最近都绕远去别处的公厕了，厕所里显得冷清多了。

这一天，玉玲内急，慌慌张张地跑去上厕所。

她刚蹲下，下意识地往外一看，土堆上似乎人影一闪，没过一会儿，公厕内墙上的小洞洞处有了动静，“不要脸，干嘛呢？”她话音刚落，一个小纸团从洞里塞了过来。玉玲见四下无人，提上裤子捡起来一看，上面写着：“明天下午五点万寿西宫见。”玉玲拿着纸条赶忙跑到厕所外面，她想等着看谁从男部出来。等了半天也没见有人，只得回家去了。

过了几天她遇到胖子，见四下没人，玉玲直截了当地问：“是你塞的纸条吗？”

“什么纸条？”胖子丈二和尚摸不着头脑。

“装，你真不知道？”

“向毛主席保证我什么都不知道。”

“行，没事。”玉玲哼着歌走了。

“天上一只鹅，地下一只鹅，花椒大料炒麻壳。”

大杂院里一群孩子站在胡同口对着下班的买美霞唱，一面唱一面拍着手哈哈大笑，拐弯抹角地骂她是个麻子脸。买美霞心里明白，这些孩子在报复自己，她没理她们，径直进了家门，谁知，这群孩子站在院外高声重复地唱着：“天上一只鹅，地下一只鹅……”买美霞气得伏在床上呜呜地哭起来。

玉玲忙过去问明情况。原来，这天大院儿里的几个女孩儿去胡同口外的公共浴室洗澡，见是买美霞当班，一个大点的孩子就让多给两块肥皂。美霞走进淋浴间，把浴室里用过的肥皂都收拢起来放到小盘子里，看了看，觉得还不少呢，就说了句：“这还不够用！”没理她们，转身出去了。孩子们觉得街里街坊的买美霞一点也不照顾，肥皂又不是你们自己家的，这么抠，都不高兴了。洗完澡出来，这些孩子便聚到一起商量着对付她。

玉玲见嫂子受了欺负，又听到外面哇啦哇啦的一群孩子还在唱。气不打一处来，她舀起一瓢凉水，开了街门，“哗”的一声，冲着孩子们泼过去。

孩子们向大院里逃去，边跑还边唱，玉玲难掩心中的愤怒，跟在后面追着、骂着：“没人管教的，敢欺负人，别让我逮住你们”。大院里的不少人闻声出来看热闹，还说：“这是干吗呢？”“怎跟孩子过不去？”这个时候只见四合院的门“咣当”一声开了，小波儿站在门口台阶上。他对着孩子们大吼一声，“说什么呢？都回家去！找打呀！”大院儿里的人对小四合院的人一向是敬畏的，见四合院里有人出来说话，自然明白可能是孩子们惹了事，也就不再说什么了，纷纷叫了自家孩子回家了。玉玲用感激的目光看了一眼小波儿。这时候胖子也从家里走出来，叼着根黄瓜：“哎哟，妹妹别生气，别生气，有事跟我说，我替你收拾这帮野丫头，哪天过来咱们一起玩儿。”

玉玲顺了顺气，说了声“再说吧”便转身回家去了。

自打小波儿帮着玉玲驱散了那群孩子以后，玉玲打心里感激小波儿。这一天，胖子路过玉玲家门口，见院门半开，就在门前晃了晃，故意让玉玲看见他。玉玲出来问他什么事儿？胖子不怀好意地笑了笑。

“有人想让我给你捎个话儿，说一起过来打扑克。”

“你说的是谁？”

“我哥呗，来不来吧，给句痛快话。”。

“又是你哥。”她想了一下说，“好吧，那明天六点半以后吧，我得等晚饭后收拾完了才有空。”

“得嘞。”胖子听到这话，立马高兴地跑了。

过年

大年三十晚上，九点来钟，秀琪披衣来到院子里对着东屋问：“三大大，您还接水吗？不接的话我就回水了！”

哈家老两口估计已经躺下了，听老太太回话儿说不用了，秀琪便朝自来水井走去。

萧然突然从屋里跑出来，“姑姑，您回去让我来吧！”

秀琪回头看看萧然连忙说：“外面冷。”

“没关系，我不冷，我来吧，我会。”只见他很熟练地用铁钩子把自来水井的盖子拉开，把一根长长的铁棍儿钥匙伸到井底，然后问秀琪：“是要先把梅花开关拧紧再把下面的龙头打开吧？”秀琪点头称是。

“姑姑，您把上边的龙头打开，我看看下面流不流水。”秀琪打开龙头，然后来到井边，只见下面的龙头里淌出水来。萧然转身跑到伸出厨房墙外的龙头处冲着龙头里面吹了几口气。随着他吹气，秀琪看到井里的龙头涓涓地流出不少水，“好了，管子里的存水流得差不多了，不会冻住了！”听秀琪说完，萧然用力把井盖钩回原位，末了，还用脚踩了踩。

“好孩子，还真行，能顶事了。”秀琪夸赞道。

“平时您回水时我都看会了，以后晚上回水的事您就别管了，交给我就行了。”萧然信心十足地说。

“真长大了！”秀琪看着孩子感到由衷的欣慰。

“舅爷爷在家吗？”院门外传来一阵急促的敲门声。

秀琪跑向院门，打开后见是姑妈的孙子、二表哥家的大儿子小树站在门外。

“姑姑，我爸爸到您这儿来了吗？”小树劈头就问。

“没来呀？你什么时候回来的？”

“我刚回来，来看我爸和我爷爷，但我爸没在家，不知道上哪儿了，我爷爷这会儿咳嗽得厉害，好像是感冒了，我以为我爸上这儿来了。”

“谁呀？外边是谁呀？”马国禄隔着窗户轻声问。

“爸，是小树来了，找志勇哥。”

“啊，这小子大年三十地不在家？不着调儿的，大晚上的上哪儿去了？”马国禄披着棉袄推门走出来。

“爸，您穿好衣服。”秀琪关切地帮父亲扣着纽襻。

“小树，什么时候到的家呀？你都走了快一年了吧？吃饭了吗？”

“还没呢，一进门就觉得我爷爷精神不好！”

“秀琪，家里还有什么吃的给孩子找点。你先进屋暖和暖和吃点东西，我去看看你爷爷。”

“我跟您一块儿回去！”小树执意往外走，秀琪跑进厨房，拿出个凉馒头，又进了西屋拿出两块昨天她给父亲买的桃酥，用块屉布包好，塞在小树手里，“回去烤烤馒头先垫补垫补吧，也没别的了。”

姑妈有两个儿子，志华和志勇。姑妈走得早，躲过了运动，但是作为资本家的姑父却在劫难逃。家被抄了，人被扫地出门，搬到他家原来住的那条胡同最里头一个小院的一间小破房里。

大表哥志华在外地，运动初期就来信说和家里脱离关系，已经七八年没音信了。二表哥志勇原本是一家银行的职员，前些年在基层“新三反”时被人举报有贪污行为，但是也没查实，最后被开除了公职。二表嫂娘家在天津也是个大户，人长得漂亮，是电影厂的配音演员。早年曾听说红杏出墙，二表哥出了问题，二表嫂顺理成章跟他离了婚，去了西安。他们的大儿子小树留在家里，二女儿送到天津姥姥家，小女儿被表嫂带到西安。

小树长大插队去了外地，姑父前两年脑出血救过来后半身不遂，近几年几乎下不了床，需要二表哥照顾。可二表哥志勇破罐破摔变得游手好闲，姑父经常饥一顿饱一顿，这几年，多亏马国禄和秀琪接济。

周围静悄悄的，只有从很远的地方传来的稀稀拉拉的鞭炮声。

初一早晨，刚吃完炸年糕，外面就传来吆喝声，街道粮店推着车子走街串巷地来卖切面了。按照牛街人的风俗，这一天家家户户吃面条，炖肉浇面、打卤面、肉汆儿面都行，反正这一天不吃饺子，初二才吃。

过年粮店送来的是富强粉的面条，雪白雪白的。人们围着车子三斤、两斤地买。秀琪拿着钱和粮票刚凑到车前，突然听到玉玲从她家的院门口冲她喊："秀琪姐，带的粮票够吗？帮我买二斤。"

秀琪买完切面给玉玲送进去，见美霞的屋里点着芭兰香，玉玲和买美霞正准备和面。

"要炸油香呀？"

"我妈1月23日无常十周年，今年正好赶上大年初一，我们家哥几个下午都去大哥家一起提念提念。四哥带孩子们先去了，我跟四嫂炸点油香。"

"那我先回去，一会儿过来帮忙。"

秀琪用外面包着一块纱巾的三角围巾将头包紧，拿着半瓶花生油一溜小跑着进来了。她把油瓶递给玉玲，玉玲过意不去地说："家里存了点油，够呢。"

"每人每月就半斤油票，哪儿够呀？我哥给带了点陕南的菜籽油回来，这才省下点花生油。"

"那我就留下了！"玉玲感激地把油瓶放到一边。

"大哥去南京了？"玉玲问。

"去了，嫂子就一个弟弟，快过年了出了这事她妈受不了，嫂子带扬扬直接从汉中去南京了，本来说好他们三口回家过年，我爸可盼着他们回来呢！"

买美霞不解地问：“出什么事了？”

“我嫂子的弟弟工伤，左手可能保不住了。”

“怎会这样！”姑嫂二人都惋惜地摇着头。

“我哥星期四腊月二十七回来的，在家刚待了两天，我嫂子那边打来长途电话说她妈一着急，高血压也住院了。我爸听说亲家母也病了，让我哥也去南京帮点忙，说男人总比女人主意多，爷俩见过面了就放心了，在不在家过年无所谓。”

玉玲说：“我那天瞧见看公用电话的王嫂给你家传电话了，敢情这事呀！”

“刚回来就走，都是不顺心的事儿。”买美霞幽幽地说。

“我刚冲了个大净。”秀琪解开围巾坐在炉子边，她的马尾还湿漉漉的。

“你真麻利，大冷天地别感冒。”

“不会，我爸每天都背着旁人做礼拜，得冲洗呀，我们厨房不是连着水房吗？每天厨房都生炉子，有热水，就是费点煤。”秀琪不无得意地笑笑说。

玉玲说：“二伯真行！这些年回回的习俗都快没人记得了，他还坚守着。”

“行了，别说这些了，看看面饧好了吗！”秀琪催她。

美霞掀开大瓦盆上的盖帘，摸了摸面团说：“差不多了。”

三个人起身道了一声“泰斯米”（穆斯林做善事或生活行动起始语，原意为“奉真主之命”）就干起来。美霞揉面做剂子，秀琪接着把一个个剂子揉圆擀成碗口大小的面饼，玉玲在油锅前负责炸制。

秀琪边揉边夸玉玲的面和得好，玉玲则说，只要有点老发面，按比例放点小苏打、盐，揉光滑了，饧够了时候就差不离。

美霞的剂子下得均匀，秀琪在锅上方伸了伸手，觉得油温上来了，就把擀好的面饼从边上出溜着放到油锅中。玉玲用一双比家常吃饭用的长得多的竹筷子转动着锅中的面饼，见上色了，就翻个面，再转动几下，一个香喷喷金黄的油香就出锅了。

三个人忙活了个把钟头，炸好了一大笸箩油香。

玉玲端过一摞盘子，秀琪和美霞往每个盘子里放了两个油香，再用屉布盖上。秀琪说："你们趁热去送吧，我先回家了。"

"我先跟你一块儿给二伯和哈三大大送去，待会儿再去给艳敏和秋姐她们送去。"玉玲披上棉大衣和秀琪一起来到马家院里。

哈三大大正出来倒脸盆里的水，玉玲赶紧迎上去说："三大大，今儿我妈无常十周年，我们炸了点油香。"

哈三大大放下盆接过油香，说了句"赛瓦布"！（回赐，指真主对善行的一种奖赏）

马国禄也走出来，玉玲又把另一个盘子端给他，"二伯，这是给您的，还热乎着呢。"马国禄接过油香也说了差不多的话。这时，萧然不知从哪儿钻过来，从爷爷手中的盘子里拿起一个油香，送到嘴边刚要咬，马国禄拦住他，"萧然，忘了吗，吃油香要先掰开吃，不能整个咬。"

萧然做了个鬼脸，掰下一块儿吃了起来。

"小孩子从小就得记住回回的规矩。"马国禄声音不大但很威严，萧然点点头。

"大过年的，不知道该说什么吗？就知道吃！"

“三奶奶过年好！”“玉玲姑姑过年好！”随后给两位长辈分别鞠个躬。

“好孩子，你等着啊。”哈三大大一手拎盆一手端着盘子进屋去了。

“你爸爸没带你去南京呀？”玉玲问萧然。

“回姑姑的话，你为什么没跟去呀？”秀琪看着萧然。

“我怕冷！”

“你姥姥还能让你冻着。”玉玲一脸狐疑。

“你可不知道，前年他从南京回来手都冻了，南京冬天屋里不生炉子，哪像咱北方呀！”马国禄接着说：“他上次回来就说以后冬天再也不去了，要去就暑假去！”

“呦，那得多冷呀？南京人怎么过冬呀？”玉玲大声追问。

“就烧个炭盆，大家围着它取暖。”秀琪说。

“晚上钻被窝才冷呢。”萧然边说边缩脖子。

“别站在院子里聊呀，屋里坐吧。”马国禄掀开屋门上挂着的棉帘子，示意玉玲和秀琪进屋。

“不了，我还得去刘家院里给刘五婶儿、海大大他们送呢，然后再去我大伯、我舅舅家，还有我四嫂娘家……”玉玲一连串数了好几家。

“去吧，不留你了，盘子先留下吧，等我做了好吃的再给你送过去。”秀琪一边说一边推了推玉玲。

“萧然，好小子，你出来，奶奶给你这个！”哈三大大在玉玲家的盘子里放了一小撮儿葵花子和花生端着走出屋，嘴里却喊着萧然。

“姑娘，给你盘子。”

玉玲见盘子里放了花生和瓜子,就说:“您留着过节家里来客人吃吧，这都是凭本供应的，每人过年才这么一点。”

“哪能让你端空盘子回去呀？再说，我这儿一年到头也没几个人来，要不是你们大家伙儿关照我们老俩，我们……”老太太哽咽着说不下去了。

秀琪见此情景忙劝玉玲，“你就拿着吧，别让三大大难过！”

“好，您老礼儿多，我拿着。”玉玲接过盘子笑呵呵地抓起一把瓜子嗑着走了。

“萧然呢，你来呀！”

“我来了。”萧然从爷爷房里蹦出来。

只见哈三大大从衣服口袋里摸出个红纸包递给萧然，“别嫌少。”

“三大大，您就别破费了。”秀琪想拦老太太，“你这是说哪的话，大过年的，不该给孩子点压岁钱？”哈三大大说。

秀琪知道拗不过老太太，就对萧然说：“快谢谢三奶奶。”

“谢谢三奶奶。”萧然接过红包给哈三大大弯腰鞠躬。

“好孩子，平平安安的！”

“您也平平安安的，大家都平平安安的！”秀琪说完将老太太送到房门口。

今年过年，秀琪格外开心，父亲身体还算硬朗，小侄子渐渐长大，都能当个小帮手了。虽然哥哥在家才待了两天，好多话都没来得及细聊，但总算见了面。还有一件高兴事就是过完年就要到街道的玉器厂上班成为正式职工了。她心里盘算着，想把这件喜事早点告诉子轩。

过年放假，单位里其他同事都回家了。宿舍楼里空荡荡的，子轩一个人走了出去，在传达室拿了报纸就向办公室走去，想到那里坐一会儿。

放下报纸，子轩靠窗站着，外面寒风呼啸，眼前一片萧飒，他忽然感到一阵悲凉。子轩思忖，过了年就又长一岁了，三十五年光阴对他来说是如此漫长、沉重。

先是他们母子被抛弃，生活艰难，后又赶上运动。在人生青春的大好年华里被发配到安徽的小城去做一名教书匠。回到北京，他又不能够专业对口，在偌大的钢铁公司里做做宣传。他感到自己就像一叶小舟，在命运的大海中沉浮，他拼命挣扎，不让自己沉沦。这些年，他不但没有放弃他的专业，还在拼命地学英文，他觉得自己早晚能够发挥作用。

不知怎的，他想起秀琪，眼前浮现出秀琪温婉、大气、聪慧的形象。他心里一阵躁动。

电话铃响了，拿起电话，那头传来秀琪清脆的声音，真是想谁谁就出现了。

“子轩哥，我一猜你就在办公室呢，大过年的，一个人待着多没意思，明天到家来吃饺子吧，我们等你。明天还有好事告诉你。”

听到秀琪的声音，子轩的心情立马变得开朗起来，仿佛看见外面杨树枝上的芽孢也开始了在春意中的萌动。

初二上午，子轩来了。他把茶叶和水果递给马国禄，“二伯过年好。”然后又掏出一个信封给萧然：“小萧然，你也过年好。”

“你又买东西还给孩子钱的，外道了啊！”马国禄嗔怪他。

“大过年的，不比平时，应该的。”

这边聊得热闹，那边秀琪已经把凉菜先摆上桌。

凉菜是切得极细的心儿里美水萝卜丝放白糖，炝拌木耳，煮得白白胖胖的五香花生米，凉拌藕片，能拉出细长的糖丝的蜜枣，酱牛肉，胡萝卜丁和水疙瘩丁加青豆炒的豆酱，最后上的是乾隆白菜。马国禄指着这盘菜招呼子轩坐过来。

“这是你爱吃的，尝尝怎样？”

子轩夹起一筷子放进嘴里尝了一口，“嘿，真地道，还是那个味儿！虽说都知道放芝麻酱、蜂蜜、酱油、醋，但这个比例调不好，它就不好吃。”

“哈哈，这是我的手艺。”马国禄笑着说。

“真是宝刀不老啊。”子轩夸赞道。

饺子上桌了，今天的饺子是羊肉胡萝卜和韭菜鸡蛋馅儿。马国禄拿出一瓶泡好的腊八醋。“子轩，来，这个不能少。”

“这蒜泡得真好，都绿了，翡翠似的。”

“腊八那天泡上的，天凉，放炉子旁边了，绿得快，每年过年吃饺子都少不了这口啊。”马国禄开启了瓶盖，一股带着蒜香的酸味弥漫在屋里。

吃完饭，秀琪刚把碗筷收拢好，萧然就端起来说：“今天我洗碗。”子轩看着萧然，“今天太阳从哪边出来？”萧然笑着说：

“从现在又长了一岁，我也得帮姑姑干活了。”

秀琪附和着说：“这孩子真的懂事了，这两天晚上帮我回自来水，干得可利落了，是个好帮手！”

“真是好孩子。”子轩也夸赞孩子。

马国禄拍了拍肚子，“今天可真没少吃，我得去给你姑父送吃的去。”说完戴上棉帽子，拿起秀琪装好的饭盒，嘴里哼着京剧《海港》里的唱段“马洪亮探亲我又重来……”出去了。

子轩上上下下打量着秀琪，只见她上穿一件圆领淡蓝色开身细线毛衣，从里面翻出一个白衬衫的领子，下面配一条黑色细条绒布长裤，黑色五眼白塑料底棉鞋，显得十分苗条。可能是刚忙碌完，白皙的脸上微微泛红，宽宽的额头，高高的鼻梁，深眼窝大眼睛，长长的睫毛下一双黄褐色眸子，嘴唇薄厚适中，嘴角微微上翘，略微卷曲的长发用手帕扎成个马尾。子轩暗想，这么漂亮的人拍电影选回族姑娘的角色，如果有人推荐秀琪，一定会被选中。

见子轩盯着自己，秀琪不好意思地笑了笑，“你看我干吗？”

“你不是说有好消息告诉我吗？”

“你猜猜看。”秀琪故意不说。

子轩犹豫了一下，“我猜不透呀，从来没揣摩过女孩子的心思，你还是直接告诉我吧？”

“哼，我不信！你社会经验那么丰富的一个人！”秀琪的话语中带着一点娇柔又有点失望。

“那要看怎样的社会经验，的确没遇到女孩子让我猜什么事情。”

“真的没有？”

“没有！”

“好吧，告诉你，我有正式工作了！”秀琪说完莞尔一笑。

“啊，太好了！什么工作？在哪儿？”

“街道给安排的，就在区里的玉器厂，不远。”

“这个工作好，二伯懂玉，会对你有帮助！”子轩由衷地替秀琪高兴。

“我也觉得能有这份工作不容易，我等太久了！”

秀琪拿着茶壶给子轩倒水的手因激动而微微颤抖。子轩站起身趁帮她拿茶壶顺势握住秀琪的手。他凝视着秀琪：“秀琪，你那天不是劝我尽早问问我心里喜欢的姑娘吗，我现在可就问了。”

“哎哟，你干吗呀？”

秀琪脸红得像一个熟透的苹果，她抽出手，她渴望听到这句话，不觉得心怦怦乱跳，甚至感到呼吸有点困难。

“秀琪，我喜欢你很久了，今天说出来不是因为你告诉我你有了正式的工作，而是我不能再等下去了。”子轩激动地说着，再次伸手抓住秀琪的双臂。

“我妈走了以后我就一个人，后来又去了安徽，不习惯那里的生活也不喜欢那份工作，每天独来独往，我以为我已经没有爱和被爱的能力了，直到我再次见到你！你的美、善良、爱心点燃了我！”子轩饱含深情，用力一拉，将秀琪揽入怀中。

“哐当”一声，萧然推门走进来，“姑姑我洗完了……”

子轩和秀琪都僵住了。

“噢，我可什么都没看见，没看见！哈哈！”萧然懂事地扭头跑出去。

“坏孩子，你看见什么了，不准乱说！”屋里传出秀琪的声音。

急人之难

秀琪已经有两三个星期没见到秋云了，心里有点惦记她。晚饭后，她跟父亲说去秋云家坐一会儿。刚走出院门，秋云差点跟她撞了个满怀。

“秋姐，正要去找你呢，说曹操曹操就到！”秀琪高兴地说着去拉秋云的手。秋云的手冰凉，什么话也没说，拽着她直奔秀琪的房里去了。进到屋里，秀琪看见秋云眼圈红红的。就问怎么了，出什么事儿了？秋云一听眼泪就扑簌簌掉下来。

“李自信最近一直也没回来，他老说有事儿，我正琢磨着哪天请个假下去，谁知昨天他妈就给我打电话来了，说他出事儿了。”

“出什么事儿了？”秀琪紧张地瞪大眼睛。

秋云看了看四周，小声说：“听我婆婆说他们学校有个女会计，看上自信了，每天缠着他，前天晚上我婆婆说是等了半天自信都没回家，想他可能加班改卷子，就把晚饭给他送学校去了，结果两个人正在屋里给撞上了。我婆婆气不打一处来，就把那女的骂跑了。”

“不会真有什么事吧？”

“今天李自信也给我打电话了，说别听他妈瞎说，什么事都没有，他们就是在谈工作，是他妈老想抱孙子，想用这法子逼我调到永清去。”

“你婆婆怎能这样，这不毁自己儿子名声？难道真想用这招儿把你糊弄过去？”秀琪有些来气了，提高嗓门。

秋云“嘘”了一声，冲她比个手势，“我就不信这事是真的，自信不是那种人，就是真有事，也是那个狐狸精倒贴。”秋云哭着说。

“这种事你没凭没据地信也不是不信也不是”，秀琪很为难，她试探问：“海大大知道了吗？”

“我妈本来就不待见自信，她一听就急了，骂了我半天，非让我和他离婚一刀两断！”

对这种事儿，秀琪显然没有经验，她着急地晃着秋云的胳膊，“你先别着急，要不这样，把艳敏姐找来一块合计合计？”

“别，别，这种事儿我不想让其他人知道。”

秀琪不知道该怎样安慰她，陪着秋云一起抹泪。

下班后秀琪想买条拉锁给萧然的裤子换上，便顺道去了烂漫胡同口上名叫黑猴儿的杂货店。这家杂货店门口原来有只石头雕成的小猴子，过往行人经常驻足观看、抚摸，它也因此给店家带来不错的生意。久而久之，小石猴变得黑乎乎的，人们都不记得杂货店的字号了，一提起黑猴儿，方圆几里的人家没有不知道的。

进到店里，她往卖针头线脑的柜台走去，不承想遇到了提着大包小包的秋云。

“秋姐，你采购完了，都买什么了呀，这么一大堆？”

“买了点棉花，给蔷蔷和我妈一人再做件过冬的棉衣。”

“等等我，我就买条拉锁。”

两人一路走一路聊，不知不觉就走到家附近的胡同口了，但话还没聊完，秋云说：“晚上你来我们家吧，跟你有话说。”

晚上快八点了，秀琪收拾利索让萧然到爷爷屋听故事，自己来到秋云家。

蔷蔷已经睡下了。秋云和母亲都坐在炕上，但互相背着脸缝衣服。一见秀琪进来，海大大放下手里的衣服，拍拍炕，让她也坐炕上。秀琪脱鞋上炕，娘儿仨拉起了家常。

海大大已经年过七旬，微微有点驼背，如今已不再盘发髻，满头白发剪得短短的，两边各用一个卡子别在耳后。她摘掉老花镜，扬起布满皱纹的脸，眼泪汪汪地对着秀琪数落开了秋云，说她就是个傻子，李自信明明就是个负心汉、白眼儿狼，他们李家明摆着给秋云下套，诳她去永清，她呢就愿意自个儿跳这个火坑。

秀琪安慰着老太太，说事儿都弄清楚了，是个误会，说不定过几天李自信就会回来看秋云母女。

“姑娘，你别拿话儿宽慰我了，你是不知道吧，她这就要丢下我们自个儿走了！我就是个命苦的孤老婆子，没办法。我这俩闺女一个也留不住，谁让我没儿子，无依无靠呀！”海大大不断抽泣着说。

“瞧您说的，我又不是不管您。”秋云抢白母亲。

“什么意思啊？你要去哪儿？”秀琪不解地看着秋云。

秋云这才把自己已经决定去永清工作的事儿告诉了秀琪。“我等办好手续，就去永清找自信。李自信是我自己选的，既然我跟他结了婚，老这么两地分居也不是事儿。现在北京的户口这么紧。他肯定是调不进来，没办法，只有我去永清。我去了，这家才能稳当，才保得住。要不然我们不就散了吗？”

说这些话时，秋云异常平静，显然，她是经过深思熟虑的。

秀琪简直惊呆了，她愣愣地看着秋云，只见她原本圆乎乎的脸颊塌陷了不少，显出了尖下巴，眼睛已经哭肿了，平时剪得很利落的短发也长长了，后面戳在衣服领子上翘了起来。

秀琪的心头一紧，眼泪夺眶而出。她心里清楚，永清怎么能跟北京比呢？但是如果不是深思熟虑谁会这样做？放弃千金不换的北京户口到一个小县城去，她想起艳敏说的那句话，心想，秋云还真是个爱情至上的人呀！她打量着秋云，不觉暗自佩服她。

“她跟李自信背着我嘀咕了有二十多天，结果她不想老妈的死活无所谓，她把自己的北京户口搭上不值呀！”海大大一把鼻涕一把泪地哭诉。

“什么死了、活呀，您别这么说，海大大，您要是不放心也跟秋姐过去吧，不然秋姐的心不得劈成两半？”秀琪自己也不知道怎么说了这样一句出来，她只是觉得秋云实在太难了。

海大大两手一摊：“打死我也不会离开北京城，北京这地界是什么地方？是皇上待的地方，虎踞龙盘，谁往乡下跑呀？除了傻子看不清！蔷蔷也不走，让她自个儿去吧。”

秋云流着泪，“帮我劝劝我妈。”

秀琪哭着，她舍不得秋云，但也实在不知道还能有什么其他更好的办法。在这个寒冷的夜晚她第一次开始认真思考爱情、婚姻和家庭对于女人的作用。她对秋云充满了同情，也生出一丝敬佩，她知道做出这样的决定秋云下了多大的狠心。

北京的冬天干燥而寒冷，西北风飕飕地刮着。自打秋云走后，秀琪就隔三岔五地到海家看看。屋里生了炉子，她帮她们用布条刷上糨糊糊在各节烟筒的接口处，还叮嘱海大大每天晚上封炉子时注意打开炉口与烟筒连接处的火门。

这天刮了一天的大风，下了班走在街上，秀琪觉得风比早上小一些了，但还是吹得脸生疼，她紧了紧围巾低着头向前走去。

经过山货店，她突然惦记起海大大祖孙俩，担心风从她家伸出窗外的烟筒口拍进来，使屋里的祖孙二人中了煤气，于是，她特意进了山货店买了个风斗。

一进胡同口，西北风卷起的尘土和枯叶打着旋儿扑面而来，秀琪闭上眼屏住气贴墙根儿赶紧走，路过家门口她没进，直接去了海大大家。

小屋里有点凉，海大大正一边咳嗽着一边弯腰掏炉灰，蔷蔷站在一旁哇哇大哭。秀琪放下风斗连忙扶起老太太，自己打开炉子盖往里面看了看。炉子里的蜂窝煤已经呈灰白色，显然已经烧乏了，秀琪就对老太太说：“得用块儿炭接，光续煤恐怕不行了。”海老太太说，这次买的煤不好烧，每天差不多都得用块儿炭，家里已经没炭了。秀琪听了，端着装满炉灰的簸箕出去了。

不一会儿，艳敏用簸箕端着几块炭走在前面，嘴里喊着“靠边”“闪开”，秀琪用火钳子夹着块烧得通红的煤块跟在后面小跑着过来了。

“海大大，炉火不旺，您言语一声，李家要是没人在家，不还有我们吗，这大冷天的，炉子灭了怎弄啊？”艳敏埋怨着海老太太。

“这不是怕老麻烦你们吗？”

“瞧您说的，这不应该的吗？一个院住着，您这么见外干吗？你们娘俩着凉感冒不是让秋云不省心吗？”艳敏连珠炮似的说，秀琪轻轻推了艳敏一下，“行了，你回去吧，这儿我来。”接着对着艳敏的背影喊：“等宋长生回来，麻烦他过来把风斗给她们娘俩安上吧！”

“没问题！”

加入了红煤，顿时炉火就燃旺了，屋里也渐渐暖和了一些。秀琪这才转向蔷蔷问她为什么大哭。海大大没好气地说：“学校要开新年联欢会，人家小姑奶奶要表演节目，要穿红毛衣，她妈给她织的粉的，她说不行，非得穿红的，我上哪儿给她找去？”

秀琪对着蔷蔷说：“就为这么点事儿放声大哭？”

“你妈给你织的粉毛衣多漂亮呀，那两个袖子还是我帮着织的呢，我觉得你穿它表演一定特好看。”

“可我们五个人表演小合唱，说好了都穿红毛衣的。”蔷蔷拉着小脸，脸上挂满泪水。

“那你明天再问问那几个同学，她们都有红毛衣吗？我觉得不一定！其实五个小姑娘穿各色各样的毛衣表演也很好呀。”

“不，我就要红毛衣！”

“听见了吧，拧着呢！都不是省心的主儿。”海大大狠狠地说。

秀琪把蔷蔷搂在怀里哄着：“你明天先问问，如果不行我给你想办法，不许为难姥姥。”

蔷蔷破涕为笑，“真的，拉钩！”

“拉就拉，来！”

“拉钩上吊一百年不准变！”于是一大一小两人的食指紧紧拉了拉。

秀琪从海家出来，天已黑下来了。老远地就看见一个抱着条被子和一个拿着个包袱的两个人迎面走来。走近一看，是芳芳和玉玲。“两位姑娘搬家呢？”她开着玩笑。

“芳芳她哥复员回来了，她在我家住几天。”玉玲抢着说。

“秀琪姐，好久没见你了，过来一块儿聊聊呀！”芳芳亲热地邀约秀琪。

“我刚下班，还没回家呢，家里还有老少爷俩等我呢，一会儿看吧，要早我就过去。”

“好，一会儿见！”

肖芳芳的父亲在铁路上工作，是京张铁路的一名巡道员，工作地点在沙城，不常在家。芳芳父母的老家都在山东。芳芳的父亲当年是个英俊的小伙子，家境虽贫寒，但本人相当能干。她母亲家境殷实，据说娘家的买卖沿着运河从德州一直开到了北京城。后来，芳芳的母亲看上了她父亲，两个人不顾家里的反对就一起私奔到了北京。母亲娘家人觉得太丢颜面，索性不认这个闺女了。这对年轻人便在芳芳父亲，一位住在牛街的工友的帮助下，辗转租住到了这个胡同的一间小平房里。这一住就是二十多年，芳芳和哥哥都出生在这个小房子里，哥哥长芳芳四岁。渐渐地，他们都长大了。

芳芳和艳芬、玉玲同班，她们同年毕业。因为芳芳的哥哥参军走了，母亲身体又不好，学校特意照顾芳芳，没有让她插队，而是分配到商标印刷厂上班。

芳芳是个腼腆的姑娘，文文静静，从不大声说话，个子不高，一双笑眼，白白的面孔十分惹人喜爱。街坊们都夸奖芳芳是个好姑娘。

芳芳很珍惜这份工作。印刷行业虽说属于轻工业，但实际是很拼体力的。印商标的纸很多都是铜版纸，一令纸的分量不轻。给机器上纸需要体力，查活儿时手也特别容易被纸边划伤，这些事儿芳芳都抢着干。上版、配油墨是个技术活儿，不是一时半会儿就能掌握的，芳芳虚心请教，边干边学。工厂一般都是三年出师，但没两年，芳芳已是个相当熟练的工人了，带她的师傅逢人便夸自己的徒弟。

目送着两个姑娘进了丁家的院子，秀琪心里暗暗琢磨：芳芳上班三班倒，可玉玲自打静静上幼儿园后每天给人做衣服是个睡得晚起得也晚的人，俩人这作息时间不合拍呀！

要问眼下全牛街最缺的是什么？房子！家家户户都感觉不够住，多年前就在这里购置房产的老住户，虽说房产已归公，但大多原主人还住着，因添人进口显得紧巴了，但又舍不得离开；老租户，住时间长了，图住在这里生活方便，宁可挤点也不愿意搬走；还有就是恨不得换个宽绰点的房子住但又没有办法实现的人家，肖芳芳家就如此。

前几年市政部门给胡同里的大小院落都接通了自来水管道，院里没有自来水的人家再也不用到胡同口外边的公共水管的龙头前排队接水挑回家倒在水缸里省着用了。吃水的问题解决了，可下水却根本没被市政部门考虑进来。

夏天还好，人们将洗衣服、洗澡的水出门随手一泼，不一会儿就蒸发了。洗菜刷锅、做饭的泔水就找个废旧的小桶，攒够一桶，自觉点的倒到公共厕所，偷懒儿的就近倒在胡同的雨水口里。菜叶子、剩饭剩菜、鱼头鱼肚、骨头等渗不下去的就残留在雨水管道的箅子上，臭气烘烘，招来大个的绿豆蝇，围着箅子嗡嗡乱飞。离雨水管道箅子近的院子就最受影响，偶尔有人不得已出来收拾一下，有时刚收拾完，一转眼就又被哪个不自觉的人倒上脏东西了。冬天，这些脏东西就会被冻在箅子上，越倒，就冻得越高，有时竟冻成两尺来厚的冰坨子，直到整个水箅子都被封冻住不渗水了。最可气的就是仍然不管不顾出门泼脏水的人，他（她）泼完回家了，可地上的水结成冰，人一不留神走上去便会来个仰八叉。常能听到有人因此在胡同里粗声大气地骂街。

星期天中午，秀琪洗完衣服提着桶出来倒水，见一个小伙子站在玉玲家门口，正和玉玲说着什么。

秀琪返回家后从炉子里搜出一簸箕炉灰端着又走出家门，来到胡同里，刚才她发现路上有一小片薄冰，怕有人走过时摔倒，就把炉灰撒在冰面上。这时玉玲正目送那个小伙子远去，见到秀琪出来就向她走过来，走近了，她说：“这个芳芳可真有主意！她哥哥刚才来找我，说让我劝劝她，芳芳要调工作。”

秀琪听了一愣，“调哪儿去？”

“走，到你们家说吧。”玉玲边说边跟随秀琪回到家里。

“芳芳不是在厂子里当标兵了吗？应该干得不错，是厂里安排她调动吗？”秀琪问。

“不是那么回事，是她自己找人对调。”

“对调？为什么？”

“还不是为了有地方住嘛。”接着玉玲把事情的原委都告诉了秀琪。

秀琪听了后沉思了一下对玉玲说：“今天芳芳休息吗？我跟你一起找她聊聊。”

“她周四休息，今儿上早班，晚上过来得不会太晚。”

“那这样，等她来了，你们俩再到我这来吧。”

晚上芳芳和玉玲来了。芳芳见人总是笑眯眯的，但不太爱说话。

“听玉玲说你要和人对调工作？”见她们坐定秀琪开门见山地问。

“我师傅的弟弟在房山那边的水泥厂，那天闲聊，听我师傅说他们那个单位有个女的，家里孩子小，有宿舍也不住，每天都往家跑，说早晨5点多出家门晚上8点才到家，很想换到城里来。她找了好几个人对调都没成功，我觉得我可以和她换。”

“房山呀，你想清楚了吗？”秀琪提高声调看着她问。

芳芳叹口气，眼睛看着脚尖，“没办法，我妈已经找过房管所和街道好几次了，他们说一时也没有富余的房，很多人家都等房呢。我哥新到单位，他也不好张口和人家提宿舍的事。他也这么大了，给介绍对象的人都来了好几拨儿了。不用说，人家如果看到我们家这情况，肯定不同意。”

秀琪听了以后说，“你调到房山，每周才能回来一次，你妈怎么办呢？再说你走了，你们家也还是只有一间房呀，将来哥哥结婚，也还是不够住啊。”

“我走了，我哥和我爸妈可以暂时对付一两年，房管局说……”

“呦，你们几个人密谋什么呢？”话音未落，艳敏抱着儿子小辉进来了。

“艳敏姐，来得正好！”众人起身，秀琪抱过小辉，一边给孩子解斗篷一边说，“我们在帮芳芳想办法呢！”

玉玲把芳芳的事又给艳敏复述了一遍。

艳敏一听马上说：“你们都够有牺牲精神的，你为你哥要调工作，艳芬说她去插队老四就不用去了，还有那个秋云”，说完还“哼”了一声。

一时间大家都不说话了。

秀琪忽然想起刚才被艳敏打断的话，就问：“芳芳，你刚才说房管局说什么来着？”

“他们说，在蓝图上的房子如果院儿里有地方，邻居们也同意，可以翻盖，翻盖时可以扩大一些！”

“哎！这办法好！”艳敏拍了一下巴掌，众人也纷纷点头。

“院子虽然还够大，可是我们家在一排五间房的正中，夹在中间，两边都有人住，后面临街。”

玉玲说：“在你家屋前面接出一间不就够了？”

“那哪行？一排房前面中间突然多出一间屋，别人不方便，里面那间的光线也都被挡住了呀？”秀琪说。

“秀琪分析得有道理，这样不行！”艳敏也摇了摇头。

“光线的问题先别考虑了，这好歹是个办法。”

“别说邻居们不会同意，就说盖间房哪儿那么容易？有句话说土木工程不可擅动。”芳芳愁眉不展。

“不就盖间房嘛，不要紧的，不到万不得已谁也不会张口，咱们这胡同里老街旧邻的够局气，这点面子大家会给，我们大家也帮忙想办法，总会解决的。”玉玲说。

“对，众人拾柴火焰高，先解决盖房这事儿，你调工作的事就别考虑了。我们大家一起帮你。”

姐妹们你一言我一语，把芳芳说得热泪盈眶，她用力点了点头。

送几个姐妹到大门口，秀琪关上院门。她打个哈欠伸了个懒腰。忽然，她站在门道里，伸展两臂，她发现，自己完全展开也还够不着两边的墙，以自己1.62米的个头，臂展应该差不多1.6米，那这个门道该有1.8米左右宽吧！门楼加门道跟北房进深一致，大概4.5米，房顶子也相连，秀琪大略一算，把大门拆掉，门楼处砌堵墙，门道朝院子那边加装上门窗，这不就是一间8米大小的现成房子吗？

她被自己的发现惊到了，这里完全可以改造为一间住人的房子！可转念一想，堵了大门，院子里的人从哪里进出呢？秀琪自我解嘲地笑了笑，往自己房里走去。无意间她看到父亲窗前亮着台灯，就推门走进去。

马国禄正在看报，见秀琪进来就笑着问：“你们几个姑娘嘻嘻哈哈聊了这么长时间，聊什么呢，这么热闹？”

秀琪提起炉子上的水壶，掀开炉子盖看炉子已经封好，又看了看火门儿，才放心地在桌边的椅子上坐下来。她十分感慨：“爸爸，人有时会遇到很难克服的困难，什么算山穷水尽我说不好，不过有人活得太难了！”

“哪就到山穷水尽了！项羽在乌江边听到四面楚歌时才感到是山穷水尽，谁会这么难？”

秀琪把芳芳不得已要拿自己喜欢的城里工作与人换郊区水泥厂的工作，就为有宿舍可以安身的事讲给父亲。

马国禄听了沉默良久说：“这姑娘顾家呀，是个有情有义的好孩子呀！”

“我们在想怎样才能帮上她。”秀琪紧锁眉头。

马国禄听秀琪这么一说，高兴起来。他对秀琪说帮助邻里是穆斯林的本分，帮助别人提升自己在天堂的地位，回回不光要相互帮助，对身边的汉民朋友也应该关心帮助呀。

秀琪说：“就知道您能活学活用。”

秀琪灵机一动接着问父亲：“您交房契时注意看了吗？咱家门道在蓝图上吗？”

“那还用看吗？蓝图就在我心里，不光门道，连那间小南房都在图上。”马国禄得意地说。

“爸，您说过咱回回不看风水是吧？”

“不讲究这东西，你怎么问起这个？”马国禄忽然觉得今天女儿的问题有点怪，他想知道她的葫芦里到底卖的什么药。

“爸爸，房管局说他们一时不能给芳芳家找到多余的房子，但说只要蓝图上有的房子就可以翻盖扩建。我刚才突发奇想，我觉得咱家的门道如果改造成一间住房不是就可以解决芳芳家的困难了吗？您也知道，芳芳家都在牛街住二十多年了，人家懂规矩，他们那个院里一共四家，就她们家不是回民，但大家处得可好了。”

“啊？”

马国禄惊诧地看着秀琪。他怎么也没想到秀琪会打自己家门道的主意。

这个小院子是马国禄的情感寄托，当年他买下它是为让母亲在此颐养天年。他的心愿虽已达成，不承想，运动来了，房子一夜之间变成公家的了，东屋的一间已经住上别人，现在秀琪又想让人把门道改造，住上汉人，一时间他不能接受。

“你想得太多了吧？都替房管局谋划起来了！堵了门道咱走哪儿？”

“爸爸，您不觉得这个办法有点可行性吗？”

“我该睡了，你也回屋早点休息吧！”马国禄沉下脸下了逐客令。

在父亲面前碰了一鼻子灰，秀琪觉得很沮丧，她便轻轻从父亲屋里退了出来。

一连几天，父女双方谁也没有再提关于门道改造的事。

这天，秀琪把一小碗炸酱和一碟切好的卫青萝卜端上桌，问父亲：“萧然呢？”

马国禄正在炉子旁摆弄他的蛐蛐罐儿，抬眼四下踅摸了一下，“刚才还在呢？”他一眼瞥见了萝卜，“今儿这萝卜真水灵。”

“可不是吗，您看这块，像不像翡翠？”秀琪举起一块上边翠绿下边渐呈象牙白色的萝卜。

马国禄放下手中的蛐蛐罐看着秀琪，“你到厂里上班也有一个来月了，有什么心得呀？”

秀琪见萧然不在也没有马上开饭的意思，就坐了下来。

“爸爸，我们厂里的大料不多，小块的岫玉堆得到处都是，师傅们主要做盆景，磨制叶子、葡萄、牡丹、梅花什么的，然后用铜丝攒起来再用铜枝或木枝组装。做成一件成品可费工夫了。”

马国禄哈哈笑着，“玉不比普通石头，它开采困难，尤其是大块儿的难寻呢！大料得有好手才能做，现在有电床子了，做个花片上床子做快多了，以前的‘水凳儿’纯靠脚蹬呀。不过，话又说回来，真要做个‘件’，有的工序还用得上‘水凳儿’。‘件’活儿没个一两年还真不行，怎么样让它可着料，物尽其用就有讲究了，机器可使不上多大劲儿。你该知道玉的品性与做人的关系吧？”

“这您可考不倒我，君子比德于玉。”秀琪不打奔儿侃侃而谈：

“温润而泽，仁也；缜密以栗，智也；廉而不刿，义也；垂之如坠，礼也；叩之，其声清越而长，其终则然，乐也；瑕不掩瑜、瑜不掩瑕，忠也；孚尹旁达，信也；气如白虹，天也；精神见于山川，地也；圭璋特达，德也。天下莫不贵者，道也。”

“背得不错，典出何处？”马国禄再问。

“《礼记·聘义》子贡问玉。”马国禄点点头。

秀琪笑着逗父亲说：“我背出来了，您给讲解一下呗。”

马国禄显然兴致正浓，他坐直了身子清了清嗓子：“温润而泽，仁也。就是说，所谓泽，意为濡，濡音为儒即儒家，儒家崇尚‘礼乐’和‘仁义’，主张德治、仁治。缜密从栗，智也，大意就是玉质内紧而外明，要求人们既要有外表的明智又要有内在的优秀素质。廉而不刿，义也，就是廉洁不贪而不伤义气。这就是要求人们既要廉洁奉公又要对周围的亲朋好友讲义气……”讲到这儿，马国禄忽然卡住了。他往外看了一眼，“算了，你去找找萧然，先吃饭吧！”

这天夜晚，皓月当空，照在院子里白亮亮的。外面有窸窸窣窣夹杂着挪移东西的声音传来，秀琪掀开窗帘，见父亲披着棉袄，正蹒跚着从小木架子里往外搬堆在这里的东西，月光把他的影子投在地上拉得老长。秀琪闭着眼都知道那里无非就有一个缺腿的板凳、几个花盆、腌菜坛子和打扫院子的大扫把及一些砖头瓦块。这老头挪动它们干吗呀？她连忙披衣出来叫住父亲：“深更半夜地您干吗呢？”

马国禄头也没回，“把这儿清理出来，封了门道，在这儿开个随墙门呗！”

一股暖流从秀琪心中陡然升起，她不知该说什么好，“爸爸，明天我找人来清理吧，您歇着吧。”

“嗯，你回屋吧，我心里有数，累不着！”

凝望着父亲，秀琪内心充满敬意。

深唯重虑

男大当婚，女大当嫁。自打那天萧然无意中告诉爷爷他看到了姑姑的秘密以后，马国禄由衷地为自己的女儿感到高兴。他嘴上没说什么，这两天却从旁观察着秀琪，只见她走路轻快了，嘴里还经常哼着歌儿，脸上也洋溢着笑容。至于子轩，马国禄也是满意的。虽然年龄大了点儿，但他看得出子轩是真的喜欢秀琪。

房管局来人准备施工了。按照马国禄的指点丈量了北屋和西屋的夹道处，准备破墙开门。趁着他们给门道量门窗的时机，马国禄把房管局的负责人老铁悄悄拽到一边指着北屋说："您看我这北屋的门窗是不是也能一起换一换呢？"

顺着马国禄的手指，老铁斜着眼看了一下北屋的门窗，可能前两年在房前挖坑，回填不到位，影响到地基，台阶前面的地面凹陷，门窗都有点往下耷拉，而且，这窗户也的确有些不合时宜了。

大多数北京普通人家的老房子除了堂屋，卧房几乎都是窗台上面两扇固定不能开启的大玻璃窗，玻璃窗上面是两扇木格窗。每年春天来临的时候，很多人家就在窗框里面糊上一层类似纱布的带网眼的宽幅“冷布”，用于阻挡蚊虫。再用整张的高丽纸在下面裹上一根秫秸秆儿做成纸窗帘，把高丽纸做的纸窗帘上端粘在窗框上，在木格窗窗框的上下对应处钉上小钉子，用结实点的粗线绕着钉子斜对着一上一下形成 × 形的线路护住高丽纸卷帘，使它可以在被卷起时受到线的阻隔不会自己落下来。这种纸卷帘，天热的时候卷上去，感觉凉时就放下来。秋末，再拆掉线绳，取下冷布和纸卷帘，卸去秫秸秆儿，把整张的高丽纸糊在窗户上。每年春秋换季的时候这个工作就得费大半天的时间，马家这活儿全是秀琪一个人做。现在很多人家已经把上面糊纸的木格窗换成可以对开的玻璃窗了。

因为马国禄同意让出门道，给房管局解决了一户人家的困难，因此，对马国禄的这个请求老铁居然没有否决，叫过木工师傅说，顺便给北屋的门窗也量一量吧。然后就在马国禄的感谢声中甩手而去。

木工师傅走进屋里量窗子，一看里屋还是一铺炕，就笑着说，“老爷子，还留着炕呢，还不一块儿都拆了呢？”马国禄也早有此意，想了想就问：“拆炕费劲儿吗？”木工师傅转身出去把瓦工叫进屋。那人一看，“这算什么呀，半天的事，反正趁着给门道砌墙，拆炕的渣土啊、砖头呀就一起清运了。”马国禄连忙说，“那敢情好，等会儿我闺女回来，我跟她商量商量，如果能拆，那就一块儿吧。”

秀琪下班儿进了院，见到院子里卸了一些砖块儿、木头。她兴奋地问父亲：“哦，这是要开始施工了？”父亲眯着眼睛笑了笑，“秀琪，你到我这儿来。”

秀琪跟着父亲来到西屋。父亲笑眯眯地看着秀琪，“丫头，没有什么事儿要告诉我？”“什么事儿？”秀琪有些纳闷。

“哈哈，跟你爸爸还打马虎眼，萧然都告诉我了。”秀琪的脸唰地一下子红到了耳根，她轻轻跺了下脚，“爸，您甭听小孩子瞎说。”马国禄慈爱地对秀琪说：“孩子啊，你也不小了，爸爸心里也一直惦记着你的事儿，现在好了，爸爸替你高兴啊，知感主！”马国禄这样虔诚的穆斯林在高兴时总爱赞颂真主。他接着又说：

“子轩，我没看错他，是个好孩子。你跟他好，爸爸放心。”

“爸爸，这都哪儿跟哪儿啊，八字还没一撇儿呢。”秀琪冲爸爸撒娇。

“秀琪呀，这说快也快，你看，我正要跟你商量，趁着门道施工，我跟房管局的老铁说好了，把你这屋的门窗换了，你这炕也拆了吧。”

秀琪觉得很突然。她蒙蒙地问父亲：“拆炕？”

“对呀，早晚得拆，难道你这屋还能不放张双人床？”

“爸爸，您都怎么想的呀？”秀琪一时还没转过弯来。

马国禄说：“你是怕我再也找不到藏书的地方呀？”

“您还说呢，告诉我书烧了，结果我带萧然在炕上玩，帮他找跳棋子，掀开炕毡，我就发现您帮我换的那块弄碎的炕面砖砖缝的颜色太新了，一定有人动过。”

“鬼丫头，什么也瞒不过你！”马国禄拿手指指了指秀琪哈哈笑着。接着又很正式地对女儿说：

“秀琪呀，给子轩打个电话吧，这个星期天让他到家里来一趟，我们爷俩聊聊！”

秀琪特意穿上一件浅灰色薄呢格外衣，扎一块淡粉色的尼龙纱巾，当她徘徊在车站等子轩时，她秀丽的模样、娉婷的身姿惹来不少路人的注意。她并不在意路人的目光，内心满满的自信还带着点高傲，她希望把自己的美充分展示给她的爱人，让他为自己骄傲。当她见到穿着一身蓝色毛哔叽中山装，一只手提着一个大网兜，里面露出两盒茶叶、一个点心匣子，另一只手拎着只装着水果的布袋下了车走向她的子轩，竟笑出声来。子轩看着秀琪，“笑什么？都给我笑毛了。”

“哟，像个大干部，今天怎么穿得这么正式啊！”

“你今天太漂亮了，我在车上老远就看见你了。”秀琪莞尔一笑，接过子轩的布袋子，子轩用腾出来的手挡着嘴，俏皮地说：“那还不得正式吗？拜访未来的老丈人。”

秀琪用肩膀轻轻拱了他一下说：“说什么呢，不害臊！”

两人并肩走进胡同，在胡同里站街聊天的几位老妇人的话传进他俩的耳朵，“马家这姑娘真漂亮，那八成是她对象吧！”

“多好啊，看着挺般配的！”

子轩心里美滋滋地看了一眼秀琪，见她抿着嘴，低着头快速进了院。

一进院子，子轩就愣住了。门道施工的事儿秀琪已经告诉他了，他完全支持，打心眼里佩服秀琪父女，但是他没想到北屋的窗户也卸下来了。“动静不小呀，这屋也一起施工吗？”“这都是我爸的主意。”

子轩今天见到马国禄显得特别不自然，马国禄是老江湖了，给子轩倒上茶，还像往常一样，边喝茶边跟子轩天南地北东拉西扯。

子轩则有点绷不住了。他一会儿看看秀琪，一会儿又拉拉衣服，虽说已经4月初了，炉子撤了，屋子里还微微有点凉，但子轩的头上却冒出了细碎的汗珠。聊了半个多小时，突然，他站起来激动地对马国禄说："二伯，我今天来是想跟您说说我和秀琪的事。我长辈都不在了，所以很多事情我也不懂，我就自己说吧！我喜欢秀琪，我会一辈子对她好的。"说这话的时候他的胸脯起伏着，汗珠顺着额头往下淌。秀琪羞红了脸连忙低下头不敢看人，马国禄也动了感情，他微微点点头，"好，既然你说到这儿，我也表个态，我看出来你对她有心，现在不比从前，新事新办，我也不难为你，咱爷俩就按咱回回的规矩拿把手，我就把秀琪托付给你，你要好好待她，用现在的话说还要共同进步。但有句话我说在前头，你家里现在没老人，文琪又不在家，我这家一时离不开秀琪，你们两个将来成家就先在这个院吧！"

"嗯，我讨了您的'口唤'，都听您的！"子轩郑重地点点头。

穆斯林男子之间拿手，不同于普通的握手，既是一种庄重、尊贵的礼节，也表示承诺、认可。讨"口唤"是得到允许的意思。

马国禄站起身，两个男人神情庄严，右手握在一起，拇指竖起相对，左手相互扶着对方的右手肘部，口中念诵"赞圣词"。

子轩完成了他最简单的穆斯林式求婚，他看了一眼一旁的秀琪，只见她面如红霞，咬着下唇，脸上洋溢着幸福与快乐。

马国禄一边喝茶，一边笑着对子轩说："秀琪今年二十六岁，你也三十好几了，咱们知根知底儿，也就不用耽搁太久，婚姻是穆斯林人生中最重要的一项‘圣行’，也是最严肃的一项义务。先贤刘智在《天方典礼》中说，‘婚姻为人道之大端，古今圣凡，皆不能越其礼而废其事业。废此，则近异端矣’。我的意思是趁文琪放暑假回来，大家好好合计一下，定个日子吧！”

“全凭您做主！”

秀琪一听着急地说：“爸，您就这么着急把我嫁出去啊，你们爷俩一唱一和的，我可不想这么早结婚！”

马国禄对子轩指着秀琪说：“看看，看看，都说我平时惯着她，还真这么回事。”接着又对秀琪说：“别任性，这是大事。”随后他拍拍子轩的肩膀，“我就这么一说，你们俩好好商量吧！”

院儿里乱哄哄地在施工。马国禄看看外面说要带萧然去看秀琪的姑父，就出门去了。

屋里就剩下秀琪和子轩两个人，子轩往窗外看了一下，迅速伸出手臂拦腰抱住秀琪，贴在她耳边急促而热烈地喘着气说：“幸福来得太快了，我受不了了！”随即把头扎在秀琪的脖颈上用力亲吻着。

秀琪感到一股热流触电般从耳后传遍全身，她先是抖了一下，随后也大口喘着气把软绵绵的身体靠在子轩怀里慢慢闭上眼睛，任凭子轩的亲吻像雨点般落在她的脸颊。

秀琪和子轩的关系确定后，两个人出双入对，胡同里人人羡慕。

这天，秀琪和子轩从外面回来，一走进父亲房间，她就看见床上放着一双用纸裹着的新鞋。她好奇地解开上面的纸绳，拿出鞋子仔细看，这是一双内联升黑色礼服呢面千层底尖口男布鞋。马国禄从厨房出来进了屋，见到他们就说：“回来啦，刚才肖家母子三人来了，这是她们送我的，秀琪呀，明天给人家送回去！”

“是芳芳她们来了，都说什么了？”秀琪感到口渴，她一边端起桌上的半碗茶喝着一边问父亲。

“也不知道给子轩倒口水喝！”马国禄赶忙招呼子轩坐下，要亲自给他沏茶，子轩伸手拦住他，“我自己来！”

马国禄告诉秀琪芳芳母子三人主要是道谢，说房子弄好后打算让芳芳哥哥住过来。他自言自语地念叨：“这样也对，芳芳毕竟是个姑娘家，小子呢，将来找个对象，有间房住也好有个说道。”

“那天芳芳跟我说了，她们全家心里特过意不去，说一定得谢谢您！”

“谢我什么，房管局给修的！”

“爸，虽说房子归房管局管，但现在不像前几年了，您要是不同意谁也不能强占吧！所以您就收下吧，不然人家心里也不落忍。”

马国禄摇摇头，无功不受禄，何况我当时并不情愿。他看着子轩，若有所思地说：“人不能太‘百黑力’（自私），不然将来进不了‘天堂’。”

秀琪与子轩听了相对一笑，子轩说：“您有认识！将来一定会进‘天堂’！”

秀琪则逗父亲说，“您不是也收了房管局的好处，让他们顺带给咱也修了门窗吗？”

“这可不是一码事儿。”马国禄正色道。

接着，他对秀琪和子轩说：“我给你们讲个故事吧。鲁国原来有一道法律，一旦鲁国人在别国见到鲁国的同胞沦落为下人，只要有能力的，能够把这些人赎回来帮助他们恢复自由，就可以从国君那里获得奖励。孔子有个学生叫子贡，他还真把一些鲁国人从外国给赎回来了，但他没去领奖金。孔子知道了就跟他说，你错了！应该去领；如果不领，国家的奖金就失去了鼓励意义。没点奖励，就没动力，谁还会去赎回自己遭遇不幸的同胞呢。”

接着他笑着说：“我让房管局给换门窗的道理跟这个故事一样，是为了做个榜样，为了以后还能有人帮他们想办法解决困难！”

“二伯，真有您的！”子轩称赞他。

秀琪撇撇嘴：“您怎不接着讲后来子路救起一名溺水者，人家感谢他送他一头牛，他收下了，孔子表扬他了？”

“呦，这你也知道呀？”马国禄哈哈大笑。

“二伯，您国学、经学兼通，佩服！”

马国禄听了对子轩说 ：“我老了，倒是这丫头，书读得多，脑子灵呀。”他说这话时带着几分得意和几分赞许望向秀琪。

“秀琪聪慧，还真不是吹的。”子轩爱怜地看看秀琪，秀琪回了他一个白眼。

马国禄又深情地对他俩说：“自打一千多年前咱们回回的先民踏上东土，就落地生根了，咱是华夏的子民，国学、伊斯兰的传统咱都该承担着，你们年轻人可别偏废了呀！”

“放心吧，爸爸。”秀琪点点头。

马国禄看看秀琪试探着说：“那这双鞋我就收下了？”

“收下！”

看完电影出来，秀琪挽着子轩的胳膊，嘴里哼着“满山的松树青又青，满山的翠竹根连根……”

子轩低头侧脸看了看秀琪，帮她竖了竖大衣领子，“这么高兴？”秀琪把头往子轩肩上靠了靠，“跟你一起看电影当然高兴啦，而且我们还总能比别人先一步看到新电影，你不高兴？”

子轩夹紧了秀琪的胳膊，“咱俩在一起肯定高兴，不过我觉得这场电影看得心里别扭，堵心。”

“挺有意思的呀？尤其葛存壮演的那个孙教授。”接着秀琪学着电影里的场景说：“前几天我给大家讲了马的呼吸系统，马的消化系统和马的骨骼特征。今天我要给大家讲一讲马尾巴的功能。”秀琪学得绘声绘色，可当她歪头看子轩时，见他竟没有一丝笑意。

“喂，子轩，你怎么了？”她用肘轻轻触碰了一下子轩。

“我觉得这个电影不怎么样，设计一个教授大讲特讲马尾巴功能的情节，表面上是讽刺烦琐而不切实际的教育，实际另有目的。”

“啊？”听子轩一分析，秀琪如梦初醒，自己怎么没想得这么深远。

“把没有一定文化基础的学生招进大学，我们国家急需的科研项目怎么完成？高校不是技校，要为国家培养人才！”

子轩越说越激动，他说：“要说你哥文琪那才不简单！他是个有担当的人。我知道他没毕业就入了党，听他自己说即使在前两年学校里‘文攻武卫’闹得厉害时他也没耽搁。”

“对呀，他就没怎么在北京，一会儿去上海，一会儿去湛江，说是做实验，我们也没细打听过。”秀琪插话。

“他是学声学的，他们研究的声呐测试系统对潜艇防控鱼雷不可缺少。”

“原来这样啊，他从没跟我们谈起过。”

“可惜，他现在被派到分校培养学生，这些工农兵学员基础实在太差，数学物理方程他们听不懂，不会做呀！像你哥这样的人才不是白白浪费吗！”

“子轩，你思考问题的深度太让我佩服了，哎呀，我怎么努力才能追上你呢？”秀琪着急起来。

子轩笑了：“我这水平也就是半瓶子醋，我也还想找机会继续深造呢。”

“你都北大毕业了还不满足？”

子轩停下脚步把秀琪揽到自己面前，“秀琪，你知道吗，现在欧美的科技发展突飞猛进，我们远远落在后面，自打中苏关系恶化，我们早就不再外派留苏学生了，西方国家又封锁中国，这样闭门造车，我们与先进国家的差距就会越来越大！我自己常常苦闷，特别想找机会出去看看，可没有机会呀！”

秀琪惊讶地看着子轩，第一次听子轩说出自己心中的苦恼，她原来以为子轩只是为自己多年在安徽基层教书，没能发挥自己的专业特长、没有学有所用而苦恼，现在她明白了，子轩是有更远大的抱负。她遗憾自己没有充分了解子轩，同时又为他的远大志向所感动，心想自己就是只燕雀，一点也没察觉出子轩的鸿鹄之志！

她感慨地说：“你真有想法！”接着她问子轩：

“那你怎么不求助一下你爸爸，也许他能帮到你！”

子轩叹口气，“这么多年没他不也都过来了吗？”

“可他不是已经主动联系你，在尽力帮你吗？人都有做错事的时候，如果有机会弥补过失，我觉得大多数人都会这么做的。”

沉默了一会儿，她深情地对子轩说："我知道你的想法了，你不是也在自学英文吗？做好准备很重要，会有机会的，机会来了，我一定支持你！"

听到秀琪的一番话，子轩被深深感动了，他见四下无人注意，双手捧住秀琪的脸，看着这个他深爱着的善解人意的姑娘，禁不住低下头，给了秀琪深情的一吻。

秀琪赶快挣脱开子轩，"让人看见了！"随即，两人又并肩向前走去。

虽说离秀琪和子轩的婚期明年农历六月初八还有很长一段时间，但马国禄心里却早就盘算好了。之所以选这天，这是大家合计后定的，因为首先得是个双日子，7 月 4 日正好是农历六月初八，再一个重要的原因就是在暑假里，文琪一家能回来参加妹妹的婚礼。

马国禄想，子轩家在北京没有什么亲戚，有个表兄还不一定有来往；秀琪这边，自家亲戚也没几人，因此，算上秀琪的几个好姐妹和他们两人的同事、朋友，有四十来人。他想，反正也没有过去传统的穆斯林婚礼请阿訇念经写"伊扎布"（婚书）这个环节了，不能不办得热热闹闹的，不能亏待了女儿。他自己抽空把四九城的回民饭馆都打听了一遍。

大点的有点名气的，如王府井东风市场的东来顺，西单附近的鸿宾楼、又一顺他最先给否定了。人来人往连个清静点的房间都没有，还贵得要命，不能选！

菜市口的南来顺虽说离家近但都是小吃，摆席恐怕不好吃还花了冤枉钱。至于牛街口上的那家他还真没看上眼。最终他锁定了西郊动物园附近的一家回民饭馆。

他记得前年他带萧然去动物园，孩子贪玩，他一不留神，萧然把带的面包一大半都喂了猴子、棕熊。快中午一点了孩子嚷嚷着饿死了，后来爷俩就去附近这家饭馆吃了点，他觉得那家的醋熘木须味儿特别地道。

马国禄从刘五爷那里打听到现在的掌勺是他家的一个亲戚。这下可好了，他托刘五爷出面儿帮着说个话儿，关照着点，因此，他决定婚宴就选这儿了。他想，让秀琪和子轩两人选个日子先去登记。正日子一到，让文琪主持，请子轩的老师给证婚，红红火火地办场婚礼。

1月份的时候十里长街送总理。秀琪站在长安街靠近西单路口的地方，悲伤加上受了风寒回来就有些感冒，吃了点药对付着。年底了，单位工作上事儿也多，过年，老北京的习俗：换窗户纸、糊顶棚、拆拆洗洗。对于秀琪来说，打扫房子、拆拆洗洗是一定要做的，连日劳累她终于倒下了。

正月里，秀琪一直病着，发烧三十八度九，连着烧了好几天。过年时全家人都因为秀琪生病围着她转。今天是十五，秀琪感觉好了，她张罗着做点元宵。

秀琪自己做的元宵馅儿可丰富了，她用山楂放白糖、冰糖煮好制成酱；红小豆加红糖一起煮，煮好后放点桂花再炒成豆沙；金橘儿切碎了，加白糖、青丝、红丝，配上五仁，加点香油放一个 大碗里拌匀。山楂酱、豆沙和拌匀的什锦馅儿要分别加入面粉和匀后切成比拇指的指甲盖大一些的小方块。做好的元宵馅儿先放在院子里，让它冻起来，等冻结实了再收回来。

做元宵的时候找个小笸箩，在笸箩里放上干的江米粉，把冻好的馅儿放进凉水里过一下，再拿笊篱捞出来，往笸箩里一扔，用力摇几下。然后把蘸满江米粉的元宵馅儿蘸水，再捞出来扔到笸箩里继续摇，这样循环往复。多次以后，元宵就摇好了。新摇出的元宵下锅煮，又白又大满口留香。

估摸子轩快进门儿了，秀琪在父亲西屋的炉子上坐上铝锅，烧上水等他进来煮元宵大家一起过节。

“秀琪！”

秀琪探身往外一看是秋云来了，连忙招呼，“秋姐，我在西屋呢！”

秋云掀开门帘推门进来了。她是过年前回来的，还给各家带来了芝麻、核桃、花生米。秋云怀孕了，这次，她要在家待上好长一段，直到把孩子生下来再返回永清去。

见到秋云，秀琪高兴极了，说：“你就少跑出来，等我去看你。”秋云听了一笑，“呦，你现在哪有工夫去看我呀？还不是总想着和子轩如胶似漆地黏在一起！”

“讨厌，不许这么说，你有没有良心，我什么时候把你忘了？”

“哈哈，那倒是真话！”秋云收起笑容问秀琪，“子轩跟大哥同岁吧？”

“嗯，比我大九岁！”

秋云自言自语似的：“大点懂得疼人，不过也得小心点，人家比你懂得多得多！”秀琪笑着说：“懂得多才好呢，随时可以请教嘛！”

两个人正聊着子轩来了，秀琪忙给他们相互介绍。秋云笑着说：“子轩，是吧？认识的，以前大哥在家时总见面的，就是这些年没见。”

子轩好像也回忆起来了，和秋云握了握手。秋云说："我就先回去了，改天再来，你们俩好好聊吧。"

"别走呀，秋姐，拿点元宵吧，我自己刚摇的。"秀琪转身拿起个大碗装了十来个元宵，扶着她把她送出门去。

秀琪回到屋里，子轩忙问秀琪今天感觉怎样？秀琪说已经彻底好了，并指着元宵说："看，今天我还摇了元宵呢，一会儿就下锅。"

吃完元宵，秀琪和子轩回到秀琪房里。见子轩一副欲言又止的样子，秀琪就问："你今天好像有事儿，怎么了呢？"子轩吞吞吐吐地说："我不知道该怎么跟你说。"

秀琪靠在子轩身上娇嗔地说："你说嘛，还卖关子"

"听了你的话，我回去想了想就给我爸爸写了封信，让他找人帮我打听一下到国外学习计算机科学的可行性，这是他给我寄来的。"说着，子轩掏出一个信封递给秀琪。

秀琪展开信，只见信用蝇头小楷写道：

子轩吾儿：

见字如晤。久疏通问，时在念中。知你欲继续深造，甚慰！为父近来身体自感大不如夕，苟且应付日常生意。

东京大学乃东瀛首屈一指之世界著名研究型综合大学，其在昭和四十年大学院研究科改组后设立理学系、医学系、药学系、工学系、农学系5个研究科，四十一年便成立大型计算机中心。为父老迈，不甚知晓详情，亦不知汝倾心于何种，望来信详述，容吾询其详情于故交，细探。

欧美发达虽甚于东瀛，然甚盼汝负笈东来。为父一生漂泊，于你母子百身莫赎，助你成行实乃度己。日前已恳请友协出面斡旋，佳音可期。

又，知汝得佳人心许，鸳鸯相伴，时年有依，此乃家门幸事！

海天在望，不尽依迟，附文一札，汝尽早回复为盼。

父字

昭和五十一年一月二十六日

看完信秀琪高兴地说：“伯父答应帮你太好了！”

子轩却叹口气，“我原只想让他先帮我了解一下欧美那边的情况，他倒好，直接找对外友协了，还真想帮我尽快到日本去。我去日本干嘛？连日语都不会。”

秀琪看了一下随信附的一摞日文材料，关切地问：“那材料上的内容你都看了吗？”

“前天找了个朋友帮着看了一下，是东大的介绍，我以前的专业倒是可以和他们大学院理学系开设的科目对接。”

“这不很好吗？有适合自己的专业，如果伯父那边真的疏通了关系，你的心愿就能实现啦！”秀琪兴奋地拍了拍手。

“哪有那么容易？再说我真要去了你怎么办？我可舍不得你呀！”

“我说过支持你的，你都跟你爸说了咱俩的事了？”

“说了，他高兴坏了！信上不是说‘家门幸事’吗？”

秀琪羞涩地笑了，“听我爸说伯父很豪爽，也很有眼光。”

子轩说：“我后来才知道他在香港的展会上帮这边的工艺美术公司销售了不少产品，他去日本后也一直在给中日工商业交流牵线搭桥。”

“你如果真能去日本，伯父一定特别开心。”

子轩把秀琪搂到怀里，“说实话，我去哪儿都不如有你在我身边让我感到满足！”

“英雄气短了不是！”秀琪戳了子轩的鼻尖一下。

多事的一年

当马国禄得知子轩要去日本的事他竟是家人中最后一个知道的，他的心情格外难受，脸色阴沉。他不明白为什么自己钟爱的女儿不把这么重大的事情第一时间告知自己。整条胡同的人可能都知道秀琪将要结婚的消息。子轩要走，婚事要么提前要么搁浅，甭管真正原因是什么，这事情被传扬开来就会走样儿，老北京是最要面子的！马国禄思前想后从早上起来到傍晚粒米未进，只是喝了几口水。

“爸，我回来了！”秀琪拎着个已经浸出油的纸包，里面是几块她下班后特意去东街合作社买的父亲最爱吃的枣泥馅酥皮点心。

进了西屋，见父亲躺在床上，秀琪把点心放到桌子上，轻轻叫了声“爸爸”然后坐在床边。

马国禄躺着不动也不回头，他哼了哼。

“您不舒服吗？”秀琪伸手去摸父亲的额头，温热，跟往日没多大差别。她知道爸爸可能是心里有事，于是就轻轻推了推父亲，“爸，起来，看我给您买好吃的了！”

“子轩想走的事，你什么时候知道的？”马国禄憋不住了，单刀直入。

“这件事还是我催他办的呢！”秀琪一边说，一边拿起旁边的一块被单，想给父亲盖，马国禄挥手拦住她。

“你知道他这一走什么时候能回来吗？”

“短则两三年，长则四五年吧。”秀琪不假思索地回答。

“那你们俩的事怎么办呢？是办完事儿走呢还是？”

秀琪放下单子往马国禄身边靠了靠：“爸爸，是这样的，子轩要去日本学习，进人家的大学读研究生要求懂英语和日语，他日语不行，英语也马马虎虎，他得先去申请学校的预科，等语言过关了才能考‘修士’。读语言学校最少半年最长两年，语言学校一年有四个时间段入学，要是顺利地话估计他能赶上7月的课，不能拖太久，所以我觉得还是让他先去吧。”

“糊涂啊，孩子！”马国禄翻身坐起，他看着秀琪，无奈地摇摇头。此刻，他心里翻江倒海，五味杂陈，他不知道该怎样给女儿讲述未来的不可预测性，他知道女儿单纯、善良。

马国禄又问：“这事儿你哥哥怎么说？”

“我哥哥说，能争取到一个出去深造的机会实在难得，我哥的意思是让我们结了婚再让他走。”

“那子轩怎么想？”

“其实他挺矛盾的。”

“那你的意思呢？”马国禄盯着秀琪。

“我觉得，他眼下正忙着办各种手续，来不及考虑结婚的事，先往后拖一拖吧，我也没那么着急。”

“要我说至少也得登了记再走。”马国禄说出来自己的主张。

秀琪柔声对父亲说：“我也不是没考虑过，但单身可能对他出去后提交入学申请更方便一些吧，这次他的出境理由是探亲，到了以后他父亲再帮他申请学校。再说领一张证书多少有点想束缚人的感觉。”

“唉。”听到女儿的这番话，马国禄明白了，秀琪早就想清楚了，自己再说也是多余。他长叹一声，起身穿上鞋摔门出去了。

5 月底下午的北海公园，鲜花盛开，湖面上波光粼粼。公园里游客不多，子轩划着小船，秀琪坐在他对面。秀琪提出让子轩走前带她到北海划一次船，子轩答应了。子轩望着远处的水面对秀琪说：“我这一走，不知道二伯会怎么看我？”秀琪安慰他说：“我爸是明白人，我都跟他解释清楚了，这一切都是我促成的，我心甘情愿。”

听了秀琪的话，子轩眼圈微微发红，“秀琪啊，我这么仓促地走，真觉得特别对不起你，你放心，如果一切顺利我会尽快回来，或是把你也接过去。”

“先别想我的事，把入学的事办妥。我等着你就是了，古人说得好‘两情如是久长时，又岂在朝朝暮暮’。”秀琪温柔的话使子轩心绪难平。他迎着太阳眯起眼看着秀琪，她被夕阳包裹着，影子被投射到水里，两手交放在腿上端坐着，他想起了希腊神话中的爱与美和欲望女神，从海中的泡沫中生出的阿佛洛狄忒 (Aphrodite)。

子轩把船划到五龙亭附近停下来，“来，坐过来。”子轩往左挪了挪，腾出一只手拉住秀琪，小船剧烈晃动了几下，秀琪坐到子轩身旁，她拿出一个白色丝帕包递给子轩。子轩打开丝帕拿出一个精美的日记本，他打开，扉页上贴着一张秀琪的半身照，下面是用娟秀的钢笔字抄写的普希金的诗：

在你孤独，悲伤的日子
请你悄悄地念一念我的名字，
并且说：有人在思念我，
在世间我活在一个人的心里。

子轩捧起秀琪的脸深情地吻着她的红唇，随后，两个人头靠着头默默坐着，久久地凝视着远方。

子轩走后不久，哥嫂带着侄女回来了，秀琪忙前忙后，给他们收拾房子，安排萧然住到爷爷房里，腾出东屋给哥嫂住，自己带着小侄女扬扬。一家人难得团聚，表面上都笑呵呵的，大家都刻意回避谈论秀琪和子轩的婚事。秀琪明显瘦了，用哈三大大的话说，“人也没原先水灵了，瞅着怪揪心的！”连马国禄都显得苍老了许多。

见父亲为秀琪的事闷闷不乐，这天，文琪到父亲房里提出让父亲给他刻一枚藏书章，他是想转移父亲的关注点。马国禄拉开书桌的抽屉，文琪拿起一块石头看了看，“这块不错，就它吧！”马国禄接过来看了看又放了回去，“这块儿看着挺方正其实未必。藏书章呢在印章中属于正章，就是名章，得正规才好，我给你选一块儿吧。”

文琪刚才拿的恰是子轩送的两块中的一块儿，马国禄见了触碰到了心事。他问儿子：“你说子轩真要是一走好几年，不就把秀琪耽误了吗？”儿子宽慰他：“儿孙自有儿孙福，秀琪有自己的主见，您别老心里嘀咕这事了。”

“子轩和我拿了手，我同意的，我……”

马国禄说不下去了。

1976年7月28日深夜，一阵像是有人拍打门窗的响声伴随着床的摇动使刚进入深睡眠的秀琪惊醒了。自打子轩走后，她每晚都很难入眠。秀琪翻身下地，但晃动几乎是使她不能站立。她将手按到床头柜上想站稳，慌乱中摸索到子轩送给她的那个小闹表。整个大地都在颤抖着，她稍微镇静了一下，可怕的念头在脑中闪过，不好，地震了！她马上抱起床上的扬扬，顺手抓起小闹表，用力拉开房门冲了出去。哥嫂也跑出来，哥哥奔向父亲的房间，马国禄这时候也已下了床，正大声呼唤着萧然，萧然在睡梦中被惊醒，喊着：“爷爷、姑姑！”“快出来，地震了！地震了！”秀琪把扬扬交给嫂子，顾不得父亲，用力拉哈三大大的房门。秀琪不知道哪来的一股蛮力，一把将哈家插着的门拉开了，帮助哈三大大把受到惊吓已经迈不开步子的哈三爷扶了出来。

“小肖呢？”不知谁问了一声。马国禄说昨晚上走的，估计没回来。

这个时候，大地已经停止晃动了，但是一种恐怖情绪袭上了每个人的心头，街上早已乱成一团。

秀琪定睛一看，小厨房的一角已经塌下来了，西屋房檐的瓦当也掉下来几块，碎了一地。

人们惊魂未定，街上传来喊声：

“大家注意啦，都快到院子里来，到空地上去，不要待在屋里，马上还有大震。都出来吧，千万别在房间里待着！”

人们纷纷拥到胡同里的空地上。天色渐明，但随即又暗了下来，清晨五点来钟，掉雨点了。秀琪用目光扫了一眼哥哥，哥哥走过来说：“地震后可能会有伴生灾害，这雨肯定小不了。”于是，兄妹俩一前一后跑回家。这时人群中又有人大喊：“千万别进屋，大震马上就来了”，顷刻间，瓢泼大雨下来了，人们呆呆地站立着，人群中不时传来哭声、哀叹声。秀琪从家里找出一大块塑料布，哥哥搬出几个小凳子，他们让父亲和哈家老两口坐下来。萧然和他爸爸帮老人们拽住塑料布，马国禄整个人木呆呆的，口中轻声念着“求护词”：“求真主保佑，免遭被驱赶的恶魔的伤害！”秀琪给护着孩子的嫂子撑着雨伞。忽然她想起秋云，把伞塞给嫂子，自己在人群中呼唤着“秋姐！”

地震后的第二天，哥哥接了个传呼电话，是北大打来的，下午一辆汽车开到胡同口把他接走了。走前，哥哥告诉家人他去开几天会。

人心惶惶，不断都有将有大余震的消息传来。人们不敢回家过夜，胡同里的一些人家纷纷在公厕外的小块空地上支起小棚子。

秋云还在坐月子，儿子出生一周后李自信因为正值期末，把孩子大人托付给海大大自己先回了永清。震后，大家帮着给搭了个小棚子，他们母子只能暂时住到白天被烤得像蒸笼，夜晚四面漏风的塑料棚中，秀琪和艳敏轮流帮着给她弄点简单的吃喝。

下午四五点钟，秀琪回家把家里仅有的七个鸡蛋煮了，当她刚要把过了凉水的鸡蛋放进小塑料盆里时，又一次较大的余震袭来，秀琪身子一晃，一盆儿鸡蛋全掉在地上。她沮丧地挑出几个摔裂但没太碎的给秋云送过去。正好李自信赶到了，准备接他们母子回永清。

从收音机里得知，这次震中在唐山，永清和北京一样都是震区，海大大见秋云要走，心中一万个不乐意，但留下他们母子，自己又实在是担不起责任，她一边哭着一边帮他们打点行李。秀琪过来后安慰老太太说：“永清空旷一些，李家院子大，住在自家院子里搭的帐篷条件肯定比咱这胡同里强！有李自信护着他们母子您就放心吧！”

秋云离开前哭着对秀琪说：“我妈就又得拜托你费心了！你们这一家人里里外外还都是你操心，本该有人帮你的可又走得远远的，这怎么好？”

秀琪装着没听懂，“我哥说开几天会就回来！”

秋云哽咽着说，“我的傻妹妹！”

文琪开会回来了，随车还带回一些军用帆布和几根两米来长的方木，马国禄有点惊喜，忙问开会还发东西？儿子并没细说，只告诉他是抗震用的。这话传到艳敏耳朵里，她不信，跑过来问，文琪平静地告诉她各单位很快都会陆续发各种材质的抗震物资。

果不其然，不久，各单位都开始派发一些物资，街道上也派人给各家按人口施画出搭建地震棚的位置，没几天，稍有些规划格局的抗震棚在胡同里搭建起来了。大杂院各户的帐篷支在最靠北的一排。当然，也有人不在这里。比如说赵主任家，人家就在自家小院里搭起了军用帐篷。秀琪家的连着八号院儿的；玉玲家的和刘家海家的连在一起，在秀琪他们这一排的前面。

抗震棚虽然简陋，但是人们住在里面获得了一种暂时的安全感。不管男女老幼，都睡在地震棚的铺上。棚子里每家挂个篮子，里面放着水和一些干粮，以备不时之需。居委会的大妈每天巡逻，不断发通知：不要往地震棚里放贵重的东西，小心坏人！

尽管大震后余震不断，但是人们基本上感觉不到，也都习以为常了，但是不敢回家住。有人开始投亲靠友了。艳敏这回也下了决心，豁出去了，让宋长生送孩子去了山西奶奶家。买美霞带着两个女儿也回了河南老家。

马国禄见局面已经平稳一些，就催着儿子他们回汉中去，说那里相对安全。马文琪担心父亲想让他和自己一起走，但马国禄怎么能放心在当下把秀琪一个人留在家里呢？他坚定地摇摇头，“还是你们一家走吧，把萧然也带上。”萧然眼看就要上初中了，他不同意，说要和爷爷、姑姑留在北京。

地震后的第三天，副厂长告诉秀琪，昨天接过对外友协的一个人姓什么记不住了打来的电话，说是帮日本的一个朋友打听秀琪家是否安好？因为当时正忙着抢修厂房的屋顶，没有时间细说，就跟对方说附近没听说有伤亡，估计没事。

秀琪心里明白一定是子轩情急中想到的办法，其实震后第二天她就按子轩来信的地址给他写了封信报平安，听说电报大楼都快被那些急着给唐山地区亲人发电报的人挤爆了。往国外除了写信也没更快的办法联系呀，秀琪猜想他一定还没收到信，肯定急死了。

9月初，虽然已是秋天，但下午三四点钟时地震棚里还是闷热难耐。

空地少了，孩子们就都钻进地震棚里，坐在棚子里的大铺上下棋、打扑克、欻拐、扇烟画，玩得可开心了。

日子长了，人们也就疲沓了，有工作的基本上都上班去了。老人和妇女感觉不方便，有人索性用单位发的抗震物资如木头或角铁把自己家的床支起来，人睡在床下，不再住地震棚了。只有些年轻的还有小孩子，每天仍然住在地震棚里，难得有机会住在一起，互相串着帐篷，打打闹闹。

玉玲这两年一直在家给人做衣服。她心灵手巧，有时走在街上看到有人穿的衣服款式新颖就敢叫住人家，嘴里一顿夸赞，其实暗中仔细观察，回家后按记忆画出样子，自己试着做。算下来一个月并不比去街道工厂上班的收入少。对于街道给安排的到专门为外贸出口部门加工台布、沙发巾、枕套等布艺产品的补花厂和加工皮革的皮件厂等街道小工厂上班她一概谢绝。

地震后来做衣服的人比平常少了，为了热闹，她每天把缝纫机搬到地震棚里，一边干活一边听年轻人说笑，偶尔倦了，还跟小孩子们玩会儿扑克牌。

这天，玉玲正在地震棚里蹬着缝纫机，小波儿来了。

“嘿，能帮我裁条裤子吗？”玉玲抬头一看就笑着说，“没问题，料子拿来了吗？”

“嗯，这儿好热，到我家去怎么样？”

“也行。”

玉玲和胖子、小波儿他们玩过几次牌，慢慢地都很熟了。赵家的小院她也进去过。

赵家的小院儿，外表看灰砖灰瓦灰突突的，只有两扇红漆大门有点醒目，但是里面还真是别有洞天。院子里有一个爬满藤萝的大木架，带走廊的五间北房赵主任夫妇住其中三大间，两边的耳房一边是厨房，另一边是保姆间，里边住着一位胖胖的、很利落的大妈，偶尔见她出来买东西。小波儿管她叫霍嫂。廊下不远处有棵松树，旁边有两个石凳。西屋住的那两个年轻军人，玉玲曾经问过小波儿，他说那是他二姐和二姐夫。小波住在南面的房子里。

平时玩牌，他们就在院子中的藤萝架下，房间从来没有进去过。赵主任和小波儿的妈妈也从没跟他们打过照面，每次来都是在院子里玩一会儿，然后就散了。

玉玲收拾好正赶制的衣料，对小波儿说，“你先回去，我得把东西放家去，一会儿就去你家。”

“行，快点！”小波儿跛着走了。

来到小波儿家，玉玲轻轻地喊了一声：“赵翔！”

小波儿从他房间贴着玻璃冲玉玲招了招手，玉玲蹑手蹑脚地走了进来。

“啊，你这房间真讲究啊！”进来后玉玲就四处张望。三间房，中间和左边的房打通为客厅，对着门正中靠墙放着一对沙发，沙发虽然旧了点，但是很宽大，木头扶手高高的靠背。上方墙上挂着毛主席像的相框，沙发旁边的角落处有一个方儿，上面放置的那个用一块白布盖着的似乎是个唱机。左边墙上并排贴着中国地图和世界地图，图下有一个玻璃推拉门矮柜，里面摆满了望远镜和飞机、坦克等模型。写字台靠窗放着，手风琴放在靠写字台的一个架子上。右面便是小波的卧房，从房门看，只能见到里面的大铁床。

小波儿跷着二郎腿坐在沙发上，等玉玲看够了，他努了努嘴，玉玲坐在了他旁边那只沙发上。玉玲感到很软，她重新站起来又让自己跌进沙发。

“你的裤料拿出来让我看看。”玉玲说。

小波儿说不急，先坐一会儿。

“你真打算给人家做一辈子衣服吗？”小波儿试探玉玲。

“没准儿吧，我觉得给人做衣服这活挺好，时间自由而且我也喜欢，又不用出家门多好。”

“头发长，见识短！哼！”小波儿像是从鼻子里发出声音。

“你怎不工作呀？”玉玲好奇地问。

“你怎知我到底是干什么的？我做什么工作用跟你汇报吗？”

玉玲本来也没有想打探人家的秘密，所以不再说话，她忽然对那手风琴来了兴趣，想去拨弄一下，于是站起身走过去，但却被写字台上面的一摞杂志吸引住了。那像是画报，拿起一本，全是外国字，封面全是穿着暴露的美女。玉玲翻了几页，里面还有一些男女更不堪的照片，她“啪”地一下合上杂志说，“这是什么呀？”她感到头晕目眩。“吓着了？”不知什么时候，小波儿已经站到她的身后。玉玲红着脸，小波冲她笑了笑。

“看把你吓的，这算什么，改天我带你看真人的，一看你就没看过毛片！”玉玲愣愣地看着他，摇了摇头，“正经人谁看那玩意儿！”小波儿笑了笑，“你看我像正经人吗？”

“快把你的裤料拿出来吧！”玉玲似乎想早点量完回家去。小波走进里屋从柜子里掏出一块蓝色的纶料递给玉玲，“就这个。”

玉玲从口袋里掏出皮尺给小波儿量裤腰，就在她用尺子绕在小波儿腰上那一刻，小波儿把整个身子贴在玉玲胸前，她赶紧后退，又弯下腰去量裤长，小波又趁机在她屁股蛋儿上摸了一把。玉玲瞪了他一眼，“正经点，缺德！”小波儿见玉玲并没真正生气，就说：“想不想弄个机关工作？”

“机关？怎么才能去？”玉玲很感兴趣地问。

“当然得靠哥哥我的面子啦。”小波儿鼻孔朝上。

“你真的可以帮我？”玉玲欣喜无比。

“小意思，帮你打听打听吧！看有没有合适的。”

从小波儿家出来，玉玲心里忽然有了憧憬，她觉得自己应该进机关工作，自己怎么早没想到小波儿这一层呢？

1976年9月9日，晴天霹雳，伟大领袖毛主席逝世了！今年痛失三位领导人，又刚刚经历了唐山大地震，一时间悲痛与迷茫环绕在国人心头。坊间流传，巨星陨落，神州震动，龙年恐有大变。

秀琪夹着一大捆白色皱纹纸匆匆走来，迎面遇到玉玲和丁老四抬着缝纫机回家。

“秀琪姐下班了？”

“你也收工回家了？一会儿没事过来帮我叠纸花吧，太多了，我要忙着回家做饭，就把它拿回来了，做好了明天带到单位。”

“行，没问题，一会儿见。”

晚饭后，玉玲来到秀琪的房间，两个姑娘忙活起来。

秀琪说要分别做大小两种规格的，大的放在花圈上，小一点的别在人们胸前。展开皱纹纸，秀琪先把一大张方形的皱纹纸从中间对折再对折分成四个小长方形剪开，然后交给玉玲。玉玲将四张摞在一起，一正一反叠成比一根手指宽点的长条，叠好后，用细铁丝在中间绑紧。然后一张一张地往中间翻开，都翻起来后再用手捋一下，一朵碗口大的白花就做好了。小花就是把纸裁成16块，做法一样。秀琪把所有的纸都裁好后，两个人一起做起来。

一边折叠，两个人一边轻声地聊着天。

“秀琪姐，子轩那边怎么样？有什么消息？”玉玲关切地问。

“正补习日语呢！”秀琪愉快地回答。

“那你什么时候能过去？”

秀琪叹口气：“情况没有他想象的那么好，他也挺难的。”

“挺难的？什么意思？”玉玲不解。

“他没日语基础，他们以前上学时学的是俄语，他自学了一点英语，在短时间内要申请入学有很大的压力！另外，他要留下读研究生还得把探亲的在留资格转为留学的，正办着呢。”秀琪心情沉重地说。

“咱这边是好多东西要凭票证供应，那边倒是要什么有什么，前提是你得有钱！听说前两年日本石油危机，通货膨胀，国内的物价上涨，现在比前两年稍好一点但东西也特贵。”

“有他爸爸呢，还怕没钱？”

“他爸爸没有入日本籍，自身养老是个问题，七十多岁了还在拼命，怎么好花老人的钱。”

“他住哪儿？”

“他现在租房住，在学校的附近。”秀琪不想把子轩那边的境况描述得太糟糕，就话锋一转，“哎，可有意思了，你都猜不到日本人的房子有多小？都说咱们中国人多，居住面积小，其实日本也一样，他们国土面积小，寸土寸金。子轩说他那个房子才小呢，也就是六平方米左右吧。但麻雀虽小，五脏俱全。别看人家房子小还带洗手间呢！”

秀琪想起子轩来信描述的情景，虽然没亲眼见，但她想想都觉得好笑。

“没住他爸爸家呀？”玉玲有点惊讶。

“国外跟咱们情况不一样，子轩说他爸爸都没邀请他到家里去看看，爷俩从来都是在外面饭馆见面谈事。”

“啊，这算怎么回事呀？是亲爹吗？”

“爹是亲爹，他爹不是还有另一个老婆吗？可能也有说不出的苦衷吧！”秀琪苦笑一下，又说：“不过，他爸爸确实帮了他不少，你知道吗，子轩也挺能干的，他现在每天都自己做饭带到学校去。”

“没有食堂吗？”

“贵呀，吃不起！”

“我还以为去那边跟进天堂差不多呢。”玉玲嘟囔了一句。

秀琪把话题转向玉玲，“我看你现在每天把缝纫机这么搬来搬去的，也不是个事儿。”

秀琪忽然想起了贾小强的妈妈。她说，“要不然还是去街道工厂上班吧，怎么着也跟大家在一起，比你一个人在家闷头做活儿有意思。”玉玲听了笑了笑，神秘地说道：“我很快就要去机关上班啦！”

“哪个机关？街道安排的吗？”秀琪很是吃惊。

玉玲撇了撇嘴，“别说他们没这门道，就是有也轮不上我呀！以前我可没少帮街道干事，宣传队活动呀胡同巡逻执勤，开会充人头呀，到头来一点好处都没捞着，说了归其是咱不会来事儿！”玉玲生气了并抖着腿。

“我的事是小波儿帮着找的。”

听到小波儿，秀琪眼前出现了那个连三伏天都长衣长裤把自己捂得很严实，微微跛着一条腿的小个子男人的影子，秀琪虽然没跟他讲过话，但她觉得小波儿总爱斜着眼看人，尤其是看年轻女人，让她觉得这个人心理多少有点问题，不觉得心里动了一下。她问玉玲，“你跟他熟吗？他怎会帮你办这么大的事？”

玉玲不无得意地说经常在一块儿打扑克，他能耐大着呢，接着把小波儿家的屋内摆设给秀琪描述了一遍，又说“人家干部家庭，一看就跟咱这平民百姓家不一样，他家有保姆，大沙发、大软床，每天在家听唱片，还看……”她忽然意识到不该再说下去了。

“玉玲，你一个人少去他家，人家跟咱们不是一路。”秀琪叮嘱她。

“管他是什么路子，只要能把我弄进机关就好了！”玉玲显出一副无所谓的样子。

“那他说什么时候，去哪儿上班吗？”

“哪能那么快，正找着呢，说有眉目了，多半是去机关当服务员。嗨，服务员就服务员，反正也是在机关里呀！”

秀琪关心地问：“告诉四哥了吗？”

“跟他说干吗！老婆孩子他都不关心，等这事真成了再让他知道也不晚！”

一个晚上两个人足足折叠了上百朵白花，秀琪找来两块包袱皮儿，分别把花儿兜起来。

秀琪看着那两大兜纸花，心中隐隐地有一种不安，她感觉这一阵子发生了太多的事情，都是以前没有预想到的。西屋里父亲在听收音机，里面传来哀乐声，还在重复播放中共中央、全国人大常委会、国务院、中央军委《告全党全军全国各族人民书》，当听到“毛泽东主席的逝世，对我党、我军和我国各族人民，对国际无产阶级和各国革命人民，对国际共产主义运动，都是不可估量的损失”时，秀琪的心里乱乱的。

急救车响着尖厉的呼叫声停在了胡同口，艳敏发疯了似的跑过去带着救护人员跑进院。

“怎了，谁病了”

……

马国禄来看刘五爷。刘五爷躺在床上，紧闭双眼。马国禄走到床边轻轻叫了声“五哥”。刘五爷慢慢睁开眼，“老二啊，你说我这辈子没干过什么亏心事儿呀，怎么生了这么几个不争气的儿女呀！俩闺女都……还在娘家为房子吵架！”他说不下去了，挤出几颗浑浊的眼泪。马国禄在床边坐下，拍了拍刘五爷的手，“别这么说，都是自己儿女，二姑娘能办回北京多不容易呀，往好里想，千万别往心里去！”

马国禄给他带来一小瓶蜂王浆，说是文琪从陕西给他带来的，吃这个能安神补气。刘五婶儿接过去，扶着刘五爷坐了起来。马国禄便跟他聊天拿话开解他，“现在家家都缺房，不是您一家，都难呢，

您看，不是连我那间门道都改成住屋了吗？”说完，他看了看屋外。

天凉了以后，胡同里的地震棚没法再住人了，但社会上总有还要发生大震的传言，人们多少都还有些担心，但也只能冒险回去住。有条件的把床支起来，人睡在下面，或让孩子睡在桌子下面；没条件的就只能豁出去了。刘家在院里搭了个小棚子，想着，一旦有震就在里面凑合了。现在天寒地冻的，里面堆放着大白菜、大葱和几个菜坛子。看到这个小棚子，马国禄开玩笑地说：“我看您这棚子往大里改改，也许能给艳芬小两口当间房用呢！”

可能是受了马国禄这句话的启示，刘家人还真决定过了年就给从山西插队回来的艳芬和她的爱人在院子里盖间房。

如愿以偿

下了课，秀琪背着书包沿着林荫道走在校园里，看着高大气派的礼堂、图书馆和一幢幢整齐的教学楼、身边经过的一张张洋溢着青春气息的笑脸，觉得一切都像在梦里。回想过去的一年，她好像翻越了人生中的无数座大山，才走到了顶点。

粉碎了“四人帮”，全国人民都沉浸在喜悦之中。

国家恢复高考了！1977 年 10 月 21 日，当秀琪在报纸上看到高考将于一个月后在全国范围内进行的时候，竟激动地流下眼泪。她等得太久了！多年了，因被剥夺了受教育的权利，不管自己如何努力，大学之门始终对自己关闭，现在机会终于来了。子轩的预测应验了，这突如其来的喜讯要马上告诉子轩。

秀琪兴奋地提起笔给子轩写信报告这个好消息。她知道刚刚进入大学院读研究生的子轩，面临着极大的学习和生活上的压力，秀琪近来明显从子轩的来信中读出他的情绪有些低落，甚至有些负面，秀琪想让这个喜讯给子轩带去喜悦和快乐。

哥哥也从汉中打来长途电话，鼓励秀琪把握机会。

备考的时间太短了，秀琪紧张得透不过气来。她想找自己以前的课本但哪里还找得到，只好硬着头皮上了考场。全国被关闭了十余年的考场一下子涌进 570 万名考生，其中有不少老三届高中生，他们在文化水平上有明显的优势，应届生也被允许参加考试。秀琪其实只读了一年高中，加上荒废了多年，第一天，12 月 10 日的政治和史地考试还可以应付，11 日上午考完数学出来，她觉得自己人都蒙蒙的，甚至不知道自己是如何走回家的。

回到家就倒在床上，马国禄见秀琪回来就追进屋，见她躺在床上脸色苍白，没敢问她考得怎样，就劝她无论如何吃点东西。他给女儿熬了鸡汤，秀琪却连回话的力气都没有。

萧然放学回来了，一进院儿门就说："姑姑，又考完一门了？怎么样？"

见没人搭理他，又见祖父也在姑姑房里，就推门走了进来。马国禄食指挡在嘴上冲他做了个手势，萧然假装没看见，一屁股坐在椅子上。

"姑姑，您耽误了那么多年还有勇气参加高考太令我佩服了！再有两年我也高考了，到时也许咱能在一个学校读书呢！"

听了萧然的话，秀琪苦笑了一下，翻过身说了句，"姑姑不行，数学都不会做呀！"

“您不会，别人也不见得会，这么多年大家都忘得差不多了，别灰心！”

秀琪忽然觉得这孩子说得有道理，自己不会难道别人都会？不管怎样，自己应该坚持考完！想到这儿，她一骨碌从床上爬起来，对爷俩说：“走，吃饭去！下午还要考语文呢。”

秀琪虽然在考场上使出了洪荒之力，但还是落榜了！

“马秀琪，拿戳儿！”院外传来邮递员的喊声。

秀琪从邮局取回了子轩给她寄来的一个袖珍收录机和几盘学习英语的磁带。子轩还附了一封信，里面都是对秀琪的思念和鼓励。

年底哥哥调回北大了。哥哥回京让秀琪一家欢欣鼓舞。

1978 年 4 月 6 日，《人民日报》报道，教育部决定当年高考在上一年各省命题的基础上，由全国统一命题，夏季再次招生。教育部还组织编写了《一九七八年全国高等学校招生考试复习大纲》。

接连收到的喜讯给了秀琪极大的鼓舞。哥哥托人帮她找来一些复习资料。

有了大纲和这些复习资料，秀琪感到像盲人摸到了门，下了班就扎在自己房间里，她知道留给自己的时间和机会不多了。父亲马国禄承担了很多家务活儿，他对秀琪和萧然说：“你们只管读书、复习，做饭的事交给我，别的不敢说，我一定保证你们娘俩吃好喝好！”

工厂的领导和工人师傅们也都很支持秀琪参加高考。这两年，厂里考虑秀琪是高中毕业生，一直让她协助副厂长负责劳资工作。秀琪手脚麻利、待人随和，干完手头工作，有时还到车间里看师傅们加工玉器活儿，虽然她并没有亲自动手加工过玉器产品，但她基本了解了工艺流程，和师傅们相处得也不错。得知秀琪准备参加高考，厂长给她减负，特意叮嘱能安排别人做的就别让秀琪做了，给她腾出点复习的时间。工人师傅们也不断给她加油打气，说盼着厂里能出个大学生！

秀琪给自己订了个复习计划，每一科都先按大纲看概念、温习基础知识，然后再做习题。做题时，她也先研究习题、分析做题套路，最后总结每一章的内容，总结包括概念和习题的难点两部分。有时，初中的数学不会，她还向萧然讨教。每周哥哥文琪回家都会给秀琪辅导数学。

二次再战，秀琪如愿以偿！

秀琪觉得自己能以高出录取线 77 分的成绩进入心仪的大学学习喜欢的历史专业并不是偶然的，多年的积累，尤其是子轩对自己的提醒、督促与帮助起了很大作用。当她拿到高考成绩单，看到自己的单科最好成绩竟然是数学时，她真是哭笑不得。她赞叹哥哥真是天才，他对大纲把握得准确、好多内容都讲到了点上。她暗自思量，以后在学习中一定要像他那样，要抓得住精髓。

“秀琪姐，快点，要集合了。”同宿舍的小潘从后面快步赶上来。两人加快脚步往操场走去。

七八届大半都是以前的老初高中毕业生，有插过队的，也有从工厂和机关来的。秀琪在班上虽然年龄偏大但并不是最大的，和那些应届毕业生在同一个班上学习，她还是明显地感到年龄上的差距。

今天体育课的科目是 800 米长跑训练。秀琪以前身体就弱，体育成绩一直很差，这些年也没太注意锻炼。所以从入学的第二天早上，她就早早起床到操场上活动筋骨，先做做操，再跑几步，但她不敢像宿舍里其他同学一样在跑道上飞奔。

排着队跑上跑道，还没跑完半圈，秀琪就气喘吁吁、汗流浃背，眼前发黑。感觉嗓子眼儿里有一股腥味儿，但她还是咬着牙坚持着、坚持着。跑了一圈儿多点，她实在坚持不住跌坐在跑道旁。体育老师是个脸色微红、身体结实的中年女教师，走到秀琪身边拉过她的手腕摸了摸她的脉搏，和蔼地说，“起来吧，没事，加强锻炼就好了！”秀琪看了看跑道上奔跑着同班好几位比自己年龄还大的女同学，一时感到很不好意思，她暗暗下决心，一定要加强锻炼。她给自己定的目标不高，4 分 32 秒，够大一女生的 800 米长跑及格线就行。

跟上体育课比起来，秀琪的专业课学习则算是得心应手。她觉得自己以前的努力没有白费。高考填报志愿的时候，她毫不犹豫地选择了历史系中的中国民族史专业。她在找寻自己民族历史发展轨迹的过程中发现，中国的民族众多，中华民族的历史源远流长，各民族都对中华民族的形成做出了贡献，但是少数民族的历史却很少有人专门研究。秀琪觉得这恰是自己的努力方向。她把自己的想法告诉哥哥和子轩征求他们的意见，结果他俩一致赞同！

开学那天，父亲、哥哥和萧然一起来送秀琪。马国禄头天特意理了发，一早，换上了秀琪工作后给他买的一件白的确良衬衫，这衬衫他一直没舍得穿，心里盘算着等秀琪结婚那天再穿，还把皮带头擦得锃亮。

“爷爷，您捯饬得真正式，嘿嘿！”萧然围着爷爷转了一圈，发出赞叹。

“你爷爷高兴呀，我还记得二十年前爷爷送我进北大的情景！”

“秀琪不容易呀！”马国禄喃喃自语。

一旁的秀琪听到父亲的话，眼圈一红，背过脸去。想起接到录取通知的那天，一向稳重的父亲不淡定了，他站在大门口，手拿大红通知书，对着街坊邻居们大声说：“我女儿秀琪考上大学啦！”一连几天，进进出出父亲都笑得合不拢嘴。有一天，他从街上回家，对秀琪说：“丫头，今天我去交水费，遇到大杂院里一位，跟我聊起你考上大学的事，当时银行里有好多人，认识的、不认识的都过来道喜。嘿嘿！”

秀琪默默地走到父亲面前深情地扶着父亲的胳膊，“我不在家时，您要自己多保重！”

“放心吧！”

萧然帮着姑姑往宿舍楼上搬行李，他东张西望不住地感叹，秀琪笑着鼓励他，“就看你的了！一定要努力呀！”

“哎，怎么没见那姐几个？”文琪突然问了秀琪一句。

秀琪掩饰着心中的失落，故作轻松地回答，“秋云在永清，艳芬坐月子，芳芳当了车间主任正在上海出差，其他人也都忙，难道还让人请假送我不成！”

说这话时，秀琪心中想起的是送艳敏入学时大家的约定，她觉得也许她们几个早就忘了吧。其实，秀琪心里最遗憾的还是子轩没在身边，子轩要是能来该有多好呀！

班里同学来自全国各地，有的还来自遥远的边疆地区。秀琪和同学们在一起快乐极了。每次她从家回来都给宿舍的同学们带点牛街的小吃，周日的晚上是全宿舍最热闹的时候。

老大姐祝雯，是干部子女，十六岁父母被关进牛棚，她下乡到内蒙古，与牧民一起放牧，在蒙古包里坚持学习文化知识，上学来的时候能说一口流利的蒙语。秀琪常听她讲起草原上的生活。小学弟阿龙，来自滇西，黝黑的皮肤、清澈的眼神，听他讲起翻越高黎贡山求学的经历，尤其听他讲到怒江上的溜索连骡马也会吓得屁滚尿流时秀琪被震撼了！秀琪还听说班上的同学中竟有人通读过《资本论》！能和这样一群自强不息、努力求知的人成为同学，秀琪既高兴又感到压力山大。和这些同学比起来，她觉得自己的经历太苍白，自己求知的付出也远远不够。她一刻也不敢懈怠，抓紧一切时间学习。

起初怕父亲担心，每个周末她都回家来，但是她有太多的东西需要学习，时间对她来说简直不够用。每次周末回家她都背着几大本书回来，吃完饭就去看书。父亲看在眼里，就告诉她："功课多，就忙着读书吧，没事不用总回来，往家打个传呼电话报个平安就可以。不用惦记我们爷儿俩，萧然也是高中生了，每天也很努力，你放心。"

"父顽、母嚚、象傲。"秀琪在宿舍里，扭动着头，模仿着给他们讲授《中国古代史》和《考古学》的王先生在课堂上讲课时的样子。

"哈哈，哈哈，秀琪，你再学一遍，太像了！人才呀，你在模仿人方面有天赋！"祝雯用手抹去眼角笑出的眼泪，指着秀琪。

"这在于平时多观察、揣摩。"秀琪收敛起笑容对同学们说，"我很佩服王先生，我认为先生讲历史人物，不是单纯地就古人讲古人，而是启发咱们学习历史人物的好思想、好品质。就比如刚才我学的那几句，先生就通过惟妙惟肖的讲解告诉咱们舜生活在一个父亲心术不正、继母两面三刀、弟弟桀骜不驯的家庭环境里，三个人串通一气，必欲置舜于死地而后快，但舜对父母不失子道，十分孝顺，与弟弟十分友善，多年如一日，没有丝毫懈怠。你们有没有觉察出他绘声绘色的讲授，使枯燥的古代史都变得鲜活起来了？”秀琪的话音一落，宿舍里的同学们都点头称是。

“参观山顶洞北京猿人遗址和易县燕下都遗址时，先生对那些石器、墓葬的讲解比解说词还详细，从京观到荆轲，他讲的都跳出书本，不知你们体会如何，反正我真的感知到古人的智慧与无畏的勇气，在先生面前我觉得自己就像只井底之蛙，要努力跳上井壁，才能看到广阔的天地。”

“我听说王先生还两次徒步进入过西藏呢，是他首次在雪域高原发现了新石器时代遗址与遗物，证实了这些发现与甘肃齐家文化属同一系统。”小潘从上铺探头对坐在下铺聊天的几人说。

听了小潘的话，秀琪无比钦佩先生的勇气。她觉得作学问就要踏踏实实，不畏艰苦，学以致用。

学校的生活是丰富多彩的。除了专业课教学，学校还请了一些知名的教授给同学们开讲座。秀琪听了费孝通先生做的关于如何深入民族地区开展调查的报告，还有贾先生关于开展蒙古史研究中应注意的一些问题的讲座真是受益匪浅，扩大了她的思路和眼界。

关于汉语教材，学校恰恰选用的也是王力先生主编的《古代汉语》。先前通过一年多的自学，秀琪可以把这本书里的内容记个八九不离十，所以在上这门课的时候显得非常自在。由于前期打下较好的古文功底，秀琪查阅起古文献来比较方便。现在她很珍惜每一天，宿舍、食堂、教室、图书馆四点一线。秀琪和她的同学们就像一块海绵在知识的海洋里不断地吮吸着。

周末，学生会组织舞会，秀琪被同学们拉到了舞会现场。小礼堂里回荡着《蓝色的多瑙河》《溜冰圆舞曲》《祝酒歌》等时而妙曼时而嘹亮的乐曲。彩灯闪烁，灯光下是一张张年轻的充满激情的脸。

秀琪是第一次见到这种场面，她既惊奇又害羞，小礼堂里大部分女同学都有些矜持，站在一旁观看。音乐响起，不时有男同学过来邀请自己看中的女生做舞伴。活跃的、会跳的，马上就一起跳起来；不会跳的，一般都往后退。一个帅气的大男孩走到秀琪面前，向她伸出了手，秀琪倒退了一步，羞红了脸说："我不会，我就是来看热闹的。"

"没关系，我带你，一学就会了。"秀琪见实在推脱不掉，就跟着男孩走到场里。

"哎，看着我，这是三步的，我左脚进你右脚就退，一、二、第三步小一点，点一下就行。"男孩子耐心示范着，秀琪在他的带动下试着跟随，又看了看旁边的几对，看得出大家也都不太熟练。起初，她实在是紧张，一不小心就踩了男孩子的脚。那男孩子大度地笑笑："没事，放松，跟着音乐走！"秀琪放松情绪用心揣摩，果然，她已经可以自如地跟着舞伴翩翩起舞了。

一曲终了，秀琪微微喘着气，抹了把额头上渗出的汗坐到旁边的椅子上。这时候，一个高个子、身体结实的男同学走过来坐到秀琪旁边的空座位上，随即他自我介绍说："政治系的，我叫陈志超。"秀琪伸出手和他友好地握了握手，"马秀琪，历史系的。"陈志超说："经常看你去图书馆借古文书，对古文有兴趣啊？"秀琪笑了，"我只是去查资料。"

“你也是老三届的吧？我 66 届的，你呢？”陈志超问秀琪。

“我 68 届的。”

“从哪儿来？”

“北京。”陈志超笑了笑：“嗯，我是想说你上学前做什么？是插队的还是工厂的？”

秀琪的性格腼腆，平时不太爱与人聊天，她觉得这个同学刚认识就问一堆问题，所以不想多说，就敷衍着回了句：“从工厂来。”

“我老家湖北，但我是从青海考来的，下过四年乡，上学前在交通局工作，我儿子都五岁了！”陈志超说完爽朗地笑起来。

听他这么一说，秀琪很吃惊，内心的戒备也完全消失了，一个有着稳定的机关工作又做了父亲的人还抛家舍业地来上大学，这得有多么强烈的求知欲呀，真的令她佩服。

这个时候音乐再次响起，陈志超伸手邀请秀琪。秀琪推说有些累想回去了，站起身礼貌地说了声“再见！”她四下看了一眼想找个伴儿一起回去，见大家都在兴头上，便独自向小礼堂外面走去。

学校的各个社团都招新人，星期天上午在礼堂前摆开阵势，像摆摊似的放上一张张桌子，上面是一摞摞花花绿绿打印好的宣传材料。有的拉开横幅，有的挂出自己画的招贴画，都写明自己社团的宗旨、入社条件，也有的干脆派人拿个喇叭高声宣传。不断有过往的学生停下脚步，在自己关注的社团摊位前问询。

秀琪正好从家回来，老远就听礼堂这边人声鼎沸，特意绕了个弯过来看个究竟。她走到文学社团的前面，拿起一份材料正看着，只听旁边有人跟自己打招呼：“小马，你也想加入文学社？”回头一看，是陈志超。

“先了解一下，不知道活动多不多？”秀琪像是回答陈志超又像是说给社团负责招新的同学听的。

听了秀琪的话，一位负责人马上走过来对秀琪说：“我们欢迎每一位文学爱好者加入，想入社的同学需提交一份自己的近期作品，题材不限。文学社每半个月组织一次读书会，大家交流读书体会，咱还有自己的刊物《新苗》，是月刊，专发本社成员的新作。”说着，递给秀琪一本打印的刊物。

秀琪接过来，陈志超也凑上前。刊物白色封面上绿色楷体“新苗”两字是镂空的，背景是一幅干涸的土地上几棵破土而出的新苗的照片，显得干净、亮丽、生机勃勃。翻开内文，里面分诗歌、散文、短篇小说、文学评论等，作者都是各系的同学。

“上届同学说，文学社很活跃，有同学的作品还被推荐到正规文学期刊发表了呢！”听到陈志超这么说，秀琪对招新的同学说，“我先报名，回去后把作品誊抄好送过来，你们到几点？”

那同学一边递过登记簿，一边说，作品三天之内交到中文系 77 届张小烨同学那儿就行。

秀琪报了名，陈志超也报上了，他对负责人说：“麻烦给张纸，我现场提交作品。”

只见他拿过纸，坐在桌前，提笔就写了一首七言律诗。

“老陈，你真行！”在一旁看热闹的秀琪夸赞。

“我这可不是七步诗，是早就打好腹稿的。”陈志超把诗交给招新的同学。

“我这算通过了吗？”

“通过了，通过了，欢迎你！”负责的同学过来跟他握手。陈志超指着秀琪：“这位同学是历史系的，她的文学功底很深呢！”那位负责人又转向秀琪，“也欢迎你！”秀琪认真地说：“我一定尽快把作品提交过来！”

回宿舍的路上，陈志超对秀琪说：“小马，你们学历史的人做事都特严谨吧？”秀琪觉得他的话可能与自己刚才说要尽快提交作品好入会有关，就问他，“你是觉得我刚才太过认真了吗？”陈志超笑而不答。秀琪说：“这和学历史没太大关系，可能跟家教有关，从小我父亲就教育我‘今日事今日毕’‘一诺千金’，我父亲这人特别传统。”

“还是讲传统的好啊！”陈志超附和着。

一帘幽梦

放暑假了，外地的同学都离京了，秀琪在学校待了两周，天天泡在图书馆里，天气太热，她就抱着一大摞书回到家里。

晚上，马国禄站在秀琪屋门口很高兴地招呼秀琪到自己房间里来一下。秀琪放下手里的书跟随父亲一起来到他的屋里。挂好窗帘，马国禄颇有些神秘地拿出一个小盒子打开给秀琪看，说是归还的运动期间上交的物品。秀琪凑到近前仔细看了看，里面有两个玉镯、一个鼻烟壶，怎不见那个碧绿的翡翠兔子，还有那个春带彩的贵妃镯，秀琪记得很清楚的，上交的时候，她还拿到手里把玩过呢，她知道春带彩的贵妃镯是一对，给了嫂子一只，另一只交了。

“就这些？”她狐疑地看着父亲问。

父亲无奈地笑了笑说：“能还回一些就不错了，谁还较真儿？

那动乱年代的事上哪儿说理去呀！有点儿是点儿，偷着乐吧！”

“也对！爸爸，您心态真好！”秀琪拿起一个镯子看了又看。

“这镯子也不是我原来交的，这虽是白玉的，但不是羊脂玉呀！”马国禄苦笑着。随即他又叹口气对秀琪说：“我打听了一下，现在出手没什么行情！”

秀琪奇怪地问父亲干吗急着出手？马国禄其实是想给女儿凑笔钱，她考虑女儿年近三十，虽说婚事拖到现在一直没进展，自己一问起女儿，秀琪就打岔，但做父亲的不能不做点准备。他这些年三十几块的退休金加上儿子给的生活费，实在也剩不下几个钱，他心里老大地不快活。虽说秀琪上学有助学金，从来没跟自己张过口，但女儿大了，他觉得自己应该有一份心意给她。

马国禄指着盒子，“秀琪，这个就给你了，你留着吧！”

秀琪惊讶地看着父亲，她没明白父亲的意思，“还是您留着吧，我不要！”

“让你拿着，你就收起来，我听说咱这房子也快还给咱了，将来要是真还回来，等我走了你和你哥一人一半，这份东西是我给你的，你哥哥他们结婚时已经给过了，我不偏不倚，一碗水端平，咱爷俩今天就‘口唤’了！”

秀琪觉得今天父亲的举动太突然了。她不知道父亲是因意外收到归还的东西高兴还是有其他想法。她愣愣地看着父亲，心里忽然有点酸楚。

“爸爸，您扯远了，您硬硬朗朗的怎么好像要交代后事似的，您这话别跟我说，起码也要等我哥在时一块儿说呀，好像我惦记家产！”

父亲听了不但没生气还哈哈笑了起来，“丫头，为主的随时可能叫到我，我是怕万一，你们哥俩也好有个心理准备！”

“爸爸，不许您这么说，我还没毕业呢，等我毕业了，有了工作，就回来陪着您，您好有时间做自己喜欢的事。对了，您最近写书法了吗？”

“最近还真没怎么写，心里总好像有事。秀琪，跟我说说你跟子轩的事吧！”

听到父亲提到子轩，秀琪心头一紧，她最怕父亲问起，一直努力回避，今天怕是躲不过去了，她坐在父亲身旁。

“爸爸，让您操心了。”说着，她鼻子一酸，一股委屈的泪夺眶而出。

“怎么啦？他那边有什么情况？”马国禄着急起来。

秀琪就把这一阵子只收到子轩寄来的一本日本出版的关于中国民族问题的书，而子轩却没留只言片语，自己接连写了两封信给他，都没有收到回复的事告诉了父亲。

马国禄听后一惊，沉默了好一会儿又堆起笑脸安慰女儿说：“也许是他太忙了，他不是马上就要毕业了吗？”

“前一阵子在忙论文的事，他年龄大了日语又不太好，肯定特别费力。也不知道是不是论文答辩没通过，要是那样可能还得延长。他说过毕业后可能考虑回国，他不太想留在日本，他问过我的想法，我尊重他的意见。”秀琪慢吞吞地说着。

“也许是碰到了什么难事，过几天说不定就来信了。要不让你哥哥写信问问他？”

秀琪一听赶忙打断父亲的话，“千万别，我自己的事自己解决！”

秀琪泪眼汪汪地看着父亲，“爸爸，对不起，我这么大年纪还上学读书也没能挣钱孝敬您，还老让您为我操心，真的不好意思。”马国禄拍了拍女儿，这位虔诚的穆斯林对事情有独特的理解方式，他缓缓地说，“孩子，你能上学读书将来成大事，这恩典比给我钱还让我高兴啊。‘顿亚’上的事参悟不透，凡事都别强求，一切有‘前定’。想开点。”

秀琪点点头，她向来佩服父亲这种遇事不急、处事大度的风范。

父女俩正在聊着天儿，秀琪一抬头，只见买美霞不知何时站在院子里神色凝重地在小肖房前张望。秀琪见了起身出来招呼她，“四嫂来了，有事吗？”

买美霞见是秀琪，显得有些尴尬，说：“你在家呀，什么时候回来的？”秀琪告诉她自己放暑假了，要在家待两三周。

买美霞脸色有些难看，她站也不是走也不是，“怎么，有事？”秀琪关切地问。

“咳，”美霞跺了一下脚，“到你屋说吧！”

买美霞拉着秀琪匆匆地进了她的房间，买美霞压低了嗓音说：“出事儿啦，玉玲出事儿了！”听说玉玲出事，秀琪紧张得双手冰凉，“出什么事了？”她睁大眼睛看着美霞。

“咳，这怎么说得出口！她有了！”

“有什么？”秀琪不解。

“咳，那个了！”买美霞用手比了一下肚子。

“什么？这怎么回事儿？”秀琪突然觉得像是个晴天霹雳。

买美霞告诉秀琪，玉玲最近不太爱吃东西，有时早晨还犯恶心，脸色也很差。买美霞是过来人，有经验，看在眼里心里犯嘀咕，但她不敢说。昨天躺在床上，丁老四问她玉玲这些天总不好好吃饭是咋回事，买美霞就吞吞吐吐地说出自己的担心，谁知，为这还挨了丁老四一个嘴巴。丁老四压低声音警告美霞，“再胡说撕烂你的嘴！”结果今天早晨吃饭的时候，当着全家人的面，玉玲又要吐。丁老四就问她是怎么回事，要带她去医院。玉玲不说话跑到自己屋里哭起来。丁老四急了，说如果她不去医院，就把几个哥哥都找来，让玉玲跟各位说清楚，别让人觉得有病了四哥都不管。还堵在门口逼着她把话说清楚，不然就不让她去上班。

“玉玲没办法，掏出一个检查单子扔给她四哥，你猜怎么着，都快三个月了！”买美霞气得瞪了一眼外面。

秀琪对这种事毫无经验，听了感到脸上发烧，她结结巴巴地问美霞：“那，那怎么办呀？”

买美霞看看门道小屋，“我听说芳芳他哥的对象是宣武医院的护士，想托她给想想办法。”

“小肖没回来呢，现在没人。”秀琪也看了看外面。

“走，我去看看玉玲吧！”

秀琪跟父亲打了个招呼就同美霞一起出了门。

多日不见，玉玲好像胖了一点，但脸色发黄没有了原先的光泽，头发乱乱的，刚刚哭过，眼睛肿得像个金鱼。见秀琪进来她先是吃了一惊，随后用怨恨的眼神看了美霞一眼。

“还瞪人家，又没跟别人说，你想想怎办吧！”秀琪不客气地说。玉玲打小和自己一起长大，秀琪待她就像妹妹，看到今天她这个样子，秀琪心里难受。她坐下，帮玉玲理了理头发，拉过她的手，无言地看着玉玲。

“我也不知道该怎办。”玉玲说着又抽泣起来。

“你倒是说是谁的，咱好找他算账呀！”买美霞在一旁催促。

玉玲只管哭，不作声。

自打玉玲给小波儿裁裤子单独去了他家，两个人便正式交往起来。后来，小波儿还真给玉玲介绍到一个部级机关的招待所做服务员。机关招待所接待的都是本系统的干部，人员素质相对不错，平时人不多，工作轻松，只有开会的时候才忙一阵子。

秀琪见玉玲还在哭，就随便问她最近单位忙不忙，玉玲说最近部里正开会，住会的代表多，这几天特忙，可今天自己没去上班，连假都没请，明天怎跟领导说呀！

买美霞插嘴，“不就一天没去吗，让小波儿帮你打个招呼不就得了，多大点事儿呀！”

听买美霞提到小波儿，秀琪感到玉玲的手抖动了一下。

“别提他！”

“怎么？不提他？我没猜错的话，这孩子是那个小波儿的吧？你整天跟他在一块儿！”买美霞带着怀疑和鄙视甩出一句。

丁老四正好进屋，听到小波儿，顿时雷霆大作，他大喊一声：“看我不活劈了他！”便夺门而出，奔到院子里想抄家伙。

“妈呀！”买美霞追出门去拦腰抱住丁老四。

“老四，老四！你可不能去！”买美霞布满浅麻子的脸因为着急和喊叫扭曲了。

“别拦着我，谁拦我，我连谁一块儿拍扁了！”丁老四扭动着、喊叫着，眼里露出狰狞的凶光。

“四哥，别喊，听我说一句！”

紧急时刻，秀琪跑出来站到丁老四的面前。只见她涨红着脸，急切地说：“四哥，这事不能闹大，你得给玉玲留脸面，你想让这一胡同的人都看笑话吗？”

听秀琪一说，丁老四愣住了。他把手里拿着的铁锨扔到一边，带着哭腔说：“让那孙子白占咱便宜！他做梦！”买美霞这时才松开手，丁老四的背心都被她扭破了。

“当然不能白占便宜，咱得找他要说法，但你不能打上门去，那不坏事了。”秀琪轻声劝慰。

“你先回屋冷静一下，我跟玉玲聊会儿天。”说着，给买美霞使个眼色，买美霞就半推半拉把老四带回屋了。

“四嫂说得没错吧，这事他知道了吗？”秀琪生气地问。

玉玲又哭起来。“先别哭，问你话呢。”秀琪接着说。

玉玲断断续续地给秀琪讲了起来。

那天，玉玲紧随小波儿进了一座小洋楼。进去后，玉玲扭着头四下打量这家，挺大的落地窗大白天的拉着厚厚的窗帘。大吊灯实在是漂亮，墙上还挂着几幅外国人物油画。里面已经有七八对男女了。说笑了一会儿，忽然，屋里的灯灭了，玉玲惊叫一声。小波儿抓着她的手，“别喊。”随即放开了。音乐响起，她觉得有人搂着她的腰旋转着跳起舞，转着转着，她感到被越搂越紧，对方呼出的热气直扑到她的脸上，有个硬硬的东西顶着她下体。她又羞又气，惊慌地狠踩了那人一脚，“哎哟”，那人疼得大叫，玉玲听出，那不是小波儿的声音。随即玉玲大喊：“赵翔、赵翔！你在哪儿？”

灯亮了，所有旋转的人都停下来陆续散开，玉玲奔向小波儿，她满脸通红，拉着他跑出小洋楼。

一路上，小波儿不断数落玉玲，“有什么大惊小怪的，这就叫黑灯舞会！”

“刚才不知谁那么不要脸，以后别让我再跟你去那种地方！”玉玲狠狠地说着，瞪了小波儿一眼。

小波儿并不生气，“行行，不去就不去！以后咱在家看‘西洋镜’！”

一天，玉玲正在小波儿的卧室看他弄来的外国画报，不觉春心荡漾，一抬头遇到小波儿仿佛要喷火的眼神，于是，他喘着粗气扑向玉玲，把她紧紧压在身下。

“你想好了吗？你是吃哑巴亏认命跟他了，还是跟他算账？”秀琪说。

“这个王八蛋，他知道了，可他躲了！”

“躲了，躲哪儿去了？”

“这两天我去过他们家好几次了，霍嫂说赵主任都好久没回家了，小波儿他妈也让他姐接走了，他们家可能出事了，霍嫂都不知道自己还能不能在他们家干了，小波儿也不知道去哪儿了！”

“那咱就报案！”秀琪气愤地说。

“别，我不想！”玉玲站起身扯着秀琪的胳膊。

看到玉玲哀怨的目光，秀琪忍不住掉下眼泪，但又怒其不争，她来回踱步，“得尽快决定呀！”

“我四嫂说得对，不能拖了，还是去医院吧！”

秀琪想了想说：“要去也别去宣武医院，别说芳芳她哥的对象就是个护士不一定能帮多大忙，宣武医院离咱这么近，人多眼杂，万一碰见熟人呢？”

“不托人哪行？人家还不一边做一边损死我！又遭罪又挨骂。”玉玲又哭了起来。

忽然，秀琪眼睛一亮，“咱找秋姐去！李自信家在廊坊市里有门路，咱让秋姐帮忙请李自信托人找一家当地的医院，一定没问题，保证神不知鬼不觉！”

“行吗？”玉玲紧绷的眉头梢有些展开。

“我明天一早给秋姐打电话，她不是总说让咱到她家去玩吗，我就陪你去一趟！”

“秀琪姐！谢谢你！”玉玲破涕为笑搂着秀琪的脖子不放。

离开学还有几天，秀琪回到学校。同宿舍的小潘暑假没回老家跟几个同学去北戴河看大海刚回来。秀琪实在没心情看书，指着宿舍里其他几个还没返京的同学的床铺跟小潘说：“咱俩合作，把这几人的被子拆洗一遍怎样？”说干就干，前后忙了两天，小潘觉得秀琪累得话都少了。假期，学校食堂开两餐，下午 5 点吃完饭小潘跟老乡出去逛街了，秀琪累得实在不想动，便爬到自己的上铺躺下。

秀琪迷迷糊糊地睡过去。

子轩慢悠悠地走在东京大学本乡校区外。他住的地方离学校很远，每天他要先乘公交车再骑个脚踏车才能到家。秀琪曾问他：为什么不住在学校附近的地方呢？他回答：因为本乡是学府所在地，这里治安虽好但房价贵得要命。

此时华灯初上，看着万家灯火，子轩心中一阵凄凉。来东京已经两年多了，自己还不能够完全适应这里。他不喜欢日本，觉得这里没有人情味儿，自己每天都奔波于宿舍、学校。导师是个年龄比自己只大七八岁、不苟言笑的中年人，子轩虽然觉得这人不讨喜，但是又体会出他做事严谨、学问扎实。

东京的物价相当高，一餐基本要在 70 元人民币左右，蔬菜、水果在东京是最贵的，鸡肉、鱼肉相对便宜。相比较，学校里的学生食堂还算不错，比外面实惠。子轩有时自己带饭到学校。偶尔他会等商店快关门时进去，那时东西最便宜，有空时会自己焖一小锅米饭，放上买的泡菜、咸菜、一条清蒸鱼或炒点洋葱鸡胸肉带到学校当午餐。除了父亲请吃饭，他自己从来没吃过牛肉。

这一刻，子轩手里拎着一个从学校的便利店里买的便当，准备回去当晚餐。他感到很疲惫，头晕脑涨的。子轩一个人在安徽多年，养成了很节俭的生活习惯，他对饮食并不挑剔，能填饱肚子就行，但是一想到要回到那间闭塞的小房间就感到压抑。房子实在太小了，他高大的个子，除了坐在桌前看书便只能躺在床上看电视，双手展开都几乎要碰到两边的墙壁。

他在东京几乎没有朋友，连父亲也很少见。偶尔父亲给他打个电话，他从来没有主动给父亲打过，他理解父亲的难处。秀琪送他的日记本，他没有写一个字，但几乎每天都要打开看上一遍，心里默默呼唤着秀琪的名字。

这天，父亲请他去涩谷的一家父亲最喜欢的小店吃饭，据说这家的刺身极好。晚间吃饭的人不少，父子俩在靠窗的一张桌子前坐下，要了一份刺身拼盘、一份寿司，每人一例松茸汤，父亲又让子轩加了一份牛肉寿喜烧。父子俩边吃边聊着。这时从门外进来一个少妇，带着一个七八岁的男孩儿，还有一个五六岁的女孩。见了父亲，那少妇很有礼貌地鞠躬问好，“尹伯伯好！”原来也是中国人。父亲忙指着子轩给她介绍：“我儿子子轩。”随后又对子轩说：“这是铃木太太，她是我故交白树仁的二小姐。”子轩礼貌地向这位女士点了点头，铃木太太转向子轩，又是深深一鞠躬：“初次见面，请多关照！”两个孩子也都礼貌地向子轩父子鞠躬问好，十分乖巧可爱。他们母子三人走过去后父亲悄悄地告诉子轩：白家二小姐从台湾赴日留学认识了铃木，男方条件一般，但白家二小姐非铃木不嫁。白家没办法只得同意了，还给闺女贴了不少钱。铃木好像开了一家小工厂。

春节快到了。在日华人华侨举行新春联欢会，子轩也被父亲劝来了。他原本不愿意去，不想凑热闹，父亲说去看看吧，都是华人，多结交些朋友。

那天他恰巧又碰到了铃木太太，也就是白家二小姐。

父亲和一位老友聊得正欢，子轩独自走到餐桌前刚端起一杯咖啡，就见铃木太太大老远地跟自己打招呼并走了过来。今天的铃木太太穿一身浅驼色羊毛裙装，米色高跟鞋，配一条鲜艳的丝巾，一头修剪得服帖的短发，脸上施了淡妆，显得成熟而干练。她小小的个子混在一群日本朋友中倒是很合适。

寒暄了几句，铃木太太问：“尹先生在哪里高就呀？”

子轩说自己正在读东京大学研究生，铃木太太眼睛睁得老大，“什么方向？”

“关于计算机信息方面。”子轩说得很笼统。

“这是前途无量的，尹先生好有眼光！”铃木太太说话的腔调温柔而夸张。

聊天时得知铃木太太原来是台大的高才生，来日本读研后曾想去美国读博士，后来因为有了孩子，就搁置了，当起了全职太太。子轩告诉她，自己正在准备论文，但到日本后明显感到自己基础知识比较差，研究视野不开阔。比如，论文的综述部分，虽然收集了一些资料，但若以宏观视角对该领域的发展做综述还显得欠缺不少。铃木太太认真地听着，她对子轩的专业虽不是太了解，但子轩感觉得出她的理解力很强，完全可以跟自己互动。两个人谈得很投机，于是，他们互相留了联系方式。

过了不久的一个星期天，子轩正要出门，楼下房东太太给子轩传电话，说有位铃木太太找他。子轩下来拿起电话，铃木太太高兴地告诉子轩，可以介绍一位美国斯坦福大学的朋友给子轩，这样，如果论文遇到问题，他们可以直接通信讨论。子轩很是感激，没想到他那天不过随口一说，铃木太太竟真的帮忙介绍朋友给他。

铃木太太介绍的这位朋友很厉害，对子轩很有帮助，还给他寄来一些需要的材料。有了这位朋友的帮忙，子轩的论文写作进展比以前快多了。因此，子轩对铃木太太心存感激。他最近帮导师做点事，有了一点收入。绿之日（4月29日）快到了，子轩想等放假邀他们一家共进午餐，表示感谢。可还没等他打电话，铃木太太竟主动联系了子轩，问他材料收到了没有？论文写作进展如何？子轩马上表示了感谢并趁机邀请她。电话那边铃木太太笑着说：“感谢的话就不必说了，大家都是同胞，而且又是世交，有空一起出游吧，我想你可能平时也很少出去玩吧？”

“好啊，好啊，我来这么久，要说去过的地方真没几处，说好了，我做东，你们选日子和地点。”子轩满口答应。

一天，刚回到房间的子轩接到铃木太太的电话，约他明天傍晚在附近的居酒屋见面，子轩觉得那里带小孩子来不方便，不知为何选那里，但又不好细问，就答应了。

铃木太太果真是一个人来的。见了面，铃木太太依然是鞠躬问好但眼神游离，脸上的妆容也没往日精细，说话也没有以前那么思路清晰。侍者送过酒单和毛豆、冷奴等几小碟有偿配送的小菜，铃木太太问子轩有没有吃过晚饭，子轩摇摇头。于是，她点了杯梅子酒和鳗鱼白烧、盐烤鸡皮、鸡肉丸子及天妇罗，子轩点了杯 highball, 菜还没上。子轩东拉西扯地说着一些感谢的话。铃木太太突然端起酒杯，将满满一杯一饮而尽，随后又招呼侍者来瓶清酒。子轩诧异地看了一下她，铃木太太一副欲言又止的样子。

“你是有什么事吗？”子轩终于忍不住问了一句。这一问，铃木太太抬起头，只见她眼里噙满泪水。

“怎么了？铃木太太？”

“我打算离婚！”

子轩对她的话感到很意外，他无意打探别人的家事，就说：“有些事看开点，你还有两个孩子。”说到孩子，铃木太太再也忍不住了，抽泣起来。接着她对子轩倾诉着自己的不幸。

在日本，大部分已婚男人的工资都交给太太，家里一切由太太打理，自己只留下点私房钱，下了班在外面喝点小酒，应酬应酬，这是再正常不过的了。但铃木却完全不顾家，在外面花天酒地，把太太娘家当作提款机，婚前婚后判若两人。夫妻俩三天一大吵两日一小吵，影响孩子们成长。她说自己实在是忍不下去了，准备和他离婚！想在离婚以后回台湾或者到美国去。子轩默默递给她几张面巾纸，低下头，不去看铃木太太擦拭已经哭花的脸。子轩理解她这是中年危机，但同时又想，自己与铃木太太并没有深交，她能敞开心扉向自己诉说家庭遭遇，显然是把自己作为知己，可见她和自己差不多，也没几个可以倾诉苦衷的朋友。而子轩此时却帮不了她什么，唯一能做的就是劝解她不要再哭了，好好考虑考虑。不知为什么，此时他的眼前出现的全是秀琪的影子。

得知了铃木家的情况，子轩有意回避铃木太太，他不想让人觉得他跟铃木家将要发生的家庭变故有什么瓜葛。

一个月后的一天，子轩忽然听到敲门声，打开门一看，竟是铃木太太的儿子，说他们想请子轩一起游览浅草寺。子轩往楼下一看，铃木太太坐在汽车里正摇下驾驶室的玻璃冲他招手。他往车里看了一下，好像除了铃木太太和女儿并无旁人。子轩脑海飞快地转动了一下，连忙下楼告诉她自己今天还有事就不去了，谢谢他们。谁知，两个孩子一左一右拉住他，一个劲儿地恳求他一同去。铃木太太并没说什么，只是期待地看着他。实在推脱不掉，子轩只好又上楼换了衣服，坐上铃木太太的车。

浅草寺是东京都内最古老的寺庙，当年德川家康重建浅草寺，使它变成一座大群寺院，是日本现存的具有“江户风格”的民众游乐之地。除浅草寺内堂外，浅草寺院内有五重塔等著名建筑物和史迹、观赏景点数不胜数。

6月初的浅草寺，游人如织，子轩却是第一次来。他看见寺门外两旁排列着卖折扇、玩偶、铜锣烧、米糕、冰激凌等的摊铺，每个摊铺前都围着购物的人。两个孩子吃着冰激凌，在人群里穿梭，小眼睛都不够使唤地左看右看。子轩看人多，怕走散了，就喊了声，“铃木太太，拉紧孩子！”

铃木太太却说“没关系的，他们常来，熟悉路。”随后她纠正子轩，“以后叫我白惠怡，我不再是铃木太太了！”

“你们离了？”

“对！”

一阵沉默，子轩边走边问：“那你以后准备怎样？找个工作？”

“我想去美国！继续完成我的梦想！”白惠怡脸上露出刚毅的表情。

“在美国读完博士可以谋个教职也可以留下来工作，美国是移民国家，发展的空间很大呦！”她胸有成竹地说，说这话时，白惠怡的眼睛盯着子轩。见子轩认同地点点头，她又说：“我觉得你也可以考虑到美国去。”

那一日游览浅草寺时白惠怡的话对子轩触动很大。马上就要毕业了，他正为去留发愁。父亲的意思是让他留在日本，父亲这样想是因为年纪大了，对儿子的依恋越发深厚，同时也出于怕他一旦回国，再想出来会比较困难的考虑。凭子轩的能力，毕业后在日本找一份收入可观的工作还是不成问题的，但他真的不想留在这里，他觉得这里的人们都像流水线上的物件，快速运转，这里虽灯红酒绿、高楼林立，但没有多少温情。他宁愿回到故乡北京，感受胡同里的烟火味，和心爱的姑娘共度余生。他反复看着秀琪最近写来的信，她正踌躇满志地为自己的理想努力着，也憧憬着早日成为自己的新娘，盼着自己早日学成归来。

就在这时，去美国继续攻读学位的选项出现了。

年近不惑的尹子轩审慎地分析着形势，他认为以中国目前的科技水平，自己毕业马上回国后，专业水平继续提升的空间不大，不如趁自己精力旺盛之时去美国进一步学习。中国正在日益走向开放，国家发展、建设需要更多的专业人才，等学成后回来创业岂不更好？再说，从日本直接去美国相对容易，回国后自己有没有机会就难说了。

可他该如何兑现跟秀琪的承诺呢？自己若赴美怎么向她解释？再拖她几年？他无法把自己的想法告诉秀琪，陷入了深深的苦恼中。

子轩独自走进居酒屋，日本清酒的后劲儿他大概还不太清楚。打烊的时候，老板无奈，叫过伙计，一个打工的中国人，翻看了子轩的钱包，从里面找到一张铃木太太的名片。

那一晚的事子轩实在记不清了，醒来只见自己床边的桌子上放了一张纸条，他忍着剧烈的头痛挣扎着起身拿过来一看：

尹先生：

不知昨晚到底发生了什么，无论如何不该放纵自己。我觉得您应该振作，为了您自己也为了您昨天一直在呼唤的“秀奇”（抱歉，不知是哪两个字）。我正在办赴美签证手续，如果有需要，我可以帮您联络美国的大学。

白惠怡

即日晨

大前天，秀琪接到了哥哥的电话，让她到中关村自己家里来一趟，秀琪正准备提前返校，为开学做准备，就爽快地答应了。

“秀琪姐，你怎么了？”秀琪睁开眼，只见小潘掀开蚊帐，把头探进来。

秀琪坐起身，发现枕头都被哭湿了一大片。她抹了把脸上的泪，“没什么，做了个梦！”

“吓我一跳，我一进门就听见你呜呜地哭，还以为谁气你了呢！”小潘憨厚地笑了。

“起来吃香瓜吧，我刚买的，又香又甜，我去洗洗！”小潘挑起门帘出去奔水房了。

秀琪明白了，自己刚才是在梦中把那天哥哥跟自己谈到的子轩的事演绎了一遍。此时，她不愿意再去想梦境的真伪。她只记得哥哥跟她谈完长叹一声，问她怎么想。其实几个月来，秀琪心里一直在猜测子轩不给她回信的原因，她认为极有可能是他论文遇到困难延期毕业了，让他心情沮丧到极点；要不就是他父亲极力劝说他留在日本工作，他不得不违心接受。去美国的事她完全没有猜到。也正是因为这一点，让她心里既惶恐又委屈。记得子轩跟她说过，“爱人之间要心心相通”。难道我们的爱还不够深吗？

她怅然地望着哥哥，表面轻松地说：“他这四十年里遇到了太多的不公平，他有理想，我知道他这么做就是在努力证明自己，其实，在某些方面我们俩有点像，这就叫惺惺相惜吧！所以，他想去就去吧！”

“可他要是真的去了美国，你俩的婚事怎么办？你们这对苦命鸳鸯什么时候是个头呢？子轩说怕耽误了你，其实我觉得他对自己的前程也信心不足啊！”

哥哥送她出来的时候秀琪跟哥哥说：“哥，你放心，我们都是成年人，我会仔细权衡，跟子轩好好沟通，你暂时别跟爸爸说，等我想好了自己告诉他。”

回到学校的这两天，她拼命干活儿。当她有心事时她就让自己累到不能动，这样她才会暂时忘掉烦恼。她现在完全清醒了。以她对子轩的了解，她知道他一定会选择去美国，此去不会一帆风顺，她不想自己成为子轩的羁绊，不想让他分心。她的自尊提醒她，跟子轩的事该做个了断了。

送别父亲

“我正在城楼观山景，耳听得城外乱纷纷……”小院里传出马连良《空城计》的唱段。

秀琪走进院子时，马国禄正半躺在北屋檐下的躺椅上听半导体收音机，声音放得很大，可他人却眯着了。

“拨乱反正”后民族政策得以落实，清真寺正常的宗教活动也可以照常进行了。马国禄认真履行着一个穆斯林的义务，每天五次礼拜的功课一次不落。他早晚都去清真寺，清晨天不亮就起床，去寺里礼“邦达”（晨礼），晚上再去礼“虎夫滩”（宵礼），其余的三次在家完成。周五主麻日的聚礼是必定要去清真寺和教友们一起完成的。除了做礼拜，他有空还和教友们一起学习阿拉伯文、练习阿文书法。

哈三爷已经走完了他的一生，哈三大大被她的外甥女儿接走了，偶尔，有个小伙子，也就是老太太外甥女的儿子过来住几天。芳芳的小侄子三岁多了，这孩子生下来就由奶奶带。芳芳的老公是个军人，婚后他们住到了五棵松那边的一个军队大院儿里。芳芳母亲帮着她哥哥带孩子、做饭。小两口早晨上班前先把孩子送到奶奶家，晚上吃完饭三口人才回来，所以基本上在这个院的时间很少。

萧然上了大学，平时住校。院子里一时显得冷清了。

秀琪的学业很忙，但她惦记父亲，隔三岔五地回家一趟，文琪想接父亲过去与他们同住，他觉得楼房有暖气、上下水，在卫生间洗漱也比平房方便多了，再说，父亲年纪大了，留他一个人在院子里，有个头疼脑热的自己都不能及时知道。可马国禄说什么也不肯去，一是他觉得儿子家那三居室的单元楼房不接地气，二是附近没有清真寺，去趟离家最近的海淀清真寺骑车也得二十来分钟呢，太不方便。为这，文琪找秀琪说了好几次，让她劝劝父亲。可秀琪却说，“随他吧，金窝银窝不如自己的小窝！想办法给爸爸安个电话吧，有事也方便联络。”于是，文琪托人专门花钱拉了根线给父亲装了部电话。

秀琪知道，虽然市里正在逐步推进落实私房政策，马国禄已拿到了换发的房产证，但他心心念念地盼着被房管部门强租出去的房子早日真正归还给他，也许他还盼着小肖的单位按市里的要求尽快给他们解决住房，使小院恢复原状吧。

在父亲心中，这个格局虽不规整的小院记载着他大半生的日子。每天抬头可以自由自在地享受属于自家的那一片蓝天；双脚踩在院子里，舒展一下筋骨，亮亮嗓子，侍弄一下花草，在树下与家人一起欢笑、喝茶、吃饭……感赞真主，这就是他的理想人生。他怎么会舍得离开这个院子呢?

父亲近来身体状况不太好，血压一直有些高，中药西药吃了不少。早上秀琪给家里打电话，无意中马国禄说手有些发麻。秀琪很紧张，挂断电话，马上从学校赶了回来。

她不忍心吵醒父亲，就搬了个板凳坐在父亲旁边，眼睛却在四处看着。

大瓦盆里面养着莲花，几片碗大的叶子浮出水面一尺来高，水里还有几条小鱼，这是哥哥文琪从劲松那边用自行车给驮回来的。马国禄喜欢得不得了，自己买来马掌，埋下细藕，放上大半盆清水，每天观察是否有藕芽顶出来。叶子放出来后，他又从朋友家里寻来几条小鱼。马国禄去官园那边闲逛时买的那只黄雀，此刻正叽叽喳喳地在笼子里蹦跶，还有朋友送他的一对虎皮鹦鹉，也在梳理羽毛。

已是秋天。挂在房檐上的蝈蝈笼子里还能看见父亲刚放进去的黄瓜芯儿。贴着墙根儿，种着一排草茉莉，黄的、紫的、白的都含苞待放。在枣树的旁边，种了两株牵牛花。茎蔓缠绕着一头拴在插入地里的细木棍儿上，另一头挂在房檐的钉子上的麻绳爬过房檐沿着瓦垄伸到屋顶上。紫色的牵牛花开了大半天已经有些蔫了。

忽然，马国禄动了一下，醒了，见秀琪坐在旁边不好意思地笑笑，“你什么时候进来的，我也就刚一迷糊吧？”

秀琪回答：“《失·空·斩》都唱完了，您还就一迷糊呢！我都进来好一会儿了。”

“老爷子，您这是‘树荫满地日当午，梦觉流莺时一声’呀！您歇好了，起来吧！”说完，扶父亲慢慢地站起来走到屋里。

屋里写字台上摊着几张裁成长条的宣纸，旁边放着“格莱姆”，即一些用来书写阿拉伯文书法的用削过的竹片、木片和芦苇等制成

的笔。秀琪知道，父亲很喜欢书法和篆刻，他的中文书法很有功底，现在又爱上了阿文书法。

阿文书法艺术是阿拉伯伊斯兰艺术园地中的一朵奇葩。阿文书法将书法与绘画相结合，色彩鲜艳，充分体现了阿拉伯民族的审美情绪。中国人讲究书法艺术，中国的穆斯林自古有抄写《古兰经》的传统，在抄写《古兰经》时往往会将中、阿书法技艺相结合。中国穆斯林的书法家们取汉字书法艺术之精髓，从用笔、用墨、用纸到表现形式、布局章法和装帧艺术上，都大量借鉴了汉字书法艺术的技法，在保持了阿文书法内涵的同时，又增添了新的韵味。用笔方面，使用了竹片、木片、芦苇、布条、棉花等材料做笔，不同材质的笔，写出不同的字体。中国穆斯林书法家还吸收了中国传统的条幅、中堂、对联、横幅、匾额、扇面以及题款、用印等特点，书写所产生的效果令人称奇。

秀琪记得父亲有一次从清真寺回来，夹着几轴字画。到家很兴奋地展开给秀琪看，说认识了一位高人，这人的阿文书法特别棒，有时下了拜，就跟他聊聊，今天从他那里拿了几个条幅照着练。秀琪看过后觉得确实神奇，这条幅上的字粗看像一朵朵花，仔细看是阿拉伯文，她问写的什么内容，马国禄回答“清真言”。写这种书法的人既要懂阿拉伯文化又要有美学功底，确实是高人。父亲说这位教友告诉他，阿文字母虽只有 28 个，但阿文有很多种字体。其中类似于隶书的库法体最有名，常用于碑文或者建筑的雕刻。在牛街清真寺礼拜殿的拱门门券上就有堆粉贴金用库法体书写的《古兰经》经文。纳斯赫体，类似于小楷，在横竖转接处没有笔锋，书写较为顺畅，也是最广泛、最常用的字体。迪瓦尼体，曾被认定为官方正式公文使用的。苏鲁斯体，有端庄、高雅、华丽、壮观的特点，而且还能以花草树木、水果、人物、鸟兽、建筑或自然风景形象编织成变体文字，常用于书写《古兰经》的经文警句。用来写信的叫鲁格阿体。这几种都是比较常用的字体。

秀琪看了看桌子上有一条写好的，就问父亲：“您写的这是‘太斯米’吗？”马国禄笑着说：“就是啊，可我还没练好。”

“咱们牛街礼拜寺大殿前檐以前有一方陶瓷烧制的彩色琉璃匾，大概有这么长、这么宽”。他用手比画着给秀琪看。

“看您比画的有七八十厘米长、五六十厘米宽？”秀琪来了兴致替父亲补充。

“啊，差不离！那上面的‘太斯米’可是一笔写出来的！十九个阿拉伯字母组成的‘太斯米’，一笔写出来呀，真是绝了，漂亮啊！”马国禄动情地说。

“那匾是米白色的，字是黑色的，四周呢是黄绿琉璃彩釉缠蔓花边装饰。传说这个匾是明朝隆庆年间的作品。”

“这应该算是咱们牛街清真寺的珍贵文物之一吧？”秀琪问。

“可是现在我再去寺里没看到它，据说是‘文化大革命’的时候被砸碎了！毁了！”

“那真是太可惜了。”秀琪也愤愤不平。

秀琪边替父亲整理写字台上的纸笔，边安慰他，“别着急，慢慢来！中文书法写一辈子都还得不断地写，不断地练，有一阵子不练就手腕发紧，更别说您这半路出家学的手艺了。”

她又笑着说：“您最好再刻个好看的闲章配这些画似的字。”

“老啦，手总发抖，干事不利索啦。”

秀琪让父亲躺到床上，自己拿出血压计给他量了量血压，高压180mmHg、低压76mmHg，她觉得高压太高了，就问父亲今天是否按时吃了药。马国禄说药已经吃过了，让秀琪放心，并说这两天可能没睡好，所以血压有点高。

“为什么没睡好？”

马国禄嘿嘿了两声，坐起来。

“想你读博士了，唉，真不容易呀！我这心里既高兴又惦记。当年我爷爷也是朝里的文官呀，不过没入流。听说是掌管书籍、图册、奏章一类的官员，那叫什么？”他摸了摸头顶努力地回想。

“按您说的意思，我猜大概是翰林院孔目吧。”

“也许！在翰林院干事，那是有能耐的人呀，现如今你也进了社科院的研究所，也能耐不小，这也算有家传吧！”马国禄自豪的笑了笑。

“您真逗！这都挨不上！”

接着马国禄对秀琪指了指房顶，“咱这房子回来喽！明年找人好好整理整理。”

“我一猜您就是想事了，这几天净想我和房子的事了吧？”

“唉，说不想吧，可是人上了岁数。陈芝麻烂谷子的很多事情你不想，它就在眼前晃、脑子里转。”马国禄揉着眼睛慢条斯理地说。

秀琪拉起父亲的手：“我知道，可这都是高兴的事，您不是老嘱咐我们凡事要拿得起放得下，咱就心里高兴但别老惦记着行吗？”

“好，好！不过，秀琪呀，学问是作不完的，你自己的终身大事也得上点心呢。”马国禄慈爱地对女儿说。

听父亲说着，秀琪仔细地端详起父亲，眼前这个留着稀疏的白发，宽大的额头上多了几道深深的皱纹，需要别人高声说话才能听清的老人就是当年那个英俊潇洒的父亲吗？他高大的身躯怎变得矮小了，还微微有些驼背？他黑亮的眼睛怎会如此浑浊？前些年有商家请他到前门外的古玩店里“坐镇”时，他还是神采奕奕的。岁月蹉跎，时光无情。七八年的工夫，自己一心扑在学习上，疏忽了对父亲的关照，反而因为自己的事让父亲操碎了心。秀琪心里酸酸的，她抚摸着父亲青筋暴露的大手，甚至自责起来。只想着自己的事业，忘记了老人都害怕孤独，父亲需要人陪伴，他真的老了！想到这儿，她的眼泪在眼眶里打转。

“爸爸，给您请个人，帮忙照顾您好不好？”

马国禄一听，笑了：“我哪儿到需要人照顾的份上了，没事的，过两天就好了！”说完还伸了伸胳膊，动了动腿。

“爸爸，我这两天不回宿舍，在家看书，您看，我书都带回来了。”秀琪指了指自己的挎包。

“不用，你忙你的去，我自己行啊。”

“好，那就算我想赖在家，想吃小吃了，吃切糕！”秀琪故意对父亲说。

“行，我一会儿上街给你买去，买钱记的还是白记的？”马国禄抬头看了看墙上的挂表，不无遗憾地说：“都这点了，可能没了，不准有了！”

“您歇着吧，我一会儿自己去，您想吃什么？”

“酱羊蹄！”马国禄不假思索地说。

“这可不行，头、蹄上火，您血压还高呢，吃点清淡的吧！”秀琪紧张起来。

“这丫头，刚问我想吃什么，我一说又不给买了！‘百黑利’！”马国禄假装不满。

“呦，不是不给您买，过几天行不？”秀琪试探着说。

“那今儿就买点酱牛口条吧！不吃肉哪行！人活七十古来稀，我都快八十岁了，活一天赚一天！现在日子好了，想想前十来年，想吃也得有啊！”

“行，这老爷子，胃口挺好！也想得开！”

父女俩温馨地聊着天。

让秀琪担心的事还是发生了。

“爷爷，该吃早饭喽，您怎么还不起来呀？”清晨，萧然见爷爷屋里没动静，拉门进去一看，马国禄歪倒在床上，已经不能动弹、不能讲话了。

一年多来，秀琪兄妹俩尽量轮流抽时间陪伴父亲。近来，萧然进入毕业设计阶段，不用每天去学校了，就让父亲和姑姑去忙自己的事，自己担起了陪伴、照顾爷爷的事。

萧然急坏了，立马拨打了“120”急救电话，又分别通知了父亲和姑姑。小肖两口也跑过来帮忙。急救车来了，人送到宣武医院，做了心电图、脑部核磁，检查结果出来了：脑干出血。

秀琪抢在哥哥前头赶到医院时，马国禄刚刚咽气。父亲身上从头到脚遮盖着白被单。当她揭开被单一角，看到父亲微微泛黄的脸上一双眼居然还没有完全闭上，顿时泪如泉涌。秀琪踉跄了一下，她左手紧紧抓住床栏，让自己稳住，随即半跪在父亲身旁，将手掌放在父亲的眼眶上轻轻往下一拉，将他的双眼合上，随即伏在父亲余温尚存的遗体上痛哭失声。

父亲是在等着跟他的儿女做最后的告别吗？她抬眼看看守在旁边的萧然，萧然试图搀扶姑姑起来，但秀琪不肯。他蹲下身对姑姑说，“爷爷没有留下‘口唤’，我在他耳旁念了‘清真言’和几段‘索勒’，他流泪了，他走得安详！我本该给他诵读‘雅辛章’，但在医院里不太方便。”

秀琪一把抱住侄子：“好孩子，你在爷爷身边学了很多，爷爷没白疼你！爷爷该说的都说过了。”

了解回族的历史，必然知道伊斯兰教早已融入回族的生活习惯之中，潜移默化地影响着他们。在新社会成长起来的秀琪及萧然两代人不像老一辈那样，但他们仍然熟谙并遵循民族传统。

回族讲究速葬，俗话说“亡人奔土如奔金”，都愿意使亡者早点入土为安，但办理各种手续、到郊外的墓地打坑需要时间。按照牛街回族的习惯，马国禄的遗体被接回家。事先，萧然已带着几个人把西屋清理、打扫干净，腾出较大的空间。

刘五爷前几年过世了，艳敏她们操办葬礼有了经验。得到信儿，马上让她哥从冷库里买来两大块儿冰块，用板车拉到马家，为的是起降温作用。

西屋里拉起白布帷帐，马国禄的遗体就停放在他居住过的房间里。秀琪兄妹轮流守在父亲的遗体前，床下大铝盆里放着冰块，铜香炉里燃着芭兰香，缕缕飘散出清香。

按习俗，凡是穆斯林都有义务前来帮忙料理丧事、送亡人入土为安。过去，回回人家条件有限，遭逢不幸、遇到丧事，往往生活无法继续。族人或多或少送上一些现金作为“经礼”，一来帮衬丧家，二来提升自己在“天堂”的地位。

马国禄一生为人正直、清白，用牛街人最爱夸人的一句话就是“老实抹敏”。他多才多艺，恪守教门；仗义疏财、乐于助人。为人子，侍奉老母多年；为人夫，与夫人琴瑟和谐；为人父，培养出两个高才生。得到消息的人们纷纷前往马家吊唁。

秀琪原本与哥哥商量好，婉拒“经礼”和大家送的东西，但实在是乡情难却。见他们不收“经礼”，带着油、面、茶叶、幛子等来的亲朋，趁他们不备，找个地方便把东西放下，拦都拦不住。

第二天清早，马国禄的葬礼就在小院里举行。

马国禄的遗体已按回回的方式冲洗干净包裹上“克凡”，打整好的埋体被放到一个清真寺公用的、由一块包着洋铁皮的底板和一个倒“凹”形木罩组成的埋体匣里，外面覆上用金线绣着经文的墨绿色丝绒布罩抬出屋，使亡人头朝北足朝南面朝西方圣城麦加方向，放到院子的木凳上架起。院子里已经挤满了亲戚、邻居、朋友。所有送葬的人都应该沐浴洗大净，男人们戴着洁白的礼拜帽；用纱巾包头，长衣长裤的女人们都退到屋里。窗户外面、靠着院墙拉起的铁丝上挂起了几块深色幛子，写着“天堂有位”“复命归真”“一心归主”“两世吉祥”“音容宛在”等。

阿訇和众乡老下了“邦达”（晨礼）从清真寺那边陆续走过来为马国禄站“者那孜”（行殡礼）。七点钟，在头缠“泰斯塔尔”的老阿訇带领下，乡老、亲朋围着埋体站成圈，人们逆时针方向传递燃着香的香炉，三遍后，所有人都面向西方排列。阿訇站在最前面领拜，抬手诵“大赞词”、赞主、赞圣、求恕，众人山呼“安拉胡艾克拜嘞！”。在男人们相互向自己左右两侧的人道“赛俩目”后，所有穆斯林男女都神情庄严，挺起身，把双手捧到面前，接“笃阿”为亡人祈祷。

殡礼庄重、肃穆、简洁。大杂院里不少人站在马家小院的门口或墙外看着或听着里面的动静。

萧然捧起香炉，哥哥文琪抬埋体匣前头，几个青壮年抬后面，亲友、邻居们紧紧跟随，一起向着大门往外走去。眼看父亲就要被抬出小院，秀琪泪流满面地哭喊了一声“爸爸”，就扑过去想抓住埋体匣，她万箭穿心，实在不舍得让父亲离去。随即，她被几位抽泣着的妇女拦住。买美霞低声吼道：“忍着点！”回族认为：生老病死是人之常情。不必痛哭，更不能号啕。于是，她被人架着，强忍悲痛，跟在送葬队伍的后面，走向停在胡同口的大卡车。

过去，只有男人才去墓地，这些年改革了不少，至亲中的妇女也有去墓地送亡人的，但是都在男人的后面远远地站着。

回民公墓在京城西南过了卢沟桥的芦井。

坑已挖好，是一个南北向2米长、1米宽、2米多深的竖坑，里面西壁掏一个窑洞，亡人将被头朝北、脚朝南、仰身面朝西方麦加“克尔白”方向放进窑洞里，再用石板或砖把窑封上，用土填平竖坑并按中国的传统在其上起个小土丘。

回回人家对老人厚养、薄葬，不讲究大修坟墓。人入土埋葬后，直到来年雨季过后，才能用砖块将坑口砌起、立块石碑，便于日后游坟时找到。

坑挖好后一般要有亲人试一试，文琪跳下去后又上来表示满意。阿訇诵起《古兰经》，亡人下葬，马国禄的儿孙率先铲土，随后众亲友中的年轻人轮流执锹填土，众人或站或跪，心中默默为亡人祈祷。

“秀琪，你看这些够了吧？”秋云指着厨房里的油香问秀琪。

“她现在顾不上，咱估摸着来吧。”艳敏替秀琪回答。

得到信儿，秋云当晚就赶了回来，和艳敏姐妹、丁家姑嫂一起来帮忙，几个人忙到大半夜，炸了三大笸箩油香，并为答谢第二天送亡人入土的亲友准备了一些简单的吃食。

马家在公墓的清真寺后院请阿訇宰了只羊，亡人入土埋葬了，手脚麻利的寺师父将肉份子也分好了。

送葬的人都回到马家圆经，众人接了“笃阿”，共同祈祷亡人马国禄进入天堂。吃了便饭，文琪兄妹给每个参加父亲葬礼的亲友一份肉份和油香，真诚感谢大家的帮助。

“二哥好归顺！没受罪！”

“二伯的事办得真火实（红火、风光）！”

“得嘞，你们别太难过，多保重！”

众人感叹着离开了。

秀琪这两天虽然不停地忙碌着，但整个人都是麻木的。送走了客人，望着空荡荡的西屋，她才稍稍清醒了一些。她知道从此再也见不到慈爱的父亲了！在这个小院里，她送走过奶奶、母亲，可她们走了，身边还有父亲在呵护她，现在她唯一的长辈也走了。想到这儿，不由得悲由心生，忍不住跑进西屋，用手捂住嘴，大哭起来。

冥冥中，她眼前出现了鲜花铺就的长路，父亲慈祥地微笑着从远方向她走来，“啊，爸爸！”秀琪喊了一声，想迎上前去，但父亲却向后退去，她用力晃了晃头，父亲竟完全消失了。好几秒钟后秀琪才回过神来。心想，父亲一辈子坚守信仰，善良、正直，他一定是在天仙的引领下去了天堂吧！

不知何时，哥嫂都进来了，嫂子拿了块热毛巾递给秀琪。秀琪擦了擦脸稍稍平静了一下，她提议把萧然也叫过来，大家商量一下父亲“七日”的事。

商量完，秀琪和哥哥开始整理父亲的遗物。秀琪拿出了那个首饰盒子示意哥哥打开。文琪看都没看便说：“爸都跟我说过了，你收着吧，这是给你的。”

“呃，爸还跟你说什么了？”

“他最关心的就是这房子的事。”

文琪打开柜子，取出装在一个大信封里的房产证递给秀琪，“他说房子给咱俩一人一半。我单位分了房子，我觉得这房子还是留给你吧！”

听到哥哥的话，秀琪马上说：“这是爸爸的意思，是他的‘口唤’，我一个人要那么多房子干什么？你还有萧然和扬扬呢。”

秀琪没有接哥哥递过来的房产证。

“问题是你也不能总是一个人呀？孩子们还年轻，他们的事先不考虑。我前些年不在家，你一个人照顾爸爸还有萧然，你受累了，应该多得。”

“别，哥哥，就按爸爸的‘口唤’办吧。”

去年父亲80大寿的前几日，秀琪正跟哥哥商量在鸿宾楼订一桌清真宴，再买个蛋糕，全家人聚在一起给父亲过寿的事，被父亲听到了，他大手一挥，“免了，我活了八十岁没过过生日，咱回回的说法是‘人的生日是母亲的难日’，你们要请阿訇念经纪念‘母难日’可以，吃一顿乐一乐就免了吧！”

父亲乘机教育他们：“堂前尽孝，胜于形式上铺张办寿；读书，虽然发不了财，但眼光看得远，未来的格局就大；宁买不值不买吃食，见到好东西别怕眼下贵，想办法买到手；穷生孩子，富买宅子。”秀琪注意到说到宅子时，父亲的眼睛都发亮了。

秀琪知道，在父亲心中，家是活着的意义。有一个属于自己的院子，院子里有几间自己喜欢的房子，一家人安稳、快乐地生活于此，家才能称为家，精神才算真正有了着落。爸爸虽然拿回了房产证，但他一直盼着院子能恢复到原来的样子，他是带着遗憾走的呀！想到此，秀琪又伤心地哭起来。

哥哥拍了拍她的肩膀：“好，听你的，房产证就先放你这儿，你收着吧！”

忽然，文琪的视线集中到父亲抽屉里放印章的小铁盒上，他拿起铁盒，打开后一枚枚端详。秀琪擦了擦眼泪，走过去，取出父亲的名章，仔细看了看，对文琪说：“我要这个行吗？剩下的你都留着做个念想。”无意之中她看见子轩送给父亲的两块小石料，默默地抓起来说：“这两块也给我吧！”

秀琪握着这两小块印章的石料，目光落在那块黄蜡石上，听父亲讲过，一块好的黄蜡石，颜色以黄或红，不带过渡色为佳，质地坚硬。那块上红下黄的黄蜡石多像子轩呀，内涵丰富却一点也不圆融。那块池州玉像自己吗？不，不，我是羊脂白玉，天山融雪冲刷、日精月华照射，润泽无瑕。唉！想这些有什么用？莫非子轩真的是一副铁石心肠。如今父亲走了，他还会想起我吗？他还会记得对父亲的承诺吗？

秀琪又流下眼泪。

商风尽染

大观楼，在昆明市内的西南方向，面朝滇池，远望西山，尽览湖光山色。因为有清朝乾隆年间孙髯翁所作的“天下第一长联”而驰誉九州，跻身中国名楼之列，成为与黄鹤楼、岳阳楼及滕王阁齐名的我国四大名楼之一。

临近中午，参观完大观楼，老师有些累了，坐在车上眯着眼睛跟陪同的小张商量，“吃完饭就送我回宾馆吧，下午我就不去石林了，你们陪小马老师去吧。”秀琪听了忙说：“老师，我也不去了，陪您一起回去吧。”老师笑着说：“石林我以前去过，你难得来一趟，再说人家云大都安排了，还是去看看吧，挺有看头的。”秀琪想起以前看过的杨丽坤主演的电影《阿诗玛》，路南石林是电影的拍摄地，喀斯特景观，再加上阿诗玛的传说，很吸引人，就问：“石林在昆明的哪个方向？”

当听小张说在离昆明八九十公里的东南方向时，她犹豫了一下试探着问：“其实，我倒是想去松花坝元咸阳王墓看看，不知方便不方便？”小张听了连声说：“方便，方便，那里离宾馆近，也就二十公里。这样吧，我下午叫上我的一个朋友一起去，他是回民，也姓马，在文化局工作，对那里比较熟。”秀琪一听高兴地说：“太好了，那就谢谢你啦！”

秀琪知道，在松花坝水库附近埋葬着回族先民，元代杰出的政治家赛典赤·赡思丁。

车子出昆明往北行驶了一会儿，目的地到了。赛典赤·赡思丁墓坐落在松花坝马耳山马家庵村公路旁的山坡上，陵墓呈南北向，下部砌石，上面封土。墓北面中间一石上镌有阿拉伯文，字迹模糊。其东、西、北三面远处山峦环抱，松花坝水库则在墓之东南，西南方是昆明坝子与滇池，视野开阔，一望无垠，青山苍翠，碧水长流，景色宜人。

到了地方，秀琪掏出随身携带的“傻瓜”相机，啪、啪地选景拍照。一边照相一边对小张说：“赛典赤·赡思丁全名叫赛典赤·赡思丁·乌马儿，祖籍在中亚的不花剌，就是今天的不哈拉。当年成吉思汗大军打到不花剌郊区，乌马儿的父亲是一个城市的长官，他倾慕成吉思汗，痛恨当时花剌子模的最高统治者，就出城迎接成吉思汗，将当时只有十来岁的小乌马儿献给成吉思汗做质子。成吉思汗见这孩子聪明伶俐，品行高尚，就带在身边，时时教导，小乌马儿快速成长起来。”

“您对他的情况比我们本地人还了解！”小张有些惊奇。

“我是从一位研究蒙古史的学者的论文里看到的。”秀琪接着说，“元朝时赛典赤·赡思丁首任云南行省平章政，他在云南六年的时间，把偏远蛮荒之地治理得欣欣向荣，深受当地人民爱戴。人们是不会忘记他为开发云南地区做出的历史贡献的。”

“是呀。”小张、小马纷纷点头。

“他妥善处理了元代中央命官与当地民族首领及受封于云南的元宗室之间的关系，稳定了云南的形势。他首先整顿机构，清除割据残余，把元初军事统治时期设立的万户府、千户所、百户改为路、府、州、县，使权力集中，政出一门；他还采取措施恢复和发展生产，奖农薄税，轻差减赋，屯田垦荒，兴修水利；在你们云南地区创建庙学，传播中原文化，培养和吸收云南当地少数民族知识分子参加封建政权。所以，他死后被追封为咸阳王。他儿子纳速剌丁也不是等闲之辈，至元二十一年，继任云南行省平章政事。他继承父亲的遗志，也对云南的地方建设、国家的安定统一做出了突出的贡献。他的后裔分别以纳、速（苏）、剌、丁为姓，回族中这四姓有不少就是他的后代。”

小张点点头：“难怪您要来这里看看！”

秀琪笑了笑，没有说话。这几年，她每到一处，都留心收集有关自己民族历史的资料。为了解回回民族来源和形成发展的历史，她不放过任何一次机会。

回来的路上秀琪和小马聊天儿，“小马是哪里人？”小马回答：“大理。”

“好地方，赛典赤·赡思丁将云南的政治中心迁到昆明，对了，那时该叫鄯阐以前，大理才是云南最发达的地方呀！”

小马兴奋地说，“马老师，您知道得真多”。

“这次时间太短了，我们马上要去重庆，下次有机会一定去大理看看,我很想去看杜文秀的天下兵马大元帅府。”秀琪不无遗憾地说。

“您吃过我们大理的牛干巴吗？”

“吃了，我还在顺城街买了点准备带回去给亲戚朋友们尝尝，我们北京可没这东西。乳扇也没有，还有，北方人吃面条，你们这边吃米线。”

小张插话说：“你们虽说是一个民族，连姓都一样，说不定多少年前还是一家人呢，但生活差异还挺大的！”他指指小马，又看看秀琪，“我们云南的回族皮肤都黑黑的。”

“回族是个大分散小聚居的民族，从南到北都有回族，你没听说‘十个回回九个姓马’吗？但因地域不同，生活习惯差别有点大，可是我们见了面都觉得挺亲切的呢，是不是呀，马老师？”小马对秀琪发问。

“是呀，在民族理论里，这就是共同的心理因素的作用，回族分散在全国各地，伊斯兰教曾在回族的形成和发展中起了凝聚作用！云南回族皮肤黑，是因为你们这边是高原啊，紫外线强吧！”

小马问秀琪：“马老师，我朋友想搞点云南回族特产到北京，您说好不好卖？”

“我觉得应该可以吧！我们上学时爱坐车去魏公村那边吃羊肉串、拉条子，都是新疆人经营的，青海、甘肃回族、撒拉族开的拉面馆北京也挺多的，云南回族的牛干巴、清真鲜花饼什么的应该很受欢迎。”

小张问，“你也想一起做这生意吧？”

小马笑了，秀琪说道：“做生意我不懂，但你如果来北京有什么需要帮忙的可以找我。”

在重庆大学办完事，导师提议，从重庆到武汉这段路可以走水路，这样顺便可以看看三峡大坝。秀琪心里明白这是老师想带自己多看看祖国的大好河山。导师是位慈祥的老太太，睿智、豁达，早年毕业于燕京大学。这两年，秀琪在老师身边，从学问到为人处世都学到了很多。知道秀琪一直沉浸在失去父亲的痛苦中，老师一直想办法开解她。这两年她也跟着导师去了不少地方，上大学前自己可是连北京都没出过呢。

师生俩从重庆朝天门码头登船，江轮经涪陵、丰都、忠县、万州、奉节、巫山、巴东、宜昌、枝城、荆沙、城陵矶，第三天晚到达汉口。一路上经过的张飞庙、白帝城、夔门、瞿塘峡、神女天路、巫峡、神女峰、神农溪、西陵峡、三峡大坝、屈原故里、荆州古城等人文和自然景观给秀琪留下了深刻印象。

到武汉下了船已是晚上九点多钟了。秀琪从码头附近叫了一辆人力三轮车，让蹬车的师傅带她们在沿江大道附近找一家宾馆，她想让老师尽早休息。

江风吹来一丝凉意，沿江大道上车辆、行人并不算稀少。夜幕中秀琪瞪大眼睛不停地左右张望。“停！”秀琪突然喊了一声，随即她轻声责备起蹬三轮的人：“你是在兜圈子吧，这附近的巷子里就该有宾馆，你如果觉得路不远挣到的钱少，可以直说，我们可以多付你一点，但是你不能大晚上地拉着我们在这里兜圈子啊，你累，我们坐了三天船也累，多不划算呀！”那个拉车人见自己的小伎俩被识破，有点不好意思，他向右一转，进了个小巷子，马上就看到一家宾馆。

秀琪一边帮老师往楼上拿东西，一边听老师说：“你怎看出他拉着咱兜圈子呀？”秀琪笑了笑说：“我其实也是两眼一抹黑，不过我注意到江汉关大楼，这么醒目的标志他居然来回经过，我就觉得有问题了！”

秀琪的记忆力非常好，她虽是第一次到汉口，又是黑夜，但还是看出了破绽。“年轻人果然厉害！”老师夸赞。

原本计划在武汉待两天，在武汉大学查完资料她们就准备回京，但是老师年纪大了，也可能因为坐轮船过于兴奋，血压有点高了。秀琪很是担心，跟老师商量后她决定把车票退了，让老师好好休息两天再回去。秀琪不想麻烦别人，她想去火车站碰碰运气。

这天早上六点秀琪就来到了火车站。还不到售票时间，但售票大厅里早已挤满了人，排着多条长长的队伍，大厅里人声嘈杂，空气十分浑浊。不断有当地的年轻人走来走去地询问，“有富余票吗？”

一个干部模样的人刚掏出票，瞬间就被别人抢到手里，一群人马上将他围住推推搡搡，那人高喊着：“把票给我，不退了，不退了！”看到这场面，秀琪捂紧了挎包，没敢退票。她知道这些年火车票是很难搞的，她想先买到回程票再说。但是买票的人实在是太多了，她排了差不多两个钟头时，忽然前面骚动起来，几个男人大打出手，顿时队伍完全乱了，人们都往前涌，秀琪被挤出好远。不一会儿，售票窗口关上了，没票了。秀琪绝望而茫然地站在售票大厅里。

就这么回宾馆，明天再来吗？她脑子飞快地盘算着，眼睛漫无目的地扫视着混乱的人群。明天或许还是这个样子，忽然，她想到了一个人，陈志超！她记得陈志超好像是在武汉某个政府机关。秀琪马上从自己挎包中找出通讯录翻看，终于找到了陈志超的名字和电话号码，她走到附近的公用电话亭，拨通了电话。

电话通了，秀琪说找陈志超，那边的人很警觉地问："找陈处长吗，请问你是哪位？""我是他的同学，我姓马。"

"好，请等一下。"电话转过去了，不一会儿就听到了陈志超拖着长音问："啊，哪位？""老陈你好，我是马秀琪。"

顿了一下，那边忽然爆发出爽朗的笑声，"哈哈，是小马啊，你在哪儿，好久没你消息了？"

"我来武汉了，嗯，我有点事想麻烦你。"

"啊，在武汉呢，太好了，咱得见一面儿呀，别说麻烦，有什么事，你说吧！"

"嗯，回北京的火车票太难买了，能帮我弄两张周五回京的火车票吗？"

"就这事儿，交给我吧！要两张卧铺吧？"

"哎呀，要是能买卧铺当然好了，不行有一张卧铺也行呀，给我老师，我有张坐票就行。"秀琪根本都不敢想卧铺的事，她觉得能买到坐票就不错了。

陈志超说："行了，你别管了，晚上我让司机去接你一起吃个饭，也请上你老师，告诉我你的住址。"

秀琪听了，不觉暗想，难怪他买卧铺票不成问题，人家官做大了，都能指派司机了呢。

傍晚，老师还是不太舒服，秀琪给老师吃了药，安排好，才去赴约。

陈志超特意选了家清真饭馆，他笑着对秀琪说："放心，我记着你的饮食习惯呢！"

几年不见，陈志超胖了，中年发福，肚子都挺起来了，脸上也泛着光，显然工作生活春风得意。秀琪进去时圆桌前已经坐上几位了。坐定后，他指着桌子上的白酒、红酒、啤酒问秀琪来哪种，秀琪不好意思地笑了笑，"都不会喝，我还是来杯茶吧！"

"那哪能行，大老远来的老朋友，不喝点哪行，开红的，你少来点儿！"陈志超命令似的对服务员说。

"真不行，要不你们几位喝吧，我真不会喝！"秀琪站起身拦住服务员。见她执意不肯，陈志超看了看他的几位陪同说："那咱就白的吧，看来她真不行！"

倒上酒、沏上茶，陈志超端起酒盅，"各位，我隆重介绍我的校友马秀琪博士。"

秀琪红着脸忙纠正："我还在读，还没拿到学位呢！"

"早晚的事！"陈志超又一一给秀琪介绍陪同的几位，秀琪听出，这几位都是各处的头头儿。

菜上齐了，大家喝着、聊着。

秀琪原来以为只是与陈志超的私人聚会，没想到他请来这么多朋友给自己接风，她很不适应这种场面。但转念一想，觉得这也符合陈志超的一贯作风，他就是这么豪爽且有动员力。

陪客的人不熟悉秀琪的研究领域，她也不关心官场的事，一开始还都客气地听对方的谈话，秀琪听有人夸陈志超年轻有为，有魄力，她不禁为朋友取得的成绩感到由衷的高兴。她不喝酒，但出于礼貌，还是礼节性地以茶代酒提议大家为今天的相聚举杯，表示了一下感谢。随后这些人自行推杯换盏，几个回合后，他们发牢骚、讲段子，场面变得有些尴尬。

陈志超对坐在自己身边的秀琪苦笑了一下："小马，你还是跟在学校时的样子差不多，没多大变化！"

"你变了不少，真有大干部的样！"

"别笑话我了，身不由己。"

秀琪记起毕业前夕，她和陈志超的一次对话。在学校的四年中，由于是同一个社团的成员，他们接触的机会比较多，又都是老三届，所以相互成了好朋友。

快毕业了，大家都在准备填毕业志愿表。一天，在图书馆门前陈志超见到秀琪，"小马，方向定了吗？你们北京的肯定会留在北京，选个部门就行，你想去哪儿？"

秀琪有些犹豫不定地说："研究生考试最后的成绩还没出，其实我也没拿定主意要不要直接上研究生。先工作两年也行，我年纪也不小了，对家里没什么贡献，再继续上学心里有点过意不去。"

陈志超鼓励她："你成绩好，是搞学问的料儿，不上研究生可惜了，再说，又不需要你挣钱养家，你就跟你那对象谈好，顶多让他再等你几年呗！"

听陈志超提起对象，秀琪没吭声，除家人和胡同里的姐妹外，她没把自己跟子轩分手的事告诉任何人。

“你呢，准备回青海吗？”

陈志超摇摇头，“那地方我肯定不想回去，你没听人家调侃我们吗？说我们那里是‘一个公园，两只猴；一条街上一岗楼，一个警察看两头’。就那么个小地方，发展太慢。我父母都是支边去的，我在老家湖北上到初二才去的青海，我正在想办法，看看湖北有没有名额，如果有的话，我想到湖北去。”

“如果真能去湖北的话你准备去干什么呢？”

“最好能进机关，不行去教书也可以。”

“你还想进机关呀，你是想当官儿吧！”秀琪逗他。

“大多数同学都嫌机关挣钱少、限制多，其实我觉得机关机会多，能让咱发挥作用的时候在后头呢。”听他这样说，秀琪觉得陈志超很有远见，加上他平时就表现出的号召力，点点头说：“嗯。我觉得你适合到机关当干部。”并且握着他的手说：“苟富贵，勿相忘！”

趁着酒意，陈志超对秀琪说：“小马啊，还是读书好。读书人多单纯，这官场真不好待。”

“你当年的理想不就是进机关吗？你看你现在做得风生水起的，都当上副处长了，不挺好吗？”

“好什么，你不知道，有些事想干也搞不成，扯皮、拉锯的。”

“你现在负责哪些方面？”

“文教。”

“没干老本行呀？”

“当年来这边就说好了的，文教缺人。”

“还要下乡吗？”

“经常的事呀，到下面走走还真发现不少问题。”

他看着秀琪，“你还研究历史？”

“我现在搞民族研究。”

“还是搞经济的吃香，你看南方现在的发展趋势，就拿武汉和广州比，都是省会城市，以前发展的速度差不多，武汉九省通衢位置优越，在地理上武汉比广州还好一点呢，但是，1978 年以后武汉渐渐落后了，主要是这里”，他指了指脑袋，“观念不行！”

随后他又补充说：“我正在考虑要不要到南边去，现在南方发展得快！”

秀琪惊讶地看着他，“调动还是辞职？”

“辞职呗！”

“辞职？你要放弃现有的一切？”

“要南下就得辞职，我想下海！”

“下海经商？”

秀琪对他的勇气大大夸赞了一番，接着问了句：“你儿子呢，快上中学了吧？”

“儿子让我媳妇儿带走了，应该说前妻带走了。”陈志超喝了口酒。

“什么？你离婚了”。

“嗯，准确地说不是我要离婚，是人家跟我离婚。我把她的户口也从青海弄来了，人家后来看不上我了。”

停了一会儿，陈志超打趣地说：“哎，对了，我还以为你早去日本找你那留洋的对象去了呢？”

“我们也分手了。”秀琪平静地说。

“这都怎么回事儿啊！”陈志超愤愤地拍了下桌子。

“他去美国继续发展了，是我不想拖着，就分手了。”

看到陈志超用关切的目光看自己，秀琪微微一笑：“我觉得我现在每天的时间都不够用，根本没时间考虑个人问题。”秀琪两手一摊。

陈志超歪了下头，咧咧嘴。

有人过来敬酒，打断了他们的谈话。

看时间不早了，秀琪跟陈志超说：“老陈，谢谢你，我得回去看看老师了，今天就到这儿吧！”

散了，陈志超执意亲自将秀琪送回宾馆。分手时，秀琪把要退的票递给他，陈志超接过票告诉秀琪，周五下午五点接她和老师先去吃饭，然后送她们去火车站。秀琪听了马上说：“吃饭就算了，直接去车站吧！”

陈志超推了她一下，“进去吧，明白你的意思，我会安排的，这回不叫别人了！”

这天，顶着刺骨的寒风，宋长生在前面蹬着从崔三儿那儿借来的板车，上面拉着一个写字台。艳敏骑一辆崭新的紫红色永久女式自行车跟在后面，从广内大街由东往西而来。秀琪恰好这时从菜市场买鱼出来，看见了他们。

见到秀琪，宋长生拿脚往前一踩刹住车，艳敏也停了下来。

“你们俩置办了新家具，艳敏姐还换了新车呀？”秀琪看着板车上的写字台，又看了看艳敏的新自行车。

艳敏说："不瞒你说，我在家办了个辅导班，挣点外快。家里来的孩子多，没地方写作业，一个学生家长给弄的内部票，比家具店里的便宜点。"

"辅导班？真有你的！"

"小辉上了市重点高中后，他们学校请我去做了一回报告，好让别的家长了解怎么协助老师辅导孩子。谁知我这一讲，连毕业年级的老师都觉得有用，还要跟我切磋经验，这事不知怎就传出去了，街上个别学生的家长直接找上门来。起初，来一个人我就把自己的经验简单给人家介绍一下，可我觉得他们似懂非懂的，后来，有人让我帮着给自家孩子辅导。你都不知道，都托到我表哥那儿去了，他不是在区里工作吗。又说好话又送礼，我没辙了，收俩呗。可口子一开就麻烦了。"

"你辅导学生哪科？"

"数学和化学"。

"化学你在行，你是学化工的，初中化学对你来说是小儿科，数学你也行呀？"

"这还不是强赶鸭子上架吗！小辉初三的时候，学校好多学生都报了课外辅导班，孩子回来跟我说也想报班。宋长生没二话，就一个字'报'！可你想呀，数、理、化都报就得上三个辅导班，得花多少钱？效果怎样谁知道，还不如我亲自上阵呢。"

"是呀，你当年那学习没得说！"

"可我多年没再碰过了，我去西单的书店买了一些辅导材料，费劲巴力地把初中学生的数、理、化摸个透。其实仔细分析起来初中数学代数部分难度不大，主要是教学生运算和应用，让他们掌握运算法则、顺序和方法后去计算就行。方程和不等式的应用，要根据题意和要求列出正确的式子解答，综合性比较强。代数部分最难的应该就是函数了吧，函数是代数与几何的结合体，这部分需要多练习，还需要细心和耐心，从基础运算开始，再逐步拓展到综合运算和应用。几何部分知识点比较多，关键是教学生如何理解和运用。我陪小辉做了不少的代数题，几何部分就要求他掌握每一种图形的定义、性质和判定什么的，重点训练提升他的分析能力、应变能力。”艳敏说得眉飞色舞。

“真是可怜天下父母心！小辉有你这么优秀的妈妈能不出色吗？”

“小辉还拿过区里中学生乒乓球比赛的亚军呢！”宋长生在一旁插嘴。

“得了，得了，就怕埋没了你的功劳。”艳敏指着宋长生对秀琪说。“主要是他经常带孩子到单位和厂里的大人一起打球。有一回，我发现孩子手黑乎乎的，书包里装着一摞脏兮兮的烟盒，我拉过小辉就一顿暴打，把书包也扔出去了。宋长生紧着劝，又是帮孩子洗澡又是刷书包。这孩子以后再也不敢扇烟盒、欻冰棍儿棍儿了，放学经常去他爸单位。”

“是的，一切功劳归于您！”宋长生对艳敏点着头。

“辅导班一周几次呀？”

“一开始是一对一的辅导，星期天下午，4个学生一个接一个错开时间来，每次一个半小时，从下午1点一直到7点多钟，太累人了。后来，人多了，我把他们分成了三拨儿，每次4个学生。每次时间还是一个半小时，每人收费减半，但学生多了收入也多，整体占用的时间却短了。”

“嗬，会算计！”

“我和儿子惨了，星期天她一上课，我们爷俩就得躲出去，小辉去图书馆，我在胡同口看人下棋。”

“甘蔗没有两头甜，你忍着吧！”艳敏瞪了宋长生一眼。

秀琪说：“正好，我们所里一个老师的小儿子已经参加了好几次高考了，成绩一次比一次差，她急得不得了，说这孩子主要是基础太差，想找人补习初、高中的课，多花点时间从头补起，你给帮个忙呗？”

艳敏听了，马上摇头，“最怕这样的孩子，没法教。”

“行啦，艳敏姐，给个面子，让他来试试呗，你说个价。”

“他住哪儿啊？”

“灵境胡同那边。”

“有点远啊！”

“那孩子骑车过来，不怕路远。”

“就看在你面子上，让他来，我先看看吧。”

“行，那说定了，补课费他们家不成问题，到时你看着办吧。”

宋长生见秀琪提着菜和鱼，就示意秀琪坐到他的板车上，顺路拉她回家。艳敏白了他一眼，“你赶紧走吧！人家秀琪什么身份，一个大博士坐你的板车，衣服都蹭脏了！”

“还是坐我的二等吧！”艳敏拍拍自己的新自行车后架。

秀琪乐了，“博士生算什么呀，咱还不都是老百姓！坐板车也不丢人。只怕我这么沉艳敏姐你带不动我！”

艳敏看了看秀琪，“你一点儿没胖，不过好像是比以前结实了。”

“我这几年东跑西颠的体质好像还真的比以前好很多，行了，我走这几步就当锻炼了，你们快回去吧，别管我，我顺路兴许还买别的呢！”说完冲他们挥挥手。

“秀琪，这份儿是你的。”秋云一进屋，笑嘻嘻地递给秀琪一个信封。

秀琪接过信封打开一看，顿时脸上显出不悦。

“秋姐，你这是干什么？”

“别嫌少，你姐夫说了，这不刚起步吗，等以后发展起来，咱就……”

“你还当我是你妹妹吗？要还是，你就收回去，不然我生气了！”

“呦，这是规矩，现在都这么办，你还是见得少！”

“什么规矩不规矩的，我反正不要，你的事办得顺利就行。”

“顺利，顺利，这还不多亏了你的引荐。”

两个月前一个星期四晚上，秀琪接到秋云打来的电话，说她周六回来，问秀琪这个星期天回不回家。秀琪近来正忙着论文开题的事，没打算回去，因此，迟疑了一下。电话那边秋云说：“呃，我就回来两天，你要是回来，咱就见一面，要是这周不回来呢，那就等下次了。”秀琪听出秋云好像有事找她的意思，就说：“我近来是有点忙，有什么事吗？”秋云拉着长声说：“想你了呗！见面说吧！”

秀琪觉得秋云几个月才回来一次，既然她这么说，自己也不好再说什么也就答应了。

周六下午四点多钟，秀琪正收拾东西，周末人多、车挤，她想早点回家，就在这时宿管员说有电话找她，是秋云。“秀琪呀，你什么时候出来？”

“我马上就出门！”

“是这样，蔷蔷今天正好白天有空，我们娘儿俩这会儿正逛西单商场呢，一会儿五点半你直接到又一顺等我们吧，咱一起吃饭，我请客。”

秀琪笑了：“秋姐发财了？”

“嗯，反正你回家也是一个人，就别再做饭了。”

秀琪先到了清真又一顺饭庄，见人不多，就找了个靠窗的小桌坐下来。服务员拿来菜单，秀琪微笑着告诉她稍等一会儿，人来齐了再点菜。服务员给她倒了杯白开水，秀琪掏出报纸看起来。

快六点钟的时候，秋云和蔷蔷进来了。只见秋云穿一件紫色碎花的柔姿纱连衣裙，脚蹬一双黑色坡跟皮鞋，脑袋上的头发烫成大波浪，手上挽着一个棕色小皮包。蔷蔷背着个草包，里面好像装了不少东西。蔷蔷已经变成一个大姑娘了，个头不矮但却像个豆芽菜一样：瘦瘦的、瘪瘪的，像没有发育好，完全没有秋云丰满体态的遗传，戴个小眼镜，神态与李自信很像。蔷蔷现在是一家大医院外科的护士。

秀琪放下报纸向她们娘俩招招手。等秋云走近，秀琪上下打量着秋云：“秋姐，变样了，好时髦呀！”

秋云哈哈笑起来，“别笑话我们这乡巴佬儿，不就穿了条连衣裙嘛，这是在我们县里做的。看，又买了几块料子，这回让玉玲帮我做，还是玉玲做的样子好看。”说着，接过蔷蔷的草包，拿出几个用白纸裹的衣料卷儿解开上面的纸绳抖开给秀琪看。

“买了不少呢，都是你的？”

“也不都是，有送自信他们领导老婆的，还有我们单位领导的。”

“这是我给自己选的。”秋云指着其中的两卷儿说。

“我这叫老来俏，其实你穿花连衣裙才好看呢！”

“算了吧，我不爱穿花的！”

“你回头穿件试试，准好看！”

“是呀，秀琪姑姑，您穿上准比我妈穿着好看，她还穿紫色的，人又不白净，一点审美都没有。”蔷蔷在一旁评论着。

“这孩子老瞧不上自个儿妈！”秋云瞪了一眼蔷蔷。

她们三个人点了一盘醋熘木须、一个素烧茄子、一盘炒麻豆腐及一份酸辣汤，每人一碗米饭，边吃边聊。

秋云单刀直入地对秀琪说：“我也学着做生意了，现在有点门路的人不都做吗？我想问问你，你们研究所印不印文件、名片什么的？”

秀琪停住筷子想了一下：“所里有文印室，少量的文件材料他们给印，多的，好像拿出去印。有个藁城那边的印刷厂和我们有合作关系，我还跟所里的老师去过一次那个厂子呢。”

秋云听了眼睛一亮，“藁城多远呢，离北京差不多有三百公里了”。

“可不是吗，下了火车还坐汽车，去一趟挺折腾的呢！”

“你们名片在哪儿印？”

“名片？那东西能印多少呀，一盒百十来张，不开会的话也发不出去多少，印一盒且用呢！都是自己找个小店就印了。”

秋云跟秀琪解释：李自信跟人在当地合伙开了家小印刷厂，搞点副业，目前还在起步阶段。最近看到人们见面动不动就掏张名片出来，觉得有生意可做，就进了台印名片的机子。可县里小地方哪有那么多人印名片，秋云就帮着到处拓展业务。

秋云鼓动秀琪："跟你们所里的领导说说，把大家伙的名片拿我们这儿印，量大优惠多，公家省钱，你还有你们领导我们也都给回扣。"

秀琪听了这话像看陌生人一样打量了一眼秋云，"我只是个在读博士，所里的事我没有机会参与。我导师是个严谨的人，她也只会作学问，不做生意，老师的名片好像还是我在街上找个小店印的呢，从没听她说找所里报销这回事。"

"嗨，这还不是领导一句话的事吗，统一印名片规格一致、效果好，关键是只要他们了解了其中的好处不会不同意的。"

"就算领导同意给大家集体印名片，你们县离北京大老远的，所里老师们印个名片儿还跑你们那儿去？"

"这你不用担心，我们有车给你们送，保证不会耽误事。印文件、书什么的也都行，还可以先接你们领导过去考察一下。"

"秋姐，没看出来，你还真的会做生意。"

秋云咧嘴一笑："哎呀，现在都什么年月了，我看你是读书读傻了，现在谁不想办法赚钱呢！"

听秋云这么一说，秀琪眼前浮现出去年去藁城的情形。

去年 7 月，秀琪帮导师报账找主管副所长签字，一进门，副所长就指着秀琪说："小马呀，你要是能腾出一两天时间就陪张老师去趟藁城，给所里印一批会议资料，我正愁她一个人去不太方便呢。"就这样，秀琪陪所里后勤部门的张老师，奔了藁城。

藁城在河北省的西南部。坐了好几个小时的火车到了车站，一个小伙子正举着一张写着张老师名字的纸板等在站台上。随后，把她们接上一辆面包车拉到县城，直接开到了一个清真饭馆。见秀琪有些诧异，接她们的人说："你们领导已经交代过了，说马老师是回民，你们放心，藁城也有清真饭馆呢。"那顿饭连司机带接待的人总共才四个人，小伙子却要了满满一桌子菜。那天，经过几个小时的颠簸，天气又热，秀琪和张老师根本没吃几口。两个人都觉得过意不去，接待的人嘴里一边说着"没关系，不能慢待了北京的贵客"，一边叫过两个服务员，七手八脚地把菜打包装上车。

到了工厂，秀琪和张老师都傻了眼，说是厂子，实际上就是个农家院里的作坊。当时秀琪和张老师实在不明白，为什么大老远的，领导要把资料安排到这里印。

临走时，厂家还送了她们每人一盒类似挂面的干面条。说这是当地传统风味食品，用精粉、精油、精盐为原料，经独特工艺而制成，条细空心，油亮洁白，粗细均匀整齐，尤其适合老幼病人吃。

秋云的举动，算是让秀琪解开了去藁城印刷的谜团。

秀琪着实感到为难，她跟所里领导不是很熟，让她跟领导提赚钱、回扣之类的话她觉得自己羞于开口，并且觉得这种事压根就跟自己不沾边，但看到秋云期待的眼神，觉得实在没法驳她的面子。想来想去，秀琪硬着头皮说："这样吧，秋姐，你周一再走，跟我去趟所里，我把你介绍给负责后勤的副所长，你自己跟他谈。"

"嘚嘞，有你这话我就放心了！吃菜呀，别凉了。"

秋云到永清后一直在农村信用社工作。自打生了儿子以后，她上班就三天打鱼两天晒网的，大部分时间都在家照顾儿子。

上次陪玉玲去永清，秀琪就看出来，李家全家人都宠着小二，秋云更是娇惯这孩子，恨不得要星星给星星，要月亮摘月亮。

“秋姐，小二今年上三年级了吧？”听秀琪提到小二，秋云来了兴致，就像打开了话匣子。

“小二可聪明了！学习好，像他爹！小二啊，能说会道，简直就是个开心果。在学校里也是个头头，好多孩子都跟着他转。”

秀琪见秋云一口一个小二，再看看低头吃饭的蔷蔷，不免替蔷蔷抱不平。

“秋姐，不是我说你，你该多关心一下蔷蔷，看她瘦的，上夜班不得休息，小脸都黄了。这孩子能到大医院当护士，全凭自己努力。海大大上岁数了身体不好，家里的事都是蔷蔷帮着做，这孩子真懂事。”

听秀琪夸自己，蔷蔷说：“我妈眼里只有我弟弟！还是秀琪姑姑好！”

蔷蔷初中毕业后没有上高中，她选择上了护校。就是想早点儿出去工作，早点自立。母亲不在家，平时有事跟姥姥也没得商量，大多都自己拿主意。秋云觉得，女孩子当个护士虽说累点儿、脏点儿，但倘若能分配到大医院工作，接触的人多，医院里有好多年轻的大夫，将来不愁嫁个好主儿，也是很不错的嘛。所以当蔷蔷提出来时，秋云很高兴，马上同意了。

秋云看了看秀琪，又看看蔷蔷，堆起笑脸：“我们闺女是好样的，可让我省心了，要是再上点心给我找个大夫做女婿，我就没急着了！”

“妈，你老瞎说什么呀！找大夫、找大夫的。”蔷蔷不乐意了，把头扭到一边。

“不找大夫，让你秀琪姑姑帮忙，咱找个知识分子也行啊！”说着冲秀琪扬了扬下颌。

“你真行，还真把这笔买卖做成了！”

“那是，就奔着成功去的”秋云得意地一笑。眼前的秋云，衣着打扮、说话做事都与从前不大一样了，让秀琪感到陌生。再看身边的朋友、同学、发小，他们自觉或不自觉地被商品经济的大潮裹挟着推向前方，虽然他们挂在嘴边的“下海”“外快”“回扣”自己觉得新奇又陌生，但从他们忙碌而充实的日常生活，亢奋的神情，秀琪感觉到时代的巨变。置身在新时代的大潮流中，自己不随波逐流不代表别人的做法有问题。想到这儿，她搂住秋云，把信封塞回到秋云手里，“替我谢谢姐夫，祝你们生意兴隆！”

丁家的新闻

“出什么事了？”

老丁家街门外几个妇女和孩子正扒趴着门缝儿往里看，胡同里经过这里的人大老远地都觉得好奇怪，不禁停下脚步打听。

“有热闹看了！”

“刚才买美霞露面了，还抱进去个孩子。”人们这才想起，好像的确有些日子没见到买美霞了。

“我没瞎猜吧，她生孩子去了，半年前我就觉得她不对劲儿！”满丽得意地说。

“男孩女孩？”

“不知道。”

“要是男孩还值得豁出去，要是女孩，哼！”

“甭管男女都不给上户口！”

“真不知道寒碜，这么多孩子了还生。”

“好生不好养呀，怎办呀？”

丁家出新闻了。不到半天，胡同里男女老少几乎都知道了。

大半年前，买美霞怀孕了。丁老四劝她打掉，她不肯，丁老四说：“这年头‘超生’根本就不给上户口，还要罚款呢，咱哪有那闲钱。再说了，咱这岁数多丢人呢。”买美霞无限憧憬地说：“真主慈悯，说不定还是个儿子呢。”

“哎呀，都快娶儿媳妇了，还想儿子干什么？”

“儿子是你的，又不是我的。”

“你看你这农村老娘们儿就是心眼小。儿子虽说不是你亲生的，不是也跟亲生的一样吗？再说，咱还有俩闺女呢！”

买美霞把脸转一边去，不理会丁老四。可是这事儿终究瞒不住啊。

最早发现母亲不对劲儿的是平平。平平今年二十岁出头，出落得水灵灵的，已经在街上的副食店当了售货员。细心的她发现最近母亲脸色发黄，有时候还干呕，就关切地问母亲是不是胃不舒服。买美霞“哼、啊”地应付她，说可能是吃得不合适。

“要不要我陪您去看看？”

“没事，不用管我。”

几天下来，平平还是觉得不对劲。有时候晚上隔壁还传来父母的争吵声。

一天清早，买美霞眼睛红红地出来跟平平说：“你今天请半天假跟我去趟医院吧！”

到了医院，买美霞在挂号窗口说：“挂妇科。”一旁的平平心里嘀咕，母亲不是肠胃不好吗？看她脸色蜡黄，也许是肝的问题。就说：“妈，不对，你应该挂内科。”买美霞瞪了她一眼，接过号拉着她到了妇科分诊台。

买美霞先嘱咐平平坐在长椅子上等她，然后把号和就诊簿递过去，轻声说了声“计划生育”。护士抬头看了她一眼，“等着叫号吧。”

很快里面的护士出来喊买美霞的名字，她起身把外衣脱下，连手中的包一起递给平平后跟着护士进去了。

坐在长椅子上等着的都是一些二三十岁的年轻妇女。一会儿，有个跟平平年龄相仿的女孩儿凑过来悄悄地问：“你是做人流还是上环？”平平的脸唰地红了，“我等人呢！”

顿时，平平明白母亲来这里的目的了。她感到难堪、羞愧和厌恶。

这时候，只见门“咣当”一声开了。买美霞头发散乱，脸色涨红，衣衫不整地推门跑出来。嘴里还嘟囔着：“还不够听里面小护士数落人呢，老娘这也不是偷人得来的，有什么难看的？还不做了呢！老娘非把他生下来！”说着就要拉平平。

平平把母亲的衣服、包都扔到椅子上，转身跑了出去。

没过几天，买美霞托人开了张肝炎的诊断书，以身体不好需要疗养为由请了病假，回了河南老家。

买美霞虽然很早就被母亲带来北京了，但是在她的老家驻马店乡下，还有七大姑八大姨，叔叔、婶婶一大堆。所以老家就是她的避风港，一有事，她就会回老家去。在老家农村，生孩子根本不用去医院，村里就有有经验的老娘。农民的智慧无穷，当地人逃避计划生育的办法那真是五花八门。

她小表妹不满20岁没领证就办了宴席结婚了。没过久生下儿子，等达到了结婚年龄再去婚姻登记处领结婚证，已经有一个孩子的表妹还能再生一个孩子。巧妙地绕过了政策壁垒。

在买美霞头脑里，无儿等于无后，她一直想要个儿子。可十月怀胎孩子生下来了，偏偏又是个女孩。

孩子超生在北京肯定不给上户口，美霞婶子给她出个主意，等堂弟媳妇生了，一起报户口，就说生了双胞胎。美霞一听，心想，那可不成，俺闺女是北京人，弄个河南农村户口将来能有啥出息！她心里这么想，嘴上却跟婶子说："这孩子姓丁，她爹会有办法的。"

丁家小四儿抱回来了。

中国20世纪70年代流行的计生口号是"一个太少，两个正好，三个多了"。到了1980年9月，国务院已经向全国发出号召，提倡一对夫妇只生育一个孩子。北京作为首都，计划生育工作抓得很紧。

国家实行独生子女政策，二胎都已经不允许生了，怎么还能生小三？可孩子已经生下来了，又不能掐死。街道居委会的人像走马灯似的轮番到丁家来，让他们赶紧交超生罚款，而且明确告诉买美霞：这孩子不能上户口。

当人们来到丁家时，都被买美霞怀里这个长得白白嫩嫩的，睁着大大的眼睛不哭也不闹的小姑娘吸引住了。"多好看的孩子，可惜了！"

有一天有个人悄悄找上门来，问美霞想不想把孩子送人。买美霞听了气不打一处来，孩子是自己身上掉下来的肉，怎么舍得送人，她把来人直接轰了出去！

丁老四见这小闺女面若桃花稀罕得不了。他跟买美霞说："没户口就没户口，咱先紧巴点，把罚款交上，堵上他们的嘴，再想办法给孩子上户口，别人家的孩子怎么长大的，咱闺女也一定没问题。"

买美霞丢了工作。

静静放了学，总抱着小妹妹逗着玩。但是，平平一时接受不了这个小妹妹。她出门被人指指点点，心里窝囊憋屈，回家就跟买美霞戗戗："这么大岁数了，还生孩子，我都觉得脸红，别指望我给你搭把手。"

别人家有了孩子都是抱到胡同里、街上去，每天显摆着，听路人夸赞。自打买美霞生了老三，丁家就总关着门，这孩子基本上没出过院子。

老丁家的新闻还不只这些。买美霞生小三儿的事刚平息一些就又有新的消息传来。有人在街上看见玉玲，手挽着一个穿着大喇叭裤，烫着飞机头，戴蛤蟆镜的男人。

终于有一天，玉玲把这个男人带进了胡同，进了她家的院子。

哇，小胡同里的人们展开了无限遐想。这人是华侨吧？装酷的？难怪三十好几的女人不结婚，敢情想钓个金龟婿？

没一会儿，院子里就传出丁老四骂人的声音："什么东西，给我滚。"

"这也是我家，管得着吗？"玉玲的声音也传出来，接着就是摔东西的声音。

又有人扒在门缝上往里看热闹。"哗"一盆水，从门里泼了出来。人们猝不及防，大叫着散开了。门开了，静静端个脸盆瞪着两眼："看什么？有什么好看的，这点出息，听见打鼓上墙头，扒人门缝儿！"被水泼到的人心有不甘又不好意思发作，纷纷胡噜着衣服、头发，嘴里嘚啵："至于吗？"怏怏地离开了。

1979 年 3 月，也就是玉玲跟小波儿打得火热的时候，小波儿带她到北京民族文化宫看过一场时装表演。听小波儿说这个时装表演团是个叫皮尔・卡丹的法国时装设计师率领的。玉玲盯着台上那些穿着鲜艳、样式新颖的服装，扭着腰、提着臀，像猫一样走成一条线，露着长腿的模特看傻了眼。再看看台下观众身上穿的除了灰就是黑、蓝色，她觉得人家活得才叫精彩，自己要做服装也要向她们的靠齐。

跟小波的事不了了之以后，玉玲也不去招待所上班了，又开起了小裁缝铺。一个小裁缝，要想做出好服装，光有样子、手艺还不够，还得有好的面料和销售渠道。

玉玲通过胖子认识了一个倒卖服装的小伙叫勇子。勇子经常跑广州，偶尔给玉玲带回几件新潮一些的服装和相似的面料，玉玲照着做。一个人的作坊，能力有限，但玉玲做的服装根本不用拿到外面去卖，做好了就挂在自己的铺子里，有人来做衣服时，看上了就买走。这个小伙子家住北新桥，家里有父母和两个妹妹。但他自己在建外一个大院里租了两间房，自住加存货。玉玲和他交往了两年，两人有时还住到一起。他们准备攒点钱，把婚事好好操办一下。

可是，天有不测，勇子有一次进货的时候跟人发生了口角，居然还动了刀，把对方扎得脾破裂，经抢救才活过来。勇子因犯故意伤害罪被判了六年监禁。

六年的时间对玉玲来说太漫长。她去探监的时候跟勇子说："你别怪我不等你，人生有几个六年，咱们分手吧！”就这样，两人的事吹了。

1984年夏天，北京市决定在东安门大街东段、红桥工业品市场、骡马市大街、西单服装大楼门前广场等9处试办夜市。

夜市开了后玉玲拉着平平没少逛。

夜市上不但有小吃、冷饮、百货、服装，还有蔬菜、日用杂货、书刊、家具、电器及服务修理等摊点。来夜市摆摊设点的有国营的也有集体的，但个体的最多。夜市晚上五六点陆续开张，人群熙熙攘攘，有买东西的也有逛街凑热闹的。因为人太多了，有时妨碍交通，夜市时段，连交警都过来维持秩序。

近一两年玉玲最爱逛西单的服装摊，这里有不少香港服装。她在这些摊位前流连忘返，跟摊主们搭讪。她打听到广州站附近是倒卖香港时装的分销地。渐渐地，她萌发了到广州进货的想法。

这天，玉玲去找胖子。

胖子最近在倒腾烟，他在宣外他大舅子单位“三产”的小杂货店里租了个摊位。时不常地去广州那边儿进点儿“三五”“骆驼”牌的烟。

玉玲进去时，胖子正百无聊赖地趴在柜台上。见到玉玲，胖子忙打起精神。

“这是哪阵风把您吹来了？”

玉玲张口就问胖子：“你最近什么时候去广州啊？咱俩做个伴儿呗。”

胖子受宠若惊:“真是时代变了,要是我哥在,您都不拿眼夹我。”

“别提那王八蛋!

给句痛快话儿，行不行？”

“太行了，我最近还正想走一趟呢。”

就这样，玉玲跟胖子还有他的一位同伴，一起奔了广州。

玉玲没出过远门，自己带了面包、榨菜、煮鸡蛋，路上两天多时间，她竟没下车，也几乎没挪过地方，小心地看着行李。胖子他们走一路吃一路，车到站，就下去到站台买吃的，有时还给玉玲买点水果上来。

车过韶关，下起大雨，车窗摇下来，车厢里又闷又热。胖子本来就怕热，这一来，套头衫全湿透了。玉玲瞥了他一眼，拿出折扇替他扇风并感慨地说：“你们平时来来回回地也真不容易！”

“挤点儿、热点儿算个球呀，让人黑了才倒霉呢！这年头像我们这样的，没嘬过瘪子的有几个？”

他叮嘱玉玲，到了广州多看看、拿好钱，先别急着出手，他会帮她找熟人或等他进完货，陪玉玲多走几处批发市场。玉玲被胖子的仗义感动了。

胖子他们常来，有固定的落脚处。他们住在农林下路附近的一处小旅馆。三人到了后，胖子让玉玲回自己房间先洗洗、休息一下，他和同伴出去办事。

广州的白天湿热，飘来块儿云就下点雨。玉玲洗了洗，吃了点干粮，听胖子说外面乱，她又不认识路，就坐在房间里发呆。

窗外楼下，有几个细脖子大长腿，撇着八字脚穿黑色扣襻布鞋、半袖、瘦腿练功服，将头发盘在脑后的女孩子经过。看她们的样子像是文工团跳舞的，玉玲以前跟小波儿去部队大院时，见过不少这样打扮的女孩。她自己也曾想成为和她们一样的舞者，可是岁月不饶人。

玉玲情不自禁地又恨起小波儿。

大杂院里小波家早就搬空，他家的房子被人接收了，虽然没有再安排人住，但听胖子说好像有人管，经常锁着。

玉玲从永清回来不久，接到过小波儿一个电话。小波儿说他们家崴泥了。姐姐跟姐夫转业回到姐夫的老家浙江，把他妈也接去了。小波儿投奔了他父亲的一个老部下，现在在吉林白城。他问玉玲愿不愿去找他。玉玲听了冷笑道："你就不是个男人，敢作不敢当。"从小波儿失踪了以后，玉玲就看透了他的真面目，不想再和他有任何来往。

"唉，都说吃一堑长一智，我算看透了你！就算我没认识过你，咱俩再也不要有什么来往。另外，我告诉你。你小子回北京别让我哥看见，真让他看见了，小心把你的小细腿儿打折了！"这番话说完，她觉得特解气，听见小波儿的叹气声，她啪的一声撂了电话。

北京的商店大部分到下午五六点钟就关门了。夏天，晚上街上还有个别卖冷饮、冰棍的，其他季节，天一黑，人们回家后就很少外出了。老年间北京夜里有鬼市，但一般都是贩卖一些旧货，还有一些见不得人的赃物。现在虽然也有几处夜市，但相对集中，10点一过，基本就收摊了。

在广州，玉玲感受到广州人真正的生活仿佛在夜幕降临后才开始。

傍晚，临街的小店外都支起摊位，小饭馆、小吃摊前都陆续坐上了人。这里临街的房子几乎都带走廊，人们穿行于此，既可遮阳又可挡雨。灯光点亮了整座城市，车水马龙、人声鼎沸。烤肉串的香味混着炸臭豆腐的酸臭味儿从窗外飘进来。

胖子带着玉玲去见了个他在当地结识的朋友——五仔。此时，五仔正和一伙儿人坐在路边吃着烤串、喝着冰镇的珠江啤酒。

胖子把玉玲介绍给五仔，玉玲客气地跟五仔打招呼。五仔请他们坐下后对摊主说："老板，再来二十串儿"。玉玲忙说："算我的，再来6瓶啤酒。"五仔满意地看了一眼玉玲，操着广东腔的普通话问："你想进哪类服装啦？"玉玲说："我以前给人做衣服，也从咱这边买过点料子自己做了卖，现在看看，如果成衣好卖就批点成衣。"

烤串上来了，五仔示意胖子和玉玲一起吃，玉玲摆摆手，"我不吃，你们吃吧！"

胖子跟五仔说："她是回民，不随便吃肉。"五仔疑惑地看了看玉玲，"信佛的？我妈妈也信佛，她大素。"

玉玲见五仔根本没搞懂胖子说的，也懒得和他解释，就说："你们吃，我吃过饭了！"胖子抓起一串，一边吃一边说，"这家的料不错，刷的纯蜂蜜和烤肉汁，地道！"

听到"有你咁好气，有你咁长气……"的广告，玉玲便要了一瓶亚洲沙士。尝了一口，"呸！"一股风油精的味道，她皱起了眉头。五仔笑了，"喝不惯吧，它里面有一种那个自然草本植物冬青，清热解暑的啦，那股你不习惯的味道就是它的啦。"

五仔还是很在行的，他跟玉玲说，广州天气热，北京马上就是秋天了，不如进点羊毛衫一类的，回去准好卖。玉玲听从了五仔的建议，第二天早上，跟着五仔来到了广州站附近的白马市场。

市场内搭着棚，各个摊位、店铺前都挤满人，全国各地的人操着南腔北调地看货、讲价钱。羊毛衫算是紧俏的货，已经被抢光了，有的店铺只有样品，订单已排到 10 月了。看到没现货，玉玲心里怪痒痒的。五仔又带她去了另一个市场。全国服装看广州，广州服装看流花，流花服装看白马。白马没货，其他地方也没有。

见玉玲有些闷闷不乐，五仔想了想说，“我倒是认识一位港商，但他不是总在广州这边，要不要去他的店碰一碰运气呀？”

玉玲不想白来一趟，听五仔一说，马上表示同意，于是，两个人又坐车到了白云区。

真巧，港商黄先生上午刚到。

黄先生五六十岁，个头不高，人比较瘦，黑发梳理得一丝不乱，脖子上戴条小拇指粗的大金链子，手上戴着大马镫的金戒指，叼个烟斗。穿一身拷纱衣裤，坐在店里的茶桌前，电水壶里正烧着水。

五仔把玉玲引荐给他后，一见面，黄先生的眼神就再也没离开过玉玲。

“幸会、幸会，丁小姐天生丽质，能认识丁小姐真是荣幸。”他轻轻握了下玉玲的手，“请坐”。然后他用茶勺盛了几勺茶叶放进紫砂壶里，将烧开的水倒进壶中洗茶后倒出，又用茶镊夹起一只只小茶碗也一一用开水冲洗一遍，再将开水二次注入紫砂壶，停了几秒，倒上三碗茶，指着它们说：“请，喝茶！”

黄先生真是豪爽，不但答应了玉玲 200 件羊毛衫的订单，还问她，“200 件够吗？”

“这就麻烦您了，我先订这些探探路子。”玉玲真诚地说。

“毛毛雨啦！”

聊完生意，黄先生说：“晚上可不可以请丁小姐赏光一起吃个便饭？”

玉玲听了马上说：“谢谢黄先生，我和朋友明天就回北京了，晚上还要买点东西带回去，下次再找机会吧。”

黄先生说；“请你的朋友一起来呀，想去哪儿，我有车的。”

五仔示意玉玲接受邀请，他好像想起什么，说了句:“丁小姐吃素。”

“好啊，好啊，我会安排的！”

玉玲见不好推辞就只能答应了。

广州的素菜馆真是讲究，黄先生请他们吃的这家素食馆，是个老字号，以经营素菜、素点为特色，黄先生点了不少，其中有一道名菜“鼎湖上素”。

这“鼎湖上素”是用“三菇”（北菇、鲜菇、蘑菇），“六耳”（雪耳、黄耳、石耳、木耳、榆耳、桂花耳）以及发菜、竹笙、鲜笋、银针、榄仁、白果、莲子、生筋等原料，用芝麻油、绍酒、酱料逐样煨熟，再依次排列成十二层山包形上碟。其色彩雅丽，层次分明，鲜嫩爽滑，清香味美，极富营养价值。

他们边吃黄先生边介绍这道菜的历史，显然他经常来吃。他说，“这道菜是鼎湖山庆云寺首创的。有一次，庆云寺的僧人来广州拜访六榕寺，在当时的西园酒家吃饭，把这个菜的制法传授给西园的厨师。此后，西园便把它作为招牌，摆酒席列为第一道菜上席，鱼翅都得排在它后面呢！”

他让玉玲放心吃，说绝对是素食。这顿饭是玉玲从北京出来后几天来吃得最香的一顿。

吃完饭，黄先生接着又请大家到附近一家酒店二楼的音乐茶座，这里有专门的乐队演出，有广东轻音乐，也有人演唱香港的歌曲。

丝竹声声、穿着暴露的女歌手搔首弄姿地演唱着香港的流行歌曲，胖子等听得入迷。

黄先生眯起眼睛看着玉玲，“丁小姐还满意吗？”玉玲觉得人家港商就是会做生意，订了区区200件羊毛衫就请自己和朋友吃饭、听音乐，人家这是在拉回头客。她想给他点希望，就说：“黄先生放心，认识您了，我卖得好以后还会跟您再订。”

“好啊，下次有机会请丁小姐过中英街那边看看喽。”

玉玲听了心一动，“好，说定了。”

自打认识了黄先生，玉玲的人生就像开了挂。

200件羊毛衫很快就卖光了。玉玲又进了500件，虽然卖了有一阵子，但总算都出手了。过了年，玉玲索性关了裁缝铺，租了两间小门脸儿专销从广州运过来的港货。

从第二次去广州起，玉玲都是独来独往。每次都是先联系上黄先生，由他给安排。算起来也去过七八次了。

这世界，女人的姿色就是让男人臣服的迷魂药。玉玲通过和小波儿、勇子交往得出结论：激情最容易坏事，自己三十好几了，不趁自己容颜未衰抓住最后的机会，自己可能就完了。她不想过穷日子。既然不能嫁进高干家庭，嫁个香港佬也蛮风光的。她听黄先生多次表示过，他死了老婆，虽有儿女但都大了。一个男人看上自己的那种感觉她体会得到，但她这次不想轻易把自己送上去，她懂得该如何吊足老男人的胃口。

黄先生追求玉玲是舍得下本的，玉玲一天一身新潮衣服，各种香水、手包也常换常新。买美霞最先发现玉玲脖子上多了条带一个小金坠子的金项链。她拦住玉玲，“让我瞧瞧，咋还戴个佛呢？这可不兴！”

玉玲看了她一眼厌恶地说：“别瞎咧咧，这是财神。”

“财神也不兴戴呀！主哇，连这都忘了！出门在外还记得自个是回回吗？”

听买美霞这么说，玉玲忙摘下链子放进自己衣服口袋里。“戴着玩的，何必当真！”

穆斯林没有偶像崇拜，也不用动物形象做装饰，所以，不该戴佛像、财神。这点，在牛街长大的玉玲心知肚明。但黄先生送她的，一高兴，戴上忘记摘下来了。

当玉玲觉得水到渠成之时，她决定把黄先生带到北京跟哥哥们见一面。

黄先生住在建国饭店，接到他，安排妥当，玉玲回家先给哥哥们吹风。

丁老四知道妹妹搭上个港商，生意做得挺顺，他从玉玲有意无意的话中听出点意思，问过玉玲，这人多大岁数？玉玲说也就四十来岁吧。考虑妹子也老大不小了，他也就没好意思说什么。

周六，黄先生在鸿宾楼请客，丁家能去的都去了，大大小小足足坐了三桌。

为来北京显得年轻一些，黄先生特意将头发烫成大波浪。这天，他穿一双尖头白皮鞋、白裤子、花衬衣。当黄先生摘掉墨镜的那一刻，丁家人顿时都傻了眼。四十来岁这模样？少说也有六十岁了。

好好的一顿饭，有点倒胃口。丁老四席间问起黄太太哪年去世的？黄先生一愣，接着支吾着端起茶壶，“四哥，喝茶”，把话儿岔开，丁老四听他叫“四哥”，起了一身鸡皮疙瘩。

饭局散了，丁老四把几位哥哥请到家，他说：“这老小子有问题，我问他媳妇哪年去世的，他不回答！心里一定有鬼，咱得看着点玉玲，可别昏了头！”

二哥说：“玉玲要是愿意当冤大头咱有什么法子？”

丁老四一听嚷嚷起来：“姥姥！别给老丁家丢人现眼，我眼里不揉沙子，咱哥几个可得一致，败坏门风的事容不得。咱还得在这街上混呢！”

买美霞听到这儿，轻轻“哼”了一声。

玉玲铁了心跟定黄先生，还把他带进丁家老宅，这就有了前头提到的那一幕。

玉玲收拾了个小包，刚挽着黄先生走出家门，丁老四就在她身后“哐当”一声关上了大门。

秀琪从南到北跑了大约 10 个月，田野考察回来后听艳敏讲起丁家的这些事，心中五味杂陈。有些她知道，有些根本没料到。她想找个时间跟玉玲好好聊聊。

刘家纾困

秋天的北京五彩斑斓、如诗如画。哪里没有金黄的银杏叶、火红的黄栌叶，可以红墙绿瓦和充满人情味的胡同做陪衬的地方只有北京。秀琪和在京的大学同学们相约周日去香山秋游，以赏叶的方式纪念十年前的相识。

周六下午，秀琪打算买点小吃和酱牛肉第二天带去。她来到街上，在输入胡同一个熟肉摊前她发现了一个熟悉的身影。这摊儿实际上就是一辆小三轮车，上面放块大木板，木板上放个玻璃框子，罩着里面的两大不锈钢方盘的熟肉和一块案板、切肉刀、一次性手套。车把上挂着个布袋，里面有一摞新的大、小号塑料袋。艳芬脖子上挂着个放零钱的小包，正麻利地给客人称酱牛肉。

艳芬虽说是有三十四五岁，但显得比实际年龄大了不少，跟艳敏站在一起，人们一定会把她认作姐姐。她穿着茶色卡其布夹克、牛仔布裤子，人造革面的皮便鞋，头发随手往上一卷用个大发夹在上面一夹，手上虽然戴着一次性的塑料手套，但透过那层薄薄的膜，看得到她的手又黑又粗。

等客人走了，秀琪走过去轻轻地招呼了一声："艳芬！"

"秀琪姐，听说你回来了。"

"回来三四天了，一回来洗洗涮涮，收拾收拾，还说过去找你们聊天呢！"

"来，我给你切点，你拿回去尝尝，我自己做的。"

"呦，真行啊你！"

"没法子，孩子大人要吃要喝。"艳芬说着眼圈红了。

"你这怎么卖呀？"

"什么怎么卖，你拿走就是了。"艳芬切了一块牛腱子正要往塑料袋里放，秀琪拦住她，"艳芬，我是帮同学买，你再拿一大块儿，给我称好。"秀琪怕艳芬不收钱，编了瞎话。

"真的吗？"

"真的，真的，该多少是多少。"

给了钱拿了肉，见周围没有其他顾客，秀琪就站在旁边跟艳芬聊了几句。

"不去服装厂了？"

"唉，说是服装厂，一大半都是没啥文化的大妈，几十个人挤在五间临时房里，每人一台缝纫机，挣钱少不说，女人间还总闹是非，小军越来越离不开人，总让我妈帮忙也不落忍，她那么大岁数了，看不了小孩子了，我就和我姐合起来请了个小保姆。"

“干这个挺辛苦的,不过你那么能干,回头客多了生意会好起来。”

“街上的人都挺照应我的,我的感应(命)还不错,我回来要不是二伯出主意,大家帮忙盖房子,现在还住地震棚呢!”

“我爸爸在时常说,日子再难,咬牙挺住就会熬过来!”

“但愿吧。”

“走了,需要帮忙你吱一声啊!”

艳芬和爱人周强曾是同一个知青点插队的知青,他们待的是个穷地方。一片泛着白霜的盐碱地,只能种玉米、谷子、高粱和土豆。一开始,知青们不会干农活,但后来也学着本地人的样子,春天锄地给玉米间苗,夏天收玉米,秋天刨土豆、收谷子、打场,就连冬天也得顶着塞外刺骨的寒风出工往地里送粪、挖排水沟等,每天累得收工后就不想动弹。劳累了一天,连窝头、小米粥、蒸土豆就腌酸菜也不能吃饱。就在那战天斗地的艰苦环境中,艳芬和周强这一对来自大城市的男女知青,在劳动中互相帮助、生活上相互关心,在苦涩的日子中结下友情,进而发展成爱情。几年后,当地工厂来招工,队里推荐了周强,而周强主动把招工的指标让给了艳芬。

周强的父亲是二七机车车辆厂的工人,临近退休,在工伤事故中去世了。厂里照顾他们家,答应可以安排一位子女顶替进厂,于是,他家里把还在山西知青点插队的周强报上去了。

不管别人怎么看,闺女能回北京可不是件容易的事!这些年谁家没有军垦、插队的子女,大家都使出浑身解数找门路、想办法往回弄人,刘家是普通人家使不上劲儿,艳芬又不是那种偷奸耍滑的人,装病、偷懒的事做不出,因而也不能办病退,艳芬能回来据说全凭女婿家出力了，这或许是刘家接纳艳芬两口子的原因。

周强在长辛店上班，住宿舍，一周才回家一两次；艳芬没有合适的工作，在街道办的服装厂干了几年。老大是个女儿，在6周岁左右得了肺炎，耽误了，孩子没了，一家人伤心了好久。大前年又生了儿子小军。

有一天，哥哥给她送过来两条牛腱子，艳芬炖好后捞出来，尝了一小口，觉得味道不足，就又用小锅盛了点肉汤，把炖好的牛腱子重新放进去在火上烧开，加上点干黄酱、冰糖继续小火咕嘟着，时不时地翻动一下，四五十分钟后出锅，盛到一个小搪瓷盆里泡着。

晚上吃饭的时候，艳芬给母亲端上一小碟切好的酱牛腱。艳敏正好进来，夹起一片放进嘴里，惊呼："不错呀，不比月盛斋的差呀！"艳芬听了姐姐的夸赞，嘴上说："说的邪乎劲儿的，我这是蝎虎子掀门帘——露一小手！"但心里挺受用。

孩子爱喝乳酸菌饮料，艳芬听说牛街街面上有家小店批发，这天下午，就趁孩子睡着的工夫跑去给孩子买饮料。

经过输入胡同西口时，见已经有小摊贩陆续在胡同两边支起摊儿、生起炉火。这输入胡同早先叫熟肉胡同。这条东西向的胡同在牛街的胡同中相对较宽，这两年，胡同西口，靠近牛街大街的地方，摊贩较集中。卖熟肉的、卖切糕的、卖烧饼的、卖羊肉串的、卖各种炒货的一到下午就挤满了胡同的两边。

艳芬好久没往这边来了。走着走着，她看见一个熟人，坐在自己的小摊前正低头穿着羊肉串。那不是小寺街的沙二哥吗？艳芬走过去，站到他的摊位前。沙二哥一抬头，看见了艳芬，一边笑着跟她打招呼，一边不停手地穿着肉串儿。

“买卖怎么样？二哥。”

“凑合吧，反正，一家人得吃饭、活着啊！”

艳芬的日子过得紧紧巴巴，周强一个人的收入不足以养活她们娘俩，孩子断奶以后，她正想出去找份工作。从沙二哥忙碌的身影里，艳芬看到了生活的希望。因此，趁机跟他打听起来。

“摆摊收税吗？”

“不收，摆摊都是自发的，街道照顾咱们本街上的人，偶尔，上面下来查卫生、治安，街道上就提前通知，不许摆出来了。一般大伙儿都是下午出摊，就半天，不过，拉点晚儿也没问题！”

回到家，艳芬就琢磨起来。自己何不也摆个小摊呢？爸爸刘五爷早年就靠卖切糕养活了全家，那时自己还小，但后来怎没想到趁父亲在世时跟他学学手艺呢？她真有点儿后悔。不过，切糕这种小吃讲究当天做当天吃，放到第二天硬了就没法卖了，尤其热天，早上做的到晚上就会变酸。

“姥姥，我下班了，给您！”

“呦，买酱牛肉了，你明天带饭吗？”

“明天我休息。”

“咱还有烙饼呢，一会儿我熬点绿豆粥，拍根儿黄瓜，咱娘俩就不炒菜了。”

听着窗户外面传来的蔷蔷和海大大的对话，艳芬心里似乎有了主意。

半个月后，艳芬出摊了。

第一次出摊，艳芬见了熟人先脸红，也张不开嘴吆喝。

这一天，一直到晚上快九点了，周强下班儿来接艳芬，两个人才收拾东西，推着车往家走。周强看了看车里，两大盘儿酱牛肉，有一盘差不多卖空了，还有一盘没动。他跟艳芬说："不错呀，首战告捷。"

"才卖出去一半。"艳芬带点遗憾。

"不急，回家咱先把它们分着放姐和哥家的冰箱里。明天我请半天假，咱们去买个冰柜，没有冰柜可不成。卖剩下的如果变了味儿，再卖的话别人吃坏了肚子就麻烦了。"

第二天，艳芬没敢再做新鲜的，她把昨天卖剩下的肉拿出去卖，但也没有完全卖出去。艳芬摸索着经验，她想，目前就先这样，隔天做一次，卖两天。一次做 50 来斤，如果不计自己的人工成本，一天也能赚个二十来块钱呢。这样，她一两个月就可以还清跟姐姐借的买冰柜的钱，母亲悄悄塞给她的 50 块启动资金也要尽快地还给母亲。

这天风特别大，吹得窗户纸都呼呼作响。五婶儿劝艳芬："歇一天吧，瞧这天儿。"艳芬说："不碍事。"她特意用一块白五幅布把熟肉盖上，再用案板和秤砣压严实，推起车出门了。

艳芬在大风里站了大半天，只有两三个人光顾。晚上，她拖着疲惫的身子把小车拉进院子，一扭头，看见跨院里蔷蔷端着个大蒸锅从厨房里出来。蔷蔷也看见了艳芬，就朝她笑笑，大声喊道："收摊了，二姑！"

"嗯，你这是忙活什么呢？"

“做点西红柿酱！”

做西红柿酱是近年来蔷蔷的拿手好活儿，她选熟透的西红柿洗净切成细条，连条带汤放进输液瓶子，装满后放到锅里蒸十来分钟，端锅后马上盖紧橡胶塞子。瓶塞子上面事先扎上输液用的针头，塞子塞进去后用针管把瓶子里的空气抽干净，再拔出针头，一瓶简易自制西红柿酱就做好了！这种西红柿酱是冬天北京普通人家餐桌上的美味，吃西红柿鸡蛋面、鸡蛋炒西红柿都少不了它。

“真能干。”艳芬夸了句蔷蔷。

蔷蔷说：“姥姥说了，现在的西红柿还不算贵，等冬天就买不起了，二姑，您要不要瓶子？您要的话，我过几天给您拿几个回来，现在大家都做，瓶子还挺抢手的呢。”

海大大推门出来，竖起大拇指，“这法子好，冬天洞子货多贵呀，这叫穷人乐！”

周末的晚上，秀琪过来找艳敏打听一下所里老师的孩子补习的情况。艳芬早早就收了摊儿，也在姐姐屋里。见艳芬无精打采的样子就随口问了一句：“这几天生意好吗？”

“别提了，热天时，人们嫌热，买点熟肉、拌点凉菜就是一顿饭。天凉了，买熟肉的反倒少了。”

秀琪想了想说：“我觉得吃得起酱牛腱子的人还是不多，你不如想点别的办法。比如说做点羊杂碎，酱点羊蹄、羊蝎子，炖点窝骨筋儿。一来便宜实惠，二来街里街外的人也都爱吃。牛腱子多贵呀！”秀琪的话使艳芬眼前一亮，再加上那天海大大说的“穷人乐”。她好像看到了新的希望。

“说得对呀，我明天就趸货去！”

回族人爱吃牛羊肉，对肉的选择也颇有讲究。羊肉，最好的是后腿肉，肉厚且肥瘦相间，涮羊肉、穿羊肉串特别适合用羊后腿儿，爆羊肉要用羊里脊。羊棒骨、羊蝎子上的贴骨肉炖起来吃着最香。头、蹄、羊肠、羊肚、心、肝、脾、肺等，比肉便宜不少。牛肉呢，炒菜适合用牛里脊、紫盖儿。炖着吃呢，最好选胸口、腰窝儿，要做酱牛肉，就买牛腱子，牛口条也适合酱着吃。牛肉切下来的筋头巴脑，炖出来不柴、软烂还带点嚼劲儿，人们最爱吃。

第二天一大早艳芬就去了批发市场，买回来几十个羊蹄和几副羊下货。虽然下货都做过简单清理了，但这些东西要入口，还要很费劲地清洗。

艳芬戴着副橡胶手套，一遍又一遍地换水、清洗。但羊肠、羊肚戴着手套根本没法洗，她索性摘了手套。手泡在凉水里时间长了很扎手，小保姆小梅趁孩子睡着了，跑过来帮忙。

“阿姨，你歇会儿，我来，你教我怎么弄？你指挥我做。”小梅学着艳芬的样子，用筷子把肠子一点一点捅翻过来，再用加了食用碱的水轻轻搓洗。肠子洗干净，再换水洗羊肚子，拿一个小刷子轻轻地刷去上面的一层草芽。羊蹄子也得用小刷子仔细刷每一个地方，尤其蹄瓣处。

忙活了好几个钟头，艳芬望着两大盆洗得干干净净的羊下货，累得直不起腰来。

艳芬的羊杂碎洗得干净、羊蹄儿也酱得好吃，所以一出摊，就有几个人围上来，今天的货，一会儿工夫就卖出去了。真是一分辛苦，一分收获。艳芬觉得还是秀琪说得对，附近的居民大多数都不富裕。

又都从小爱吃这些东西。所以，做生意，了解市场需求很重要呀！

天越来越凉了，艳芬让周强在单位用油桶给她做了个炉子。把摊子支在胡同口上，生起炉子卖起羊杂汤。寒风呼啸，艳芬的羊杂汤，热乎乎香喷喷的，放上切得碎碎的香菜末、葱花儿，淋上芝麻酱、酱油、醋，再来点儿红红的辣椒油。过往的人吃上一碗，驱寒解饿满口留香，都十分地满足，不断有人称一斤、二斤熟羊杂回家做汤，也有人吃了羊杂碎汤再买点炖好的羊蹄、羊蝎子、软烂的窝骨筋儿。众人纷纷夸赞艳芬的手艺，小摊也越来越红火了。艳芬打心眼里佩服秀琪。

"快，快来看呀！刘家老四的新娘子马上就来了！"

小胡同里里外外挤满了人。一些上了年纪的人站在自家门口，孩子们和年轻人都往胡同口跑去。

十点过了，有人喊：来了来了！只见老远处驶来一辆皇冠牌小轿车，停在了胡同口外。小四儿和一群亲朋赶快迎上前去。回族人家婚礼不放鞭炮，但为了热闹，有人撒了不少花纸屑，一帮人起哄，喊着让小四儿把新媳妇儿抱下车，背进家门。

小四儿红着脸拉开车门，身高膀大的新媳妇拉着新郎的手迈腿就下了车，在一片喝彩声中两个人并排着往胡同里走来。小四儿穿了一身蓝西装，里面白衬衣，戴一条红领带。新媳妇一身红色西装，脚上是一双红高跟鞋，头发烫过，别着一朵红花儿，脖子上戴着金项链，耳朵上挂着金耳环，脸上画着浓妆，怀里抱着一束绢花。她穿平底鞋估计都比小四儿高些，再穿上高跟鞋几乎高出小四儿半头。

"哎哟，这身量！"

"这大脚还穿高跟鞋呢！"

“掉面缸里了吧，看，那脸跟脖子差着色呢！”

“哈哈……”

“这新媳妇是谁家的姑娘？瞧着眼生呀？”

“您不知道呀，南西门外乡下的。”

老北京习惯沿用清代以前的叫法，管右安门叫南西门。至于为什么刘家小四娶了个乡下姑娘，还不是因为刘家的情况和他本人都有点困难总找不到对象嘛。

小四儿在厂里是个电工，挣得不算少，一个月收入百十来块。搞不上对象的原因自然是小四儿个头矮，快四十岁的人了脸上还长着痤疮，再加上女方一听刘家的情况，敢情大姑姐、大伯子全家都住在一个院里，谁都打怵，对象几乎是见一个吹一个。但是刘家小四儿毕竟是城里人，城里的适婚大龄男青年再难也能找到合适的对象，城里找不着可以到城外的郊区农村找去呀。城乡二元户籍管理制度，帮了刘家小四儿。

户籍问题可是个天大的事。没有城市户口就低人一等。如果农村人想把户口迁往城市，务工的必须持有城市劳动部门的录用证明，上学的得有学校的录取通知，凭户口登记机关的准迁证才能把户口办进城里。没有这些想把户口迁进城简直比登天还难。这种城乡二元户籍制度导致了社会结构的二元化，同时孕育出深刻影响人们思想观念和思维方式的城乡二元文化。

不夸城里怎么好，就说这农村人，整天土里刨食，一年到头不得几天空闲，也挣不了多少工分，年岁大了还没保障。卫生、医疗、教育与城里的差距不是一星半点。因此，农村的姑娘但凡有办法都抢着往城里嫁。但是，结婚后女方的农村户口一般转不到城里，不仅她本人不行，就是生了小孩，子女的户口也得随母亲落户农村，因此，这也在一定程度上限制了城乡青年的通婚。

艳敏一个学生的家长给小四儿介绍了一个郊区农村的姑娘。刘五婶一听要给小四儿说个农村户口的媳妇就把脸拉下来。

“降行市也不能降到找个乡下人呀！往近里说，她结了婚没工作咱还得养着她；往远里说，将来生了孩子没市里户口怎上学呢？”

艳敏会劝人：“妈，别想那么远，现在南方那边户口就松动了，农村人有暂住证就能在城里打工。进了城先找份临时工干不就行吗？再说，现在近郊的农民都种菜，菜农收入比种粮食的多。小四儿老这么晃荡着也不是事儿呀！”

“那你劝劝小四儿！”

“他准没意见，只要您同意就行。”

“那就试试吧！”

离牛街不远，右安门外过护城河就是一片菜地，给刘家小四儿找的女朋友就是那边一个村的菜农小韩姑娘。

韩姑娘身材高挑、皮肤黑里透红，说话爽快、走路带风。刘家小四儿个头矮又不太爱说话。双方一见面，风头一下就被韩姑娘抢了过去。一路上只有韩姑娘发问，刘家小四儿哼、哈地回应。

事先，艳敏交代小四儿：看着过得去，就请人家吃点、喝点什么，临了，主动约下次见面的时间、地点。

那天，走了好一会儿，小四儿都没抢到主动问话的机会。看时间不早了，韩姑娘说：“我得回去了，地里还有活儿。”刘小四儿马上想起姐姐的话：“那咱俩下次什么时候再见呢？”

韩姑娘略一迟疑："你听介绍人的话儿吧！"

一听这话，刘小四心里明白了，人家这是不乐意呀，不好当面回绝才这么说！他垂头耷脑地回了家。

一进门，艳敏和艳芬姐俩都追着他进了五婶儿屋里。

"怎样？"

"没戏。"小四儿往床上一躺，翻了个身，脸冲里去了。

"你没看上？看照片还行啊？"艳芬问。

"是人家没看上我！"

"呦，新鲜了，怎说的？"艳敏好奇地刨根问底。

"我约她，她说听介绍人的话儿。"

"嗨，这么说也许还有戏！没一口就回绝了，那我赶紧给你问问去。"

刘五婶儿也说："就是，就是，先别急，让你姐给你问去！"

小四儿一个鲤鱼打挺，坐起来："那小韩个头比我高，挺会说的。"

"呦，看来你挺满意呀！"艳芬笑嘻嘻地推了弟弟一把。

下午，艳敏一阵风似的从外面冲进来。"行啦，小四儿，你请我吃饭吧！"

刘五婶儿先迎出来，"怎么茬儿？"

"人家姑娘特满意，觉得小四儿人实在，工作也好！"

"主啊，太好了！"刘五婶儿一拍双手。

得到消息的一家人心里都乐开了花。

婚事很快就定下来了。按刘五婶的意思，婚礼选在周五的主麻日。但这年的国庆节是周六，10月3日又是中秋节，节前各单位都忙，

没法请假。因此，大家一合计，新事新办，婚礼就定在国庆节了。

条件好了，虽说办婚礼找个饭店摆上几桌刘家也出得起这钱，但是，艳敏对母亲说：农村人的红白喜事，一般全村人都出动。万一女方来的人多，几十桌都搂不住，咱们可没这个能力，还是在家里吧。办流水席，来的人多，也应付得起。刘五婶儿觉得娶儿媳妇不像聘姑娘，是大事，而且小四儿的婚事又是家里最后一档子事，不管怎说都得办得隆重、体面。可是又琢磨艳敏的话有道理，家里大小事平时她都和艳敏商量，艳敏的主意正！艳芬就差点，交代她办事可以，拿主意不行。最终，刘五婶一拍大腿：定了，小四儿的婚礼，就在家里办！

在家里举行婚礼，要办得既简单又隆重，艳敏当然是总指挥。

婚礼前的准备，像刷房子、糊顶棚什么的粗活都交给宋长生、周强来操办。

刷墙宋长生干惯了，每年春节前，他都为讨艳敏开心，把自己的屋子粉刷一遍。可糊顶棚是个技术活儿。小四儿住的那间屋的顶棚好多年没重新糊过了。里面的尘土和房顶上的席子破了后掉出的泥灰已经把棚纸压得沉下一个大鼓包。撕开棚纸后，泥土哗啦啦掉落一地，秫秸也折了不少，没法再用。两人傻了眼。还是周强脑瓜灵活，他跟宋长生一商量，索性连秫秸架都拆了，先找东西把房顶席子的破洞补上，随后在房顶原来钉秫秸架的地方南北间隔 30 厘米拉起一根根粗铁丝，用铁丝代替秫秸，在铁丝上缠上白纸。拉好架子后，往上面糊一层报纸，最外面再糊大白纸。

两人干了好几天，刘五婶走进这间四白落地，又新糊了顶棚的屋里，点点头，“挺好，就是这棚顶怎变平的了？原来是一平两切的呀。”

宋长生和周强都没吭声，不过他们心里都明白老太太这是在抱怨。谁不知道原来中间平，南北两边由高往下斜搭架子糊出来的顶棚有立体感，显得房间高。但他俩也不是手艺人，房管局专门糊顶棚的，是要师傅带徒弟的。

家具原本小四儿带着韩姑娘在一个展销会上订了一套，结果取货时一看，与展出的样品相差太远，就没提货。回家后小四儿被艳芬一通数落。

“说你什么好，你怎这么窝囊？退了去！”

小四儿面带难色，“昨天问了，人家说不退，换别的样子可以！”

“不退？那就要他们那套样品，还得让他打折才行。”

“那明天你陪我去行吗？”

“这点出息，杵窝子，明天看我的！”

艳芬一出马，家具还真退了钱。但一时又看不上合适的，还是艳敏出了主意：找人打！

周强托人买了水曲柳的木料，艳敏打听到大杂院里一家正找来了几个人在做家具，就带着小四过去看了。几位江苏的小师傅做得真不错，一排四组样式新颖的组合柜，七八天就做好，手工费不贵，但一天要管木匠们两顿饭。艳芬包下了给木工师傅做饭的事，五婶儿负责沏茶倒水。

院子里搭起个棚子，刘家老大帮着请了个从清真饭馆退休的厨师，厨师自带一个帮手。艳芬也报名给打个下手。办宴席用的肉、鱼、鸡、菜等也都是刘家老大张罗来的。

刘家提前把喜讯告知了众邻里。准备院里的每间屋里都摆桌，桌子、板凳、盆盘碗筷都是各家邻居凑的。跨院李家和海大大屋里也都收拾好准备迎接客人。

排座位、接待新亲的活儿交给特意赶回来的秋云，玉玲带着静静、蔷蔷等姑娘负责端盘子，买美霞、芳芳和满丽、线儿这些人洗碟子、碗。

秀琪被分配带着平平陪艳敏坐车去接新娘。

艳敏这时候已经不在制药厂工作了，她去了一个夜校。夜校的老师一般都是兼职的，但校长家的孩子原来经过艳敏的辅导考上了好高中，三年后进了北京邮电大学。因此，这人在办夜校时找了艳敏，他们算是合伙儿开办。艳敏辞了职，主管教学。夜校以成人为主，但也有不少高考班的复读生。

通过胡同里夹道迎接、看热闹的人群时，新媳妇虽有些羞涩，但她还是勇敢地抬起头，不断地冲两旁的路人微笑。

跟在皇冠车后面的是一辆面包车，是宋长生从单位借来的。从第二辆车下来的是新娘的父母至亲。这些人下了车，跟在新郎新娘的后面往前走。他们从胡同口一走进来，看热闹的人中就有人小声说：

“一看就是乡下人。”

“看那脸，黑红黑红的，看穿的。”

的确，男男女女的，虽然穿的都是新衣服，但都是过时的款式。男人几乎穿的都是涤卡中山装，女人们的衣服都花花绿绿带着一丝俗气。还有一些人是骑自行车来的。从右安门外的村里到牛街骑车也就二十来分钟，所以村里的年轻人基本上都是骑车过来的。一行人浩浩荡荡奔了刘家小院。

刘家的小院本来不大，搭个棚，就更显窄吧。韩姑娘家怕城里人笑话，尽量选出代表来参加婚礼。千挑万选，也来了五六十人呢。

新亲和贵宾都被让进屋里，本家和朋友挤在院子里，门外还围着不少看热闹的。

婚礼仪式是传统与现代结合的。北屋房檐下放了一张桌子，阿訇坐在桌前，一对新人站在一旁。刘家老大、刘五婶儿和新娘的父母、介绍人坐在桌子对面一米开外的一排椅子上。十点五十八分，担任司仪的刘五爷的外甥宣布婚礼正式开始。

阿訇诵读《古兰经》首章，并在做“伊扎布”（婚书）的红纸上写下新婚夫妻的回回名，阿訇分别询问男女双方缔结婚姻是否是本人的真实意愿？并问男方是否能承担起婚姻的责任娶该女子为妻？刘家小四回答“盖卜勒图”，这句阿拉伯语的意思是“我愿意承担”；女方则用波斯语回答“达旦”，意为“我允诺”。随后阿訇再询问是否已给女方聘礼。在得到肯定答复后，阿訇在红纸上书写并用阿拉伯语诵念结婚证词然后给新人及在场各位宣讲婚姻的意义。最后大家接“笃阿”共同祈求真主赐福于这对新人。

这一程序完毕，紧接着由证婚人，也就是小四儿的厂工会主席展示一对新人从民政部门的婚姻登记处领到的带有大红公章的结婚证书并宣布：根据《中华人民共和国婚姻法》，刘彪、韩小红正式成为合法夫妻！

“哗！”人们鼓掌庆贺。

“伊扎布”和结婚证并排摆放到桌上。随后，幽默的主持人宣布：“请新郎刘彪介绍恋爱经验。”此话一出，全场欢声四起。刘小四慌了，抓耳挠腮地说：“没有什么好说的。”

“不行，必须说！”有人起哄。

“我替他说！”新娘小韩站到了前面。“我们俩也算一见钟情，我们认识时间不长，但相见恨晚，今后，我们会好好过日子，孝敬老人，厚爱家人，互谅互让，共同进步。”

“哈哈！”人们哄笑着，刘五婶则用手擦了擦眼角。

秀琪拉了拉艳芬的衣服，“这姑娘挺爽快，说得不错，也有想法。”

“敢情，别小瞧她，她是村里妇女队长！”

在给双方老人敬茶、改口后，司仪用洪亮的声音宣布：“礼成！请大家品尝婚宴美食！祝福新人！”

正抻着脖子看热闹的艳芬，一听要开宴了，转身就跑向大棚。

大棚是前两天搭好的，左边用砖垒起一座三眼的灶台。一个用来烧水，一个蒸煮，另一个煎炒烹炸。

牛街的回族婚宴特色与西北回族传统的牛羊肉八大碗不同，比较精致。京津地区的清真餐饮吸收、借鉴了鲁菜、淮扬菜的特色，主材是牛羊肉，鸡、鸭、鱼、虾都用得上，而且做得精细、荤素搭配，还偏甜口。

刘家的席面很讲究。第一道上的是凉菜，共八种，四荤四素：酱牛肉、白水羊头肉、金钱牛肚、盐水鸭肝、糯米藕、红果山药、乾隆白菜、芥末墩。

第二道是热菜，也是主菜，共八种：它似蜜、油焖大虾、干烧黄鱼、香酥鸡、芫爆散丹、煨牛肉、扒肉条、炸松肉。

第三道是小吃，也是八种：艾窝窝、驴打滚、豌豆黄、芸豆卷、江米凉糕、姜丝排叉、糖咸两吃卷果、拔丝红薯。

第四道：酸辣汤。

主食：油香、米饭。

别看就这些吃食，光准备就忙了好几天。秀琪、玉玲、买美霞昨天帮着炸的油香；一些小吃是跟街上的铺子预订的；凉菜、主菜则是提前准备好现做。

艳芬这次可是抓住了一次学习的好机会。她紧跟在厨师身边，用眼看用心记，还不时地问上几句。

师傅要做它似蜜了，这是道传统的清真名菜。传说乾隆皇帝有一次品尝了随香妃来京的西域厨师烹饪的一道名叫“塔斯蜜”的清真菜后大为赞赏，便赐名为“它似蜜”。还有一说是：有一次，一位御膳房的厨师用羊肉给慈禧太后精心做了一道菜。太后尝后特别满意，便问这个菜叫什么名儿。可是这个厨师不敢贸然回答，就说请太后给赐个名吧。慈禧太后觉得这道菜特别香甜，就顺口说了一句：它似蜜。这样，就有了这道菜的名字。真实也好附会也罢，反正这道清真菜颜色明亮，口感软嫩，味道咸甜，特别受欢迎。

艳芬看到厨师的帮手在切肉，就问厨师：“师傅，做这道菜一定要用羊里脊吗？”

“里脊最好，后腿磨裆也行！”

“嗯。”艳芬暗暗记下。

只见那帮手把羊里脊肉切成长三厘米、宽二厘米的薄片，放进一个小盆儿里，加甜面酱、淀粉用手抓匀，使肉片上浆。这时，师傅用姜汁、酱油、醋、白糖和湿淀粉调好芡汁，起锅放油，油烧至七成热，放入浆好的羊肉片迅速翻炒，防止粘连。艳芬以为师傅接着会倒入芡汁，谁知他待肉片成熟后捞起滤油，然后再起锅，放入一大勺香油烧热，再将滑好的肉片和芡汁先后倒入，快速翻炒，使

肉片蘸满芡汁后出锅。这个细节艳芬记在心里。她一边给师傅递盘子一边问师傅做这道菜的技术要领。师傅告诉她：肉片切得薄厚要均匀，过油翻炒也要均匀，芡汁儿的薄厚要适宜，因为白糖加热后增加黏性，所以动作要快，火候要求旺火速成。

“谢谢您，我真开眼了，平时爱吃这道菜，但不会做，您说的要领我记住了，等有机会我也学着做！”

师傅带的帮手把几盘切成大片的炖熟的羊肉码放在案子上。师傅拿起炒勺坐在灶上，加少许油烧热，放入葱段、姜片、花椒炸香捞出。勺内加鸡汤、酱油、盐、白糖烧开，推入肉片，用小火扒至入味，等到汤浓了，大翻勺，用淀粉勾薄芡，淋入香油出勺，盛在盘里，再撒上葱花，一道软烂香浓、整齐美观、咸鲜味醇的扒肉条就做好了。

艳芬看得真过瘾，不觉都有点饿了。她问师傅：“扒肉条也有用牛肉做的吧？”

“对啊，牛肉做的有时肉瘦口感发柴，年轻人吃着好。羊肉的呢，肥瘦相间口感滑糯，老少都爱吃。”

“嗯，看来干什么都得钻研，您干了多少年了？”

师傅笑笑，“十四岁学徒，到今天五十多年了！”

“难怪呢，您的手法熟练、利落，一看就是经验丰富的人。”

“我们家都是干勤行的，我父亲跟褚祥学过！”

“您是大师的传人呢！”艳芬惊讶地说。

“谁不知道褚祥大师，那是二十世纪二三十年代京城大师级的回族名厨，是咱牛街出的名人啊！”

顿了一下艳芬渴求地问：“那您一定会做香酥鸭，就是褚祥大师拿手的那道菜，后来被马先生称道，改叫‘马连良鸭子’的？”

老师傅笑了。

“唉，怎么没准备鸭子，让您露一手呢？”艳芬遗憾地跺了一下脚。

“艳芬，先端走喽！”玉玲过来端做好的扒肉条。见艳芬只顾在旁边看，就笑着说了句！“偷着学呢？小心抻了脖子！”

“别裹乱！我这怯勺看了也不会！”

“呦，这炸好的鱼怎少了两条？”艳芬端着一个大盘子在转磨。

“姐，你过来，炸过的黄鱼都放一块儿了吗？”

“8条，都在这了。”

“不对，少了两条！”

“先别管那么多了，有几条做几条，先紧着新亲那儿桌上。”艳敏吩咐。

在洗碗的线儿站起身，解下围裙说上一趟厕所，满丽疑惑地说“你喝多了水吧，刚上完又要去。”

“管得着吗？歇会儿不行呀！”说完竟往跨院走去。

线儿进了哥哥家的厨房，打开冰箱门从里面拿出放在盘子里的两条炸好的黄鱼装进一个塑料袋。一转身，“妈呀！”满丽不知何时站在她的身后。

“线儿，你这是干什么呀！快拿出来！”

满丽听秋云说灶上丢了鱼，又看线儿说上厕所却进了跨院，她就起了疑心。

“你别管，小心我跟你翻脸！”

“今天是人家大喜的日子，你家也不缺这两条鱼。”

“当年你和我哥的事，刘家老太婆横挑鼻子竖挑眼，我今天就是想让他们出丑，下不来台！”说完把鱼放进自己的小手提包里。

流水席就是一拨儿接一拨儿地吃。屋里地方小，大屋一桌最多的坐八个人，小屋坐六人，一直忙到三点来钟了。按喜事新办的原则，小四儿带着媳妇回门去了，人群才渐渐散了。

艳敏招呼姐妹们，“大家伙儿歇会吧，都到东屋，该咱吃饭了，别累趴下！”刘五婶也过来拉着玉玲，又看看秋云和秀琪，还拍了拍芳芳：“大家伙儿受累了！”

“瞧您说的，热热闹闹的，真喜庆！”

“总算了了一档子大事，我这心里就踏实了！”五婶儿如释重负地说。

“您这儿媳妇不错，手一份嘴一份的。”秋云夸赞。

“让一让，菜来了。”艳芬端着两个大盘子进来了，五婶站起身，走出去，“你们姐儿个好好聊会儿吧！”

“太难得了，咱几个好久没凑到一起了！”艳敏拉了艳芬一把，“你也坐下吧！”艳芬往外看了看，“美霞呢？把她也叫进来。”

秋云说：“不用叫她了，她刚才跟满丽还有蔷蔷她们小姑娘们一桌先吃过了。”

“线儿呢？”不知谁问了一声。

“她家里有事，先走了。”满丽在屋外答了一句。

“呦，怎没言语一声呀，让她垫补一下再走呀。”

“她该不会漏空的！”满丽小声嘟囔着。

满丽的话音不大，但艳敏姐俩都听到了，她们相互看了一眼，像是明白了什么。

于是，艳敏姐妹、秋云、秀琪、芳芳坐在一起，可能是都累了，风卷残云，几盘菜都吃光了，艳敏起身要再去盛些炖牛肉来，被秀琪拦住。“行了，艳敏姐，差不多了。”

“今天这婚礼办得真热闹。”秀琪夸赞。

“什么时候吃你的喜宴呀？秀琪姐。”一向说话谨慎的芳芳抽冷子来了这么一句。一时，众人都把目光投向秀琪。

秀琪一边摞着碗、碟，一边笑着说：“这可难说了！”

“我们可都等得五脊六兽的了！”玉玲在一旁念秧儿。

还没等秀琪回话，艳芬搭腔了，“玉玲，你还欠我们的呢？”

“对呀，我这一回来就听说你发财了，傍上了大款，你跟我们说说呗！”秋云添油加醋。

“得了，别寒碜我了，我这人就是点儿背，傻了吧唧的，看走眼了。”

“怎么？”

“那老东西的老婆还在呢，他想吃着碗里的看着锅里的，我四哥给他摸个底儿掉！我后来一琢磨还真不能跟他。”

艳敏黑着脸，“哎，玉玲呀！你说你这都快四十岁的人了，能不能别这么浮躁？稳重点！”

“就是呀玉玲，你要模样有模样，要手艺有手艺，其实完全有能力，干吗老在男人的事上栽跟头呢！”秀琪说。

“还说我，你不也栽了？”玉玲小声地怼了秀琪一句。

“秀琪姐跟你一样吗？人家那是主动放弃！”

“行了，行了，别让她不开心，说点高兴的！”秀琪打着圆场。

“你们几位什么时候有空？我家那位又分了新房子，去我们家聚聚！”芳芳发出了邀请。

“芳芳，你真是有福气，这才几年，都第三次搬家了吧？”艳芬惊呼。

“前两次是调剂的旧房，这回是按级别分的新房！”

“哎哟，嫁个军人就是好，有合适的吗，芳芳你可得给我和秀琪姐听着点！”玉玲摇了摇芳芳的胳膊。

“去你的，看你那没出息的样子！”秋云笑着瞪了玉玲一眼。

众人一起大笑起来。

学报编辑

一个苍老的声音道："请问是校刊编辑部吗？我有一篇关于元代经济的文章想发到学报可以吗？"

"嗯，请问，怎么称呼您？"

"文涛！"

秀琪略加思索，"是内蒙的文老先生？"

"是我。"

"好的，文老，您方便把论文提要或全篇寄给我们吗？"

"我现在人在北京，我还是亲自送过去吧！"

"也好，您出门坐车方便吗？"

"我暂时住在人民日报社的家属区我女儿家。"

"呦，那离我们这儿可不近，要不这样吧，您要是放心，我过

去取吧！”

“那就谢谢你了！你记一下地址。”

秀琪毕业了，她现在是一所高校学报编辑部的见习编辑。

秀琪虽然没见过文先生，但是读过文先生的著作。她跟主任汇报了情况，几天后，登门去见文老先生。

敲开门，文老先生的老伴迎了出来，秀琪自报家门。“啊啊，你是编辑部的小马编辑，来，快请进。”

文老先生闻声从里屋走出来，他穿着个跨栏背心儿，着急往身上穿衬衫，但一只袖子怎么也伸不进去，他老伴连忙过去帮忙。

“还让你跑一趟。这篇稿子是我以前写的，现在有些观点过时了，但是很多资料还是可以用的。我把它改了改，就是有点乱。那天听你说你们编辑部要求稿子‘齐、清、定’，我让老伴儿正帮我抄呢。她眼神不好，到今天也没弄完。”文先生有点不好意思地指着案头的一摞稿纸。

“什么？您让夫人帮您抄写？”秀琪打量着老太太，见老太太也有七十多岁了，头发全白，眼镜片上有厚厚的圆圈，眼镜腿上还拴着一根线，老人应该是高度近视。

“文老先生，您把稿子拿给我看看。”

老先生拿出一沓皱巴巴的每页四百字的稿纸。秀琪接过来仔细地看了看，那上面的字已经用红笔或毛笔批改了很多，改动虽多，但原来的稿子书写工整，批改的文字也基本可以看清。

“这样吧，老先生，也别让老夫人受累了，我来抄吧。抄好了，我给您送回来，您再看看哪里需要修改。”

“那真是太好了。”老夫人也忙着点头，“那就谢谢了。”

秀琪拿着一摞稿子回到了编辑部。

天已经有点晚了，秀琪还在办公室抄写稿件。门被推开了一道缝儿，隔壁办公室的谢老师探头问："怎么还不回去啊？"

"有个作者的稿子需要誊抄，我帮他个忙。"谢老师进门凑过来一看。"字数好像还不少，得有万把字吧。是他让你帮助抄的吗？现在抄写一般是每千字两块五的抄写费，给他抄这些顶你小半个月的工资了吧？"

"啊？是我主动帮他的，不要钱，就是看老先生年纪大了。"

"这篇是约的吧？写完就交活儿，他们才不管编辑看得清看不清呢。"

"是投稿。"

"那你就帮人免费抄稿子，用不用还说不好呢！人家发了文章名利双收，咱当编辑的就是给人做嫁衣，连'齐、清、定'都做不到的稿子就不该收，就得治那些不尊重编辑劳动的人，不能惯他们的坏毛病。有些作者求发稿子时可热情、可好说话了，一旦咱这边决定用了，他立马就牛起来。很多人看不起编辑，稿子不让删改。你刚来，慢慢就知道了。以后，别再帮人无偿抄稿子啊，要是想挣点儿外快，找我。"

秀琪不以为然地笑了笑："我帮他抄，也算是学习了。"

"你这人有点特别。"谢老师上下看了看秀琪，说完退出去给她带上了房门。

很快，秀琪就遇到了谢老师说的那种看不起编辑的人。

“小马，你来一下。”秀琪放下手里的工作，来到隔壁主任的房间。

“咱们约了一篇吴教授的稿子，他助手来电话说可以取了，你跟他联系一下取回来吧。”

按照约好的时间，秀琪来到吴教授办公室。吴教授不在，他助手，一个四十来岁的男子打量了一下秀琪说：“你们主任呢？”秀琪见对方面露不悦，忙解释说：“我们主任有事脱不开身，让我来取，上午就是我给您打的电话。”

“吴老的稿子很重要，对不起了，你先回去吧，我们还有些资料需要核对，等弄好了再联系你们。对了，下次请你们主任亲自来取。”那人说完低头看东西，不再理会秀琪。

秀琪尴尬地站在屋里，明明说写好了，现在又说还得核对资料，这明摆着捉弄人嘛！

回到编辑部，秀琪把事情的经过讲给主任。主任听了哼了一声，“我也是才听说吴老最近身体不好疗养去了，山中无老虎猴子称大王，指不定这篇稿子是不是吴先生的呢？也许就是这位仁兄的，这小子他是嫌我没有亲自过去。你别在意，他不是针对你。”

秀琪也是师出名门，主任这么一说，秀琪觉得吴先生助手的做法实在是有些不知自己半斤八两。

“老柳！”下午四点来钟，一个中年妇女推开办公室的门。

“柳老师去图书馆了。”秀琪站起身对来人说。

“新来的？”那女人显然对这里的情况很熟悉，她提着个大大的塑料袋，好像刚从商店买东西回来。

“是的，您是？”

“我是老柳的爱人。”

“嗨，您好，您有急事吗？需要我帮您去找吗？”

“也没啥急事，你哪儿人呀？”

“本市的！”

“我说呢，咱北京人就是有规矩，不像外地的，都巴巴儿地削尖了脑袋想留在北京，为留下不择手段。”

秀琪心想：这话可打击面不小呀！但她没说话只是笑了笑。

“那您坐下来等吧。”秀琪不卑不亢地请那女人进来坐下。那女人进了屋，放下塑料袋四下查看了一遍，坐下来，从塑料袋里摸出一小袋香肠打开，“我都饿了，你吃不吃？”

“不，谢谢！”

见那女人干吃香肠，秀琪微微皱了下眉，随后客气地说：“我用柳老师的杯子给您倒点水喝？”

“不用，不用，怪脏的！”秀琪下意识地看了一下老柳的水杯，明明洗得干干净净的。

“我去接待室找个一次性的杯子吧！”

“谢谢你，别忙了，我不喝！哎，你长相还真好看，看你比我小几岁，有孩子了吗？”

这么直接的问话，秀琪听了眉头动了动，她最反感人家问自己婚姻家庭状况。她摇摇头。

老柳的爱人还要问下去，主任正巧打电话叫秀琪过去，这才打断了她们的谈话。

老柳回来后，秀琪告诉他，“您爱人来找过您。”老柳马上警觉地问：“她没说什么不该说的吧？”

“她没待一会儿就走了。”老柳好像松了口气。

秀琪所在的文史组只有三个人。组长老柳是个很温和儒雅的中年人，颇有点文学修养，喜欢写小说和诗歌。小夏是副校长妹夫的妹妹，二十八九岁。辽宁一个地区师范学校毕业的，她说上学早，20 岁就毕业了。凭副校长的关系先给安排到附中教务处，后来又到学报编辑部，小夏人虽长得不咋地，黑不溜秋的还有点胖，但很会来事儿。她见人从不像别的年轻人一样管对方叫“老师”，而是称呼“叔叔阿姨、哥哥姐姐”，透着一股子亲热劲儿，甭管哪个组的事她都门清，来了没几年，学校先进都评上两三次了。

编辑部离教工食堂很近，但是离东门外的家属区却有点远，因此编辑部的好多人中午在食堂吃完饭都不回家歇会儿，而是凑到一起打扑克。他们有固定的搭配，秀琪她们办公室这一伙儿总是老柳加上下面经济组的两个小伙子和小夏。

老柳是个老烟枪，他们玩的时候，三个男人都抽烟，总搞得办公室里面烟雾腾腾，到了上班的时间，即使冬天也得先打开窗户通风。他们也招呼过秀琪一起玩，但秀琪觉得人家经常在一起，配合默契，所以就只在他们人手不够，需要凑手的时候才玩一次，大多数时间都是吃完饭便在校园里散步。

这天，四个人在屋里正玩得热火朝天，老柳的爱人突击检查。一推门，见小夏脸上贴着纸条，老柳手里还在撕纸条。就站在门口，嘴里喊，“老柳，还不回家去啊，孩子发烧了，还在这儿给人家脸上贴纸条。贴纸条多不过瘾呢，直接脸贴脸多好呀！”

老柳脸上挂不住了，“啪”的一声把手中的一把牌扔下站起身，

“赶紧回家去，别在这胡说八道。”说完，过去推她。老柳的爱人也不甘示弱，“你心虚了，推我干吗？”扑过来反抓老柳。老柳一躲，那女的用力过猛，一时收不住，撞到小夏身上。小夏本来就憋着一肚子气，顺手推搡了她一下。老柳爱人见小夏也和她动手，就大喊起来，“哎哟，大家快来看看，两个人一起欺负我，不得了呀，我活不成了。”说着就大闹起来。打牌的人立马散开了，连老柳也不知去向。

秀琪在外面转了一圈儿感到神清气爽。一进楼就听到了哭闹，她赶紧跑上去。见老柳的爱人坐在楼道地上，有两个老同事正在劝说，别的办公室门口偶尔有人探头观望。秀琪上前拽她起来，“嫂子，有话慢慢说，别在这喊，快起来。”老柳爱人抬头见是秀琪，抓着她的手说，“小马呀，你和老柳在一个办公室，你是好人，你可要擦亮眼睛呀。”

“好了，嫂子，不要再说了，当着这么多人的面。”

“他们都不要脸，我还给他们留脸面，那狐狸精呢，我跟她没完。”

连哄带劝，两个多小时，那女人总算回家去了。不一会儿，小夏回来了。

“泼妇，老柳这辈子摊上这么个主儿，真可怜！”门外，响起老柳的咳嗽声，小夏的话打住了。

“见笑了！小马！”

“柳老师，我刚才跟嫂子聊了半天，觉得您应该陪她去看看心理医生。我有个朋友是学心理学的，她老师在心理咨询方面很有一套。需要的话，我可以介绍给您。”

“嗨，她就是没事找事！不过，谢谢你！”

吴教授的稿子要请特约的审稿专家来审。编辑部主任交代秀琪把稿子给社科院冼教授。冼教授的大名如雷贯耳，秀琪参加学术会议的时候，听过他在台上做报告。这位教授五十开外，基础扎实、敢于挑战权威、语言幽默，是近年学术界升起的一颗新星。加上他身材魁梧，西装笔挺，很是吸引人的目光，散会后总有人围着他提问或跟他要名片，其中年轻女性不少。

初次见面，冼教授很认真地听了秀琪对吴先生论文的看法，然后收下稿子。两周以后，秀琪如约过来取冼教授的审稿意见。冼教授把稿子递给秀琪说："你看看吧，审稿意见写好了，另外，有些小改动我就在稿子上直接标出来了，供你们参考吧。"

"谢谢您！"

"我认为你对吴教授论文的观点吃得挺透，不错。"

"您客气了。我只是个见习编辑，还没有编辑资格，就是帮编辑老师们的忙，先看一遍，我的意见不重要，我把您的意见交给编辑。"

"其实你能力很强的，你是谁的学生来着？哦，我想起来了，跟你老师我们很熟的。她怎么让你来做编辑？"

"毕业时他们这个编辑部正巧需要人，我跟老师商量，我老师说我还算坐得住，但是作学问不够细致，需要磨炼一下，这样我就到了编辑部。"

"你们外出参会的机会多不多？"

"我刚来，还没有参加过什么会议。编辑部的其他老师倒是经常参加。"

"我们10月份有个学术会，在长春，我给你发邀请。"

"好啊，谢谢您给我一次学习的机会，但是我还不知道领导让不让我去。”

“这个你不用担心，我跟你们主任打招呼，一定要去啊。我们开会不光是讨论学术，还组织考察，考察你懂的。”

没过多久，秀琪果真收到了会议邀请函。她拿着邀请函去找主任。“嗯，我知道了，去吧，冼教授给我打过电话了，他很欣赏你。”

秀琪很珍惜每一次出去参加学术会议的机会。她认为既能了解到很多新观点、信息，又能结识不少学者，发展潜在的作者，另外还能收获很多资料。

这天，秀琪一早走进办公室的时候见老柳眼睛红红的。她不好问为什么，只是默默地拿起暖瓶出去打开水，再回来的时候，老柳发话了：“你知道吗？海子走了，在山海关那边。”

秀琪似乎明白老柳难过的原因了，他喜欢诗，海子是他喜爱的诗人。接着，老柳对着秀琪倒开了苦水：

老柳上学的时候，他的寡母为他相中了新搬来的邻居家一位梳两条又黑又长的辫子的姑娘。这姑娘是家里的老二，当售货员。姑娘也看上老柳这位大学生，没事儿三天两头地往柳家跑，还经常帮着柳母干活儿，所以老柳的母亲很喜欢她，极力撮合他们。大学毕业后，老柳听从母亲的安排和这个姑娘结了婚，很快有了个女儿。

“我家里那位，你见过的，结婚后性情大变，像不像个母夜叉？整天碎嘴唠叨，我都懒得理她。不理就更闹腾，我昨晚想写点东西，让她一闹，一点灵感也没了。”

秀琪边听边擦桌子，一时不知道该如何安慰这位多愁善感的同事。一抬眼，正遇上老柳忧伤、可怜带着一丝渴望安慰的目光。她赶忙说，“一会儿要开会，我先过去了，您也快点吧！”

5月初的时候，秀琪又去成都参加一个学术会议，在会上见到了冼教授。会议中间休息的时候，大老远，冼教授就主动过来和秀琪打招呼，还把她介绍给四川大学的两位教授。

第二天晚上是分组讨论。秀琪参加完小组会和同住一间客房的新认识的南开大学的老师一起往回走，冼教授和一位川大的老师从后面赶上来。

“小马，考察报名了吗？这次去雅安。”

“本来想安排去稻城亚丁的，5月1日西藏那边刚解除戒严令，社会已经恢复正常，但我们发会议通知的时候，那边还没解除戒严令呢，所以就不能考虑了。”川大的老师解释。

“我还有不少工作，所以不去了，明晚就回北京了。”

“明天就回呀？”四个人边走边聊走到了住宿的宾馆大厅。川大的老师是专门陪同冼教授的，见送到了地方就握手告辞。

秀琪她们正想也道别回房间，冼教授说：“小马，你上次要的资料我给你找到了，你俩要不要上我房间坐一会儿！”

南开的老师见他俩有事，就推辞说自己想早点休息，先回房间了。于是，秀琪跟着冼教授来到他住的五楼。

“快进来，我房间里有点乱。”冼教授打开门，做了个请的手势，见秀琪仍站在门口，就轻轻推了她一把并把门关上。秀琪坐在房间里的沙发上，等着冼教授给她找资料。冼教授坐在床边，脸对着秀琪不慌不忙地说：“我们有个不定期的青年论坛，参加的都是像你一样的学界精英，社科院主办，几个高校轮流协办，具体我负责，论坛下设N个子论坛，下次你主持一个子论坛如何？”

“我参加论坛学习一下可以，主持论坛恐怕能力还不够吧？”

“别怕，交流的都是民族研究领域的热点问题，你没问题，有我给你坐镇呢！”

“什么时候举办，我得好好做准备才行。”

“这就对了，还早呢。秋天吧！”冼教授脸上露出了一丝不易察觉的笑容。

“谢谢您！时间不早了，您把资料给我，我回去看一看，明天走前给您送回来。”

冼教授转身从床头柜上的包里拿出了一摞文件。就在秀琪伸手接的时候，他假装无意，摸了一下秀琪的手，秀琪一哆嗦，慌忙站起来。

“小马，你的情况我了解一些，你可能也是经历过感情伤害的吧，我特想找时间跟你聊聊，其实，其实我自己，我和我爱人关系很不好，我们一直分居。我早就想离婚了……”冼教授的话越说越急切，他抹了一把脸，棱角分明的脸上肌肉有些抽搐。

“冼老师，不好意思，时间不早了，我得走了。”秀琪起身向门口走去。

就在秀琪的手已经抓到门把手的时候，冼教授从后面一把抱住了她。“你跟有的女博士不一样，气质独特，你真的没一点感觉吗？没觉得我喜欢你吗？”

“放开！放开呀，请您自重，不然我喊人了。”秀琪颤抖着，用力挣脱。但是，冼教授人高马大，越抱越紧，一双手还在秀琪的胸上乱摸。秀琪又羞又恼，情急中抓过冼教授的左手，低头朝他手腕上狠狠地咬下去，同时抬起右腿，往后用力一蹬，高跟鞋的细跟戳在冼教授右小腿的迎面骨上。冼教授惨叫一声松开手，秀琪趁机拉开房门冲出去，靠在楼道的墙壁上大口喘着气，口中一股腥气，她从衣服口袋里摸出纸巾，往里面吐出一口脏血，竟还有连皮带肉一小块儿。冼教授居然还敢把门打开一道缝儿往外看，秀琪攥起纸巾盯着门里的冼教授小声说"到此为止,别再纠缠我,不然这个……"她冲他扬了扬手里的纸巾。

秀琪转正了，她现在是一名正式的编辑。她编的稿子主任很满意。工作之余，秀琪也没有放弃自己的研究，接连写出三篇论文，发表在学术刊物上。

这一天，她拿着一篇稿子去找主任。"主任您看看这篇，去年都发过他一篇了，这篇稿子跟上篇比没什么新意，而且这篇文章好多引文连出处都没标清楚。还有，您看这两个地方"，秀琪指着用红圆珠笔圈出的内容，"几乎就是从陈先生的书里扒下来的，我觉得这篇文章是不是可以考虑撤下来？"

主任看着稿子思考了一下说："小马呀，这个人呀，我还是很了解他的，他最近要评职称，他的稿子是比较平庸，雷同的内容必须删去，你好好给他加工一下，能用就用吧。"

"我们有那么多好稿子都安排不上，为什么要发这个呢？"秀琪不肯退让。主任沉下脸，"你放这儿吧，我看看再考虑一下。"

秀琪闷闷不乐地回到办公室，老柳端着杯子凑过来，"主任坚持要发吧？嘿嘿。"

“最近发稿可没少考虑要评职称的，为了满足这些关系户，搞一期增刊专门给评职称的发不就行了。”

“你以为没想过这招儿？现在有好多单位都不认增刊。”

“反正这篇稿子我不当责编，你们看着办吧。”

看样刊的时候，那篇论文赫然在目。秀琪抓起来就要去找主任，老柳叫住她。

“小马，给你看看这个。”说完，从书柜里拿出一本诗集。秀琪接过一看，“主任的诗集？主任还写诗呀？他不是学金融的吗？”

老柳轻蔑一笑，“你拿去看看吧！打油的多。”接着又小声说，“出诗集的钱就是这篇论文的作者提供的。”说完用下颌点了下样刊。

明白了，秀琪的心一下凉了半截。办刊宗旨和学术的尊严在权钱面前都是虚妄的，她转回身，把样刊和诗集都扔到一边。

“小马，看看这个。”老柳递给秀琪一张打印好的诗。

致清流

明亮耀眼的新月倒映水中
晶莹剔透的榴籽白中透红
污泥浊水暗涌
你似一股清流
……

“喜欢吗？”

秀琪摇摇头，“我不太懂诗。”

“谁写的？”

老柳用一种异样的目光看着秀琪，轻声说了句：“慢慢体会。”

整整一天，秀琪都感到别扭，下了班，她走到老柳身边，把那页纸放到他桌子上。面无表情，“看了，还给您！”

“怎样？”

“不懂，不好评价，找别人吧！”

年底考核结束，编辑部该兑现效益奖。秀琪他们的文史组在整个编辑部全年发的优质稿子不是最多，但比其他组多不少。一天，秀琪在食堂打饭时听到背后有人叫她，回头一看，是政治理论组的汪老师，他笑着对秀琪说：“今天我也来吃清真餐。”说完对秀琪招招手，秀琪让过几个人，排到汪老师前面。

“你们兑现了吗？”汪老师关心地问。

“嗯，兑现了。”

“怎么也得有万把块吧？”

“哪有那么多？”

“不可能，我们每人还八千多呢，你们应该比我们好很多呀！”

“真不多。”秀琪不想说具体数。

“每人不到一万就不对了，我知道你们组总共提了多少！”

“是吗？谁知道怎回事！”

“找老柳，不行找主任问问去呀！”

“可能组里要留点活动经费，有时请作者吃个饭什么的。”

“别听他的，活动经费分配前就按比例提出来了，现在给的就该按每人的效益分配！”

“哦，这样呀！”秀琪心里明白了。

“那老姑娘呢？背后给人使坏，你才有病呢！”楼道里传来老柳爱人的叫嚷声。老柳一听“噌”的一声站起身跑出去。小夏看了一眼秀琪，“哎哟，是嫂子找来了吧？”说完也出去了。

编辑部要评职称了，小夏近来经常不在办公室，不知道忙些什么。前天，她问秀琪准备好评审资料了吗？秀琪头也没抬地回答：“现成的，不用准备。”小夏酸溜溜地说：“你真走运，转正就是中级，没两年就能上副高，可不是不着急吗？”

楼道里乱哄哄的，谢老师闪进来，“小马，你怎招惹老柳爱人了，她跑主任那里告你去了！”

“我没招惹她，躲还躲不及呢。”

“她去主任那里告你，说你鼓动老柳送她去医院，她去医院你和老柳……”

“什么，她真是疯了！”秀琪气得涨红了脸，站起身，随后又坐下了，“我行得正走得端，才不跟她一般见识呢，等她闹够了再说。”

渐渐地，楼道里回归了平静，秀琪想去拿暖瓶，走过窗前，无意往楼下看了一眼。见小夏正搂着老柳爱人的肩，亲密地说着什么。秀琪一下想起，上次她跟老柳建议让他带媳妇去看心理医生时，小夏也在场。她相信老柳一定不会对他爱人说长道短地谈论自己，一定是小夏！可这两个女人不是打得不可开交吗？这么快就联合起来朝自己来了，为什么呢？

“小马呀！你得注意一下影响。”

“主任，您这话什么意思？”

“老柳的爱人已经去找学校领导了，说你，唉！”

“她上次来办公室闹，我建议老柳带她看看心理医生，仅此而已，当时小夏也在，我没有说过分的话，更没有做错什么。不信，可以把他们找来对质。”

“我相信你，但这不是在评职称的关键时期吗？她这么一告，对你影响不好，你业务好这没得说，但不是得全面衡量吗？”

从主任办公室出来，秀琪站在楼道里思考：评不评得上副高不打紧，这种污人清白的事不能忍。她走进办公室：“柳老师、小夏，我准备给编辑部和校领导写一份情况说明，我不能平白无故地被人诬陷，希望你们俩给我做证。”

老柳一听就点头，“小马，对不起了，让你受委屈，我会去找领导实事求是说。你写吧，我和小夏做证。”

“马姐，别往心里去，嫂子有嘴无心，她不是前一阵还骂我吗！”

“我没说也没做对不起人的事，只求你实事求是还原当天情景，另外，小夏，我无意跟任何人争职称，该是谁的，就是谁的，你放心。”

“马姐，你扯远了，我也不是搬弄是非、自私自利的人。”

清者自清，两三年的时光，秀琪在学报编辑部这个二十几人的小集体，看透了世态炎凉。她决定离开这里。

这天，她跟哥哥聊了自己的打算。文琪沉吟说：“想好去向了吗？ 1984 年颁布了《国务院关于自费出国留学的暂行规定》，可以自费留学了，现在出国留学的人一年比一年多。要不，你也考虑考虑出国吧？”

“我当然想去了，我想学社会学！可出去要不少钱吧？”

文琪安慰道：“钱的事你别犯愁，我想办法解决！”

“算了，我听说国外可以申请博士后，我找机会申请这个应该行。”

“也好，你要是能去兴许还能联系上子轩。”

提到子轩，秀琪低下头，她显然有些犹豫了，“我再想想吧！”

秀琪又把自己的遭遇全都讲给导师，老师默默地点点头，深沉地对秀琪说：“社会这一课你也补上了！”恰逢学校调整院系结构，组建新的学院，在导师的举荐下，秀琪调到了教学一线。

机缘巧合

秀琪陪着一位外国客人走在琉璃厂的街上，一面走一面轻声用英语给老外介绍周围的情况。

今天她穿一身淡粉色做工考究的套裙，一双坡跟白皮鞋，手拿一只白色手包，披肩发从两耳边挑起一部分，用一个别致的发卡卡在脑后。

“琉璃厂是北京著名的文化街，它起源于清代，元朝时这里是烧制琉璃瓦的官窑所在地。明代时，琉璃厂成为当时朝廷工部的五大工厂之一。后来城扩大了，所需琉璃的量也大了，就迁到京西门头沟的琉璃渠村烧窑，但‘琉璃厂’的名字则保留下来，流传至今。

清朝时各地来京参加科举考试的举人大多住在附近，因此在这里出售书籍和笔墨纸砚的店铺特别多。咱们刚去的中国书店是中国最大的古旧书店，琉璃厂最著名的老店要数荣宝斋，这里是文人墨客必来的地方。”

从荣宝斋出来，他们又走向了旁边的一间小店。这是家古玩店，店面不大，十分雅致。里面已有两三位客人了。

店里一位五十开外的店员，见来了老外，就马上笑盈盈地迎上来：“先生，里边请，对哪方面感兴趣呀？”

老外看着秀琪，秀琪客气地对店员说：“这位是澳大利亚来的史密斯先生，我们先随便看看！”随后，她把意思翻译给史密斯。

他们在店里走着、看着，史密斯的视线停留在一块玉上。

一直跟在他们身后的店员马上跑上前来，“先生，要看看吗？”在得到确切回答后，店员打开玻璃展示柜的锁，戴上手套，用一个带绒布的托盘把那块玉取出放在上面端给秀琪他们。

秀琪示意史密斯不要用手触碰，先听他介绍。

“这是元代的，不可多得，先生真有眼光。”

秀琪问店员，可否拿起来看看？店员同意了，并拿给她一副手套。

秀琪戴上手套，拿起玉件仔细端详。这是一件凌霄花饰的玉件，四朵凌霄花，花萼相连，两朵昂首向上，两朵垂头向下，花瓣像如意云头状，花瓣外有三两条粗细不均的阴刻线，由花萼向上延伸。实在是漂亮，似乎在哪里见过。

她再仔细看后面，平素无文，轻轻把玩，玉质洁白但不够温润，拿过放大镜对着光线看，磨制仔细也略有小突起，最可疑的是缺少玻璃般的光泽。

她脑子里快速检索，忽然，她想起有一次跟王先生去孔庙的首都博物馆，在那里看到过的一件元代玉器。那件真正的羊脂玉凌霄花饰应该出土自一位不到 7 岁的小女孩的墓。

秀琪把它还给店员，对他说：“麻烦您收好吧！”

店员狐疑地看看秀琪又看看史密斯，“多好呀，元代的。”

秀琪莞尔一笑，“东西是不错，做得挺像！”

接着她把真正羊脂玉凌霄花饰的来历讲给史密斯听。

20 世纪 60 年代北京市文物工作队在德胜门外小西天地区发掘清理了几座清代墓葬，其中的 1 号墓——赫舍里氏墓。墓主是个得了急病死去的小女孩，她的家势显赫，祖父为索尼，父亲为索额图，都是清朝初年权倾一时的朝臣。索尼为满族正黄旗，康熙时为一等公、辅政大臣；索额图是索尼的第二个儿子，曾任国史院大学士、保和殿大学士、太子太傅。小女孩聪明，性格温厚，做事合乎礼数，孝敬长辈，家人十分宠爱她。她死后的随葬物品很丰富，其中有一件羊脂玉凌霄花饰，玉质之佳、玉料之大在元代玉器中罕见。

讲完了，秀琪对史密斯说：“这是件仿制品，不过，做得不错，你要感兴趣，也可以问个价，不贵的话买下来留纪念也行。”

史密斯听了连连点头，“这故事有意思，我想买下来，请帮我问问！”

秀琪对店员说，“我的朋友感兴趣，问多少钱能拿下？”

店员高兴地举起食指比了个 1。

“那是多少？”

“1 万元人民币！”

听他这么说，秀琪笑了，“要我说，就 200 元。”

店员急了，把秀琪拉到一旁，“这位女士，一看您就是行家，但咱这不是跟老外做生意吗？咱得给国家出口创汇呀！”

“一分钱一分货，咱也别太离谱不是！”

秀琪一面跟店员对话，一面拣重要的翻译给史密斯听。

史密斯吃惊地张大嘴，耸耸肩看着店员和秀琪，显然，巨大的价格差距是他所不能理解的。

店员是很想拿下这单生意的，他说：“这我真做不了主，我请示下经理，您稍等。”然后转身到后面去了。

秀琪和史密斯两人在等待期间随意地看着。

店员兴冲冲地出来了，“经理特批了，1000元人民币！”

“300元！不然我们就走了！”

“不行，真的，您也知道，这是好玉。”

“我就是觉得材质还行，虽是和田玉，但不够润，做工也还不错才出这个价。”

“您是高人，800元！一口价！”

“就300元，一分都不加了，不行就算我们跟它没缘分！”

“得，归你们了！”

秀琪把最终的价钱翻译给史密斯听时，他兴奋地拥抱了一下秀琪。

所有的过程都被旁边一位也在店里看货的老先生看在眼里。秀琪一扭头，正和老先生的目光对上了，双方都友好地微笑着点了下头。

店员拿出一个小盒子给史密斯装东西，趁他给钱的当儿，秀琪走到旁边想去看看其他的摆件。

谁知那老先生开口了，“您说的那个赫舍里氏墓出土物在哪儿能看到呢？”

秀琪一惊，老人一口京腔，听懂了自己刚才和史密斯的对话？

“我以前在首都博物馆见过，不清楚现在有没有展出。”

“老先生对它感兴趣？”

“不怕您笑话，我刚才也看了这块玉，拿不准。”

秀琪仔细打量老人，只见他有把年纪了，清瘦，长长的眉毛、深邃的目光，年轻时应该个头不矮，穿一身很合体的日韩游客常穿的西服便装。

“老先生是本地人？”

“应该算吧，离开北平四十多年喽！”

“可您乡音未改，您刚才一开口，我就听出您是老北京！”

“是吗？”

“您这是从国外回来探亲，还是旅游？”

“就算故地重游吧！我从日本来。”

听到日本，秀琪不觉再次打量了一下老人，她忽然有了某种预感。

“您刚才说的，我都听到了，您是高人。”老先生冲秀琪微微弯了下腰。

“不敢，不敢，您过奖了！想必您是行家！”

“尹某不才，这个……”听到此话秀琪突然打断了老先生的话。

“老先生姓尹，敢问您是牛街人吗？”

听到这里，老人脸上的肌肉抽搐了一下，惊诧地看着秀琪，“正是！”

啊，天下真有这么巧的事，秀琪难掩自己的失态，她急切地说：“您老认识马国禄吗？”

此话一出，老人愣住了，双方可能都猜出对方的身份。

“你是……马？”

“是，我就是马秀琪，尹伯伯好！”秀琪努力使自己平静下来。

真是造化弄人，几年前遇见子轩是在琉璃厂，今天又在这里见到了尹伯伯。

这时，史密斯提着东西走过来，秀琪忙指着史密斯对尹老先生说“这是我的澳大利亚同行史密斯教授，我们有个学术交流活动，他后天离京，我陪他逛逛琉璃厂。”接着又指着老先生给史密斯介绍，“这位老先生是我父亲的故交，他离开中国40多年了，今天是我们头一次见面，就在这里巧遇了。”

史密斯和老先生握了握手，“你们难得见面，要不你们聊，我自己叫个出租车回酒店？”

尹老先生听了，摆摆手，“你们逛你们的，我来北京得待几天呢。”

“这样吧，尹伯伯，您把您住的酒店房间号和电话给我，晚上我跟您联系。”

“好好！”尹老先生掏出一张酒店的名片递给秀琪，又从口袋里摸出笔，在上面写下房间号。突然，他停下来问：“你父亲还好吧！”

秀琪接过名片，沉默了片刻，轻声说：“我爸爸前年走了！”

“啊！”

尹老难过地点点头。“回头细说！”

“再见，尹伯伯！”

“Bye bye！”

秀琪事先跟尹老先生联系好，约定今天上午由哥哥去酒店接老先生，他们兄妹陪他去牛街清真寺参观，然后她和哥哥设家宴招待老先生。

秀琪早早等在牛街清真寺门口。老先生来了，秀琪迎上去，搀扶着老人。

参观了大殿后他们又来到清真寺的跨院拜谒长眠于此的两位筛海（学者）的坟墓。尹老先生感慨万千。他抚摸着筛海的墓碑，看着饱经风雨的石碑上的阿拉伯文说：“两位筛海，一位名阿里·本·阿马顿丁，布哈拉人，世袭‘哈的’；另一位名叫穆罕默德·本·艾哈买德，伽色尼人，他们不远万里来咱这里宣教，先后长眠于此，七百多年了。”

“这两座筛海坟和墓碑既是伊斯兰教珍贵文物，也是咱牛街回族历史的见证。”秀琪附和着说。

“几十年了，我还记得我和你父亲在二十小学上学的时候常来这里。一晃你父亲都作古了，我也不知道什么时候就会被真主叫走了。在有生之年能再回来看一看，我这心愿就了了。”老人用手抹了一下眼角滚出的泪水。

“您还硬朗着呢，有机会就常回来。”秀琪说。

来到马家，尹老先生站在院子里环顾这个小院儿。他对秀琪兄妹说：“我在香港时，听说你父亲买下个小院儿，有朋友说他是当代王维。可我知道，你父亲和王维 44 岁那年买下蓝田山里的辋川别业虽都是孝敬老母，但你家当时的境况实在不好，没法跟王维诗意的栖居比呀。你爷爷不知去向后，追债的人上门，你奶奶卖了祖宅还债。一直在龙凤坑那边租房住，那边地势低洼，一到下雨天，雨水都快没进屋了。你父亲是个孝子啊！他省吃俭用攒钱，加上那几年生意好，终于置下这院房子。给你奶奶安度晚年，他对你奶奶那真是没得挑呀。”

一进西屋，迎面墙上挂着马国禄书写的阿文对联。尹老先生站在对联前，长久地凝望着。然后哽咽着说：“仲安兄，四十多年生死两茫茫，想你呀！”他说不下去了。秀琪赶忙扶老人家坐下。

“您别想太多，喝茶。”文琪安慰着他，随即递上一杯已经沏好后焖了一小会儿的香喷喷的茉莉花茶。

老人喝了一口，“嗯，真香，以前的正兴德茶庄还有没有呀？”

“菜市口西边老铺子还在。”秀琪笑着说。

“我年轻时常买他家的花茶，这正兴德茶庄起源在天津。他们的花茶用福建闽北、闽东地区的春茶加茉莉花熏窨，香，好喝！关键那是咱回回开的，清乾隆三年天津穆家，穆正英创办了正兴德茶庄，咱北京菜市口这家是清光绪二十三年开的，因为挨牛街近，还是京城独一无二的清真茶庄，所以生意兴隆啊！”

“您记性真好！”

“人老了，眼前的事记不住，但陈年往事都能想起来。”

“我爸爸也这么说，他说过去的事儿总在眼前晃。”

“可不是吗？”

老人看着文琪：“文琪呀，你小孩多大了？”

“儿子 30 岁，女儿 26 岁”

“儿女双全呀，好福分。都在哪儿高就？”

“儿子在中科院的一个研究所，女儿还在读医科。”

“好好，一家子文化人！”

“你们先聊着，我去忙了。”秀琪到厨房跟嫂子一起做饭去了。看着她的背影，老人对文琪说：“秀琪多好的姑娘啊，可惜子轩他没这份福分。”文琪笑着说：“那是他们缘分没到。子轩在那边好吗？

我们已经很久没联系了，自打他离开日本就没他的消息了。”

老人叹口气，“也许是我把他逼走的吧！”

“这话怎么说？”文琪不解地问。

“我自私，我承认，人老了，就想赎罪，我想让子轩留在身边，尽量补偿他，谁让我以前亏欠他们母子呢。再说，我也需要他。我都给他铺垫好了，他一毕业就能进一家大公司，但子轩一心惦记着秀琪。我跟他说等他工作稳定了，再把秀琪姑娘接过来，他说人家姑娘有自己的事业。你都不知道，那一阵儿，他愁得大把地掉头发，后来把自己关在他那间小屋里不出门。我们爷儿俩从来都是我主动联系他，他不会自己来找我，再后来，我去他那儿，他不给我开门。我听大夫说这是得了神经官能症。”老人用手敲了敲自己的头。

“后来，是我求朋友的女儿去找他、开导他，不然真不知道会发生什么事儿。”

“啊，这样啊？他在学业上一直很努力，想证明自己，我猜他是想继续学业，当时也考虑过您可能挽留他，但没猜到他会……”

“他变得有些极端了！走前都没跟我见上一面。”

“他给我写过一封长信，让我转告秀琪他想去美国，说有位朋友帮他联系学校。那他现在怎样了？”

“他一直都没和我联系，我还是从朋友的女儿，大概就是你说的他的那个朋友，台湾来的白小姐那打听到子轩先是去了斯坦福大学，但后来又到了加州理工学院，也不知道成家了没有，听说身边有个洋女子。”

“那就好。”文琪苦笑了一下。

沉默了片刻，尹老先生问文琪：“秀琪怎样了？”

“您都看见了，她可是大忙人，课题、交流一大堆的事儿，带了三个研究生。”

“我是问她成家了吗？”

“没有，她总是回避这个问题，我跟她聊过，她不愿意多说，我当哥哥的也不好多问。”

“唉，怪我！”

“您不用自责，都过去了。不提了！”

“开饭喽！”秀琪吆喝着，端着两盘菜进了屋。

头天就做足了准备，所以在哥哥陪老先生说话的当儿，秀琪和嫂子就手脚麻利地把一桌牛街特色的家常菜做好了端上来。

特色菜有炸得金黄松软的松肉、软烂的煨牛肉、炒麻豆腐、香甜的糖卷果，另外还有红烧带鱼、油焖大虾、香酥鸡翅、烧茄子。秀琪还从街上买来小吃，驴打滚儿、艾窝窝、豌豆黄儿、芸豆卷。老人看着眼前的一桌菜眼睛都发亮了。他夹起一块儿松肉，“当年我就爱吃这个。”

“那您尝尝还是那个味儿吗？”秀琪笑着问老人。

“嗯，对，对，就是这个味！咱牛街的味儿！”“哈哈……”屋里的人都笑起来。

老人每一种都尝着，不断地夸赞：“真好吃，在外几十年，还是想这些东西，忘不了呀！”“您等着，还有呢。”一会儿秀琪端上来一盆儿豆汁和几个焦圈儿。

“还有豆汁儿？哎哟，这可是没想到哇！”

秀琪给老人盛了满满一小碗，“这儿还有咸菜丝儿！”文琪在一旁递过一个小碟。

“嘿，六必居的酱菜丝儿？”

“对，您什么都记得！”

“记得，那会儿，牛街口上有推小车子卖豆汁的，冬夏都有人喝，夏天去暑，冬天暖肚。我小时没少喝呀！”

“我听说日本人爱吃纳豆，也是发酵的，您吃着怎样？”文琪问老人。

“那是好东西不假，大豆做的，可要我选，我还是爱喝咱老北京的豆汁儿！”

“哈哈……”众人笑起来。

“我年轻那会儿跟你父亲常吃烤肉，烤肉宛跟烤肉季都去，南宛北季，季记的烤羊肉、宛记的烤牛肉出名。那时，烤肉宛的烤肉是武吃。什么叫武吃你们知道吗？就是围着炉子，一只腿蹬在板凳上站着吃，就是吃那股子热火劲儿。”老人说着还伸腿比画起来。

“您慢点儿，您今年高寿呀？”文琪问。

“八十五岁，我比你父亲小三岁。”

“您真硬朗。”

“要是为主的给寿数，我明年还回来！我老梦着牛街，有时想着老北京的吃食，做梦都能乐醒喽，你们说这是不是越老越没出息呀？”

“树高千尺也忘不了根呢！”文琪感叹。

饭后，秀琪坐下和尹老先生聊天。

“尹伯伯，您这次在广东是出货呀，还是发现了什么好东西呀？”

老人看着秀琪笑而不答却说："小马老师，我想知道你对我们这些做古玩玉器行的怎么评价？"

"尹伯伯，我不过在爸爸身边和工厂里听师傅们聊过一些有关玉的知识，古玩行我根本不懂，不敢妄议。"

老人喝了口茶，"'古玩''古董'其实是一个意思。以前人们把珍贵的古物称为'骨董'就是取肉腐而骨存之意，意思是保存过去之精华。商人逐利，发现时间久远的有价值的器物而买卖它们，就有了古玩行业。'石之美者为玉'，玉不雕不成为器。咱回回之所以被人称为'识宝回回'，是因为回回中有能人呀，咱牛街就有不少人从事珠宝玉器买卖加工的。你爷爷就是个高手、能人呀！"

"我爸爸很少跟我们讲起我爷爷。"

"他是伤了心呀！你爷爷那时的买卖做得大，经他手的好东西多了。你爷爷既有眼力又有手艺。别的古玩玉器铺子'三年不开张，开张吃三年'，他的铺子三年不开张，开张能吃好几年呀。有一年，他从广东得到块大料，他手艺好，经过六年雕琢做成玉鼎。有个洋人看上出大价钱，你爷爷愣是不卖，后来内务府有个姓季的收了，说是替宫里办事，其实后来，一转手还是卖给了洋人。你爷爷那个气呀！后来，听说你爷爷又出玉门奔了新疆，这回，他一去未归。那时你爸爸刚十岁出头，等了两三年，家垮了，你大伯身子骨弱，顶不起家，你奶奶卖光了家业还账。你大伯无常后，你奶奶给人缝缝补补，你爸爸就到了你姑父家的买卖上学徒。"

从小到大，有关家族的历史秀琪虽从父亲口中断断续续听到过一些，但外人讲得可能更客观，因此，她听得格外认真。

老人又感叹道："老祖宗留下的宝贝多了，可惜流失得不少呀。"

“尹伯伯，听说您当年下南洋是为追一件宋瓷？我们国家最近几年一些重要的文物回流您也出力不小呀！”

“你是听子轩说的吧？”

“对，我是听他说过。”秀琪干脆地回答。

“尹伯伯，我知道了，好的古玩玉器商，就像您这样的，不仅把寻宝、做买卖当作乐趣，而且图的是为人类保存下珍贵的文物。”

“哎，你算说到点子上了！”老人对秀琪的话很赞许，冲她点着头。

可能后悔在秀琪面前提到子轩，老人看了看秀琪语重心长地说：“姑娘，我看出来了，你人聪明，学问也好，前途远大，千万别耽误了自己。”

“我明白您的意思！”秀琪点点头。

送走了尹老先生，在回家的出租车上，文琪面色凝重地对秀琪说：“我可能误解子轩了。”

“什么？”

文琪把刚才和尹老先生的谈话告诉了秀琪。“我一直理解他是在老父亲和爱人之间实在无法做出选择才不得不选择逃避的！他想证明自己我也猜到了，不过听说他当时应该病得不轻！”

“啊！”

秀琪此刻犹如万箭穿心！虽然她早就知道子轩是为实现理想而远去，但是没料到他当时是何等煎熬。她为自己当时只顾志得意满地向他展示自己的理想和抱负，还不断写信催问他毕业后的打算，让子轩犯愁而难过。秀琪怪自己没有及时了解子轩的思想动态。子轩是个内向的人，而自己却没有察觉到他内心的痛苦，自己哪里还算个知心爱人呢？不知不觉，秀琪已经泪流满面。

文琪心头一震，他没把尹伯伯说的子轩身边好像有人了的话告诉秀琪。他拍了拍妹妹，“好了，他在加州理工学院，放心，我能打探到他的消息！”

秀琪侧身看着哥哥，“算了，都过去了，不要再提这件事了，别打扰人家平静的生活。”

文琪知道秀琪是一个有个性的女子，在她的潜意识中，她想要的是凭借自己的美丽、智慧，去赢得对方积极主动的爱恋，她一定矜持而不肯放下自己的尊严主动去追求爱情。尽管她很投入，但却很受伤。

文琪心中暗想：真的吗？秀琪真的放下了吗？

“秀琪姐。”进院的是芳芳，秀琪热情地把她迎进来。

“嗨，真巧，你要是明天来呀，我就不在北京了，正准备去新疆呢。”

“我虽然没给你打电话，但是我问了玉玲，知道你在家呢。”芳芳笑眯眯地回答。

“哦，原来你是打探好了才来的，你是无事不登三宝殿，自打你哥他们不住这了，你都多久没来这院了？”

“我忙呀，越搬越远，过来一趟，坐车就得一个多钟头。”

“知道你忙，都是副厂长了嘛！”

“要不是你总是鼓励我、帮助我，我这电大可读不下来。我基础差，念这几年书费了牛劲儿了！”

“还是你有毅力，我也劝玉玲了，可她都当耳旁风了。人要明白自己想要什么，不断探索和拓展自己的潜力，一步步地充实自己，才能变得有实力。”

“秀琪姐，你一直是我的榜样！”

“你今天不是专门来夸我的吧？”秀琪一面给芳芳倒茶一面说。

芳芳听秀琪这么一说就直截了当地说：“老田回来了，他说已经去找过你了。”

老田是芳芳老公老谢的西安同乡，军校毕业的，在总参工作，因为要被派驻到非洲某国做武官，临行前听说非洲那边部落特别多，民族成分也很复杂，想找点资料看看，先熟悉熟悉情况。芳芳知道秀琪正研究民族学，带着他来找过秀琪。

“你还说呢，那天我正在办公室看书，推门进来个军官，我都愣了，那人自报家门说姓田，我才一下子想起是谁了。上次你陪他来时他穿的是便装。这回他来，说是回国汇报工作顺带休假，特意来看望一下朋友并再请教一些问题。”

秀琪指着书柜里的非洲木雕脸谱给芳芳看，“你看，这是他送我的。”

芳芳凑到书柜前看了看，“这可是远隔千山万水带来的珍贵礼物。”

“可不是吗！我很喜欢！那天我们聊得挺开心。”

“你们熟了吧？你对他印象如何？”

“人不错，挺好钻研的。他虽然是驻外武官，但在工作之余对所在国的情况掌握得很详细，这是个高素质的外交人员。我其实有的时候很需要了解国外民族的最新动态，他提供的信息很有用。”

“秀琪姐，老田的爱人去世已经有两三年了。他们有个儿子，在上大学。他今年 50 岁了，他对你很有好感。我觉得你俩目前都是

单身，无论从学识还是年龄都挺合适的，他虽然不是回民，不过他在西安鼓楼那边长大，对回民的习惯也了解，我想给你们俩牵个线，你愿意吗？”

芳芳这话说得突然，秀琪听了先是一愣，而后她看着芳芳尴尬地笑笑说：“算了吧，我可忙了，明天还要出差，顾不上这个！”

“你考虑考虑，别急着拒绝，我就是先探探你的想法，这也是老田的意思。他也要回西安老家探亲，去不了多久就回来，他在国内总共有一个月的假期。你计划什么时候回北京？”

“我恐怕得去二十来天。”

“他条件挺好的，北京有房子，驻外也是轮换，现在驻非洲，下一期有可能就去欧洲某个国家了。他们驻外时可以带家属，或者每年回来探亲一次，不过他这个年纪，还得在外面再跑个十年八年的，这是劣势；优势呢，他这个人很有才华，你们又有很多共同语言，这一点真的很难得。”

“嗯，好吧，我考虑考虑再答复你！”

“天气预报说今天夜间和明天都有雨，你明天坐火车还是飞机呀？”

“飞机，要是天气不好估计会晚点！”

夜里果然下雨了，先是雨点敲打着玻璃窗，接着瓦垄间流下的雨水细线般落在屋檐下的地砖上哗哗作响。秀琪睡不着，往事在眼前就像在过电影，一幕接一幕，很多年了，她早已习惯独自在深夜回忆、思考，甚至享受那不曾搁浅的一丝牵挂。

清晨，小闹表响了。一夜无眠的秀琪拿起它，看着表盘上的两只小鸟摆动着头发出叽叽喳喳的叫声，轻轻按下跳起的键。眼前浮现出在友谊商店见到它的情景。子轩临行前，秀琪陪他去友谊商店给他父亲买条领带，转着转着，秀琪在钟表柜台前看到了这只小闹表。大小像只小苹果，粉色的外壳，表盘里有两只小鸟站在枝头。她看着它笑了。子轩请售货员拿过来看看。表是装电池的，调好时间，到点后两只小鸟就发出鸣叫。“喜欢吗？”秀琪点点头。“以后我不在时就让它陪着你。”“开票吧。”子轩对售货员说。

从此，秀琪无论去哪儿都将这个小闹表带在身边。

秀琪没想到，从新疆回来下了飞机打车在胡同口一下车就遇到玉玲。玉玲帮她把行李箱拉进院，丢下话就往外走：“你先歇会儿，我去接孩子，待会儿我和艳芬带吃的过来，你什么也不用准备，晚上一块儿吃！”

快六点时，玉玲和艳芬一起来了，艳芬带来几张肉饼，玉玲端着一锅红豆粥，胳肢窝下夹着一个塑料袋，里面装着几根黄瓜和一根白萝卜。玉玲进了院就奔了厨房。不一会儿芳芳下了班也直接赶过来。秀琪拿出从乌鲁木齐带回的葡萄干、杏干、大枣和苹果馕。艳芬来回几趟，从厨房帮着玉玲端上切成牙儿的肉饼和拍黄瓜及拌好的白萝卜丝儿，又给每人盛了碗粥。

人刚坐下，玉玲先发话了：“秀琪姐，你是要变仙吗？怎变得不食人间烟火了！”

秀琪刚喝了几口粥，正咬了口肉饼嚼在嘴里，“我怎不食人间烟火，这肉饼、粥正对我口味，好吃！”

“你真行，一封信就给人家回绝了，你是怎么想的呀？”玉玲紧盯不放。

“是呀，秀琪姐，我们都觉得老田跟你挺合适的，人家又特别中意你。听说你三言两语就回绝了！”艳芬看了下芳芳，两人交换了一下眼神。

其实秀琪那天是没好意思当面回绝芳芳，芳芳走了以后她想了想该怎样跟芳芳说。第二天，因下雨，前序飞机还没到，飞机果然晚点了，在机场候机时，她给芳芳写下一些自己的想法，到了乌鲁木齐后就装在信封里发出去了。

“为这事呀，我觉得我对老田没感觉，我们做普通朋友就可以了！”

“人家条件多好，有房有车，还能出国，真不知你想要什么条件的。”玉玲满脸遗憾地埋怨着。

“就是呀，秀琪姐，这么多年了，给你介绍了这么多，你一个也看不上？”

“让我先吃饭行吗？艳芬呢？”

“去叫艳敏姐了！”

“你们想干吗？”秀琪边吃边问。

“开你的批斗会！”

艳敏跟着艳芬走进来，“吃了吗，艳敏姐，坐下吃点吧？”秀琪指着桌子上的吃的跟她打着招呼。

“我吃过了，你们赶紧吃吧。”说完坐在一旁。秀琪把装着葡萄干、杏干的盘子端给她。

“呦，这杏干真好吃，一点儿都不酸。”艳敏往嘴里送了一颗杏干。接着又叫起来，“嗨，瞧这个枣，个头都不小，但这颗比鸡蛋还大了吧。”她拿起最大的一颗把玩。

“这枣是和田的。”秀琪介绍。

玉玲扒拉了一下艳敏，“艳敏姐，我们正问她为什么不愿跟芳芳给她介绍的老田发展关系呢！”

“哦，那你们继续。”

“你们就别替我操心了行吗？你就说这枣，就算是同一棵枣树上结的果，吸收光照、水肥条件不一样，结出的果实大小也不一致。人也一样，不是每个人的生活都该像是一个模子里刻出来的，一定要按部就班地结婚、养育孩子。我不想为了结婚而特意去跟人谈一场恋爱，我喜欢水到渠成的感觉。我现在一个人习惯了，已经找到一种适合我自己的生活状态了，我挺享受那种工作之外独来独往读书、写作、喝茶、旅行的生活，让我跟大多数人一样过日子恐怕有点难。”

“瞧你说的，大家不是都这么过吗？”芳芳说。

“别听别人的建议，心里怎想就怎做，这样活得真实！日后也不会后悔！”艳敏的一句使秀琪很感动。

“还是艳敏姐懂我。”

“姐，你是哪边的呀？站错队了吧！”艳芬不满地瞪了一眼艳敏。

“温暖安逸的家庭生活，我这辈子注定不会有了。”

“哦，明白了，你这是心里还想着尹子轩吧？”

秀琪苦笑了一下，“想有什么用，我真的没心情！”

“就是，别想他了，把你坑得够呛！”玉玲狠狠地说。

大家聊着聊着，芳芳看了看墙上的挂钟，“都十点多了，我得走了，不然没地铁了。”

一见芳芳要走，众人也纷纷站起身。

“等等，”秀琪拿出给姐妹们买的纱巾，每人挑一块吧。”

“哎哟，哪块都好看。”玉玲抓起一块。

“玉玲，别忘了给四嫂也挑一块。”秀琪叮嘱玉玲。

从秀琪家出来，艳敏姐妹一起朝家里走。艳芬说：“秀琪姐每次出差都想着大家，看她一个人孤孤单单的我心里不好受。可她怎么就不听人劝，不找个伴儿呢？”

“曾经沧海难为水！她这都是让那个尹子轩给耽误的，她嘴上说不想他，可我觉得秀琪心里除了他就没装过别的男的。”艳敏边说边叹气。

这天秀琪走进楼里，正看见院里刚来的专管办公事务的小奚匆匆地走出来，见到秀琪，客气地打招呼说：“马老师，昨天有个人打电话到系办公室找您，我留了他电话号码，放到您办公桌上的玻璃板底下了。”

“好，谢谢！”秀琪坐到自己的办公桌前，果真看到小奚留下的纸条，号码怪怪的，不是普通座机号码。秀琪倒了杯水，拿起电话按照电话号码拨过去，没有人接。放下电话秀琪正准备起身出去办事，桌上的电话响了，她拿起来，里面传来一个熟悉的声音：“请问是马秀琪老师吗？”

“你是老陈，陈志超？”秀琪兴奋地问。

“对呀。”那边陈志超爽朗地笑着。

“还能听出我来呀？”

“一下就听出来了，你好啊，老陈，你来北京了吗？”

“对啊，我来北京办点事儿，昨天没找着呢，你们那个老师警惕性挺高，不肯把你家的电话号码给我。”

秀琪笑着说：“现在骗子太多！”

“你什么时候有空啊，我请你吃饭，咱们好好聊聊。”

秀琪认真地说；“你到北京应该我请你，尽地主之谊才对！”

“没那么多说道，主要是想见你一面。你今晚有时间吗？”

“不行，我晚上还有课，要不明天中午吧？”

“行啊，那就明天中午。一会儿我订好了再打给你。”

“好的！”

不一会儿，陈志超就又打来电话，说是订好了，王府饭店。哇。这个饭店的名气实在不小。

王府饭店是一座五星级豪华饭店，坐落于北京繁华的王府井商业区，大门口中国传统风格的牌楼，琉璃瓦飞檐屋顶交相辉映，既有宫廷之典雅，又不乏现代之风范。整座建筑秀丽的外观体现着中国古典建筑和现代建筑的完美结合。

秀琪虽然就住在北京，也常去王府井购物，可是她却从来没有进去过这座酒店。

第二天中午十一点半秀琪准时来到了王府饭店的大厅，陈志超正拿着个大哥大在大厅里等着她。见到秀琪，陈志超快步迎上去:“小马，你好！”说着，热情地握住秀琪的手。秀琪上下打量着陈志超:“老陈，你好像比上次见面瘦了不少？”

“可不是吗？成天忙里忙外的能不瘦吗？你可是没怎变样”。

“怎么能没变样？沧桑了不少吧？”秀琪风趣地说。

秀琪今天穿一双黑色高跟鞋、一条天蓝色连衣裙，戴一条珍珠项链，配一对同款珍珠耳钉，长发挽在脑后，手腕挎着一个精致的黑色羊皮小包，典雅而魅力十足。

饭店刚做了重新装修，大堂富丽堂皇，秀琪环顾着四周，听陈志超说："这里有家粤菜餐厅不错，但我考虑你吃粤菜可能困难点，就在西餐厅订了位，大概是法式的，你看可以吗？"

"没问题，你还记着我的习惯，谢谢啦！"

"哎，我现在也基本不吃大肉，只吃海鲜和素食。"

"好啊，反正我也没来过，托你的福我才进了这里。我今天到这里是刘姥姥进大观园。"

"不至于吧？你也算高级知识分子了。"

"真是第一次进来！"

两人来到西餐厅，大厅里面只稀疏地坐着两三对客人，回荡着轻慢舒缓的乐曲，环境舒适恬静。侍者过来帮秀琪拉出座椅后，又麻利地摆好餐具，同时递上酒单和菜谱。陈志超把它们推到秀琪面前，又把大哥大递给服务员，"麻烦给充上电！"

秀琪看了看菜谱，有些为难地说："还是你点吧！"陈志超拿起来快速看了看就做出决定。他冲侍者做了个手势，等他到跟前，轻声说：

"前菜：番茄浓汤，主菜就点油封海草三文鱼、香煎龙虾。另外，那个阿拉斯加帝王蟹的量大吗？"

侍者回答："您两位应该可以点。"

"好的，点上，再来一份提拉米苏。"陈志超合起菜谱对侍者微笑着点点头，"就这些吧。"

“您二位喝点什么？”侍者问。

陈志超看着秀琪：“来点红酒怎样？”

“别，我还是不行，就来杯苏打水吧！”

“好，一杯苏打水、一瓶这个！”陈志超指了指酒单上的一款红酒。

侍者重复了一遍他们点的单，退了下去。不一会儿，侍者托来装着原麦谷物面包及黄油的小竹篮。

陈志超拿起面包对秀琪说：“来吧，边吃边聊。”

秀琪看着面包没动手，只是说：“快说说这几年你都在哪儿？真去了广东吗？”

“咱俩上次见面以后没多久，我就辞职去了广东。这些年的事儿真是一言难尽。你都不知道，我最难的时候是什么样子！”陈志超往嘴里塞了块面包边嚼边说。

“我太想听了，你快说说。”秀琪拿起块面包，一边抹黄油一边兴致勃勃地看着陈志超。

“刚过去时我四处找工作，住在四个人合租的房子里。有一天，我去东莞，回来时我的钱还让人偷了，差点都吃不上饭。”秀琪瞪大眼睛看着眼前这个虽然瘦回到从前上学时的样子但红光满面的陈志超，“真看不出你还有这样的经历。”

“是啊，每一个下海的人，都有不同凡响的经历啊。这是你们体制内的人想象不到的。”

“你现在怎么样？”陈志超反问。

“我一直在教书，本科生的、研究生的都上，我这个人也没有什么大的追求。我觉得能把课讲好，再做点自己有兴趣的研究就知足了。别人现在都拼命找关系发论文、评职称，我对这方面不是特别的在意，反正我的副教授已经评上好几年了，论文也发了几篇。但是他们说没有名额，教授什么时候能评上不知道，那就等着呗，反正我也不会为这个事去找领导拉关系，也不想跟别人争。能评上就评，评不上，我也不着急。”

“哈哈，你心态真是好。”

“现在南方，讲究时间就是金钱，大家都在拼命赚钱，赚钱才是王道。”

菜陆续上来了，番茄浓汤，既有番茄的酸香又有浓郁的奶油味。油封海草三文鱼，这道菜中嫩滑的鱼肉和酱汁、鱼子相得益彰。搭配芦笋和蛋黄酱的阿拉斯加帝王蟹味道鲜美，龙虾也很饱满。

秀琪吃着夸赞道：“老陈，你太会点了，要是我自己来我都不知道怎么点到这些好吃的！”陈志超哈哈一笑，“吃的次数多了，自然就知道了，广东那边港澳人开的西餐厅不少，等你有机会过来，带你去尝尝！”

“看来你生意做得不错！”

秀琪问起陈志超这次来北京的目的，他说是过来看看北京这边的市场。这两年跟几个朋友一起做红木家具的生意。

陈志超感慨地说：“还得说是北京，有钱、识货的人多。高端市场走得还不错，这次过来一看，黄花梨的产品在这边好卖。”他介绍说自己和人在中山开了家红木家具厂，现在一边做新家具，一边收散落在民间的老家具。

“有些人专收一些古旧家具，修理、加工后出口港台，一转手就能卖出天价。我收这些，是为了收藏，这些老家具是我们国家的文化遗产的一部分，流失得比较严重。”

“你想法不错，将来可以办个展览。”

“目前还没收到几件像样的，主要还是仿制。”

“都做什么家具呢？”秀琪问。

“就是仿明清的红木家具式样，做椅子、花架、柜子，材质方面有少量黄花梨的、紫檀的，红酸枝的多些。”

“我家以前有一些老家具，但是我不知道是什么材质的，听我父亲说好像是紫檀的吧？”“还有吗？”陈志超听了眼睛一亮。

“早没了，‘文革’前卖了一些，后来我记得有一对圈椅，怕被红卫兵发现说是‘四旧’，我爸爸就给拆散了，因为是硬木，烧火都不好使！”

“唉！很多明清老家具‘文革’的时候都毁了，可惜啊。这些家具都是榫卯结构，不用钉子，只用少量的胶粘合，也不上油漆，主要凭的是木材纹理的自然美。明朝的家具造型简练，清朝的庄重，都很漂亮，现在做的都只能算形似，怎么比都觉得差点什么。”

“时代感？文化底蕴？”

陈志超点点头，表示同意。

随后他话锋一转，“你父亲身体好吗？”

“我父亲去世好几年了。”

见秀琪眼圈发红，陈志超忙说了句：“对不起！”

停了一下，陈志超又问：“你还在牛街住吗？还是住那个老房子？”

“对呀！”

“我觉得你该换换环境了。我送你一套红酸枝的书柜吧，仿明式的，简洁、漂亮！”

“别，别，我没地方放。总有传闻说我家那片快拆迁了，也不知道具体什么时候，所以也没心思仔细打理房子，懒得挪动。”

陈志超端起红酒杯喝了一口，对秀琪说：“小马，有句话我不知道当问不当问？”

“什么？但说无妨，你问吧。”秀琪笑了。

“你，你现在还是一个人吗？”

秀琪抬眼看了看陈志超，轻轻点了点头。

“那这么说，我有机会啊！”陈志超喝了口酒，借着些许酒意，他挠了挠头。

“什么意思？”秀琪问。

陈志超又喝了口酒，“小马，你知道我的，我这人不会藏着掖着，这些年我也一直是一个人，咱们也都这个年纪了，你看，咱俩有可能吗？”

秀琪的脸腾一下红了，陈志超的话来得太突然，让她毫无准备。平静了一下，秀琪说：“我这些年一个人早习惯了。”

“就真想一个人走下去？”

“我觉得这样挺好，无牵无挂。”

“两个人一起走不是更好吗？你是没有感受到两人的合力。其实我一直很欣赏你。你总是那么淡定、从容，还好学，这都是你特别吸引我的地方。我这个人没城府，简单，不怕吃苦，以前咱在学校里就特谈得来，我想生活上也应该可以。”陈志超满脸真诚地看着秀琪。

秀琪笑了，她摇摇头，“老陈，谢谢你！”

“能给我个理由吗？”陈志超穷追不舍。

“我了解你的民族，也会尊重你的生活习惯。其实你要是觉得我们南北方离得太远，我可以关了厂子到北京来。你做你的学问，我支持你。或者你也可以往南方活动活动，中山大学还是不错的，那里我有朋友可以帮忙。”

“我真的没有成家的打算。”秀琪转动着手里的玻璃杯。

陈志超知道，如果秀琪的父亲还在，她一定不会接受自己，而现在，老人家已经走了，应该没有理由，莫非她心里还惦记着她那个初恋对象？陈志超心里犯嘀咕，眼睛却紧盯着秀琪。

“我现在每天都很忙碌、充实，我在做城市回族历史文化研究，想先从回族妇女问题着手，我已经搜集了不少回族妇女社会参与的资料。不仅做北京的，还做南京、西安、天津、济南、兰州的，我打算多跑些地方，我正申请立项。这个项目要是铺陈开来也是不小的，做完妇女的做经济方面的，然后是教育……估计我退休了都做不完。”

听秀琪滔滔不绝地说着，陈志超认真体会其中的意思，渐渐地，他觉得眼前这个秀雅的姑娘，对自己的生活和事业都成竹在胸，充满自信，有一种满满的幸福感，她脸上显现出一种面对岁月的从容。或许结婚对她来说真的已经不重要了，他不禁为自己的冲动而不好意思了。

“嗯，听明白了，那算我没说过，咱还是好朋友！”陈志超胡噜了一把脸，举起酒杯，秀琪也拿起装着苏打水的玻璃杯，碰了碰，两个人会心地一笑。

秀琪被陈志超的真诚感动了，“老陈，你要是有那种圈椅的小模型送我一对，我不记得去哪位先生家看到过那种模型，我觉得挺可爱的，放书柜里摆着。”

“嗯，这东西还不好说嘛，行，改天给你寄过来。”

“我支持你的做法，多留意收集有价值的东西，我出去调查时要是发现有价值的线索就给你报个信儿。真心盼着你能收获更好、更多的明清家具。”

“好嘞！你有我手机号了，保持联系吧！”

一 拆迁的波折 一

“丁零零、丁零零……”

“什么声音？”

“马老师，好像是您这里。”一个学生指了指秀琪的外衣口袋，此时秀琪正和几个学生在风景秀丽的邕江边散步。秀琪忙将手伸进去，掏出一只 BP 机。她不好意思地笑了笑，“第一次用。”

这是秀琪来广西前为联系工作方便新买的一款液晶屏幕上可以显示出几十个汉字的汉显机，号码只告诉了院长。走前把家门钥匙交给艳芬请她抽空帮忙照看一下时也顺便告诉了她。秀琪低头一看，那上面写着：“速给刘艳芬家回电话。”秀琪心头一紧，能有什么急事呢？秀琪马上赶回了宾馆。

到了前台，秀琪要了个长途，电话接通后，那边响起艳芬激动的声音：“天大的喜讯，你什么时候回来，牛街要拆迁了！”

“真的？”听到这个消息，秀琪的心情十分复杂，既高兴又揪心。

“周日在宣武体育场召开动员大会，具体的政策很快就会出台了。”

秀琪告诉艳芬明天她将带学生去东兴考察少数民族边境贸易的发展情况，估计得一个多月后回京，请她把进展随时转告自己。

研究生小妍不放心，一直坐在不远处的沙发上观察着秀琪，见她撂下电话，就起身迎上去关切地问：“没什么要紧事吧？老师。”

“嗯，是朋友告诉我，我们家那里要拆迁改造了！”

“真该改造了！牛街那么窄的街道、胡同，到处是低矮的房子，我头一次去时就想，这里是北京吗？觉得都不如我们老家的县城”小妍看着秀琪说。

“是呀，那里就像都市里的村庄，很多人家三代同室。公共设施奇缺，有的人家已经想办法搞到了煤气罐，做饭不用再烧煤了，但冬天取暖还要靠烧煤炉子。虽说电风扇、电视机、洗衣机、电冰箱什么的早就进入普通百姓家了，但在我们牛街，大热天想用空调机那简直就是奢望。你知道吗，不是买不起，是电力设备跟不上，买了也用不上，形同摆设。好多院子没有下水，自来水管道也老化，用水高峰时水管里的水像人的眼泪滴流着。”

“老师，有盼头了，这回您就能住进宽敞明亮又卫生的楼房了！”

“可是，胡同和平房小院也有它的优点，好的四合院，接地气、私密性好，符合阴阳五行学说，跟住单元楼房的体验不一样。”秀琪虽然是笑着对小妍说，可心里却涌起一股不可名状的滋味。

接近元旦时秀琪回到北京。自己家这条胡同被列入首批拆迁的范围。胡同里墙上到处画着大大的白圆圈，里面就一个“拆”字。胡同口贴着支持拆迁的大标语。

哥哥今年9月刚去英国讲学，要一年后回来，萧然在德国读博士，两口子也不在北京。秀琪盘算，恐怕拆迁的事只由自己来出面办理了，可她真的忙，她正在做一个少数民族经贸的课题。大年初五，秀琪就又动身去甘肃临夏了，等她再回来时已是3月了。

秀琪放下行囊在胡同里走了一趟，她看到有些动作快的人家已经跟拆迁办签了协议，搬走了，据说早搬的还能得到一笔额外鼓励费。一旦有人搬走，拆迁办马上派人过来扒掉房顶、卸走门窗。虽然这样的情况还不多，但充满人间烟火气息的胡同顿时变得破败、荒凉了。秀琪感到一阵心酸。

回到家里，她站在自家的小院儿发呆。

这天夜里，秀琪梦见父亲正拿个喷壶，边浇花边跟坐在院子里晒太阳的奶奶聊天，不一会儿，他们都石化了，房子、院子都倒下了，四周一片废墟，自己踏着砖头瓦砾，迷失在回家的路上……

醒来后，清真女寺门前那个大大的“拆”字总在秀琪眼前闪现，按照这样的速度，用不了几个月，这古老的街巷就面目全非了。这样的拆迁过程过于粗暴，她不禁打个寒战。虽然听说牛街清真寺这座千年古建将被保留，但不知有关部门有没有充分论证过那些不太知名的文物古迹、名家宅邸的价值。那些深藏在古老街巷中的建筑真实记录着牛街个性的发展和演变，承载着丰富的历史信息和社会人文信息，是这里不可再生的宝贵资源，是牛街的底蕴和魅力所在。想到此，秀琪再也睡不着了。

第二天，她跑到文物局，找到在那里工作的朋友，急切地把自己的想法和建议和盘托出。她说："有些有价值的老建筑是否可以采取原地保护的办法，因为它与原生自然环境、文化环境密不可分。"

朋友告诉她："这是政府指导开发商操办的民生工程，有些问题不是没有考虑过，但成本太大。"

秀琪很认真地说："也可以采取异地迁移保护的方式，为城市留下更多的文化记忆呀，国外，譬如法国，政府对有20年历史的或在国内外有过影响的场所，都立了标记予以保护，我们的文物、古建被毁得太多，我建议拆迁前加强论证，切实保护有价值的东西，留给后代。"

朋友认真听了秀琪的建议，频频点头，他感慨地说："大家都忙着自家的拆迁安置问题，像你这样关心牛街文物、古建的还真不多。"

秀琪从文物局回来后一直在街上转，她在自家的院子里拍了不少照片，又去街上拍，她想尽可能地为正在消失的故乡留下一点影像资料。

她正准备换个角度拍一个院落的门牌号码，有个人拍她一下，一回头是秋云。

"秋姐，你回来了？"

"回来办手续！"

"你们家的方案出来了？"

"出来了，我妈没了以后就蔷蔷一家三口住，有她和小孩的户口在，给安置个两居室。"说到这儿，秋云压低了声音，"自信找了人，可能再给我弄个一居室，不过，我得等等，而且还得花钱买，估计得自己出十几万呢，这样以后回北京也好有个落脚的地方不是。"

"那不错呀！"

“千万别让李家人知道，我这托了好几层关系呢。我们住的是李家的私房，我们一直住着，回迁安置房就不能多给他们，所以李家现在正跟我们闹别扭呢。”

“给李家什么方案？”

“那两间平房李嫂和老双两口住，但线儿结婚后也没迁出户口。这回给他们一个三居室，他们不干，还想要增加一套。拆迁办不答应，他们就来挤对我们，说我们一直不给他们腾房。又不是我们不想搬走把房子给他们腾出来，不是没办法吗？”

“唉，不是一天两天的事，住了这么久了，一起好好商量着解决，别伤了和气。”

“你没看那线儿呢，按说她嫁得不错，她男人好像是哪个部门的干部，早就住上楼房了，可她争得最凶，好像我们欠她什么似的。”

秋云又关心地问起秀琪家的安置情况，秀琪一脸懵懂，“我还不清楚呢！”

“呦，教授，您得自己去拆迁办协商去，等着人找上门来，都瞎菜了。”

“好，我明天去打听打听。”

“麻利地吧！”秋云在秀琪背后说了一句。

7月初，萧然放暑假了，回国帮着姑姑处理拆迁的事。在从机场回家的出租车上萧然兴冲冲地问起姑姑三套房的方案是否已经落实了。秀琪苦笑着说，“本想等你回家再仔细跟你说，既然你问起，这会儿就跟你简单说说过程吧！”

萧然从副驾的位置转过头，姑姑的讲述把他带入了秀琪跟拆迁办谈方案的场景中。

拆迁办的办公室里乱乱哄哄的，好不容易轮到秀琪了，一位女士接待了秀琪。工作人员语速极快、口齿伶俐地给秀琪介绍政策。

政策是优先安置实际居住并在此有户籍的居民。具体到私房，情况比较复杂。自住的原则上拆一间补一间，但如果私房主无户籍或户籍人口过少，就少给安置房；有租户的，原则上房子安置给实际居住的租户，房主只得拆迁款。

紧接着，又看着材料分析秀琪家的具体情况。

"您家房本蓝图上原有大小八间房，东、西、北各两间再加上门道和南边的小厨房。户口情况呢是这样：只有您和马萧然一家三人的户口。"

"是这样。"秀琪附和着说。

"根据您家的具体情况，我们只安置有户籍的，所以给您家安置一个三居室、一个两居室。"那位女工作人员拿眼瞟了一下秀琪。

"不是说自住的私房原则上拆一间补一间吗？我们大小八间，这样安置，太少了吧！"

"但您家的户籍人口少呀！"

"我家里还有哥哥一家，他们户籍虽不在，但人也常回来住的，你们这样做恐怕不合适。"

"你们家的门道和南厨房都面积太小，不算住房。"

"可这间门道让一对年轻人在这里娶妻生子，一住二十年呢，现在也没恢复成原来的样子，还是能住人的，难道不算数？"秀琪平静地据理力争。

秀琪知道这次拆迁是政府统一规划开发商具体操办，开发商当然看重自己的商业利润。这次拆迁的片区地方不大，但人口密集，拆迁的难度大。拆迁办的人都是经过培训的，他们会像挤牙膏一样地跟房主谈，能少给的绝不多给。你理由充分，他们就退一步。

工作人员显然是见过大场面的，每天到他们那里因协商不成撒泼打滚、打人骂人甚至威胁上吊的都有，对像秀琪这样不紧不慢的人，他们只能推诿、扯皮。

那个女工作人员对秀琪说："我就是一个办事员，我说了不算，我可以把您说的往上反映。"

"好吧，那你们商量好有结果通知我。"

秀琪就这样毫无结果地走出了拆迁办。

"这是我第一次去，回来后，给你爸爸和你打了电话，让你们父子俩写委托书过来，由我全权处理，你记得吗？"

"记得，记得。"

"接着就有事了！"萧然继续听秀琪讲3月中旬的晚上发生的那件事。

3月中旬，屋里不生炉火还是有些凉。晚上秀琪在床上加了条电热毯，插上插销，披衣坐在床头看书。头几年小肖单位分了房，人搬走了，户口也迁出了，只有原来哈三爷住的东屋还没收回来。

忽然院子里好像有响动，秀琪警觉地穿鞋下了地，掀开窗帘往外看。她记得自己已经闩好院门了。只见哈三大大的外甥孙子站在院子里正向自己屋里张望，秀琪不知道他是怎么进来的，她打开房门走出去想和他说几句话。

还没等秀琪开口，那小伙子张口就说："我在这儿住了有些日子您承认吧？"

哈三大大无常有三四年了，老太太过世时没人过来通知秀琪和周围邻居，秀琪是后来在街上遇到老太太外甥女时才知道老人已经走了。她外甥女一直都没有露面。念着老太太，秀琪一家并没有让她们马上清理掉老人屋里的东西。她屋里的东西也没动过，偶尔，这个外甥孙子过来打开房门上的锁给通通风，也有时他在这屋里睡宿觉。每次来时人都很客气，悄悄地，没有打扰到秀琪一家。秀琪不知道他今天怎么说话的口气这么冲。

买美霞有一次提醒秀琪，那时刚有传言说牛街快拆迁了，美霞让秀琪去派出所问问哈三大大的户口是不是已经注销，别让她外甥女再把自己的户口迁进来。秀琪起初没当回事，后来她跟萧然聊起这事，还是萧然去了派出所，说明了情况。民警一查，她们果真好几年了都没将老人的户口注销，民警连连感谢萧然提供的线索，表示要去查办，并在底档备注上：房主家收回房子不再允许其他人落户 。

秀琪不解地问那小伙子，"这么晚了你过来就是问这事？"

小伙子扭着脖子并不看秀琪："我是想问问，我在这儿住，我是不是也有权得到回迁安置呢？"他抽冷子一问使秀琪一愣，顿时就明白了，看来他们是真打这房的主意呢。

"以前的承租人故去了，承租人没有合法的继承人，租赁关系自然解除。我们早该收回房子的，但你偶尔过来，想着你们也许是还念着老人，不忍搬动老人的东西，我们也没说什么。这间房拆迁安置跟你恐怕没有多大关系吧？"

小伙子一听就急了眼，“没我的份儿，姥姥，我等了好几年了，我得不到安置房谁都别想踏实。”

说完，小伙子打开东屋的门锁，拉开灯，将桌子上的半导体收音机开到最大，还不断地拉动着屋里的旧家具。

秀琪回屋去了，本不想理他，跟他没什么可说，想改天去找哈三大大的外甥女谈。可是那小伙子根本就是在气人，闹了大半个钟点竟没有停下来的意思。秀琪只好去敲门。

“小伙子，天晚了，安静点！”

“管得着吗？从今儿起我天天来！”

碰到这样的人，真是秀才遇上兵，有理说不清，秀琪气得手直发抖。

“请你出去，这是我家，不然我报警了。”

“报吧，看警察来了怎么说！” 小伙子估计家里只有秀琪一个人，就连屋门都没开，继续闹。

秀琪没犹豫，她拨打了报警电话。

警察很快来了，随着警察到门前，周围几个院的邻居也都聚拢过来。

小伙子在派出所民警的监督下灰溜溜地离开了，警察告诉他，这里真跟他没半点关系，赶紧走人，再来算私闯民宅！尽快把老太太的东西也清理走。

人们散了，美霞进屋对秀琪说：“让平平过来陪你吧，她老公出差了，这两天正好回家来住了，你一个人让人不放心！”并说现在胡同里有些人家都搬走了，怕有坏人藏在里面。秀琪听了感到很暖心，她拉着美霞的手：“我在这院子住了半辈子了，不怕，没事的！

谢谢四嫂，再说真有点事，喊一嗓子，咱这半条胡同都听得见，不得把坏人吓跑喽？”

“你呀，就是心太善，把人都想得太好了。”

“说起来，还真得谢谢你，要不是你提醒，他们家可能真的就把户口落在这屋里了，这回拆迁就有麻烦了。”秀琪送美霞出来时感激地说。

“这浑小子，后来没敢再找事吧？”萧然担心地问。

“没有，东屋这事就算了结了。”

“谢天谢地。”

“你听我接着讲，后面还有意想不到的呢！”

“大爷，有话好商量！”

“咱吃冰拉冰——没话（化）！不答应，我就在你们这儿支张床！”

“这是我第二次再去拆迁办时看见的，那时快五一节了，一进办公室，就遇到一群人正围着咱胡同的老艾，就是你小学同学艾东他爸爸在劝解。上次接待我的那个女同志一看见我就马上把我拉到自己办公桌前说：‘我们给您出新方案了！’

他们那办公室乱的，连张椅子都没有，我就只好站着听下去。

那女的说：‘根据您提的要求，给您调整了一下。给您增加了一间，换成两个三居室。’

‘两个三居室。’我一听，心就凉了一半。

我跟她说：‘我们是三个家庭，我哥哥、嫂子还有没结婚的侄女算一户，他们不该和自己的儿子一家共享一套吧。’那女办事员酸不拉叽地说：‘那就是你们自己的事了，您家里自己协调吧，我们已经给你们增加了一间房了。’你听，这叫什么话呀！

我当时考虑，眼下虽说你带着媳妇去美国读博士了，但你们小夫妻早晚得回来，哥嫂还有扬扬要来牛街，住在一起多不方便，还是得为你们再争取一套。我就跟她商量，‘您看是不是可以给调成三个两居室？或者是一个一居室、一个两居室、一个三居室，这样都还是6间房。’”

“您这主意高明！”萧然夸奖。

“先听着！”

“那女的一听‘三套呀？不行、不行！’我知道，拆迁办最不愿意给增加套数，但我也不想让步，就说：‘不管怎么说我们大小八间房，你们没给够安置房，给六间我们勉强答应，但也得合理拆分吧，不然我们真的很难接受。’

见她不说话，我将了她一军：‘如果能给三套，我们马上就能签合同，如果不行，那我一个人也做不了主，等家里其他人回来再说吧！’说完我就准备往外走。”

“您真的想马上签吗？”萧然问。

“你这个问题跟那工作人员问得一模一样。”秀琪笑着回答。

“‘给三套马上就签。’我当时的回答斩钉截铁。其实我的要求并不过分，我跟她说话和和气气的，我觉得关键是答应只要满足给三套的条件就可以马上签合同这句话最管用。她没拒绝，答应我再商量一下，让我回去听信儿，过些天再过来一趟！”。

听到这儿，萧然笑了笑，“您还真行！”

“我觉得这个解决办法拆迁办基本上会同意，就把情况汇报给你们爷儿俩，准备过几天去问最终的结果，然后我就着手找过渡房搬家。哎呀，最头疼的事是签了合同就要马上搬家。可咱这附近有房子出租的已经不多了。我们单位那边倒是有一间教工宿舍，搬那去我上班是近了，但是生活不太方便。再说，就你们小两口这些东西，真不少，放哪儿去呀？还得找地方给你们存放。扬扬快答辩了，正要劲儿的时候我不想让她插手，那些日子烦死我了。”

“您真的够难的！我给您买了西洋参，回头给您补补气。”萧然笑嘻嘻地说。

“这都不算什么，利益下的亲情才让人伤透心，气坏我了！”萧然接着听姑姑的讲述。

五一放假，秀琪正在家里整理自己的书和资料，下午她找了两个学生过来帮忙打包。忙了一早上，连口水都没顾上喝。她拿出茶叶端起暖壶，正准备沏杯茶时，院门被推开了，走进来一个中年和一个老年男人，一个走路蹒跚，另一个扶着他。天气已经有些热了，但两人都穿着皱巴巴的蓝色涤卡衣裤、军绿色球鞋。秀琪赶忙放下暖壶迎出来。

“是这个院子吗？怎么朝这边开门了，原来有个门道的。”中年的那位嘟囔着。

“错不了，就是这儿！”年长的肯定地说。

秀琪仔细观察年长者，她一下就认出来了，这是姑妈家的大儿子自己的大表兄。

“是志华哥吧？”

“啊，你是，秀琪？”

几十年没见面的表兄妹相互端详着，回忆着对方过去的模样。

“你都有白头发了，在我印象里你梳着两条细细的辫子！”

“志华哥，你这话是我三十多年前的样子吧，我今年都快五十岁了！”秀琪笑着。她又问：“这位是？”

“这是我三儿子云飞。云飞呀，这是你表姑。”

被叫作云飞的那位朝秀琪点点头，“小时候我们还一块儿玩过呢。”秀琪看看他，不好意思地说：“我都不记得了。”

“那时你小，你哥哥比我大3岁。”

“快进屋，别在院子里说了。”秀琪把他们爷俩往西屋里让。但这爷俩并不急于进屋，先是扒着北屋的玻璃往里看，接着又去看东屋。云飞问：“咱这院子一共几间房来着？”

“大小算8间。”听到这话，那爷俩有个眼神交流被秀琪看得真真儿的。

“快进屋坐吧。”

见到屋里成捆成捆的书，志华大表哥边解衣扣边开门见山地说：“这是准备搬家吧？我们这次来呀，也是为房子的事儿。”

“哦，姑妈家的房子不是早卖了吗？”

“八几年落实政策，房子一回来你二表哥志勇就做主给卖了，没得俩钱儿。所以那个就不想了。”

那爷俩自打一进屋，眼睛就没闲着，转着脖子东瞧瞧西看看。

“哦，那你们？”秀琪边给他们沏茶边好奇地问。

“嗯，我是想，问问我姥姥这个房子的事儿。”秀琪一愣，他姥姥，那不就是自己奶奶吗?

“听说落实政策后我姥姥的房让我舅舅一个人顶下了，是有这么回事吧？”

秀琪笑了，“志华哥，我奶奶的房当年是我爸爸买下来孝敬老太太的，这事大家都知道的。”

“嗯，可是我听说写的是我姥姥的名儿啊，既然写我姥姥的名儿，那就是我姥姥的房。”

“当初是在奶奶名下，可是落实政策，房契改红本时，奶奶已经无常了，就改在我爸爸名下了。”

“可是，房子要改名也不能直接改舅舅名下吧！”

秀琪警觉起来，她隐隐地感到大表兄来者不善。

“房子是我爸爸买的呀？”

“表姑，您听我分析一下啊，我爸姥姥的房，要是改名可不能只改成舅爷爷一个人的，我奶奶也有份儿吧，这可是继承法明确规定的。”一直没出声的表侄子搭腔儿了。

秀琪一下明白了，又来了一拨儿惦记着分这院房子的。

她并不回答表侄子的话，把脸转向表哥。

“志华哥，说到这儿我可要问问，我姑父去世的时候，你在哪?你舅舅去世的时候，你又在哪?我们可都通知过你，你是怎么说的来着?嗯，你说你不愿再受剥削阶级家庭的牵连，还说，还说你也是六十来岁的有孙子辈儿的人了，北京这边的事儿你顾不过来，什么事儿也别找你。现在为了房子的事，你回来了。姑父晚年的境况可有些惨呢！”

“哼。”说完秀琪把手里的茶杯啪的一声放下，盯着表哥。

秀琪压根儿就对表兄运动期间和家里划清界限的事嗤之以鼻，她并不在意表兄一点都不讲老北京的礼数，空着手就来串亲戚，但对他们一进门就四处乱踅摸很是不满，再加上刚才他们的一番话，使秀琪心里的火儿一下就蹿上来了。

表哥志华有些尴尬，“嘿嘿”地笑了两声。

“运动期间人人自危，不那样说我怎么活过来？不瞒你说，这些年我这日子越过越艰难。老伴儿现在半身不遂。我们矿上也不景气，退休工资有时候都发不出来。”

秀琪出了口气，看着眼前这个几乎满头白发、脸上布满皱纹，左腿似乎有些瘸的表哥，怎么看也有七十几岁了。他刚才说矿上不景气，倒是提醒秀琪回想起来，表哥好像是一个煤矿的技术人员；说一口带着湖南腔普通话的表侄子也年过半百了，他们应该是从湖南来。大老远地回来一趟也不容易。想到这儿，秀琪语气缓和了一些问，“你们哪天回来的？是住二表哥那了？”

“没有，我们住南樱桃园那边一个小旅馆，前天到的。你二表哥现在也自顾不暇，他这全是自作自受。不务正业，吊儿郎当的一辈子，到现在混得连个退休金也没有。我们家的房卖的钱他差不多独吞了，就给了我六百块钱。当年六百块钱还是个数，现在想想六百块钱，能干什么呢？”

想着以前姑妈姑父对家里的好儿，秀琪耐着性子问他们：“你们爷俩没吃午饭呢吧？就在这儿吃吧，我去煮点面条，吃完了咱们好好说说房子的事。”

大表哥感激地点点头，“那敢情好。”

秀琪煮了一锅羊肉西红柿热汤面，里面还卧了几个鸡蛋，撒上些香菜末儿、胡椒面儿，用大汤碗盛着端上来，又切了点儿黄瓜条儿。爷俩狼吞虎咽地吃着。

看他们吃得差不多了，秀琪和声和气地说："落实政策后发还由房管部门接管的房产时得先确认产权所有人，当时奶奶早无常了，就要公证变更所有权。房子是我爸爸买的，当年买房时的中人杨大伯写了证明材料，我还陪我爸爸去了姑父家。姑父那时瘫痪在床，但人不糊涂，我还记得他跟我爸爸说：'老二，你对老太太的孝心街上的人都看在眼里，房子是你的，不光杨老大能证明，我也可以证明，你应当应分地改在自己名下。' 我爸爸说：'怎么也得知会一下两位外甥'。姑父说 ：'你想多了，这是你的，你拿回去没得说！'

话是这么说，但我们还是让姑父写份证明材料，姑父那时完全动不了了，他是让二表哥代笔的。我爸问起你，二表哥拿出你给家里的信，我才看到你那时真的和家里划清界限了。"

秀琪停下话，看了看大表兄，只见他难过地埋着头，不敢正视秀琪。

又是表侄子说话了，"我爷爷说的管用吗？这应该不算数吧？"

秀琪冷笑了一下，"你还记得你爷爷吗？"

说完，秀琪转身出去了。

再进屋时，秀琪拿着一个夹子，打开后把写着马国禄名字的房本展示给这爷俩。

"看看吧，现在这院子的房都在我爸爸名下。"

两人正看着，外面有人喊"马老师"， 是帮秀琪打包的学生来了。秀琪答应着，收回房本对那爷俩说 ："我还有事，你们爷俩要不……"

大表兄站起身，没话找话："你哥哥呢？"

"他不在国内！"

见表侄子仍不动窝儿，秀琪径直向外走去，招呼学生进屋。来了两个小伙子,屋里顿时显得拥挤,秀琪对学生介绍说:家里来了亲戚,没关系,咱们干咱们的。说着,指着靠墙的一摞拆开折着的纸箱说:"纸箱在那儿，"又拉开抽屉找出宽胶带。随后又说："云飞，你让一下，我拿剪刀。"

看再待下去也没法聊了，大表兄往屋外走去，云飞见父亲出去了，也只好站起身，顺手捏了根儿黄瓜条儿放到嘴里。

"走了，那就不送啦。"秀琪冲屋门外喊了一声。

整整一个下午，师生三人把秀琪所有的书、材料整理好、打包装了箱。准备找辆车都先拉到自己办公室去。

接下来的两周，秀琪都住在教工宿舍，这学期特别忙，要备课还要把调查报告整理好，准备发论文。家里的事都顾不上了。

周五晚上秀琪回了家。她懒得起火做饭，就泡了包方便面吃了，吃完后又从冰箱里拿出个苹果准备削皮，忽听有人敲院门，她放下苹果和水果刀走出去开门。

"表姑，您回来了，我都来了好几趟了！"

秀琪惊诧地看着云飞："来好几次了？找我有事？你们还没回去？"

"嗯，事儿没办完走不了，咱们进去说吧，一两句说不清。"

秀琪闪身让他进来了。进到屋里，云飞对秀琪说："我们商量了一下，还是得跟您说说我奶奶继承房产这件事儿。"

“还有什么说的，房本儿不是都给你们看过了吗？”

“看是看过了，但是我们觉得这程序上有问题。”云飞颇有些得意地跷着二郎儿腿。秀琪看不惯他的样子皱起眉头问：“有什么问题？”

“我奶奶虽早去世了，但按照继承法，她母亲的房产她有份额，她那部分可以由她儿子，就是我爸爸和我二伯代位继承。”

“代位继承？你爸爸和你二伯？”

秀琪努力思索着“代位继承”这个法律名词。当年他们去做房产更名时好像也听工作人员说过，要走个手续，只有当时买房子的中人杨大伯和姑父的证明材料还不够，还要让姑妈的两个儿子放弃代位继承权。于是，他们又去了姑父家，是二表兄签的字。

“您记得吗，是我二伯签的字，我爸爸根本没签！”

“对，是你二伯替你父亲签的字，那时你爸爸跟家里脱离关系了，找不到他，是你爷爷让代签的。”

“所以说这不符合程序，公证无效，我要替我爸爸主张权利，我爸爸的代位继承权！”

“荒唐！你爸爸让你做这件事时，他有没有扪心自问良心何在？”

“良心是一回事，法律又是一回事。”

秀琪觉得这个表侄子不简单，显然是有备而来。于是她问道：“能问一下，你是从事什么职业的？”

“我教中学，不过这几年自学了点儿法律。”表侄子云飞得意地说。

“学点法律好，起码知道自己不光有权利还有义务。你回去告诉你爸爸，马家的房产没良心的人得不到！”

秀琪不想再跟他说下去，打开房门，做出个请的手势。云飞一边往外走，一边说，“要这样，那您可别怪我呀！”

忙完了手头的工作，秀琪想起该去拆迁办问问了。这时已是5月底了。

拆迁办的办公楼里吵吵嚷嚷的，在楼道的拐角处，正碰到原来接待自己的那位女工作人员，秀琪连忙追着她进了她的办公室。

“您来啦，你们家怎回事，我们原则上同意您提出的安置三套两居室的建议，但你们自己又闹出问题了。”

“我们内部没有问题呀？”秀琪丈二和尚，完全摸不着头脑。

“你表哥来过了，说你们房产有纠纷，正准备找法院，所以我们暂时什么也做不了，你们先去解决问题吧。”

“啊！”秀琪仿佛被兜头泼了一瓢冷水，她气哼哼地回了家。

远远地，就见一个人在自己院子外徘徊，秀琪走近一看是二表兄，上次见到他还是在父亲的葬礼上。那天他推说身体不好，站完“者纳孜”连坟地都没去，此后几年就再没有见过他。二表哥一进门儿就气呼呼地说：“云飞这个兔崽子，没憋着好屁。他撺掇他爸爸跟我打官司，说我不正当得利，卖房子的钱他们少拿了，现在要跟我秋后算账。”他干瘦的脸抽搐着，唾沫星子乱喷。

秀琪没想到大表兄父子倒算也打起了他自己弟弟的主意，她气愤地说：“这爷俩怕是掉钱眼儿里了。”

“他还说也准备告你们，说是你们这房子不该舅舅一个人得。我和我哥也有份儿，是这样吗？”秀琪睁大了眼睛看着二表哥，只见他脸上刚才还愤怒的神情已消失，换上的是一副渴望的表情。秀琪明白他的来意了，他是假借给自己通风报信来打探消息的，看看他自己是否有利可图。

秀琪的气不打一处来，“见利忘义！”

接着，秀琪故意说给二表兄听，“他居然还去了拆迁办，说我们家的房子有纠纷，暂时不能动。所以我们的拆迁方案也一直拿不下来。不过人家拆迁办说了，我家这里是规划的绿地，拆不拆的都不碍事，大不了就在楼群中当钉子户呗！行，他不是要告吗，那我就等着他去法院告我们！志勇哥，你可是签过字的，不但你签字放弃，姑父还让你替你哥也签了字的，你不会也反悔吧？我就不信了，钱就这么重要，能让人忘记亲情，做人怎么能这样？”

秀琪的一番话说得二表哥志勇哑口无言。他喃喃地说：“不会，不会，谁跟他一般见识，我是给你们提个醒儿，别让他们给算计了。”

说着前些天的遭遇，眼泪在秀琪眼眶里打转。

“这太不像话了吧？也太狗血了，怎么像电影剧本里的情节！”听了姑姑的回忆，萧然瞪大眼睛，“他们欺负咱家没人了吗？姑姑，我回来了，您就别管了，我出面对付这些见利忘义的人，还亲戚呢，以后再别来往！”

“年轻人先别冲动！”

“打官司，打就打，谁怕谁？就是不能让这种小人得便宜！”萧然愤愤不平。

秀琪说：“事情不像你想象得那么简单，我做了点功课，等回家你休息两天倒过时差，咱跟你爸爸电话里好好商量一下。”

秀琪认为二表哥的来意虽然不纯粹，但这话还算有些道理。她给哥哥拨了个国际长途电话，文琪怕三言两语说不清楚，浪费秀琪天价长途电话费，就让她挂上电话，自己过一会儿再打过来。等文琪来了电话，听了秀琪的描述，他冷静地说，我们还是找律师咨询一下吧，法律的问题咱也不太懂，依法办事，凡事早做准备。

“像你们这种情况还真有点难办了，拨乱反正初期司法队伍不健全，根据你说的，当年做公证时可能存在漏洞。按照《继承法》，继承权纠纷自继承人知道或者应当知道其权利被侵犯之日起计算，二十年内都可以提起诉讼的，你们之间的继承纠纷应该还在时效内，也就是说他们理论上还是完全可以走法律程序要求推翻原来的公证。要是真的打起官司来，因为有些当事人不在了，云飞他们举证有些困难，可能会拖很长时间。这种官司旷日持久，打下去你们的房子拆迁会受很大影响，最好还是协商解决。”秀琪同学中有做了律师的，她便跑去咨询了自己家的情况。听了律师同学的分析，秀琪心情有些沉重。

这一天，文琪又来电话了，秀琪叫过萧然，把从朋友那儿听到的情况一股脑儿都讲给萧然和哥哥，并且说：“我这几天反复想了想，他们说要和我们打官司分房产却迟迟没动真格的，我想无非也就是想要点钱吧？我观察志华，他确实像不太富裕，他老伴儿有病离不开人，他早早回去了。那云飞也不是真心为他父母着想。咱们最好别闹到打官司那一步。不是怕家丑外扬，也不是息事宁人，爸爸以前不是常出散钱财给陌生的穷人和遇到困难的人吗？连陌生人都要帮，何况志华哥是自己家亲戚，虽然他们这次的做法有些‘麦克鲁亥’（讨厌），但可能真有些困难，该帮还是帮吧。”

文琪表示赞同，萧然却说："姑姑，就怕您的好心换不来人家的认同，他们要分的是这院子房产的一半，您说给多少钱他们才能善罢甘休？"

秀琪想了想，"这确实有点难。我也说不好，不过真要推翻原来的公证结果，不光咱们太麻烦，就是他们兄弟两人也还有一争。太复杂了！"

文琪说："我看也别把事情想得太坏，还是跟他们坐下来商量一下，问清情况。如果真是生活遇到困难，他们确实需要钱，就谈个数儿，起诉闹得动静太大，大家都耗费精力，也从此没了亲情，最好别那样做。如果他们非要起诉，那我们也没办法，现在讲法制，社会在进步，不懂法就会让人钻空子，这也算花钱买教训。"

听文琪分析得在理，姑侄俩都点头赞同。

秀琪搬家时距离拆迁动员已经过去一年的时间了。这一天，秀琪从学校要来一辆大卡车，有两个学生帮着她把家里所有的东西一部分运到哥哥在中关村的家，一部分运到秀琪的单身宿舍。剩下的就打算处理掉了。

崔三儿袖着两只手，靠在对面的墙上看着秀琪家进进出出搬东西的人，见秀琪出来，咧开掉了门牙的嘴冲她嘿嘿地笑了两声。他媳妇早死了，儿女也都成家了，老屋里就剩他自己，偶尔闺女过来给他送点吃的，帮他收拾一下，洗洗涮涮，但他对闺女没一句好听的，总是唠唠叨叨，儿子几乎不管他，但他还总惦记儿子。

"老崔，您的房子也谈好了吧？"秀琪问他。

"我不要房子。"

“不要房子？为什么？”

“要钱多好，13 万呢，我这辈子都没见过这么多钱！”崔三耸耸肩，缩着脖子走了。

当秀琪走出胡同口去叫守在那里的收废品的人时，远远地看见了匆匆走来的艳敏。

“艳敏姐，你不是已经搬走了吗？这是？”

“嗯，我这家搬得有点儿乱，回来到艳芬那儿找点东西。”

刘家外甥是公务员，单位早就分了房子，第一拨儿就搬走了。艳敏和哥哥搬走后房顶也已被扒掉了。小四儿的东西还没搬完，但是他们一家已经搬到他岳母家住去了。只有艳芬的安置房还没有谈下来，她们一家还住在原处。

艳敏关切地问秀琪：“你们家的房子谈好了，真是三个两居室？”

“哦。”

“谢天谢地。你姑妈家的儿子怎打发的呢？”

“唉，能怎样，给钱呗！”

“对，这就对了。这年头，能花钱摆平的事都不叫事！”

秀琪跟艳敏说：“刚才我见到崔三儿了，他说他不要房要钱。”

“给他安置了一居室的一套房，他不要，说新房还得贴钱买，问人家不要房能给多少钱？一听 13 万，当场就说要钱，说要去儿子家住，把钱给儿子。”

“投靠儿子倒是好，不过不知靠谱吗？他儿子平时都不怎么管他。”

艳敏撇撇嘴，“他一直偏心儿子，女儿他信不过。就怕到头来让儿子嫌弃，老了连个窝儿都没有了。”

“艳芬的房子什么时候能解决呢？”

“唉，她想要一个两居室，艳芬觉得儿子大了，不方便，但是怎么可能呢？因为她是自建房，人家给她一居室都勉强，我真替她发愁。可她认死理儿，跟人家搬杠，越是较劲儿人家越不搭理她这个杠头，跟她说我们家这块儿地在规划里是绿地，她不搬人家就不管她了，将来就被四面的楼房包围在绿地中！”艳敏无奈地说。

“哦，他们这么说是吓唬人呢！他们也这么跟我说过，听说可以自己花点钱买一间。拆迁办不是答应给她一居室吗？让她再争取一下，自己出钱增加一个自然间，变成两居。像她这种情况也确实有实际困难。”

“但是她恐怕也拿不出这个钱！到最后还不是我得给她往里搭。”

“谁让你是姐姐，有姐姐真好！”秀琪羡慕地说。

“没办法，谁让我摊上了！快去忙吧！”两人挥手告别。

喜迁新居

“四嫂，你真有远见！”艳芬一边走一边对买美霞说。

“是想以后能开个小卖部，所以才选的一楼，谁不知道越往高处越干净、亮堂呀，你的房不错，和秀琪挨着，还有秋云和她闺女你们都在同一层，串门方便。”

“我到底是加了钱买了一间房，才得到这套两居室，我要是能选，也肯定选个一楼呀！我这个人处处不如人！”和艳芬并排走着的秀琪拉了拉她，“谁说的，就你最能干了，别人都是蓝图上一间换一间，你一间自建房换一套两居室。虽说加了钱，也算可以啦，还说不如人！”

“玉玲你几层来着？”秀琪问。

“比你低一层，十五层！可惜，我们娘俩就给一套一居室的，不然在你这套下面多好，安静！”

“我也觉得高点的清静，我们家这三套两居室，我哥哥要了三层的，萧然两口子带着孩子，所以让他们离他爸近一点，那个六层的就给了他。我选十六层。”

“艳敏姐他们在哪？”玉玲问。

“我们家除了我跟你们是同一个楼，那哥仨都在另一个楼，他们是最早签的合同，位置更靠近小区出口。”

“李家呢？”玉玲问。

“老双两口子和他妈跟咱一个楼，九层的一套三居，线儿的房听说已经找好下家了，要卖。”

时间过得飞快。两年多以后，小胡同消失了，代之而起的是一栋栋高楼。淡黄色的楼体配上伊斯兰风格的绿色镶边儿、拱形连廊，民族风情浓郁。牛街民族小区分为东、西两部分，每个小区中间还有个小广场，小区里种了不少树，也有绿地和座椅、健身设备。小区楼房临街的底层是预留的商业设施，考虑得非常周到。

大多数居民都选择原地回迁，他们不愿离开故土，舍不得相处多年的街坊四邻。回迁的房子虽然不大，但是毕竟是单元楼房。厨房明亮，管道煤气、暖气入户，结束了做饭取暖烧煤的日子，卫生间虽然有点小，但也方便人们洗浴。尤其是再也不用担心穆斯林老人冷天每日洗大小净时着凉了。回迁居民个个心花怒放。

回迁拿钥匙的那天，人们兴高采烈地从四面八方涌来，小胡同里因拆迁而分别了两年多的邻居们又都见面了，嘘寒问暖，数不尽离别之苦，互相打探着对方住几号楼几层几号，相约过些天去串门。

玉玲现在可不是单身一人了，她有了自己的女儿。跟黄先生棒打鸳鸯散了以后，玉玲消沉了两年，后来跟一个一起做买卖的上海人徐先生领了证。那徐先生是离过婚的，和前妻有一个儿子。他家在上海有一所石库门的房子，是父母留下来的，姐姐在楼上，他在楼下。离婚以后，房子给了前妻和儿子，他净身出户，一直在外面租房住。跟玉玲结婚以后，两人就到了北京。没拆迁之前，他们曾回小院住过一段，但是丁老四看他不顺眼，玉玲后来便带着徐先生到外面租房住。

买美霞的三姑娘户口迟迟解决不了。玉玲的年纪也大了，不想自己生孩子。这一年春节，丁家都到老大家聚会。说起三姑娘的户口问题，老四蔫头耷脑地说托了不少人也没解决，眼看孩子快上小学了，愁死人了。玉玲随口说了句："不行就过继给我吧！"说者无心听者有意。买美霞倒是乐意，回家就和丁老四商量不如真把小四儿过继给玉玲。因为她知道玉玲打小就疼这几个孩子，孩子真跟了她不会受半点委屈，再说，这事是明里操作，女儿早晚还是自己的，如果能解决户口，那可是解决了孩子一辈子的大事。

丁家有个表兄以前在派出所是个副所长，后来上调到区里，在派出所有些人脉。最终，费了九牛二虎的力气，总算把孩子过继到玉玲名下，在上学前给孩子落上了户口。街上人不问心里也都明白，肯定花了不少钱。这孩子可是金贵得很呢。

玉玲没给孩子改姓，还是姓丁，户口上报的名叫丹丹。她认为孩子5岁多，懂事了，也不让孩子改口叫他们夫妻爸妈，而是学慈禧老佛爷，让丹丹管她叫"亲爸爸"，管徐先生叫姑爹。上海人过日子比较细致，不像北京人这么大大咧咧。虽然他们的服装生意做得还可以，但家里的每笔日常开销徐先生都要记账，玉玲觉得他抠门儿。自己和丹丹娘儿俩的吃喝用度，基本上没花他的钱，但是那个徐先生却总看丹丹不顺眼。有一天，玉玲发现徐先生偷偷地给他自己儿子汇钱，这引发了家庭大战。

玉玲可不是善茬儿，她说，咱俩结婚三年基本都是AA制，其实，你给你儿子汇钱我管不着，但我们娘俩没吃你没花你的，你凭什么对我给丹丹花钱总是看不惯？吵来吵去，越来越伤感情，最后只能离婚。玉玲离婚了，带着丹丹又搬回来小院儿。这次回迁房，玉玲和丹丹娘俩有了一套一居室。

拿到钥匙以后，秀琪忙于工作，装修的事就都推给了哥哥。刚从英国回来的文琪坐镇指挥，具体的事情交给萧然小两口操办，比如选装修队、确定装修风格、跑建材城订货等。三套房子风格不一样。哥哥的房子装得古色古香，很有中国味。秀琪喜欢简约，她跟萧然说想多放些书柜，好摆下自己的书。因此，将主卧改作书房，小房间做卧室，放张单人床加两组衣橱。客厅摆套沙发、电视柜和餐桌椅就够了。萧然他们当然是最新潮的设计了，一水儿的欧式风格。

8月，三套房子都装修完了，每天需要开窗通风释放装修带来的甲醛。置办新家具、电器产品等提到日程上来。

这天，萧然两口子陪秀琪去逛家具城。逛了快俩小时了，秀琪见前面有个休息区，就对他们说：“我在这儿坐会儿，你们俩再去转转吧。”她找了个沙发刚要坐下来，忽然，看到了艳敏和一个男士，两人手拉着手说笑着走向卧具展示那边。秀琪定睛细看，旁边的男人不是宋长生！只见艳敏穿一条黑色连衣裙，那男人花格衬衫、浅灰色西裤，挺着腰板，夹了个皮包，显得比艳敏年轻一些，“这是什么情况？”秀琪一惊，生怕艳敏看见自己闹得双方尴尬，她连忙站起身向相反方向走去。

秀琪回到自己的单身宿舍，想了想白天看到的情景，拨通了秋云的电话。

秀琪这两年一直住在学校的单身宿舍。秋云退休了，蔷蔷的孩子因为在牛街上小学，所以就在南横街那边租了套房，秋云为了装修的事常回京，回来后也跟他们三口挤着住。她到附近买东西常碰到过去的邻居们，谁家的事也都瞒不过她。

“秋姐，说话方便吗？艳敏什么情况？”

“你等一下，我关上门。”秋云显然不想让蔷蔷她们听到。

“这件事我从来没跟旁人说，我这个人又不爱搬弄是非。不过，你今天不问，我也正想告诉你呢！艳敏外面有人了！”

“多久了？宋长生知道吗？”

“估计也抓到些蛛丝马迹，听艳芬说艳敏住到小辉家去了，说是帮着照看孙子。”

“宋长生呢？”

“其实宋长生单位早就分了他们一套两居室，这两口子口风真严，连她兄妹都瞒着，就是小辉结婚住的那套，他们说是租的。后来小辉单位分了房，他们就把这套租出去了。咱这边拆迁，艳敏和宋长生才搬过去住。但艳敏没住几天就跑小辉家去了。”

秋云的消息真是灵通。她还告诉秀琪，艳敏傍上的这个人是一家连锁餐饮集团的老板。他的孩子曾经也是艳敏的学生，艳敏跟这人交往有几年了。听秋云这么一说，秀琪觉得白天看到的男人无论气质、长相还是年龄都确实甩宋长生好几条街。

“秋姐，咱是不是跟艳敏好好聊聊，劝劝她？”

“拉倒吧！你可太天真了！都什么年代了，再说，艳敏什么个性你不了解吗？她是能吃亏的人吗？人家心眼多活泛。当年工人阶级吃香时，人家就嫁个工人，先留到北京不用去甘肃；知识是生产力了，人家就跳槽当老师；现在大老板路子广，人家不投奔大老板投奔谁？”

“可艳敏毕竟是有夫之妇呀，都半百年纪了，她这么做名声不好，也对不起人家宋长生呀！”

“唉，早晚得离婚！天要下雨，娘要嫁人，管不了！”

为了能由一居室变成两居室，艳芬跟拆迁办软磨硬泡，她一家坚持到最后，她搬家时胡同里的房子基本上都拆光了，每每回想在一片瓦砾中生存的近两年时光，艳芬就想掉泪。现在有了新房艳芬特别想把房子装得漂漂亮亮的。这些年她摆摊也挣了点钱，可这次拆迁，为了能增加一间房子，她不仅花光了所有的钱，而且姐姐、哥哥还给凑了不少。弟弟小四儿虽然没出钱，但是说装修的事他包了。她不想花弟弟太多的钱，就跟小四儿说：房子简单装修就行，我也没空儿，你看着办。

房子装好了，弟妹小韩带着艳芬过来一看：厨房、厕所贴上了漂亮的瓷砖儿、铝扣板吊顶子，地面铺的虽说只是复合木地板，但也平整大气，客厅还做了电视墙，安了射灯，各屋分别装上了吸顶灯、吊灯。艳芬拉着小韩的手，激动得不住地说：“真不错，太好了！”

艳芬的难处秀琪是知道的。她觉得一起长大的姐妹里面，艳芬吃的苦最多。秀琪想帮她，但觉得直接给她钱，恐怕她不会接受，想来想去找到了一个好办法。

这一天，秀琪约艳芬一起去洋桥的窗帘城选窗帘。

一进去，秀琪就对艳芬说，“今天说好了，所有的钱都是我来付，就算我送你喜迁新居的一份礼物，你尽管挑你喜欢的。”

“不行，不行，太贵了！”

“你还跟我客气，咱这么多年的姐妹了。”

艳芬感激地看着秀琪“秀琪姐,你总是帮我,让我说什么好呢？”

秀琪拍拍艳芬的肩膀，“嗯，你就像我的亲妹妹，说这些话就外道了。”

“那就谢谢姐了！”

忽然，秀琪话锋一转，“你姐最近忙什么呢，她的房装完了吗？”

艳芬一副欲言又止的样子。秀琪索性挑明了说，“那天我在家具城看见艳敏了，和一个男的。这事你知道吗？”

艳芬点点头，“既然你看见了，那我就告诉你，我姐要和宋长生离婚。他们俩现在闹得挺僵。”

“宋长生什么态度？”

“宋长生有啥办法？拖着呗！”

“那你觉得呢？”

“我觉得我姐这么做不厚道。可是，我们也劝不了她。”

“我倒是想劝劝她。”

“我姐是铁了心要和宋长生离婚，恐怕你白费劲儿。”

她俩挑挑选选，选完纱帘选厚窗帘，一逛就是大半天。

秀琪约艳敏在长安商场见面儿，说请她帮着参谋一下自己选的一套床品。

在商场门口见了面，秀琪看到艳敏脸色很憔悴，就挽起她的胳膊关心地说：“你近来是不是有什么事？我中午没吃饭，现在有点饿，咱先到麦当劳店里坐一会吧。”说着，拉着艳敏进了麦当劳。精明的艳敏已猜到秀琪约自己的真实目的。找到座位坐下后就说：“大家都忙着装修房子，我其实也没想瞒着你们，我要跟宋长生离婚，我实在忍不了他了。他这人不学无术，一点上进心都没有，成天除了玩儿牌就是聊天儿，越老臭毛病越多。”

“都一起生活这么多年了，没有什么不可调和的矛盾，能对付就对付着过吧，俗话说少年夫妻老来伴儿，孙子都有了。”秀琪喝着热巧克力劝慰道。

艳敏听了眉毛一扬，“我可不想再忍了，他毁了我的青春！当年他花言巧语地骗我，用他手中那点儿权力，说可以帮我办留北京手续。现在我要追求自由、追求幸福。”

“你真觉得当年你就没有一点自愿吗？谁看不出来！”秀琪毫不留情的一句话，使艳敏无言以对。沉默了一会儿，她说：

“你不向着我，还替他说话！”

“我向理不向人，你俩那是互相利用。不过，话说回来，结婚后宋长生对你、对你们家都不错，谁还没缺点，都一起过了这么多年了，相互包容不就得了！”

“我过得不幸福！”艳敏低头说。

“换一个人就一定能幸福吗？”

“幸不幸福得去争取！我和老严，就是我那个朋友，我们学历相当，有共同的爱好，我觉得我们俩在一起，特别聊得来，特别有激情。”

“有激情？”秀琪瞪大眼睛。

“对呀，跟你，我也没什么不好意思说的，我们俩特和谐！”

艳敏口无遮拦地说着，秀琪听了这话反觉得不好意思起来。她觉得没有必要再劝了。

“那就祝福你吧！跟宋长生好离好散，千万别闹大动静。”

“嗯，房子、钱尽量尽着他！”艳敏一副大度的样子。

“你房子装完了吗？”

“我不打算装，我想过些日子把它卖了。”

“那你以后住哪儿？”

“老严有大房子，当然住他那儿了”。

秀琪看了看艳敏，感觉得出她现在完全被爱情冲昏了头脑，自己的话她不一定听得进去，但作为发小，她还是想提醒她。

“艳敏姐，我劝你还是留个后手，不缺钱的话，还是先留着吧。”艳敏直愣愣地看了秀琪一会儿，觉得秀琪的话有道理，就点点头：“我再考虑考虑。”

这天，新居“开荒”搞卫生，中午秀琪过去看了一眼，顺便买了点小吃回学校时先给哥哥送去。哥哥文琪正坐在书房的电脑前，一见她进来，就站起身走出来。

“秀琪来了，我现在记性差了，有几次都想和你商量一下拿‘乜贴’（心愿、举意）的事，一转眼就忘了，今天咱先说这事。”

听了哥哥的话，秀琪不禁心头一阵酸楚，眼睛里有泪水在打转。

她想起了父亲。父亲在世时常说，“穆斯林要做善事，伊斯兰管善行叫‘伊哈桑’，除纳‘天课’外还要根据自己的能力慷慨解囊帮助贫困者、乞讨者和遭遇不幸的人。”

“好，你看这样好吗，房子拆迁折旧的 7 万多块是爸爸留下的钱财，要替爸爸圆了他的心愿。咱们得到安置的新房虽然要花钱买，但政府给的是最优惠的价格。我觉得咱都有收入，安置房的钱自己出自己的，老房折旧的钱都拿‘乜贴’吧，爸爸也会高兴的。”秀琪好像早就想好了似的，一口气说出自己的想法。

“折旧的钱这么安排我没意见，只是给志华哥他们的钱我得给你！”说着，文琪示意妻子进卧室，拿出一张银行卡，他接过来递给秀琪。

“密码是你生日，这里有 10 万。”

“哥、嫂子，你们不用给我，这么多年我一直住在家里，这钱理应我出。”秀琪推开哥哥的手。

“你能有多少存饷，都花光了吧？”文琪硬将银行卡塞到秀琪手里。

“拿着吧，我们也不落忍让你一个人出这钱。”嫂子在一旁说。

“你们非要给，那就各出一半！等我取出 5 万再把卡还给你们。”秀琪笑着收起卡。

“真拿你没辙，还跟哥哥客气。”

文琪又说：“你觉得‘乜贴’出散给哪里好？”

“我去年去甘肃、青海调研时，看到那边一些回族、东乡族、撒拉族的孩子没学上，女孩子的命运更惨，小小年纪就嫁人，扛起生活的重担。我想，要不咱就把钱出散给他们办学用吧！”

“都 21 世纪了，一些山区的人们还没脱贫。找个时间，让萧然带上孩子，你带队，咱全家去一趟西北，让他们也感受一下这种反差，好对当下的生活知足感恩。”

“哥，你这主意好！”

文琪问：“志华哥的地址和联络方式你有吧？”

“怎么，你还想联系他？”秀琪不解。

“姑舅亲辈辈亲，砸断骨头连着筋！怎么说也是亲戚，我就是想打听打听他的近况，这么多年了，他也不容易。爸爸不是说过遇到陌生人有困难都得帮，何况是亲戚。”

“我是怕他再……”

“哈哈，不会，别忘了契约精神！”

新居都装修好了能入住了。秀琪和艳敏商量新年的时候姐妹几个搞一次聚会。因为秀琪家最清静，她们就一致决定把聚会的地点定在秀琪这里。

元旦一大早，秀琪就把炸油香的面和好、饧着，又从冰箱里拿出前天兰州的朋友刚寄来的鲜百合，洗净、掰开，放到锅里，加上冰糖，煮了一大锅冰糖百合。

不到十点，秋云就到了。她打开盒子掏出一只烧鸡，对秀琪说：“拿个盘子，这是昨天李自信从老家带回来的，味儿不错。”

随后秋云进厨房看了看秀琪和好的面，见面发得差不多了，就洗了手，系上围裙，准备炸油香了。

买美霞是第二个到的。她带了两瓶香油和几包胡辣汤的配料。“老家来人带来的，大家尝尝。”说完，就进厨房去帮秋云了。

艳芬是拉着买菜用的小购物车来的，里面装着一些半成品，有拍好的松肉和甜卷果，还有酱牛肉、酱羊蹄儿等。她前脚进门后脚艳敏就敲门。一进门就说：“我看见你的背影，紧追你，结果咱俩还是差了一趟电梯。”说着就把一盒点心放到桌上。

秀琪忽然像想起了什么，“哦，对了，没征求你们的意见，我还请了满丽。”

“叫她干吗？她跟咱差着辈分呢？”看着艳芬诧异的目光秀琪说：“我是觉得大家原来门挨门住着，现在又都在一个楼里，其实人家跟咱也没差几岁，一起乐呵乐呵多好。”说完朝厨房眨眨眼。

艳敏马上明白了，接过话茬儿，“是呀，拆迁时那点小别扭都过去了，谁也不怨，政策就在那摆着呢，两家都是按规定办的手续，今后还是好邻居。再说，跟人家满丽没多大关系，都是线儿这个搅屎棍子。”

“还是秀琪姐想得周到。”

“呦，您这儿简单、大方又漂亮！不错，不错！瞧瞧，这是我学着做的糖卷果，做得不太成功，有点软了。”满丽来了，说着话把一个大搪瓷盆放在桌子上。

“满丽呀，你以后可得多参加我们的聚会呀！”秋云探出头来。

“秋姑姑来得早呀，你忙什么呢，我给你搭把手吧！”

“不用啦，这有我和你丁四婶呢。”听着两人的对话，秀琪和艳敏姐俩会心地一笑。

玉玲一进门儿就吵吵嚷嚷地说，“都到得不晚呀，我可不是起得晚，我是做豌豆黄儿来着，等它出锅定了型才来。”说着掀开盘子上的屉布，露出了金黄的豌豆黄儿，上面还放了几条红色的山楂糕。

“真漂亮呀！”秀琪夸赞。

玉玲对大家说：“一会儿去我那儿看看吧，给丹丹买的钢琴上周送到了，前天也调好了音，丹丹弹得可好听了。”

“玉玲，你对孩子真是太上心了！”

“我这辈子算是耽误了，再苦也要把孩子培养出来！我就不信咱这小胡同里小门小户人家就不能出个名人？”秀琪听到这里下意识地看了一眼玉玲，只见她扬着脸，一副不服气的表情。

大家都知道玉玲这话不是吹的。她的这个决心是在丹丹 8 岁那年立下的。

丹丹 8 岁那年的一天，玉玲带着丹丹来找静静。

买美霞的二女儿静静，从一所职业高中的英语专业毕业后分到了建外的一家大饭店。这些年，涉外职高英语专业的毕业生尤其抢手，还没毕业就被大饭店预定了。涉外大饭店不仅工作环境舒适、待遇好、工资高，而且接触的大多数是海外人士，信息量大，开眼。因为静静长得漂亮，英语又流利，就被安排在前台做接待工作。

饭店的福利很好，经常发些进口的食用油、鸡腿、鱼、虾什么的。发了东西静静不总往婆家拿，有时也给娘家一些。

这一天单位又发了东西。静静就往娘家打电话，让来饭店取货。一般这种情况，都是丁老四出面，买美霞会主动后撤，她知道自己的形象不佳，如果去了会给女儿丢脸。正好玉玲在她屋里，便主动说她带着丹丹去取。

静静还有二十来分钟才下班，玉玲让她先去忙，自己和丹丹在大堂里等她。玉玲坐在大堂沙发上，丹丹一会儿坐坐沙发，一会儿又跑到柜台前看姐姐。

正在这时候，一个高挑个儿、穿着考究、头戴大檐帽、鼻梁上架着副墨镜的中年妇女，从电梯里出来，身后还跟着一个稍年轻一点的女人，帮她拿着包和外衣。进过前台，这个女士停下脚步看台子上方墙上一个显示当日汇率的牌子。一摘墨镜，帽子掉到了地上。丹丹抢上一步捡起来，扬起小脸，把它交给了那位女士。那个女士低头看看小姑娘。“谢谢你，啊，这位小姐好漂亮啊，你几岁啦？”丹丹腼腆地笑笑，“8 岁”。

坐在一旁的玉玲发现，这人好面熟，听到静静说“胡小姐好”，玉玲突然想起，这不是香港著名影星胡小姐吗？只见她噌地一下跳起来，追过来，嘴里喊着“丹丹呀！”来到近前，玉玲揽过丹丹，眼睛看着那女士：“您是胡小姐？我常看您的电影，今天算是见着您本人了，哎呀，您的气质真好，我女儿没打扰到您吧？”

胡小姐稍微一愣，马上笑着问：“你女儿？好可爱。”

“这是我侄女！”玉玲又指了指里面的静静。

胡小姐看看静静又看看玉玲和丹丹，“哦，你们长得好像啊，都好漂亮。”

“谢谢您夸奖，胡小姐。”

玉玲一把拉过丹丹，“胡小姐，我本人就爱好文艺，我女儿也能歌善舞，您说我们丹丹，有没有机会参加个演出？”

胡小姐没有直接回答，她看着丹丹笑了笑，“小姑娘潜质不错，多在才艺方面下点功夫吧！”

静静了解自己的姑姑，怕她纠缠胡小姐，就赶忙走过来插话:“胡小姐是要换汇吗？您这边请。”

“胡小姐，您能给张名片吗？”玉玲还真追着人家不放。静静向她使了个眼色，她权当没看见。胡小姐拉开手包拿出一张名片递给玉玲。

“谢谢胡小姐！再见！”

玉玲乐颠颠地拿着名片走开了。

从饭店回来，玉玲高兴地逢人便说：“哎呀，我们丹丹可不简单，被明星看上了。人家说只要多下功夫在才艺上培养孩子，将来准能培养出个影星来。”买美霞听了撇撇嘴，“明星有啥好？这个搂那个抱的，咱闺女让人抱着啃可不行！”

“你那榆木脑袋，当明星多风光，你以为谁都能当明星？那得有潜质，得说老丁家的基因好，咱丹丹漂亮！但还得下功夫培养。琴棋书画、音乐舞蹈，全方位的。”

“那得花钱，现在各种班儿倒是都有，可得花不少钱呢！”买美霞翻着眼睛说。

丁老四听了说：“我和你嫂子也不懂这事儿，你就多上心，交给你了。”

“那还用你说，侄女和闺女有啥区别？她姓丁！”玉玲白了她哥一眼。

玉玲为了培养丹丹真是下了大功夫。听人说女孩的形体要好，就要练舞蹈。她就带丹丹去了少年宫报了舞蹈班。每星期六上午都带着孩子去少年宫上课，回到家来，她要求孩子贴墙站，自己手拿个小棍儿在一旁监督。光练舞蹈还不够，听说还得学点音乐知识。学什么呢？胡同里倒有位在市京剧团拉二胡的先生，要不然请他教孩子拉二胡？想来想去又觉得二胡有点土气。

有一天，她去接丹丹放学，到得早了点儿，在学校门前听两位家长聊孩子学钢琴的事，就凑过去打听了一番。她自己反复琢磨，不然也让丹丹学钢琴吧。玉玲决定咬牙给丹丹买台钢琴。做这个决定，她没跟任何人商量就带着孩子去挑琴，可是进了琴行，星海、切尔、珠江还有进口品牌的钢琴摆满了大厅，令人眼花缭乱。这些大家伙，摆在店里不起眼，可量量尺寸，最小的家里也放不下呀！听店员介绍，这些琴还要注意摆放地点的干湿度，自己家那间小屋，冬天要生炉子，雨天返潮，连柜子腿儿都长绿毛，这贵重的东西哪伺候得了。她只好又带丹丹去看电子琴。

琴运回家，招来街坊四邻的围观，人们投以羡慕的目光。

“哎呀，玉玲真疼孩子，这东西也不便宜吧。”

“丹丹真有福气啊！”

电子琴是买回来了，可玉玲又听说电子琴跟钢琴是两码事，学电子琴不太讲究指法，万一养成习惯，将来再弹钢琴指法不正确不好纠正，她这份儿纠结、闹心呀。最后，玉玲下了决心，宁愿多花点钱，还是学钢琴。于是她每周带着丹丹去音乐学院的家属院找一位退休的老师学钢琴，再去一个私人琴行练习两次，每次一个小时。8 岁的丹丹聪明，学起来并不费劲。经过一两年的训练，舞蹈、钢琴都长进很大。玉玲并不想让孩子过早地去参加舞蹈和钢琴考级，她认为培养丹丹的目标并不是考舞蹈或音乐学院，而是将来争取进入演艺界。她还带着孩子去参加朗诵训练。小丹丹形象好，又受到系统训练，很快就在学校成了文艺骨干。看到孩子的点滴进步，玉玲是心里比喝了蜜还甜。

这时候门铃响了，玉玲抢先说：“一定是芳芳！她来晚了，咱们逗逗她！”说着跑到厨房拿出了擀面杖、铲子、叉子、盛汤用的大勺子，还有锅盖，又小声跟大家说。“大伙儿都凑到门前，待会儿我喊一、二、三，开门，大家就‘嗨’一声，都朝她比画。好，大家准备好了。一二三！”

门一拉开，隔壁前来借晾衣服叉子的黄嫂被这姐妹几个的举动吓得差点儿坐在地上。黄嫂原来住在大杂院里，大家原来就是见面点头，没什么来往，现在住在同一层，刚搬进来没多久，反倒来秀琪这儿两三趟了。秀琪赶忙扶住黄嫂解释了一番，众人笑得直不起腰来。

不一会儿，芳芳提着热乎乎的糖炒栗子来了，她笑嘻嘻地说：“买栗子的人太多，排了半天队呢，所以晚了。”

秀琪把大家带来的东西放到盘子里，端到桌子上。大家嗑着瓜子儿，吃着香喷喷的糖炒栗子。玉玲抓了一把瓜子儿说，“现在想要什么都有。过去逢年过节才能吃上点瓜子儿、花生，还得写本。”艳敏说：“好像糖炒栗子不用写本，可我都不记得那些年吃过糖炒栗子。”

“是啊，它不写本儿是因为它太贵，咱普通人家吃不起。”秋云从厨房探出头来说。

众人在客厅里说着笑着，艳敏站在秀琪的书房门口看着里面。只见西边一面墙都是落地的书柜，里面摆满了书。对面墙上挂着马国禄写的条幅。忽然，她的目光被秀琪书柜里的一个小相框吸引住了。走过去打开柜门，拿出那个小相框。那是除美霞、满丽外六姐

妹十几岁时的合影，在秀琪家的大门外照的。她们个个都梳着长辫子，有的还戴着红领巾。或站在大门中间或坐在两边的一对石鼓门墩上，笑脸纯真。艳敏把相框拿到客厅里，大家抢着看。

“这是哪年来着？”

“1962 年，对，好像是，我记得是二伯给咱们照的。”

秀琪正好从厨房出来，见了相框就凑过来说：“那年我爸不知道从哪儿收了一个老蔡司的相机，还挺好用的。我小时候的照片都是我爸用那个给照的。我想起来了，那天咱们在门道里欻拐玩，我爸爸回来了，说试一下镜头，顺便给咱们留个影，所以就照了这张。”

“年轻真好！”

“现在老房子都没了，别说，那时住得紧紧巴巴的，现在拆了，心里还老想它！”

“最可惜的是咱的老家儿都没能住上新楼房！”

“他们的‘鲁哈’（灵魂）在呢，盼着咱们过好日子。”

“是呀，什么是天堂，咱现在的日子就像在天堂里呀！”大家感慨地谈论着。

“秀琪，还有这张照片的底版吗？”艳敏问。

“没有了，这张照片是我特意收起来的，不然早没了。哪天我去找个照相馆把它翻拍了，给你们每人一张！另外，我前一阵倒是拍了一些咱胡同的照片。”

“啊，那太好了！拿出来看看。”

“在我的电脑里，等我打开！”

秀琪打开她的手提电脑，大家围拢过来，一张张看着。

“来，来，油香出锅了！”秋云从厨房端出热乎乎的油香。“好日子，得按咱回回的传统，香香锅！”

“对，别忘了本，牛街回回的传统不能丢！”

“哎，今天咱们也得留张影啊。”玉玲提议。

“好！”众人一致同意。

秀琪支好三脚架，姐妹们各自摆好姿势。“都离窗户近点，取景儿时把外面的楼照上。”艳敏吩咐大家。

“准备好，我站边儿上，给我留出点儿地方。”秀琪喊了一声“一、二、三”，众人齐呼“茄子。”

“咔嚓”一下，快门按下，定格在 2001 年元旦。

『非典』前后

萧然把自己的车钥匙交到秀琪手里。“姑姑，您开回去吧！”

“什么，你这就让我自己开呀？”秀琪瞪大眼睛。

“您不是有车本了吗，就可以合法上路驾驶了！”

“可我还是心虚，我过几天找个陪练在街上练几个小时再说吧！”

“万事开头难，没事，我给您当陪练，我这车是自动挡，比您学的手动挡好开，只要记着会踩刹车就没大问题，来吧！”说着，萧然把姑姑推到驾驶员位置上。秀琪一咬牙，开就开！

今天，是年过半百的秀琪让萧然陪着来领驾驶证。

调好座椅位置，又动了动反光镜、后视镜，系好安全带，打着火，给油，车子缓缓开动了。

“放松，放松，很好嘛！”萧然鼓励着。开出驾校大门，秀琪轻点刹车，打左转向灯，驶向大街。沿着辅路开了一段，萧然提醒，可以打转向灯择机上主路，秀琪咽了口口水，眼睛都不敢眨一下地说，“还是先在辅路上开吧。”“行。”萧然答道。

秀琪看着前方变黄灯了，就减缓了车速。

“哎，真不错，知道预判。您别光往前看，眼睛还得看着点两边的反光镜。有的时候，路上骑车的、过路的人都得小心。”

“我知道了。”

“您会看仪表吧，告诉我现在车速是多少？”

“60”，秀琪低头看了一眼。开了一段以后，她的心情渐渐放松了，看到主路上车不太多就打了转向灯，稍一加油，上了主路。

“呃，这不很好吗，您还得看着点左边的车，一会儿上前面的立交桥那个坡的时候，稍微多给一点油，自动挡，上坡不用换挡，但是要稍微给一点油，等到了最高处收油就好了。”

“好的，我记住了。”就这样秀琪顺利地把车开回了小区。当她从车上走下来的时候前额的发帘都湿了。

“秀琪你能开车了，太棒了。”买菜回来的买美霞正巧看见。

“还不行，离不开人，萧然给我坐镇呢！”

“你真行！”

“你也可以学的，嫂子。”

买美霞摆摆手：“我可不行，坐车我还害怕呢！”

秀琪买了辆帕萨特。买了车，秀琪才体会到，拆迁工作前期规划其实还有很多不到位的地方，有车的家庭越来越多，可小区没有规划地下停车场，仅地面的一些车位已经不够了，很多人不得不把车停在路边、楼前后，小区里本来活动的空间就不多，乱停车，经常引发矛盾。

过年了，外地人返乡的多，北京城很清静。就连小区里停车位都不再紧张了。秀琪趁着这个机会开车上街，路边停车，商场、写字楼的地下库停车入位都已熟练。有了车，她去单位就不用再挤汽车了，开会、去国图也方便。但就在她开车上班没几天，一个不祥的阴影笼罩了北京。

3月初的一天，秀琪下班的路上见到凡是大大小小的药店，门外都排着长队。晚上侄女扬扬正好来电话，告诉秀琪广东正流行一种病毒引起的非典型性肺炎，传染性较强，北京可能也有了，社会上流传板蓝根有预防作用。秀琪听了说：“难怪呢，我今天经过药店看都在排队。”扬扬叮嘱秀琪小心，别感冒。

“给你两包白糖，得空你也去超市买点米面油能放得住的，我这白糖还是抢来的呢，白醋都抢空了。”周六，秋云来到秀琪家。

“抢白醋干吗？”秀琪不解地问。

“据说可以杀菌，唉，你也别管有什么用了，现在能抢什么是什么，精盐都没了，就剩大粒儿盐了，你没见呢，超市里的货架都快抢空了！”

“我不信，咱大北京还能缺了吃喝和日用品？有些人就是不动脑子，抢多了东西囤在家里等着长虫儿呀！”

“您这八风不动的镇静，别到时没得吃没得用！”

“有你呢，我怕什么，缺什么就找你要！”秀琪对着秋云莞尔一笑。

“不过，说真的，现在北京也有好多例了，我倒是真担心扬扬、蔷蔷她们这些医护人员，听说广东医院里已有医护人员感染。”

“是呀，她们这个年纪家里家外都是主力，又都还有孩子，可千万别让她们赶上收治这种病人，别像人民医院一样。”

4 月 20 日，秀琪从电视里看到：北京“非典”确诊病人和疑似病例较之前一天成倍增加。由于防治“非典”不力，卫生部和北京市有关负责人被免职。秀琪感到事态越来越严重了。

24 日，北京市中小学开始停课两周；对人民医院实行整体隔离；27 日，蔷蔷和扬扬工作的医院都被改为收治“非典”重症患者的定点医院了。

这下麻烦来了，刚闹“非典”那阵，凡是家里有人照看的，不放心就不送孩子去学校了。萧然的儿子今年 12 岁，上初一，一直坚持去学校；扬扬的女儿还在读小学，三天打鱼两天晒网地由姥爷接送。一宣布中小学停课，他们两家纷纷把孩子送到文琪家。文琪还在忙着带博士生，大多数时间都住在中关村自己的老楼里，周末、节假日才回牛街。平日就他们夫妻二人清静惯了。两个孩子虽说都在家上空中课堂，但不免中间说笑、打闹，还要吃喝，没两天，文琪和嫂子都吃不消了，给萧然和扬扬打电话让他们自己想办法。

“姑姑，我爸爸越来越自私，我妈在家照顾他可以，照看几天孙子孙女他就嫌乱，非让我们把孩子接走，说影响他工作。”萧然给秀琪打电话告状。

“我知道中小学停课了，你们家长得上班，这样吧，我最近学校事不是太多，我安排一下，我把俩孩子接到我这儿吧！”

“您行吗？”

“试试吧，你爸爸也高血压，别给他累病了。”

秀琪开着车去中关村，接两个孩子。文琪一看秀琪来真的了，就笑着说：“我是让他们兄妹俩自己解决困难，没想到他们把你搬出来了。”

“哥，你也不想想，这是什么时候，非常时期，这病来势汹汹，他们都还得上班，还操心孩子，哪顾得过来。扬扬她们医院是收治‘非典’病人的定点医院，肯定是有危险的。做医生的职责所在，必须得坚持工作，不能让她为孩子的事分心。交给我你就放心吧，萧然像她们这么大的时候不也是我带着吗！”

哥哥嫂子听了秀琪的话都很感动，嫂子帮孩子们收拾好书包、衣服，叮嘱道：“听姑奶奶的话，别惹事！”

“放心吧！”两个孩子几乎异口同声地回答。平时他们都喜欢姑奶奶，一看秀琪来接早就恨不得马上离开。

秀琪带孩子很有一套，她和两个孩子一起制订计划，几点学习、几点玩游戏，什么时候练琴或下棋，她都让孩子自己决定，写下来，贴在书柜的玻璃上，由她来监督执行并给予奖惩。

这天，她买了三份麦香鱼套餐，先给秋云的外孙女送去一份。秋云的外孙女比扬扬的女儿大一岁，因不能上学，也送到秋云这里。听说小妹妹在秀琪家，那孩子非要过去找她，秋云拦着不让过去，说孩子多了，马姥姥受不了。秀琪拉起孩子的手，“走，作业做完了吗？没完就带上。”又对秋云说：“你忘了，我以前当过孩子头儿，管教这几个小朋友不在话下。后天我要去趟学校，萧然的媳妇要是能请假就没事，请不了假，你给盯一天行吧！”

“就交给我吧，别让她请假了。”

陶然亭公园里垂柳依依，湖面水波荡漾。湖边甬道两旁的蝴蝶花五彩缤纷，一种秀琪叫不出名字的小树开出浅紫色一簇簇的花。

5月中旬，发病的人数少了，疫情有所缓解，各大公园也延长了营业时间。这天，秀琪决定开车带三个在家憋坏了的孩子去公园。

出发之前她跟孩子们约定，因为疫情还没结束，所以，不能够划船，也不能玩“大雪山”滑梯，只能在湖边草地里、大树下空旷的地方玩耍。问孩子们同意吗？同意就去，不同意就只能继续待在家里。孩子们一听可以去公园放松，高兴得很，当然什么都满口答应。

秀琪带着孩子们沿着湖边走了一阵儿，就让他们到草地上去踢毽子。自己坐在长椅上休息。

萧然的儿子很绅士地让两个小妹妹一起踢，他在一旁来回奔跑着帮她们捡毽子。看到他，秀琪马上想到小时候的萧然。不知不觉她又联想到大洋彼岸的子轩，她猜想，子轩若是在那边成了家，他的孩子也许比萧然的儿子大不了几岁。怎会想起这些？秀琪苦笑了一下，心说：算啦，想这些干吗，关你什么事。

一辆电瓶车载着几个农民工和一个拿着一幅图纸、穿着工作服的中年人，慢悠悠地开过来。那中年人一边跟他们说着，一边比画着。车经过秀琪面前又向前开了几米停下来，那个中年人跳下车，走到秀琪面前仔细看了看，秀琪以为自己坐的地方不对，马上站起身。

“您是马老师？”中年人发问。

秀琪眯起眼仔细看，“你是？”

“我是贾小强。”

“哎哟，是小强啊。一晃三十多年了你还记得我。”

“您没怎么变样，还那么年轻。”

“看你这孩子说的，你这是？”

“我在公园管理处工作，我搞园林设计，还多亏了您当年发觉了我的美术特长，鼓励我。我坚持画画，后来我上大学学的园林设计。”

“太好了！”秀琪高兴地拍着贾小强的手，眼前显现出当年那只小皴手。

“您离开学校没两年我们家就搬到北线阁我爸爸单位的宿舍区去了。当年知道恢复高考后您上了大学，咱街上的人都觉得您了不起呀，我就下决心以您为榜样！”

“你是好样的，我没看错你！”

“马老师您还没退休吧？”

“还没有呢，我这几天又当起孩子头了，这不闹‘非典’孩子们停课在家吗，我帮我侄子侄女照看几天孩子。”秀琪用手指着萧然的儿子，“这就是我侄子的孩子。”

“您侄子，我当年还穿过他的衣服呢。”说完，两个人都笑了。

贾小强还有工作，他问了秀琪的电话、地址，也给老师留下自己的，说改日去登门看望老师。

贾小强走远了，秀琪心头升起无限感慨，由于当年自己的一点点付出，使一个可塑之材变成了栋梁。每一个孩子都像一棵小苗，需要呵护、培养、引领。此时，她有了一个想法。

6月下旬，天气很热，秀琪正开着车在小区里转磨找停车位，忽然看见满丽推着坐在轮椅上的李嫂迎面走过来。秀琪踩了刹车，摇下窗户问：“你们这是干吗去啊？”“带我妈去医院，她肚子疼，拉肚子。”

“就你一个人带着去呀？”

“老双昨儿夜班，到现在还没回来呢。”

“线儿这两天没来呀？”

“她呀，从一闹‘非典’就没露面。”

“坐我车去吧，我送你们去医院，宣武医院是收治‘非典’病人的定点医院，疫情还没完全过去，咱还是去回民医院吧。”

“不用，没多远的路，我推着就行了，医院不好停车。”

说到停车，秀琪还真有些犹豫，她是新手，找车位对她来说有点犯愁。不过她马上说：“还是我送你们吧，送到了我先回家，等你们快看完了给我打电话，我再去接。”

“太麻烦你了。”

“别跟我客气，上来吧。”秀琪停下车，打开后备厢。先帮满丽扶着她婆婆坐到车里，又把轮椅放到后备厢里。

送到医院门口，秀琪叮嘱满丽看完了给她打电话，就开车回来了。可是她到家后左等右等也没接到满丽的电话，她就打电话去问。满丽说：“谢谢你，我们都快到小区门口了。”

“唉，你怎么不说一声呢？我就是一脚油的事”

“不用麻烦了，这就够了，怪过意不去的。”

“李嫂要紧吗？”

“大夫说就是急性肠炎，给输了点液，开了药。”

“你一个人儿怪费劲的，如果带李嫂出去，需要车，你随时找我啊”。

李嫂得了阿尔茨海默症，就是俗话说的老年痴呆。前一两年经常出门后就不认得家了，撂下饭碗便说自己没吃饭。为了照顾婆婆，满丽把做得好好的推销保险的工作辞了，专门在家照顾她。

起初，线儿背地里总跟街坊们说满丽对婆婆不好。因为她年轻时怀不上孩子婆婆怪罪她，她记恨婆婆。日子久了，明眼人都知道不是那么一回事了。

线儿的老公在市经贸委工作，线儿原来是一个小企业的会计，工厂不景气，线儿听她老公的话，很早就买断工龄，开了一家服装店。线儿会说话，能拉回头客。再加上她老公有关系，所以，线儿的服装店做得风生水起。

自打线儿做上生意手头宽裕了，她本人的变化也很大。去美容院开了眼角、刺了双眼皮，打扮得很时髦，添置了各种首饰。还经常去日本买一些服装做样子，然后再去南方找小厂家仿制。

拆迁的时候，李家最初只得了一个三居室，线儿出头，一边跟拆迁办闹，一边挤对秋云，让蔷蔷一家退出一间。她的话是：我家是房主，四间房必须得到满足。可按照政策，出租屋，谁住着并且有户口就安置谁。房主只能得所拆房屋的作价款。因此，两家闹得不愉快。线儿不让家里人跟秋云她们说话，她自己说了很多难听的话，把秋云气病了。到最后，线儿通过她老公的关系还真多弄到了个一居室。

李嫂娘家也在拆迁范围内，线儿又鼓动她母亲回娘家去和舅舅争房子。

她舅舅倒是没说什么，舅妈不大乐意。线儿母亲年轻守寡，带着孩子一直吃住在娘家。所以，她舅妈觉得娘家为她们母女付出得挺多，现在就不该再回来要房子。但是，线儿可不讲这些理，她跟舅妈拍着桌子,“谁说家产只传男不传女？男女平等,少一点都不行。”

她舅舅老实巴交，夹在中间两头为难，说不过线儿，就劝自己的老婆：“我妹妹这一辈子够不容易的了，咱就让着她点吧！”这样，线儿又从姥姥家得到了一个两居室。

线儿很聪明，早就盘算好了，她跟老双说：“咱李家的房换得一个三居，一个一居。”接着又对母亲和哥哥说：“妈娘家给的那两居室是我争来的，一共就这么多，你们说怎分？”老双从小就让着妹妹，马上说：“你说怎办就怎办。”李嫂觉得线儿一岁就没了爹，从小就偏疼她，加上儿子、媳妇连个根儿都没给李家留下，不讨她喜欢。虽说去医院查了，是儿子的毛病，但她却总把不满撒在儿媳头上，谁让她不是北京人呢！尽管线儿嫁得不错，但李嫂总觉得亏欠闺女，每次从家里走，都塞给她东西，家里吃点好的也得打电话叫她回来，用秋云的一句玩笑话说“李嫂就是抓蚊子也少不了给线儿留条腿儿”。李嫂打心眼里觉得一点也不能少了闺女的，听儿子一说，马上点头。在这个家里，满丽完全没有话语权。

“好，那咱就这么定了，三居室是三间，一居加两居也是三间，咱俩平分。老妈肯定愿意跟儿子过，你们得住得宽敞点，那三居室给你，我要那两套窄巴的。”

就这样，线儿嘴里口口声声说让母亲和哥哥住宽敞的房子，其实她那两套加起来面积比三居还大，卖的钱也多。线儿拿卖房的钱去北三环外买了套面积不小的商品房。

现如今，线儿房、车齐备还开着店，每逢她打扮得光鲜亮丽地回来看母亲，都提着东西先在小区里溜达一圈，见人老远就打招呼：“我看我妈来了，吃的、用的我哪点都给买齐了，别让我哥他们受累还花钱呢！”不知道的都夸线儿懂事、孝顺。

有一次，线儿正跟楼里的人显摆，遇见艳敏，艳敏心明眼亮嘴不饶，就走过去说，“我当是谁呢，提着东西还不抄近道走，买不少呀！”

“可不，我妈跟他们过那日子我看不了，我妈想吃什么我就给她买什么！”

“呦，你哥嫂可对你妈没得说，看不下去你把你妈接你那儿去不就得了。”

“哪有去闺女家的，我妈离不开儿子呀！”

“得了，别得了便宜卖乖，你把你妈甩给你哥他们，这会儿你怎不说男女平等了？你买东西、给钱都是应该的，久病床前无孝子，你妈糊涂成那样，一眼看不住就满世界乱跑，见了人家小孩就喊你的小名，有时把屎拉在裤子里，哪回不是你嫂子不嫌膈应给洗洗涮涮的，人家做得不错，回家该伸把手就伸把手，别总挑人家的不是。”过去住一个院里那会儿，线儿就有点怵艳敏，被艳敏一通训，也不敢多说什么，臊眉耷眼地赶快走了。

从6月，直到第二年冬天李嫂无常，秀琪已经记不清接送李嫂去了几次医院。过年时，老双和满丽买了牛奶、水果来看秀琪，临走时老双还掏出一张中石化的加油卡，说是线儿给的。秀琪把卡塞回到老双手里，“这我可不能收，你给线儿带回去，街里街坊的，这太外道了！”老双又把卡放到桌子上，秀琪拿起硬塞进老双的羽绒服口袋里，“你要不拿回去，我连这牛奶和水果也不收了！”说完，笑着把这夫妻俩推出门去。

汽车沿着蜿蜒的公路盘旋而上，向着大山深处的村小驶来，远远地就能看见土坡上白色矮墙里的一排砖瓦房和旗杆上飘扬的国旗。当年这所小学唯一的教师马达吾，正带着孩子们在院子里做操，见到从车上下来的秀琪先是一愣，随即高兴地喊起来："马老师，北京的马老师！"

院里的孩子们也怯生生地围拢到铁栅栏门前，男孩子们头顶小白帽，小姑娘戴着粉色或绿色的盖头，孩子们带着高原红的脸上透出兴奋和惊讶。

2005 年暑假的一天，秀琪陪哥嫂和萧然、扬扬夫妇带着孩子全家去了青海。他们向青海回族撒拉族救助会捐赠了一批书包、图书等学习用品。救助会的人随后带他们前去参观几年前他们曾经捐助过的村小。

秀琪他们在已是校长的马达吾带领下参观了学校的教室和老师的办公室，了解了学校的近况。

马校长告诉秀琪一家，现在学校已经有三位教师了，现在正在给学生上课的两位年轻教师都是师范毕业。他说："集中办学以后，因为咱这个学校的校舍好，附近几个村的孩子都到咱这里念书来了。是你们赞助我们，改善了办学条件，托马老先生的福！"

听他提起父亲，秀琪感慨万千，当年他们把拆迁小院给的折旧款一分没动，以父亲的名义捐给了这个远离北京的西北农村小学，为此，她和哥哥专门来过一趟。钱虽不多，但足够翻盖已经破败不堪、没有窗户的几间旧教室并添置了课桌椅。

隔着玻璃，一家人看到教室里码放的课桌椅整整齐齐，教室也打扫得干净整洁，墙上还贴着宣传画。

“跟你们上次来，真有天壤之别吧，现在政府加大了扶贫力度，生活在不断变好，但咱这里落后，还是有人不想让孩子念书。”

“是呀，马老师，对，该叫你马校长，咱们还要多努力、多动员，争取让所有的孩子都能上学。”

文琪指着炉子问：“天凉了也不再停课了吧？”

“一般不停课，除非极端天气。咱这山区天凉得早，马上就要生炉子了，可这买煤的钱咱还没筹到。”

文琪看了秀琪一眼。“别着急，我们出吧！”

从学校出来，在门口迎面遇到一个马队，马校长指着马队说：“搞旅游来钱快，村里有些有马的人家好多都参加了乡里组织的旅游合作社，拉马带客人上盂达天池。”

“看，这小孩也就六七岁吧？”萧然指着一个牵马走到近前的头戴小白帽的孩子问。

秀琪拉住那个孩子，“尕娃，你几岁了？”那孩子忽闪着黑亮的大眼睛用手朝秀琪比画了一下，就吆喝着马走远了。

“他哪有十岁！”扬扬的先生来了一句。

“他说瞎话嘞。”秀琪循声望去，不知何时一个抱孩子的少妇站在他们身后看热闹。

只见她穿一件长到膝盖的浅紫色袄，头戴镶着金线的盖头，怀里抱着个瘦瘦的周岁左右的孩子。

“你说他有多大？”秀琪问，那少妇害羞地笑笑不再搭话。

“你有二十岁吗？”秀琪摸出一块巧克力一面逗着她的孩子一

面问那少妇。“十八岁！”

“啊！”嫂子惊呼。

“她们都结婚早，十八说不定还是虚岁呢！”

“我十八岁，他八岁。”少妇指着随马队拉马走远的孩子说。

“他是我弟弟！”

“这么小就给人牵马，你们家大人呢？”

“我公公、婆婆都到庆阳开拉面馆去了，我家那口在县城帮人看摊儿，我和小姑、小叔在家。”

“那尕娃是他小叔子。”马达吾跟着说。

“你们能带我到西宁或者兰州吗？”大家扭过头，只见一个戴着粉色盖头的小姑娘正躲在抱孩子的少妇身后，瞪着一双天真的大眼睛。

“小姑娘，你要到西宁或兰州干什么？”

“打工呗！”

“你这么小的年纪还应该读书哇！”秀琪把她拉到身边。

“我念了三年就不让念了，回家干活儿！”

“别听她的，她都定亲了，马上就嫁人了。”少妇推了小姑娘一把，“家去吧！”

“她才多大呀就要嫁人！”萧然的媳妇惊讶地说。

那小姑娘倔强地看了一眼她的嫂子，“我才不想嫁呢！”

“嘴硬的，看姨姨能干？”

马达吾小声跟秀琪一行人说：“不是外人，跟她姨家的表哥嘞！”秀琪为难地对小姑娘说：“我们不能带你走，你太小，再说，外出得征求你爹妈的意见，不过，你不想早结婚也要勇敢地把自己的想法跟家长、村干部说出来！没有人可以强迫你！如果你想继续读书我跟马校长说可以让你到学校来。等你学了知识、长大点再去打工，去西宁、兰州、北京都行啊！”

“我想继续上学！”

“多大了，还念书，臊不臊！”人群中发出一片哄笑。

“笑啥，尕妹说得对哩！”马达吾对众人说。

秀琪显然是动了情，她环视着众人说：“乡亲们，家里有小孩的一定要让孩子读书呀，说句最浅的道理，读书长了知识，才有前途，不然出门打工连账都不会算能不受欺负吗？上学有困难的可以告诉我，马校长能找到我。”

“人家北京来的马老师真心帮咱呢！”马达吾也对大家说。众人默默地点头。

离开村小回西宁的路上，汽车翻过一座座大山，天空飘着洁白的云朵，一群羊正在山坡上吃草，山坡下的田里开着一片又一片的白花。

“羊！”扬扬的女儿惊喜地叫起来。

“那开白花的种的是什么？看，那里还有个放羊的小孩儿！”

扬扬的女儿摇下车窗，朝放羊的孩子挥动着遮阳帽，那个孩子手里拿着根细木棍儿，木讷地看着车从眼前驶过。

“看到了吧，同在一片蓝天下，就存在这样的差距。那里种的是土豆。”秀琪转向两个小孩子。

“今天你们有什么感受？”

“这里太美了！但是有点穷。”

“是呀，我们祖国的大西北辽阔、壮美，但是那里还有好多人生活不富裕。我们不能只顾自己享受，要知道这社会上还有很多底层的人需要帮助。曾祖父过去常说要做好事、善事，我希望你们继承回回的好传统，记得帮助需要帮助的人。”

“秀琪说得好，这个机会教育太有必要了！这趟没白来。我们要让孩子们记住，爱祖国、乐于奉献，还要明白各民族都是一家人。”文琪感慨地对妻子说。

得与失

“下面有请马秀琪老师，她发言的题目是“从居住环境的变化看民族凝聚力。”

2004年的一天，秀琪带着自己的论文去西安参加学术研讨会，并在会上做主题演讲。

多年来，秀琪耕耘在民族文化的沃土上。她把自己的精力都投入民族学研究中。家乡的变化，使秀琪把研究视线转向都市民族学领域，这里成为她的民族学考察的“田野”，她驾轻就熟，写出了多篇论文。

秀琪站到台上的发言席上，环视一下台上台下，清清嗓子，开始她的演讲。

“……

牛街拆迁工作分两期进行，以拓宽后的牛街大街为中心，两边耸立起一座座高楼。大街面上不但有街道办事处、回民小学、饭店，还有连锁酒店，开得最多的店铺依然是回族的老本行——牛羊肉店，有大小几十家。

改造后的牛街吸引了全国穆斯林来参观、购物、打工、安家、投资，小区里既有本地回迁的居民也有各地买房来此定居的……

街上还开了家以‘牛街’命名的清真超市，从全国几百家清真企业进货，几千种商品琳琅满目，不仅方便了牛街及北京周边的二十余万名回族穆斯林，就连全国各地的穆斯林及信仰伊斯兰教国家的驻华使节、留学生等消费者也慕名而来，为的是能够买到称心如意的清真食品、用品。超市里不仅有北京本地的，也有山西、陕西、山东、内蒙古、云南、河南、宁夏、甘肃、青海、新疆的特色清真商品。”

“这边算一期，这边是二期。这是清真超市，这是超市的二楼，都是清真小吃和快餐排档。”秀琪不时在大屏幕上播放着 PPT，给大家讲解。

秀琪的发言引起与会学者的强烈反响。

下午的小组会上，一个南京的同行说：“我以前去北京出差住过国家民委招待所，好像就在牛街，那时周边都是小胡同、破平房。刚才看了马老师的 PPT，觉得变化真是大呀！还有，我觉得搞研究就要沉得下去，马老师这篇论文写得精彩，你们看，她的调研多细致、生动，她在文章里举例说：要拆迁时，街里的人碰面聊得最多、最担心的是这样一些问题：‘咱还能住在牛街吗？’‘据说高楼的烟道是从上到下通着的，做饭串味儿可怎么好！’”

秀琪微红着脸笑着打断他，“我是本土学者研究本土文化，有

一点优势，不值得夸奖。”

“哎，我们做学问忌讳好高骛远，把本土文化搞透才是高明的学者嘛！”有人附和着说。小组会开得很热烈。参加会议的都是民族学界的学者，大家都很关心牛街这个著名都市回族社区的变化。

“马老师，像牛街这种打破原来回汉居住壁垒，每一栋楼都插花安置各族回迁户的拆迁安置办法遇到过什么阻力吗？”有的学者好奇地问。

“据我的调研，拆迁阶段，为了安置房的套数、面积、楼层去争的人不少，却几乎没有人在意将来的邻居与自己是不是同一个民族；搬进新楼以后，住在同一栋楼里的各族居民也相对和谐。我认为这应该归结于多年来开展的民族团结教育，使民族团结、民族平等政策深入人心。”秀琪认真回答着参会学者的提问。

轮到会议评议人总结了，他说：“马秀琪老师的研究很扎实，我读过她在人类学核心期刊发表的一篇《城市化与少数民族社区建设》的论文，她把自己的观察、思考与城市管理制度创新、城市问题与公共政策制定方面的理论与实践结合。今天这篇论文马老师投入了更多的心血，回答了随着经济的发展、城市现代化的加快，传统的回族社区生活受到强烈冲击，都市回族如何融入现代社会的问题。我认为她的论文接地气，实用性强！”

“我就想通过自己的研究把牛街回族介绍给大家，今后大家如果有机会来牛街参观、调研，我给你们做向导！”

“好，我们一定去！”

秀琪这次去西安开会，还有个意外发现。

参观大雁塔是会议主办方特意为学者们安排的一项活动。跟大家一起坐汽车经过西安雁塔区文化馆时，秀琪发现文化馆的大门口拉着一个横幅，上面写着：北方五省市摄影巡回展。旁边广告牌上有多位摄影家的介绍。秀琪在摄影家的照片中发现了一个熟悉的面孔，探身细看，的确是李自信。秀琪想起听秋云说过，李自信退休以后，变卖了他的小印刷厂，买了不少日本的照相器材，一心一意地钻研起摄影技术。这些年背着“长枪短炮”跑了不少地方。秀琪心想，看来李自信还真拍了不少好作品呢，不然怎么能来参加影展呢？要不是大家统一行动，秀琪还真想进去看看。

5月的一天傍晚，小二把秋云和秀琪送到石碑胡同口，叮嘱她们散了戏还在原地等他，就开车走了。温暖的空气中夹杂着一缕花香，国家大剧院恢宏气派，秀琪和秋云挽着手边走边看。“还有水，你瞧瞧，这设计师是怎么琢磨出来的！”秋云发出“啧啧”赞叹。

“主设计师是个法国人，叫保罗·安德鲁，他能耐不小，雅加达机场、开罗机场、大阪关西机场、上海浦东机场和广州新体育馆等都是他设计的。”

“真大气、漂亮！秀琪，你快看看咱们的这个戏剧场往哪儿走？”

“这边，这儿有指示牌！”

国家大剧院由歌剧院、音乐厅、戏剧场、小剧场及相应的配套设施组成。戏剧场是国家大剧院最具民族特色的剧场，主色调是中国红，真丝墙面烘托出传统热烈的气氛。

今天是小二请他妈和秀琪听戏。苏州昆剧院为纪念昆曲成功申请“非遗”十周年而上演的昆曲《牡丹亭》。

大幕拉开，舞台上的背景美轮美奂，既有优秀青年演员沈国芳、朱惠英，还有个痴迷昆曲的日本演员坂东玉三郎，演员们唱念做打，把杜丽娘与柳梦梅的爱情故事，演绎得惟妙惟肖。

都说昆曲这门古老的艺术曲高和寡，但台下的观众却随着演员们的表演，听得如痴如醉。

戏散了，秋云和秀琪走到路口时小二的车正好从附近驶来，二人匆匆上车。坐上了车秋云还沉浸在戏里。“你说在那个年代，像杜丽娘这个大家闺秀，要见个意中人多不容易呀！”

“居然还有个日本人演，想不到他怎么学的呀？我这个中国人不看字幕都听不懂，别说一个日本人了！”

秀琪听着秋云的念叨，说：“听说坂东玉三郎是日本歌舞伎守田家族第五代，是歌舞伎最著名的‘女形’演员，出演过很多重要的角色，有深厚的艺术修养和丰富的舞台经验，所以说，不是心血来潮，这功夫不是一朝一夕能练出来的，他学习演出昆曲经典《牡丹亭》，也有五六年了。”

“怪不得呢！”

“小二，谢谢你，请我们看了一场精彩的演出！”秀琪对小二说。

“那是应该的，我还有事要麻烦您呢！”

“听听，原来是有事求我，我说怎想起请我听戏呢？”秀琪碰了碰身边的秋云。

“小二呀，以后没事也得想着请请你秀琪姑姑！”

小二“嘿嘿”地笑着说：“妈，您都不知道我秀琪姑姑的能耐，我上网一查，教授、博导、学科带头人……”

“行了、行了，别夸了，说吧，什么事！”

“我有篇论文急着发，您给我找个刊物。”

“你先发给我看看吧！”

“行，我明早就回去，等我回去后发给您。”

“小二，让你秀琪姑收你当个博士生不就都有了吗？”

“妈，您不懂别瞎说，秀琪姑的博士生是我能随便考上的吗？”

小二那篇《农村社会发展与乡镇教育——以杨林镇为例》，秀琪看后觉得思路不错，利用教育与社会互动关系理论，通过对杨林镇教育现状的实地考察和教育发展历程的回顾，提出了几点优化该镇教育体系的政策建议。就是调查不够细致，掌握的数据不够，需要补充、修改，最好列几幅统计表，通过具体数字、案例反映当地教育与社会发展的关系，促进社会与教育发展的良性互动。小二一个函授生，能写出这样的论文，也是他多年扎根基层的结果，但显然，他没有受过系统训练，不知道该如何写。秀琪给小二发了份电子邮件，见他没回复，下午又给他打了个电话，把想法告诉他，小二一听，着急地说：“哎哟，姑姑，我哪有时间再去做补充调研呀，您帮我改改找个地方发了得了，一定得是核心期刊呀！我现在在党校学习，发了这篇论文，我毕业了提拔就有希望了！您务必得帮我！”

听小二这样说，秀琪皱起眉头，耐心地对他讲：“你以一个镇为典型，就要把这个镇的教育情况摸透，论文才有说服力。这篇论文太空洞了，发不了的。”

“凭您的关系还发不了？”

“小二呀，文章千古事，我不主张为了凑数赶着发论文。你要真想发表，就认真修改，不然恐怕我也帮不上你。”

“可我来不及呀！”

“来不及就别着急，作学问要踏实，你们这些基层领导干部，有基层工作经验，要珍惜组织上安排的学习机会，多学习点理论，深入研究些具体问题，将来才会有大作为。”

小二不吱声了，秀琪觉察出他的不快。接着说：“你不想让你秀琪姑姑没面子吧？”

小二那边叹了口气。

“什么时候改好了再拿给我，我等着。”

李自信要在 798 办个人摄影展了，秋云邀请姐妹们去观展助兴。开幕这天，秀琪、艳敏、玉玲三人打扮得庄重漂亮，一同去看展览。

展厅门口，摆放着几个大花篮，李自信戴着一副钛架半框眼镜、穿一身略显肥大的西装，可能是经常外出，布满皱纹的脸晒得发黑，头顶的头发几乎都掉光了，说话时上门牙两边露出铁钩，显然是义齿，但精气神很好，站在门口跟每一个进来的人握手、打招呼。看到秀琪她们过来，忙迎上前来，拱起手：“谢谢，谢谢你们来捧场，还送了花篮。”

别看与秋云夫妇住在同一个楼，但大家很少看见李自信。他嫌牛街的楼房太小，而且他这几年到处拍片。听说他在廊坊买了别墅，李自信把地下室搞成了自己的工作室，常常一个人在里面一鼓捣就是一天。所以，这次见面，大家都觉得他变化很大。

再看在他身边忙碌的秋云，圆滚滚的身子被一件镶边紫色金丝绒旗袍包裹着，戴一条珍珠项链，新烫的头发，一脸笑容，伸着戴了红宝石大戒指的手，请来人在留言簿上留言。看见秀琪她们走过来就说：“来来来，先签个到，秀琪、艳敏，你们都是文化人，给写上几句，我这儿招呼不过来，你们签完先进去看，回头咱再聊！”

看完了展览，秀琪她们走到一边跟李自信交谈，秋云也凑了过来。

“姐夫这几年拍了不少好片子呀！”听到秀琪这么说，秋云撇撇嘴，“这不，昨天刚换了不少外币，说要去肯尼亚、南非，还想去南极。你说他这老胳膊老腿儿的，还去南极呢。”

“你应该支持啊！”秀琪笑着说。

“支持？你们不知道，搞摄影有多费钱。”

“光说费钱，挣钱时你怎不说呀，摄影我不太清楚，反正我有个朋友，画画的，退休后结识了不少文艺界的名流，还加入了地方的文联。经常和一些人结伴儿办艺术展，有人专门组织他们去办展览。原本根本不出名的人，但听说参展，书法作品一平尺就卖一万多，真没少挣。办摄影展也能赚好多钱吧！”

秀琪想起在西安看到的，在一旁点点头表示赞同艳敏的话。

“他确实挣了不少，可是他光知道自己玩，让他多拿点儿替孩子铺铺路，就像割他的肉。”

“得了，得了，你又来了。”李自信不耐烦地打断秋云的话。

“你不让我说，我也得说，你仔细替小二的前程考虑过吗？现在就连发篇论文都难着呢，不花钱什么事也办不成。好在就是我们小二自己争气，现在提职了。”说完，看了秀琪一眼。

秀琪听出了秋云话里的意思，她知道她是为没帮小二发论文的事对自己有意见。她想解释几句，但是又觉得场合不太合适，就把话咽了回去。

一连几天，秀琪都觉得秋云的话让她心口堵得慌。她反复琢磨秋云的话，难道她认为因小二没给自己送礼而拒绝帮他？不会，这么多年的好姐妹她应该了解自己，可她为什么要那样说呢？思来想去，她决定找秋云好好聊聊。

还没等秀琪找，秋云主动登门了。

“笃笃”，秀琪从门镜向外望去见是秋云，就大声说：“不在家，回去吧！”

“哈哈，不在家还有人说话，开开门吧！”

秀琪开了门，秋云端着个大碗上面扣一个小碟儿走进来。“韭菜馅饼，刚烙的，趁热吃。”

“吃什么吃，都气饱了！”

“哎哟，还生我气呢，那天说完我就后悔了！”

“你那天那么说有意思吗？我跟你说过一百遍了，孩子不能惯，小二大小也是公务员，他自己的人生路自己走，父母干吗要干预，李自信头脑就是比你清醒。再说了，小二论文的事我跟他说得很明白，谈得挺好，你瞎掺和什么？是钱的事吗？”

“我错了！”

“哪错了？”

“我脑子不清楚！”

“不光脑子不清楚还护犊子，主要是你不上进！”

“我还不上进？”

“过去你们老笑话我唱歌跑调，KTV 你进去过几回？为了给自信那印刷厂拉买卖，我这些年进出跟跑超市似的，光为小二，我就，算了，别说了。”

“听听，都是为老公、儿子，你还有自我吗？”

“唉，还真是，有时想想还挺羡慕你的。”

“羡慕我什么？”

“你有学识，有想法，自由自在。”

“就差说我一人吃饱全家不饿吧！”说完“噗”的一声，秀琪笑了。

“行了，这事过去了啊，不许再生气了！”秋云帮秀琪拿来筷子，四处踅摸，“醋呢？”

“呦，没了，我昨天去清真超市时还想着来着，到那儿就忘了！”秀琪两手一拍脑门。

“你净想工作了，等着，我回去给你倒点儿！”

“秋姐，算了，对付一顿，我明天就走了。”

“又去哪儿？”

“先到兰州，然后再往下走。”

“多久回来呀？”

“一个来月吧！”

秀琪曾无数次在头脑中勾画着自己在新居的生活场景。她没像别人家那样把阳台封起来，为的是在春暖花开时节，可以坐在阳台上，沐浴着春风读诗，让心情放飞；她还买了个藤编摇椅放在书房里，想着酷暑中吹着冷气，再也不惧炎热，一边读史一边喝冰镇绿豆汤，享受思绪穿越时空的快乐；秋风萧瑟落英缤纷时节，看几本小说，跌宕起伏的情节能令自己产生悲天悯人之感；飘雪时坐在暖融融的书房里一定要专心读几本考据学著作，头脑分外清醒，也不用再担心炉火熄灭的透骨寒气。然而，她住在新房子里的日子却很有限。她怎么也安稳不下来，她的研究课题还没有最后结题，她还要带领团队奔赴远方的田野调查点。

一大早，秀琪就起床了，出门前，她给哥哥送她的那盆绿萝浇了点水，摸了摸它的叶子，喃喃地说：“对不起，我又要走了！”为了研究回族在内地与藏区贸易中的作用，秀琪这次又带着学生们西去甘肃、青海做田野调查。

秀琪和学生沿着河西走廊逐个考察河西重要城镇，然后穿越当今山，进入青海。

已是9月下旬了，车子行驶在茫茫的戈壁上。公路笔直地通向天边，空气干燥，透过前风挡，腾起的热浪颤抖着由近及远。四处看不见一棵树，除了汽车发动机的响声也听不到杂音，连手机信号也没有。坐在车上，年轻的学生们都打起盹来。经验告诉秀琪，越是这样的地方，越是要打起精神，困顿容易出危险。她一路上坐在副驾的位置上和司机东拉西扯聊着天儿。司机是个不太爱讲话的退伍军人，常年在这路段跑车很有经验。他告诉秀琪，在这片戈壁上跑上几个小时见不到人影是常有的事情。

“师傅，你看，那个黑点像什么？”秀琪突然手指着前方。

“在哪儿？”后排坐着的学生也探身张望。

司机师傅也紧张地张开了嘴。

汽车疾驰，离那个小黑点越来越近，越来越近了，终于看清了，是一辆拉煤的卡车连同后面的半挂拖车侧翻在路上。前面驾驶室已经被倾泻出的煤压得变了形，司机和副驾两个人被卡在里面动不了。副驾已经昏迷，司机还可以说话，说他们是格尔木一个工厂的，给单位拉煤出了事故。秀琪和两个学生不知道如何是好，车上也没有工具，就急得用手去刨这些煤块。还是给她们开车的司机有经验，他果断地制止了她们，说："不行，你们这样不但救不了他们，时间长了，自己也有危险。赶快上车，我们往前跑，找有信号的地方报告情况，找人来救。"

一个女生急得流着眼泪，但是她们还是听从了司机的安排，给那个清醒着的人喂了点水，问清了他工厂的电话，上了车拼命地往前赶去。每跑一段儿，他们就停下来，下车散开，试一试看有没有信号。两个小时以后，虽然还是没法打电话，但是意外碰到了一辆战备施工的军车。她们老远地冲着军车挥手，车子停下来，秀琪跑上前把见到的情况告诉了军人们。见战士们车上带着工具，大家欢呼起来，"有救了！"悬着的心放下不少。

当秀琪他们刚刚到达大柴旦的时候，手机终于有信号了。秀琪收到的第一条短信竟是从格尔木发来的。原来，那辆拉煤车的司机们被救了，是他们所在工厂的工会主席给秀琪报平安并对她们的协助表示感谢。听到工人师傅被救了，秀琪和学生们高兴地跳起来。

从大柴旦再往前走，绿色渐渐多了。天湛蓝湛蓝的，偶尔有几片白云飘过。车在疾驰，路边时而有一些骆驼刺闪现。这空旷的原野上，人是那么渺小，生命是那么脆弱。主宰一切的是自然力，只有依靠大自然，敬畏大自然，生命才能够延续。此时，秀琪眺望远方，体会"天人合一"的真谛。不知怎的，她忽然想起了祖父，她对这个老人产生了无比的敬意，想象他如何能有西去流沙的勇气，又该如何应对旅途莫测的凶险，她甚至窃喜自己血脉里能有这种无畏艰险、求真务实的基因。

秀琪的电脑包不见了！临睡前秀琪习惯打开电脑浏览一下各种

消息。下车后她在前台办入住手续，是学生接过了她的行李，然后帮她拿到房间的。当时有几个游客，包括一位穿着油腻腻藏袍的汉子都挤在宾馆不太大的接待大厅里等着办手续。

里里外外找了好一阵都没有。秀琪急得大脑一片空白，电脑值不了多少钱，但所有的调查资料和数据都在里面！从不对学生发火的秀琪急得对学生吼道："愣着干什么，快报警！"

警察、宾馆服务人员和他们一起忙活了半夜，师生几个情绪低落到极点。

第二天一大早，前台打来电话，说电脑在离本地一百二十多公里外的乌兰县找到了，是一位昨天退房的客人忙乱中拿错了，今天一早特意打电话来问有没有人丢了它。

从德令哈到西宁正好东行经过乌兰县。在乌兰县城的政府招待所前台取回了已退房的客人阿旺留在此处的电脑，秀琪心情大好，决定借机带学生们到附近著名的都兰寺参观。

位于都兰河畔的都兰寺是一座历史最早可追溯到元世祖元年(1271 年)的藏传佛教格鲁派寺院，在青海蒙古族地区非常著名。相继有索南嘉措、元丹嘉措、罗桑桑丹、罗桑益希、罗桑阿旺毛兰木颇有名气的五位禅师，次第在这里坐禅。

秀琪和学生们在大殿外正遇上昨天在宾馆前台登记时见到的穿藏袍的汉子搀扶着一位手摇转经筒的老阿妈。秀琪走上前去，询问他是否就是阿旺，当得到肯定答复时，秀琪告诉他电脑已经取回了，向他表示感谢。

壮汉阿旺竟然红了脸，他搓着大手，用流利的汉语一个劲儿地跟秀琪她们说："对不起，对不起！昨天东西多，没看清，拿错了，添麻烦喽！这东西我不会用，但我知道它有大用呦。"

秀琪问他要去哪里？阿旺指着老阿妈对秀琪说："带阿妈去西宁，然后去五台山。"

趁他们谈话间，老阿妈悄悄地在台阶边坐下了。秀琪仔细端详老阿妈，老人家穿着藏袍，稀疏的白发编成两条辫子垂在胸前，饱经风霜的脸上高高的颧骨、细细的眼低垂，嘴里念念有词，晃动着手里的转经筒。见秀琪端详母亲，阿旺笑了，"我阿妈是蒙古族，阿爸是家西番，我是藏族。"说完还掏出身份证给秀琪她们看。

秀琪笑了，"我也猜到阿妈是海西蒙古了，你们家住哪里？"

"格尔木下面的唐古拉山镇。"阿旺说。

秀琪想了想，"那离这里很远呦，你开车？"

阿旺摇摇头，"一路搭车到这里，到了西宁再坐火车。"

"去五台山菩萨顶？"

"会去的，还要陪阿妈看阿舅。"

秀琪转身对学生们说："你们有去过五台山的吗？"三个学生都摇头，秀琪接着说："清王朝为达到'以黄教绥柔蒙古'的目的，圣祖玄烨五度朝礼五台山。因为统治者大力营造宗教氛围，所以过去蒙古族男子出家的很多，五台山的藏传佛教特别兴盛。放假了，有时间可以去看看。"

秀琪看看老阿妈，"老人家这么大年纪了，出远门不容易呀！"

"阿妈一辈子放牧，连格尔木都没去过，她想去都兰寺、塔尔寺，阿舅几年前回来过一次，阿妈说她还想去五台山。我阿爸去年走了，临走前跟我说一定要带阿妈去一趟。"

“你们这一趟怎么也得花一两个月的时间，那你的牦牛怎么办？”秀琪微笑着看着阿旺。

“我不放牧了，我做生意，贩皮子。”阿旺说。

“哦。你都去哪里呢？”

“那远嘞，往西走，到拉萨，往东，西宁、河州、兰州……”

“老师，咱们能不能把他作为访谈对象呀！”学生小章在一旁拉了拉秀琪的胳膊。

“那要看人家有没有时间，愿不愿意接受我们的访谈。”秀琪嘴里说着，眼睛却看着阿旺。说完，秀琪从包里拿出事先准备好的访谈提纲，对一脸茫然的阿旺说：“我们从北京来，正在搞一项民族贸易的调研，不知道你能不能接受我们的访谈。会耽误你一点时间，当然，也会给你一个小礼物作为回报。”

“行啊，行啊！”

“听你汉语说得挺流利，不知你能看懂汉文吗？”

“嗯。”阿旺挠着头，“我上过几年学，但是汉字识得不是太多哦。”

“没关系，我们会给你一一讲解。”

小章又在一旁插嘴说：“我们马老师也是少数民族，她是回族。”

“哦”，阿旺顿时高兴起来，“我常和回族打交道，我们不杀生，牧区的牦牛、羊都是回族宰的，我有很多回族朋友。回族人很会做买卖。”说着还不断地点头。

“历史上两个民族互通有无，开展民族贸易，促进了青藏高原社会经济的发展。”

“对啊，就是这样！”阿旺有些激动地和秀琪握了握手，“你们研究这个，好！”

“那这样，如果你们今天不着急赶路，我让学生陪你们母子坐车先回县招待所，咱们晚上仔细聊。”

访谈结束了，学生们在整理访谈的录音和笔记，并按惯例给阿旺赠送了小礼物。秀琪回到自己的房间，她从自己的钱包里拿出仅有的 500 元现金，装进一个信封。

第二天早饭后，秀琪她们一行要出发了。阿旺他们要等到下午有熟人的车经过，才能顺路搭上车。告别的时候，秀琪快速把信封塞进老阿妈挎着的布兜里。对阿旺说：“老人家年纪大了，让她少受点颠簸，搭不上车的时候就坐长途车吧。”

老阿妈似乎也听懂了秀琪话里的意思，她双手合十，慈祥地对秀琪和学生们用蒙古语说着什么。

阿旺又搓着大手，“哎呀，谢谢啦！”

“扎西德勒！”秀琪一行人和阿旺母子挥手告别。

『蒲公英』

秀琪擦了擦眼镜，想仔细看看台上宣读贺词的人。“小慧姐是特意从昆明赶来的。”坐在秀琪身边的学生侧身轻声对秀琪说。秀琪点点头不禁回想起初次见到台上这个小慧的情景。

2009年7月下旬，以“人类、发展与文化多样性”为主题的国际人类学与民族学联合会第十六届世界大会在美丽的昆明召开，秀琪带着她的研究成果参会，与来自100多个国家和地区的4000多名专家、学者共同聆听主旨发言、名家讲座、参观影视展映，参加学术沙龙和学术考察，并在会议设置的上百个学术专题中重点参加了宗教、都市、女性等问题的探讨并做学术交流。

这天，散会后，在云南大学的校园里，秀琪和几位朋友在浓密的树荫下边走边聊，一个女学生快步追上秀琪，“马老师，我刚才听了您关于牛街回族妇女社会参与问题的报告，特别受启发，我也是回族……”

秀琪停下脚步，打量着这个姑娘，只见她，一头微微鬈发，黑黑瘦瘦，但鼻梁挺括，一双明亮的大眼睛，戴着云南民族大学的校徽。

女学生自我介绍：“我叫马小慧，是经济专业的，在读研究生。”

“你也姓马，哪里人？”秀琪微笑着对小马说。

“贵州威宁。”

“好地方，草海泛舟很美呀！”

“您去过我们那里？”

“去过，你是马家屯的还是下坝的？”

“下坝的。”

“下坝的马姓应该是明代建立乌撒卫时从西北六盘山区迁来的信仰伊斯兰教的蒙古人或色目人后裔，你们威宁一代姓马的还有蒙古族或彝族、苗族吧？”

“是呀。”

“你们看，明初西南卫所中归附的原蒙元时期的军户群体，迁到乌蒙高原以后，他们的生存策略就是将自己的原乡文化‘地方化’，主要通过与当地汉、苗、彝、蒙古等民族通婚、依附等方式，与西南诸民族融和形成了回、汉、彝、苗、蒙古等民族人口中的一部分，就像这位小马同学所在的下坝马姓，就分别归属于回族和彝族以及汉族。这是中华民族你中有我、我中有你的有力证明。”秀琪对身边的人说。

“马老师，我想考您的博士。”

“你想继续读书是好事，你做好报考准备，即使我不招生也可以把你推荐给别的老师。我的联系方式刚才会议的文件上有，你记下了吗？没有我可以给你。”

“谢谢老师，我留了，我到时会麻烦您。”秀琪慈爱地看着小马同学鞠躬离去了。

“小慧姐现在也独当一面，真是强将手下无弱兵呀！”

秀琪点点头，“前些日子她给我发微信时还在清迈搞调研呢，这是刚回来吧？”

“这么重要的事，师哥师姐们都不想错过。”

“教育部人文社科重点基地，刘进的这个平台起点不低，他这些年的努力我都看在眼里。你们大师兄给你们带了好头呀！你们都很努力，为你们高兴。”

“先生，有件事小慧姐可能没告诉您，她最近在办离婚。”

“啊，我还真不知道？她先生好像是泰国华侨。”

“后来去了新加坡，听说是挺成功的。”

“知道具体怎么回事吗？”

“看，大师兄发表感言了！”

秀琪慈爱地看着台上的刘进，认真地听着他的发言。刘进是她的第一个博士生，这些年秀琪带出的博士有十几个，秀琪的要求高，她的学生个个品学兼优。她就像母亲一样关心、爱护学生们，由衷地为他们取得的点滴成绩骄傲。

“今天我的老师马秀琪也特意来到会场，她就坐在台下，中心的同人大多都是在马先生的培养、带领下成长起来的，感谢老师多年的栽培！在这里，我代表中心的全体同人向马先生表示深深的敬意！”随着刘进深情地一鞠躬，“哗”台上台下响起热烈的掌声。

听到刘进感谢自己，秀琪缓缓站起身，优雅地对台上点点头，又礼貌地转身对参会者弯弯腰。这是她退休后第一次回到学校。三年了，时间真快！

接校人事处通知，这天，秀琪来拿退休证，办完事，她准备顺便跟办公室的同事们告个别，人事处小王执意要陪她去院里。路上，小王一边和秀琪聊天一边还发微信好像在跟什么人联络。

秀琪推开办公室的门，立马被一群手捧鲜花的学生簇拥起来，带到小会议室。紧接着，院领导、校领导都来了，不光现在的学生，往届毕业的学生也来了不少。

小会场的气氛热烈，前面拉着横幅：学界精英桃李芬芳，还做了几幅易拉宝立在圆桌周围，上面印着秀琪个人及团队的著述，还有获奖证书、奖杯等以及秀琪教学、作报告和考察时留下的照片。

眼前这突如其来的一切使秀琪心情格外激动。校长先致辞，对马秀琪老师的贡献给予高度评价，院领导和学生代表也纷纷发言。在一片赞扬和感谢声中，秀琪走到前面。她理了理花白的短发，扫视了一下会场，目光所至是一张张熟悉的面孔。她心绪难平，眼眶湿润，说话与她一贯平和的语调不同，带着些许颤抖。

“尊敬的校长、院长、各位同事，还有我的学生们，今天我到站了，从业三十多年，虽说还算兢兢业业，没有取得什么大成就但能得到大家的认可，我感到无比的欣慰。”

秀琪简单回顾了自己的学术生涯，最后，她语重心长地给年轻的学生们介绍自己的经验："我的体会是，做学问，要踏踏实实用心去做，不能太过功利。一味追求名利，不会走得太远。另外，作学问一定凭兴趣、爱好，不能跟风凑热闹，流行什么做什么。还要扬长避短，认清自己的潜力、优势，孜孜不倦，必能成就一番事业。"

秀琪的话引起强烈的共鸣，大家纷纷表示赞同。校长说："马先生，您有空也给全校师生做一次演讲吧，您说得实在，太受益了！"

"马老师，您也给我的学生们讲讲吧！"起身说话的是秀琪一位毕业多年的博士，现在已经是另一所高校的副校长了。

秀琪揉了揉眼睛，开玩笑说："刚才大家发言时还说让我注意身体，现在就又给我派任务啦？"

"这对您来说是小意思，我们知道您闲不住的！"

秀琪看着横幅上的"桃李芬芳"动情地对学生们说："希望你们把咱们学院的民族学学科做大做强，发扬光大。"

"您放心，您就像蒲公英，已经把种子随风播撒出去了！"一位学生脱口而出。

"蒲公英"，秀琪玩味了一下，"这个比喻好，我喜欢，我们小时候管它叫'婆婆丁'，自家院子里就有，生命力强、传播广。"

"哈哈……"

"欢送马老师！"

"哗……"掌声响起。

"马老师，您近来可好啊？"秀琪被学生们簇拥着，正向会场外走去，一个熟悉的身影挤到她身边。

“是小奚呀！从我退休到现在一晃几年没见了。”秀琪停下来跟小奚握手。

“马老师，我也调到中心来了！”

“是吗，这么说刘进的队伍兵强马壮呀！太好了！你是院里的老人了，今后在一起工作，各方面的协调你多发挥作用。”

“您放心！”

“马先生，奚教授已经是博士生导师了。”

“哎，在马老师面前我永远都是学生。”小奚打断了学生的话，“马老师，要不是当年您帮了我，我哪有今天。”

“小奚，别这么说。”

“我忘不了您的帮教，这是真心话。”

秀琪知道，她指的是当年评职称的事。

秀琪曾在学校里当了几届职称评定委员会的副主任，每年评职称的时候，她都格外紧张忙碌。

记得那年刚开完初审会，小奚就哭着来找秀琪。“马老师，他们太欺负人了。我明明所有条件都够，但是听说会上有人认为我这本书不算正式出版，要把我排除在外。”

秀琪听了安慰她说，“今天就是先汇总看一下各位提交的材料，会上没有定论，这事不管你听谁说的，都不要轻易相信，我们有纪律，我先了解一下情况吧。”

小奚出去后，秀琪心中暗想，一定是评审小组里有人不遵守纪律，私底下乱说。她觉得职称评定对每一位教师都是大事，小奚是硕士研究生毕业，被院里安排，做了好几年行政，但这几年也搞教学了，她平时很努力，一边教学一边进修，今年申请参评副教授。会上，秀琪翻看过她提交的材料，里面的确有一本新著，是今年3月份才出版的。学校规定截止提供材料的日期是5月底。今天已经是20日了。

秀琪抓起电话："是小王吗？一会儿我过去，再看一下正在公示的参评人的材料。"

"马老师呀，好，没问题，我等您。"电话那边是人事处的工作人员小王。

拿到小奚提供的新书，秀琪上网查看。网上显示这本书的出版日期是5月，CIP数据核字也与该书版权页上印的不一样。秀琪心里犯了嘀咕，莫不是这本书真的有什么问题？于是，秀琪又打电话咨询出版社的朋友，详细询问了有关情况。第二天，她把小奚叫到了办公室。

"小奚，你这本书印了多少册？"

"嗯，不多，一两千册吧。"小奚说话有些支吾。

"我翻看了一下，内容挺丰富，你下了不少功夫，封面也很抢眼。不过，我查了一下，网上显示的出版日期是5月，CIP数据对不上，是怎么回事？是不是还没有正式出版？为了赶在截止日期前送材料，你让出版社做了样书交上来了，对不对？是这样吧？"

小奚见如意算盘被秀琪识破，有些不好意思，她马上解释："马老师，是这样，书稿我去年初就送去了，但是出版社一直拖着没出来。咱们评审送材料不是截止到5月底嘛，3月底的时候书号下来了，我以为就能出书了，但谁知还得申请一个CIP数据，我怕时间来不及就让他们给我做了10本样书，我送的是样书，但正文都印好了，除了版权页，我保证都不会变，等那个数据下来正式开印，我这应该不算是作假吧。我昨晚找过李校长和黄主任了。"

李校长是主管副校长，黄主任是人事处长，秀琪觉得小奚不简单，该找的都找了，蛮会办事的。

小奚拉着秀琪的手说，“马老师，求求您了，帮帮我，您知道我现在都四十多岁了，做了好几年行政才算干上本行。我后面来的同事都是直接搞教学，跟他们比，我除了年龄没什么优势，如果今年评不上，那我以后机会就更少了。”

秀琪叹口气，看着眼前的小奚，的确，当年那个有点怯生生带着书卷气的姑娘已然变得老练而圆滑了。

“既然 CIP 数据已经下来，你马上要求出版社正式开印，看看还来得及吗？”秀琪给小奚出主意。接着又板起脸对她说：“你这么做是不对的，不够光明磊落，应该一开始就跟评委会说清楚，但似乎还有补救的机会。你写份情况说明，要详细，要有认识。交到评委会，我们会秉公办事，我在会上也会为你争取。”

几天以后，小奚老师总算在最终评审会召开前把正式出版物和情况说明一并送到人事处。在评审会上，秀琪先发了言，她针对评定工作中的一些问题严肃地说：“职称评定对中青年教师来说，既是对他们教学能力学术水平的考核，也是对思想品德的评定。个别参评人弄虚作假，暴露出学术不端、功利主义的倾向；评审人中也有的不细致、不遵守纪律，反映了评审工作中的官僚作风和自由主义。这都会导致不公平，发展下去将影响教师队伍的稳定和学校的发展。我们的工作要深入细致，不但要使合格的人才通过评审得到肯定，还要使每一位参评人感受到公平和正义。”

秀琪知道，自己的话肯定会得罪一些评委，但她还是忍不住。话音一落，小会议室鸦雀无声。沉默了一小会儿，李校长发话了，“我同意马老师说的，我们必须严格纪律，统一标准。本着对每一位参评人负责，对组织负责的态度，认真做好评审工作。”

秀琪提议：“再次认真审核每一位参评者的材料和公示期间的反馈意见，做到公平公正。”

最终，经过大家投票，小奚老师通过了评审。

公布评审结果的那天下班后，小奚在校园里等着秀琪，见她一过来就马上跑上前：“马老师，谢谢您，没有您的及时提醒和帮助我恐怕今年评不上了，真不知该怎么感谢您，今晚您有空吗？我请您吃饭！”

秀琪笑了，“小奚，这件事告诉我们，凡事都要早做准备，做事永远也别想走捷径，那么多双眼睛看着呢！”

“是的，马老师，真得像您学习，您做事总是那么从容、严谨，我想，背后一定是您比别人早动手、多付出，您是我的榜样呀！”

“别油嘴滑舌的！你知道别人都说我什么吗？”

“谁敢背后说您？”

“人家都说我是个较真儿的老太太！”

“别听他们胡说，您哪儿老呀。”

“马老师！”小奚的呼唤把秀琪的思绪拉回来，秀琪拉着小奚的手，“你主攻哪个方向？”

“民族文化方向。”

“好啊，适合你，我记得你是旅游专业的，民族地区的旅游资源丰富，从文化层面深入开发，值得搞下去！从自己熟悉的、擅长的项目入手，把它做深做透。”

“谢谢马老师，您说得太对了！”

“这是我自己的一点经验。”

“对我们来说太宝贵了！”

参加刘进领导的教育部人文社科重点研究基地民族文化中心成立大会回来，好几天，秀琪都一直处于兴奋状态，睡不着觉。“真是老了，心里搁不下事了！”秀琪自我解嘲。

七八年前，秀琪就明显感到有些力不从心。从青海回来后，有天晚上洗脚时，她用手按了按脚脖子，一按一个坑。她心里多少有些紧张。想着自己还有很多计划没有时间落实，第二天早上，秀琪递了份申请退休的报告。

“马老师！”正在低头写着什么的秀琪抬头一看，进来的是校长。

秀琪忙着起身，校长抢步上前，双手做个坐下的手势，顺势自己拉了把椅子坐在秀琪办公桌的对面。

“马老师，您还得辛苦几年。现在咱们学校的民族研究这块天地还离不开您，还得多培养几个接班人呀。”校长开门见山地说。

“我想退休的事都惊动校长啦？”秀琪不好意思地说。

“那是，我不批，您走不了！”

“我年龄到了，带完这届博士生就让我退吧。”

“让您退休是我们多大的损失呀，再帮帮忙吧！”

校长与秀琪同届，在秀琪带领大家摸爬滚打、筚路蓝缕地开创本校民族研究局面的时候，校长一直给予她和同事很大的支持，因此，听校长这么说，秀琪无奈地收回了自己的报告。

车子在公路上盘旋，左拐右晃，车窗外的景物不时被一片片、一团团云雾遮挡，开到高处偶尔透过云雾，看见下面蜿蜒的公路就像条细丝带。

秀琪已经六十五岁了，还带着学生们翻山越岭地做田野。这些年，甘肃临夏回族自治州和青海东北部她几乎跑遍了。但就在这次结束了在青海化隆德恒隆乡的考察去往刚察县的路上翻越高山时，她突然感到头痛欲裂，她没有惊动任何人，她知道刚察北部地区海拔四千多米，年岁不饶人，这是高原反应。她闭目静坐在车里，思考着还能不能把这次考察继续下去。

到了县城，在宾馆里稍微休息了一下，喝了点提前泡好的红景天水，感觉好些了，秀琪马上叫来学生按照计划，安排、部署开展调研。这一次，在刚察待了五天，她觉得比以前任何一次西北行都累，她决定回北京后去检查一下身体。虽然学校每年安排一次体检，但有时她在外面开会、调研，常常错过了机会，事后又懒得再去，所以，她已经有三四年没做体检了。

回到北京，秀琪马上联系了医院，做了个全面的体检。真是不做不知道，一做吓一跳。

体检报告出来了，是萧然去取的，他给姑姑送过来时，见秀琪正坐在电脑前工作着，就无奈地说："亲爱的马老师，您休息一下，听我给您报告一下您目前的健康状况。"

秀琪抬起头，眼睛从老花眼镜上面看着萧然，"你念给我听听。"

"好，您听好了。"萧然展开体检报告，故意清了清嗓子。"血压：高压 175，低压 80，高压偏高、压差大；眼底黄斑，动脉硬化；

心电图检查结果：窦性心动过速，T 波改变；B 超显示：甲状腺结节多发，其中最大 1.65 × 1.32 毫米，胆结石、肝囊肿；X 光胸片显示：胸肺未见异常。化验结果：高密度脂蛋白胆固醇高于正常值，外科：脊柱侧弯。汇总后建议：做 24 小时动态心电监测、超声心动、冠状动脉血管造影，脑部 CT……”

“哎哟，这报告上写的我跟快要完了似的。”秀琪笑着打断萧然。

“您自己看嘛，真的要注意了。”萧然走近秀琪，“您别老盯着那个电脑，过来歇会儿，咱们坐下聊聊。”

秀琪把文件存好，坐到了沙发上。

“姑姑，您总是不在意自己，看看这一大堆毛病。”

“这 24 小时动态心电监测、超声心动是怀疑心脏有问题要做的检查，CT 和血管造影是干吗的？”秀琪看着报告自言自语。

“您血压有点高，又爱头晕，所以要排除是不是有颈动脉狭窄、粥样动脉硬化，这个可能是为做这种检查。”

“这准吗？”秀琪看着报告问萧然。

“差不到哪去，您要是觉得不可信，改天我陪您换个医院再做一次？”

“那倒不用，我是觉得体检报告不能不信，也不能全信。我有甲状腺结节好像有几年了，还是 1.6 × 1.32 毫米，没发展，肝囊肿我从小就有，没事，我心里有数，还有啊，你看我坐时间长了腰就疼，腰椎间盘突出它就没查出来。”秀琪笑着对萧然扬了扬手里的报告。

“姑姑，您这属于矫情，体检时外科医生又没给您照 X 光片也没做 CT、核磁检查，您不说，人家医生怎知道？”

“但是我觉得这个毛病对我影响最大，我坐时间长了不舒服。

它还影响我受力、活动，还怕受凉受累。”

“看看，看看，这一堆毛病还不当回事，要我说，您以后就别再外出了，我给您的建议是退休回家吧！”

“谁说不是！我好几年前就打了报告，可是不行呀。”

“听你的，这次真的准备退休了。”

这一天上午，秀琪去学校参加博士生开题的会议。她边听边在本子上记着，轮到秀琪做总结的时候，就在她站起来的一瞬间，突然感到天旋地转，一下子跌坐在座椅上。只见她脸色苍白，紧闭双眼。

“马老师！”“马老师！”

“快叫救护车！”

天还没有完全亮，护士就进来打开病房的灯，抽血、量血压、做心电图……

秀琪从昨天被送进医院后已经做了好多项检查，现在，护士给她输上液走出去，秀琪感到全身无力，头昏沉沉的。

“叮咚。”放在床头柜上的手机响了一下。秀琪侧过身够着把它抓起来，用扎着输液针的右手输密码刷开，是哥哥的微信：“不要紧吧？我下午过去看你，有胃口吗？该考虑歇歇了！”

她给哥哥发了个笑脸，附了一句，“应该没大事！”

“马老师，您感觉好点吗？”博士生小洁不知什么时候站到了床前。

“这么早你就来了？”

“我们不放心，病房不让进，昨天夜里我们几个就在病房外守着来着。”

“这怎么好，谢谢你们啦，受累了。”

平时，秀琪视他们为自己的孩子，这些学生也早就把秀琪当作母亲和榜样，师生的关系令人羡慕。

趁秀琪吃早饭的工夫，几个学生陆续来到病房，秀琪看着他们慈爱地说：“你们几个辛苦了，我自己感觉没什么大事，一会儿你们就都回去吧，我不碍事，没那么娇气。你们知道吗？我生下来时只有一公斤重，还早产，我能够活下来，在当时应该已经算是医学的奇迹了。现在生活条件好了，人的寿命也长了，我活到现在应该很知足了。”

做了全面的检查，还好，她只是颈椎退行性病变，C4 椎体不稳造成颈动脉狭窄导致的血流不畅，脑供血不足，另外血压较高。在医院输了几天液、做了牵引。

出院后秀琪再一次郑重地给学校打了报告请求退休。院、校领导都来看望秀琪，并且执意挽留。秀琪笑着说：“铁打的营盘流水的兵。我该走了，但是我会始终关心着咱们这里。有什么需要帮忙的，随时可以联系我。”

秀琪的退休报告批下来了。她退休了。

生活的调色板（二）

蔷蔷正和一个和她年龄相仿的女士聊天，旁边站着穿着房地产中介制服的一男一女两个工作人员。秀琪从旁边经过时，蔷蔷对她笑笑、点了点头。不一会儿，秀琪快到自家楼门口的时候，蔷蔷追上来。“秀琪姑姑，您等一会儿。”

秀琪转过身，等着蔷蔷，“刚才跟我聊天的是我同事，她在咱们小区买了房子，为的是上下班接送孩子方便。您猜她买的是谁的房子？”

“谁的？”

“艳敏姑姑的。”

“啊，她真把房子卖了？”

“对呀，原来她这房不是一直出租嘛，现在卖了，合同都签好了。

我同事正在办贷款，很快就会过户了。”

“哦，这样啊。”

3 月，芳芳在微信群里说在海南买房了。他们原来住的房子是儿子的，亲家是东北人，天冷时也想到海南来过冬。但是房子由芳芳老两口住着，就跟自己闺女叨咕。听话听声，锣鼓听音。芳芳从儿媳妇话里话外，听出了不满。为了不让儿子为难，她和老伴儿商量自己出钱就在儿子的小区里买个二手房。海南环境实在是太好了，她真是舍不得离开。

芳芳发来不少照片，她们住的那个小区里的环境很美。路边栽种着高大的棕榈树，树下绿植被修剪成了圆球或条状造型。三角梅开得正艳。芳芳坐在绿草茵茵的小广场上的健身设备上摆出锻炼的姿势。她动员姐妹们都去三亚买房，说三亚这边回民多，吃饭也方便，海鲜、蔬菜、水果都便宜，一年到头空气清新。

秀琪发现，芳芳发了会儿消息，群里却没人发声，就回了个表情给她。

春和景明，微风暖暖地吹送，小区里的树都长出嫩绿的新叶。秀琪在小区西门外撞见玉玲和丹丹。玉玲拉着个旅行箱走在前面，丹丹头上戴顶棒球帽、鼻梁上架着副大大的墨镜，背一个双肩包正跟在她身后边走边看手机。

“哎哟，送丹丹拍片去呀，要不要我开车送你们到机场？”

没等玉玲答话，丹丹抬起头抢先说：“姑姑好！我去横店，有朋友送了，谢谢您！”

“那好，一路平安，到了来电话。”

丹丹接过拉杆箱，秀琪和玉玲站在原地目送丹丹愉快地向大门外走去。不远处路边停着一辆蓝色的玛莎拉蒂跑车，车旁站着一个上身穿一件衣边、袖口露布丝的格子衫，外罩一件黑色带银钉的夹克，下面一条膝盖漏破洞的牛仔裤的小伙子。

“年轻人真新潮！瞧那双鞋，面上满是骷髅。”秀琪和玉玲相互看看，无奈地笑了笑，然后一同走进小区。

秀琪问玉玲：“芳芳在朋友圈里发的那个信儿，你们几个怎么不接话茬儿呢？有什么想法？”

“嗯。我不想要海南的房，我正看温哥华的 House 呢！”

“嗬，真豪气，到国外买大 House 呀！”

“我是赌气，住在那个别墅里我不舒服，就想赶紧给它出手。”

秀琪一下就明白玉玲的意思了。

丹丹有了点名气以后，虽然有了自己的经纪人，但玉玲还是会跟着一起去参加一些活动。这天，丹丹带她去参加京郊一处别墅群的开盘典礼。

开阔的草坪上搭起一个台子，上面有用各色气球和鲜花装饰起来的一个拱门。台下相隔不远，还施放着几个挂着开发商 logo 的氦气球。台前排开十几排罩着白色椅套的座椅。草坪两边各摆开一溜铺着浅格子桌布的长桌，上面有各色水果、甜点、酒水等。

玉玲所在位置稍微靠后。前面几排的座位上都有名签，在座的不是地产大佬就是各界名人，后面依次是已交订金的客户、准客户、目标客户和潜在客户。京城一些大的媒体都派出了记者。讲话、致辞间有电声乐队演奏烘托气氛。主持人宣布："开盘！下面由集团副总赵翔先生摇出今天的1—5号房源！"

听到赵翔这个名字，玉玲本能地一激灵，转念一想，重名重姓的人有的是，但她还是抻长了脖子往前面看。当那位集团副总出场的时候，虽然玉玲眼花，看不清他的面貌，但那微微跛着的腿，让玉玲的心猛地一缩。

"是他，他居然人五人六地混成了地产集团的副总。"玉玲"噌"的一下站起来。这时台上正好喊出摇出的第一个号码："第33号！"

"这位女士，恭喜您，请上台来！"台上的礼仪小姐见有人站起，热情地发出邀请。玉玲很快意识到自己有些失态，马上坐下来。

"在这儿呢，是我！"一个中年男人跑向台前。

玉玲从包里拿出纸巾擦了擦额头上的汗，平复了一下心情，再看台上已不见了赵翔的身影，丹丹正和一位男歌星一起走上台准备演唱流行歌曲。她起身离开了座位。

号很快就摇完了，一帮明星大腕上台和领导、地产商们合影。草坪上，人们随意地享用冷餐。丹丹来不及换衣服从台上下来，用目光四下寻找玉玲。一群人马上将她围住照相。拍了几张，助手过来挡着众人，丹丹边往后面走边回头，她发现了远处的玉玲，向她招招手，示意她过来。玉玲觉得丹丹可能有事找她，就快步走向她。

谁知，一群在草坪上聊天的地产商发现丹丹也纷纷要和她合影。赵翔紧挨着丹丹站在C位。助理将玉玲也拉过来，"阿姨，一起合个影！"

玉玲一甩胳膊，躲开了。

照完相，赵翔竟不顾周围人的目光径直向玉玲走过来，"玉玲！"

玉玲头也不回，快步走着，赵翔跛腿紧追了两步。

丹丹愣住了，也紧跟着过去。

“你们认识？”她看看玉玲和赵副总。

“以前是邻居！”玉玲回过头抢在赵翔前面说。

“啊，是的，你女儿？”赵翔看着玉玲指指丹丹。

“对，我女儿！”玉玲骄傲地回答，同时用不屑的目光瞥了赵翔一眼。

“亲爸爸，您看，赵总他们这个项目多好呀，说了，可以给我们今天这些嘉宾比其他买主更多的优惠呢！”

“再多咱也不稀罕！”说完，对赵翔一笑，转过身向前走去。

丹丹搞不懂玉玲为何这般态度，只好对赵翔说：“赵副总，您别在意啊！买房是大事，她可能是想多看看。”

“丹丹！”玉玲厉声叫着，丹丹尴尬地看看赵翔，忙向玉玲跑去。

没过多久，丹丹把一套别墅的钥匙交到玉玲手里。

“精装修！您按自己的想法买家具、电器什么的就可以入住了！”

“你到了还是买了他们的别墅！我不住，钱是你挣的，你翅膀硬了，想怎办就怎办，不用跟我商量。”

“亲爸爸，我就不明白了，这别墅区位置和条件比咱以前看的都好，而且有这么大的优惠，干吗您不喜欢呢？”

“这？”玉玲一时语塞，她没法跟丹丹解释。

“反正就是不喜欢！”

“瞧您，那等我安排吧，您就瞧好吧！”丹丹伏在玉玲身上，撒娇地摇晃着她。

别墅住进去，真是舒服！丹丹是个有心的孩子，里面的摆设样样对玉玲的心思，玉玲很享受，但就她一个人在里面的时候，眼前不时掠过赵翔的影子。虽然他比以前胖了不少，但和他这个年纪的人比起来还是显得有些瘦弱。脸上阴晴不定的表情完全没变，还有那条跛腿……越想越恨。

“艳敏姐住着西城位置好、面积大的豪宅，据说还在海外置了业，海南的楼房她估计看不上。艳芬一门心思扎在她的餐厅里，开饭馆可能也占压了大量流动资金，就是她想买也拿不出钱呀！”玉玲和秀琪边走边聊。

“听蔷蔷说，艳敏刚把小区里这套房卖了。”

“卖了？人家眼高，压根儿不稀罕回迁房，没准憋着买高档四合院呢！”

“要是那样也挺好，现在好位置的四合院都上亿了，一般人买不起呀！话说回来，你们怎么也该在群里回复一下人家芳芳呀！”

“对，对，我一忙就给忘了。”

“秀琪，咱俩一起去海南看看房吧，芳芳还在那边呢，她可以给咱当参谋。”秋云还真动了去海南买房的心思。这天她来找秀琪，一进门就快活地大声说。

秀琪经过一段时间的调理，身体状况比前两年好多了。很久都没远行，去年底有两次外地的高校邀请她参会，她都以身体原因推掉了。春暖花开，去趟海南倒也不错。

“行是行，我喜欢海南的景色，去玩几天顺便陪你看看房，可我觉得三亚那边的房子已经涨起来了，不太便宜了。而且，海南潮湿、蚊子多，你忘了吗，我最讨厌蚊子，一被叮就过敏，就这一条，海南的房子我就不太想买。”

“可也是，那边雨水多，海南大老远的，去一趟来回还得坐飞机。”

秀琪帮秋云分析：“你好好考虑一下，芳芳是因为儿子在广州工作，去海南方便。你要是买了房，一年空置半年，那边潮湿，不住人的话家具、电器容易坏。”

“可我觉得钱放银行里存着也没多少利息，买理财产品还好点。哎，你知道吗，线儿现在在一家理财公司干呢，她们公司的利息不错，她动员我买了点，艳敏买得多。”

“利息是多少？两年期的 15%—20%”

“这么高？你小心呀，高回报高风险，别吃了亏。”

“我知道，没买太多，现在还是房子涨钱快呀！你看头些年买房的人现在都赚了。我那时没想好，不然随便哪儿，买一两套，买到就赚到。”秋云满眼流露出的都是遗憾。

“是呀，房地产政策调控越来越紧，可人们买房的热情不减呀！”

“现在有眼光也有能力的年轻人都是今天花明天的钱，总想着加杠杆。可咱退休了，也没人贷款给咱了，听我的，手上的钱攥着没用，还是买房吧！”秋云鼓动秀琪。

“买哪儿呢？我反正不买海南的，那就陪你去趟吧。”

秋云笑着说：“你这么一说，我也犹豫了。”

“你可以考虑环京的？”秀琪说。

“我们在廊坊有套别墅了，就想换个环境，所以才对海南动了心，让你一说，我都没主意了。”

“哈哈，这只是我个人的看法，大主意你自己拿！”

“行了，我再琢磨琢磨吧！”

秀琪坐在沙发上看书，午后一点来钟困意袭来，她放下书顺势歪在沙发扶手上，渐渐进入了梦乡。

夏天，凤仙花开得正艳，午后，秀琪带着小伙伴溜进了院。“我要大红的指甲草”“我要粉色的”，秀琪将手指在嘴上压了一下，示意她们别吵醒奶奶。她分别摘下几朵，放在两个小茶碗里，艳敏帮她碾碎准备给玉玲和艳芬糊在指甲上。“等会儿，好像还要加点什么！”艳敏似是而非地看着秀琪。“好像是白矾。”秀琪想起奶奶给自己染指甲时的细节，于是她想去找白矾，可是，无论她怎么找，也找不到自家厨房的门……

“叮叮……”，秀琪的梦被手机铃声打断，她打个哈欠从沙发上直起身，拿起手机跟哥哥通话。

“你发的文字和照片我都看了，小产权吧？”

“农用地流转30年，到期与村里农业公司续签合同，再说，三十年后谁知有什么新政策，我还在不在都不好说呢？”

文琪点点头，“不错，院子够大，不过，有点偏僻，安全吗？”

“这是当地乡村农业公司统一开发的，有物业公司提供维护公共设施等服务，院里也可以有偿代播代种，还有监控设备、24小时保安巡防，安全性应该问题不大。”

“看来你挺满意呀，打定主意了？这样，哪天我和萧然再陪你

去看看，还行的话就拿下！”

“好的，就等你这句话呢！”

那天秋云走了以后，秀琪越想越觉得秋云的话有道理。秀琪去过玉玲的别墅，见她在自家房子周围种了些花花草草的很有意境。再加上听玉玲猜测艳敏也许想买高档四合院，秀琪的心里掀起波澜，不如在郊区买个小院？她为自己的这个灵感激动起来，满脑子都是以前自家小院儿的影子，不觉整夜不眠。

第二天一早，她就上网搜房源，一连几天，都沉浸在喜悦中。在中介的推荐下，她选中了昌平的一处小院，周日过去看了一下。

小院占地近半亩，北房5间，东西各1间，院子也有近百平方米，水、电、网齐全。北京山区冬天气温低，过去农家都烧热炕，做饭兼取暖要烧煤或柴火，秀琪的一个朋友前两年在密云买的农家小院，天冷了就住不了了，一年得有半年闲置。而秀琪看中的小院，由于实施了“煤改电”工程，这里已用上了新型的电采暖设备，冬天住在这里也不用烧煤取暖，方便多了。

“秀琪姑姑，您方便过去看看我亲爸爸吗？她跟我发脾气了，说不认我了，我也不知道她为什么发这么大火，我朋友来探班，我让他给我亲爸爸带回点东西，她们可能谈到了我男朋友，刚才我亲爸爸就发微信，给我一通臭骂！为什么呀？我就不能有自己的主见吗？”电话那边，丹丹委屈地哭诉着。

“别哭，丹丹，我马上过去问问！好孩子，放心！”

秀琪敲开玉玲的房门。

“干吗呢？跟孩子说狠话！”

“她有男朋友了，不跟我说！”

“是不是那天在小区西门接她的那个小伙子！”

“不是，那就是个普通朋友！青瓜蛋子！”

“也许人家还没想好什么时候告诉你，早晚的事呗，急什么？”

“她是不敢告诉我！”

“怎么？”

“她找了个新加坡商人，据说那人是有家室的，气死我了！”

“新加坡商人？干什么的？知道姓什么吗？”秀琪一惊。她想起马小慧，不会这么巧吧。“我没记住，反正说是挺有钱，但还没离婚呢！”

“唉！这花花世界诱惑太大！”

“这事不能太急，交给我吧，我先跟丹丹聊聊，看他们到什么程度了，硬的恐怕不行。”

秀琪的小院买到手后找人做了不小的装修改造。工人们按秀琪的设想，在北房与东西房前加了一道玻璃连廊，使整个院里的房子串通起来。然后又在北房的两端各修了一个卫生间。把北房堂屋与靠东边的两间完全打通，成为一个客厅。东屋改造成厨房，北房西边的两间一间做书房，另一间是卧室，西房则为客房。

院子中间用石子铺了一条甬道。秀琪指挥工人在靠北房前种下一棵枣树，又在院子南墙边栽了棵国槐。她扶着栽好的槐树，想到已经消失了的小院，还有那棵老洋槐，手心里的小槐树虽细嫩但仿佛有些温热。

西房前种了一棵葡萄，还是小苗，但方木搭的木架又大又结实。

等长起来，葡萄秧爬满架时就可以在下面放上小桌喝茶了。甬道东边用砖圈出一块两米见方的苗圃。中间小竹竿交叉支起，为的是扁豆、丝瓜的秧能爬上去，旁边是西红柿、辣椒、茄子，最外圈还栽了点儿葱。靠东墙根儿则有几棵美人蕉、大丽花。

小院儿装修完迎接的第一批客人竟是陈志超夫妇。

前一阵儿，秀琪正为小院装修忙得不亦乐乎，那天，她突然接到陈志超的电话。他告诉秀琪，准备暑假的时候带孙子到北京来看升旗。

“好啊，咱们有二十多年没见了，你孙子几岁了？”

“7岁，不是我亲孙子，是后老伴的孙子！”

“哈哈，这么说你又成家了？”

“啊，对！她是广东这边的人，人大毕业的，学经济的，退休前在我们这里统计局工作，比咱小两届。”

“这样啊，恭喜你！那欢迎你和嫂子带小孙子一起来，我刚在昌平买了个小院，正装修呢，到时候，你们可以到我这儿来感受一下北京小院的乐趣，去八达岭、十三陵也顺路。”

“好啊，好啊，一言为定。”

8月初，陈志超夫妇带着孙子果真来了趟北京，看完升旗、逛了动物园，又去鸟巢、水立方参观，陈志超夫妇还抽空与他们各自在京城的老同学见了面。立秋那天终于来到秀琪的小院。

秀琪头天就开车过来了，准备包饺子招待他们。还从牛街买了酱牛肉、烧羊肉和各种小吃带过来。

十点来钟，陈志超他们打车到了小院儿。陈志超的后老伴儿也是爽快人，见了面，陈志超刚一介绍，她就拉着秀琪的手说："老陈常跟我说起这位大教授！""是吗，我还真想知道他是怎么跟你描述我的！"秀琪也开玩笑似的边说边把她拉进屋。

"他说在学校时你们那个社团特别活跃，他们总在一起搞活动，说你特别有灵气！"

"哈哈，嫂子，你知道吗，老陈那时是个文学青年呀，爱写诗。"

给陈志超夫妇倒上茶，秀琪递给孩子一块豌豆黄。陈志超的小孙子长得虎头虎脑，"小家伙儿，尝尝这个。"随后秀琪又和蔼地问："看升旗的愿望实现了？这几天又去哪儿玩了？"

小朋友很郑重地点点头，"国旗护卫队的叔叔太帅了！"说着，从椅子上下来，学着军人的样子迈着正步在屋里走了一圈。孩子的模样逗得大人们开心地笑了。

"行了，快坐下！"孩子奶奶忙拉住他。

"猫！"孩子一眼看见在西屋房檐上卧着的一只黄色虎斑小猫咪，叫着冲出屋去。

"太顽皮，一会儿都闲不住。"

"你养的猫？"陈志超问。

"对，一个住胡同的朋友家要拆迁，正到处找周转房，家里老猫、小猫没处安置，我就抱来一只。"

"什么品种？"

"中华田园猫吧。"

"人家都养美短、蓝猫之类的名猫，你倒好，弄个小土猫。"

"我的金瓜可聪明了，又懂事又黏人！"

“叫啥名？金瓜？”

“对，刚抱来时黄绒绒的一团，像个金瓜，就随口叫它了。”

“哈哈，太有意思了，它是公主还是少爷？”陈志超后老伴问。

“是个小男孩！”

“嗯，原来我们班上有个男同学叫王家俊，他妈来看他时总叫他石头，说农村人都愿给孩子起个贱名，好养活。你是这意思吗？”

“真没想太多，只是觉得在北京就别学人家起什么‘杰克’‘路斯’之类的洋名了。”

“那你回城里猫怎办？”

“我这里人不断，我回去，我哥哥他们来，还有我的朋友们，谁来，谁帮我照看着。”

“前几天我把它搁猫笼子里带回去。不过，回到楼房里它可觉得憋屈了，老趴在窗台上往外看，想着外面的自由世界。猫咪在楼里住久了都憋闷，人住在不接地气的地方也不自在。别看刚买了这个小院没几天，我现在可喜欢住在这里了。”

孩子跑到院子里玩去了，屋里三个大人愉快地聊着。陈志超在客厅里来回踱步，东看看西瞧瞧，随后又站到门口看院子里。

“种了不少树哇、花花草草的呀！”

“才栽不久，都还没长好，等明后年你再来看，我这里就会‘欲食瓜而瓜生户外，思啖果而果落树头’。”秀琪得意地说。

“哈哈，好惬意呀！这院儿比你家原来的院子大，我还记得你家那个小院的样子。”

“是大点儿，可我费了不少劲儿还是找不到原来的感觉。”

陈志超若有所思地说：“逝去的永远都回不来了，有句歌词不是说‘让往事留在风中’嘛。”

秀琪问陈志超：“老陈，你的生意怎样？这么多年一定收了不少好东西了吧？”

“怎么说呢，我是真收了不少。可是，没地儿放，都在仓库里堆着。”

“好东西别私藏呀，不是说凑多了办个展览吗！”

“广东那边的人收货的积极性高，办展览恐怕来参观的人少。还是北京的文化氛围浓厚。”

“你这些古旧家具有照片吗？给我看看。”

“有啊！有啊。”陈志超打开手机，一张张展示给秀琪。

“哎呀，真不错，都是好东西，漂亮！”

“你注意到了没有，现在高科技互动展演很受追捧，2010 年上海世博会时中国馆展出的那个巨幅放大电子动态版的《清明上河图》不知你看过没有，多有意思，我觉得年轻人可能更喜欢看那种类似博物馆掌上 App 为代表的智慧型博物馆的展览。这样吧，老陈，如果你愿意，到时候我可以帮你介绍些年轻人，他们喜欢文创，想法可前卫了，跟他们在一起保你眼界大开。”

“那太好了。”

“为这些宝贝你一定费了不少周折也花了不少钱吧？”

陈志超的后老伴在一旁撇了下嘴。“可不是，一有消息就跑去看，看上就买回来，有人出好价钱买，可他就是舍不得卖！”

“老陈是有心人，他不光为了挣钱，他买下这些明清老家具，不只是看中其中的经济价值，而是为了留住这些文化遗产。嫂子，你得支持他呀！”

随后又对她说。“绘画大师林风眠也是你们广东人，梅州的，石匠出身，但艺术天分极高，后来去法国、德国学习艺术，回国后二十七岁受聘创办国立艺术院，任校长。林先生的作品将西方印象派等绘画技法和中国传统水墨的意境运用到极致，笔下花草斑斓、人物悱恻，山水空寂却氤氲西乐的光影。

‘文革’前林先生自知难逃厄运，自毁了自己大量作品，实在舍不得的就交给了柳和清先生，就是电影演员王丹凤的丈夫收藏。这柳先生是林先生的知己，以前旧上海时就收藏大师的作品，费尽周折保存下来林先生一百多幅画作，在林先生一百周年诞辰时回上海办了林先生画展。画展结束，收藏大家张宗宪想出一亿元人民币收购这批画，但柳和清不肯。张宗宪说，不肯卖给我不要紧，不过您一定不要让这批珍贵画作流散，不如建一个小型博物馆收藏。

好东西就是好东西，我们不光要把它留下来，还要把它展示给大家，供后人参观、了解。”

陈志超的后老伴点点头，“你说得对，看来你很了解他，你们真的很有默契！”

秀琪从厨房里端出拌好的饺子馅和和好的面，“今天立秋，老北京讲究贴秋膘。我买了酱牛肉、烧羊肉，都是回族特色，咱再包些饺子。”

她看了一眼陈志超，“老陈，洗手去，我不知道嫂子会不会包，但知道你会！”

“我会的，在北京上学时，跟宿舍里的同学学的，那会儿我们寒假不回家的，凑在一起包饺子，用毛巾杆儿当擀面杖，可热闹了，我都是那会儿学的。”陈志超后老伴说。

“那你在家怎不给我包呢？”陈志超听了从卫生间探出头说。

“你一周有几天在家吃饭呀？再说，做饺子有好几道工序，我只说会包饺子，又没说会和饺子面。”

“露怯了吧！”陈志超讥讽她。

“看来老陈还是那么忙呀！”秀琪笑着说。

“他呀，不记得自己几岁！”

“闲不住吧？”秀琪说。

“厂里大小事情没有他不管的，那些打工仔都跟他无话不说。”

“他是个热心肠。”

见陈志超不在身边，他后老伴低声说：“他跟我说他追求过你！”

秀琪眨眨眼，抿嘴笑了笑算是默认。“我看，他配不上你！他人糙、心野。”

“多亏你把这个牛魔王收编了！”秀琪用肩膀撞了一下这位后老伴儿。

“啊，哈哈！”

“你们俩乐什么呢？”陈志超问。

“我不知呀！”秀琪操着广东腔说。

“对，不告诉他！”陈志超后老伴对秀琪挤挤眼。

“哼，三个女人一台戏，俩也能演呀！”

临走时，陈志超对秀琪说：“现在你有地方放了，我送你一套缅甸红酸枝的书柜，你别拒绝啊！”他后老伴也说：“放你书房里挺不错的！”

“好，那我就不客气了，谢谢你们俩！我这儿也方便，以后来北京到这里打个尖、住些天随意！”

陈志超的小孙子扬起小脸举起左手，手指头缝儿里夹着两个蜻蜓：“马奶奶，看我抓的蜻蜓，我明年暑假还来这里！我也还要和金瓜玩！”

“好，等着你，跟你奶奶、爷爷一起来。”

生活的调色板（二）

雾霾很重，早上七点秀琪出楼门的时候天空晦暗，空气中弥漫着一股烧炭的味道。

快到菜市口地铁站时，一个骑电动自行车带孩子的男子为抢在红灯前穿过马路，撞倒了一位过马路的老人，众人一阵惊呼。

“大早上的瞎溜达也不看点路。”撞人者大声训斥着被撞的人。

“你还有理了？”

秀琪到近前才看清，倒地者竟是宋长生。“老宋，摔着了没有？能动吗？”秀琪扒开围观者，哈下腰关切地对坐在地上的宋长生说。

宋长生抬头见是秀琪，连忙两手撑地，试着伸了伸腿，又扭扭腰，撞人的男子忙把他慢慢扶起。

秀琪掏出手机拍下那人和宋长生，“干吗？你瞎照什么？”

“怎是瞎照，你这车又没牌子，万一这老同志有事上哪儿人找你去？你留个电话，先带孩子走吧，没事不找你，有事再说，以后可别急着赶红灯，还带着孩子呢，多危险。也不知道道歉，怎给孩子做榜样呀！”

那人理亏，见周围围的人也多，不好发作，瞪了秀琪一眼，极不情愿地说了自己的电话号码，推车走了。

秀琪把宋长生扶到便道上，“你干吗去呀？”

宋长生一边拍打着身上的灰一边说：“刚从小辉家出来。”顺着他手指那片新楼的方向，秀琪猜到小辉应该新买了中信城的房子。

“上学的、上班的都走了，我想去龙潭湖，这不，刚出来就被那小子撞了。你这是要去哪儿？”

“去北大开会。”

“你早就退了吧？”

“退是退了，可闲不住呀！”秀琪微微一笑。

“我还要赶时间，以后有空再聊。”

“我能加你个微信吗？”

“行，你扫我。”

地铁上人挤人，秀琪侧了侧身，把挎在肩上的电脑包抱在胸前，她觉得有些喘不过气来。今天她要到北大参加一个学术会议，因为车子限行，她没有打车，选择坐地铁 4 号线去。她常听年轻人抱怨上下班时的地铁能把人挤成相片，今天她想体验一次。市政府给 60 岁以上京籍和在本市行政区域内办了“居住证”的外埠老年人办理了北京通——养老助残卡，偶尔外出，秀琪也乘公交，一来享受福利，二来公交线路四通八达，方便快捷，比开车便利不少。

到了西直门站，下车的乘客很多，刚好有个空座位，秀琪坐了下来。她仔细观察着车上的人，大部分都是年轻人，几乎人人都在看手机，不少人背着双肩背包还戴着耳机，也有个别的手里提着早点。秀琪想，全国各地的年轻人都想到北、上、广、深这样的一线城市发展，不断涌入的人口，挤兑着城市有限的资源，公共服务难以使人满意。北京摊大饼式的城市发展规划，使这座城市正在失去往日的魅力，难怪中央提出了疏解非首都功能。

飘雪花儿了，秀琪一早推开窗，看了看外面，但她还是决意跟往常一样出去锻炼。

万寿公园今天几乎没人，等秀琪走到那里时，公园里的小树上已经落上一层薄薄的雪花，甬道两边包裹绿植的绿色尼龙布顶上也已经泛白了。空气湿润但气温并不算太低，秀琪走到一棵大树下，先活动一下腿脚、腰身，接着，脱掉羽绒服，装在布兜里，放在旁边的长椅上，抖擞精神，打了一套二十四式太极拳。打完拳，她让自己放松下来，又穿上羽绒服，沿着甬道，绕着小公园慢慢散步。

八点来钟的时候，她才披着一身雪花往回走。手里还提着顺路买的早点。

雪越下越大，已经变成鹅毛大雪了。进了小区，秀琪加快脚步往楼里走。前面楼门口的台阶上人影一闪进了楼。

待秀琪也进了楼，让眼睛在黑暗中适应了一下，她发现穿着件貂皮大衣、戴着貂皮帽，正在等电梯的人竟是秋云。“我还以为遇到熊了呢。”秀琪开玩笑地说。

秋云转过身，也眯眼看了看进来的秀琪，“下雪呢还去打太极拳？”

“习惯了，不出去活动活动难受！我每天早上出去一趟，要是没别的事，这一天就不再出门了。”说着看了看秋云，“你这是？”

秋云晃了晃身，用手掸了掸大衣，只见有细碎的水珠从毛上滚落下来，“貂皮果然是个好东西，一点水都不沾。”秀琪忍不住摸了摸那件大衣。

“啊，这是小二给他大姨妈买的。说她们那儿冷，咱不是也没穿过这东西嘛！今天下雪，我出去买东西穿上试一下。过两天去我姐那儿的时候再给她带过去。”

“嗯，可不便宜呢吧？”

“还行吧，小二就好弄点真东西，他先说给我弄个貂儿，我说北京不冷，穿不上，他就给他大姨弄了件。”

“这东西东北那边多！”

“小二就在东北呀！”

“他什么时候去东北了？”

“去年到东北挂职去了，听说回来就能升一级。”秋云难掩兴奋和得意，故意压低声音靠近秀琪的耳朵说了一声。

“哎呀，有出息，恭喜恭喜！没听你说呀？”秀琪说。

“小二老批评我，说我嘴快，爱显摆，当个芝麻大的官儿，就瞎吹，北京像他这样的官儿多得用火车拉。你说这孩子。”

秀琪听了哈哈一笑，“李自信在家呢？”

“他哪儿在北京待得住？回去了，那边还挂着顾问呢，我说他顾问顾问，顾而不问，不是拍照去就是钓鱼、打牌。”

“现在反腐的力度不小，提醒他小心点。”秀琪叮嘱秋云。

“没事，他不拿钱，就是卖个老脸，有时有个别学校遇到事了，找他给上面递个话儿，他不是有点路子嘛。”

这时候电梯来了，两个人一同跨进了电梯。电梯里，秋云还借着轿厢不锈钢板的反光照着自己。十六层到了，下了电梯秀琪说：“明天我陪艳敏姐，后天是你吧？”秋云点点头问：“艳芬说了吗？明天给她送什么吃的？”

“好像是鸡汤，还有牛肉炒山药。我昨天去了趟天一楼给艳芬送过去点西洋参，我倒是也有老山参，但还是温补好点吧。”

“还是你想得周到。”

“回见！”秋云一边走一边低头看着身上的貂皮大衣进了家。

秀琪提着保温桶和饭盒蹑手蹑脚地进了病房。艳敏正躺在床上和护工说着话，见秀琪进来高兴地朝她抬了抬手。护工是个三十来岁的妇女，笑着对秀琪说：“刘阿姨刚念叨完您，您来了，刘阿姨刚才输完液还下地走了一圈儿呢。”

秀琪给护工道了声：辛苦！护工知趣地出去了。

“饿吗？有胃口吗？给你熬了鸡汤。”说完，秀琪去洗漱室洗干净手，拿起保温桶给艳敏倒了小半碗鸡汤，又把她的床摇起来，让艳敏靠在床头，用小勺一口一口地喂她喝汤。

“好喝！”

“那就多喝点，早恢复！”

“大夫说，再过两天就可以出院了，到时候再来拆线就行。”

“哦，这么快呀，我还以为至少得住一周呢！”

“病人多，周转快！”

“那后面还需要化疗或者放疗吗？医生怎么说？”

“大夫说，等病理报告出来再说。现在有一种药叫什么酊对治疗乳腺癌疗效比较好，副作用相对小一点，但是比较贵，需要自付。”

“现在新的治疗方法比以前多了。过去一般都要做化疗，化疗的副作用大，还会掉头发什么的，对人伤害挺大的。现在有新药当然好了，先别考虑钱。”秀琪安慰艳敏。

“行不行还得看病理结果我是不是适用，老严昨天微信里倒是说，让我用最好的药，治疗的钱他还出得起。”

“他还没回来？”

“怕是难了。”艳敏脸上泛起愁云。

艳敏 11 月底被查出得了乳腺癌。

艳敏和宋长生离婚后跟那个严先生结了婚，过了一段风光的日子。严先生的生意越做越大，在外地连开了好几家店，还在澳大利亚的墨尔本买了房子。艳敏早就不再教课了，刘五婶过世后，她无牵无挂，经常国内国外地旅游。但是，好景不长，大前年，因为盲目扩张，资金周转出现了问题。严先生焦头烂额，回家发脾气，家庭也失去了往日的和睦。后来，严先生索性跑路了，躲到澳大利亚不回来了。家里的大房子抵押了，豪车也不见了。夫妻本是同林鸟，大难临头各西东。这句话用在艳敏和严先生的身上一点不假。

严先生躲着不回来，法院来收房子。当初艳敏跟严先生结婚前，想把自己的回迁安置房处置了，多亏秀琪提醒她，才留下。因为实在不好意思回到牛街来住，艳敏不得已，把牛街的房子卖掉了，用卖房的钱在广安门附近又买了一处二手房，自己住了进去。

艳敏的儿子小辉，当初对母亲硬要和父亲离婚跟姓严的走很不满，在艳敏离婚后就跟她断了来往。

艳敏心情极差，去年下半年以来，人明显消瘦。不久前，她自我感觉乳房上长个肿块，先后跑了几家医院都说情况不好，最终被确定为恶性肿瘤。得知结果，艳敏几乎崩溃了，想放弃治疗。她在微信朋友圈里发了一段人生感悟。秀琪看了后隐隐地感觉哪里有点不对劲。她知道这两年艳敏除了晒到国外旅游的照片外很少发其他的，就主动地问了她一下，并调侃她是想做青年导师吗？哪知艳敏实在控制不住了，把自己这两年的遭遇、委屈一股脑儿向秀琪倾诉起来。那一夜，两人聊得手机都没电了。

艳芬推开病房的门，“不是让你歇一天吗，怎么又过来了？”艳敏惊奇地说。

艳芬一边摘帽子一边说：“就是想过来看看，另外，我告诉你，下午小辉可能带媳妇一起过来，他还问我你需要什么。”听到小辉，艳敏的眼睛亮了起来。

“多亏了秀琪姐做工作，我过来也是想跟你说，等会儿小辉来了，别给孩子甩脸子。”艳芬不放心地看着姐姐。

“怎么会？”秀琪打着圆场，“再怎么说也不能跟孩子一般见识，他们能来看他妈，就算还懂事。”

艳敏感激地对秀琪点点头说：“这些年他一直跟我憋着劲，难为你劝这头倔驴，他来了我不会多说什么的！”

“这事，也怨不得孩子。”

艳敏前期检查主要是艳芬陪着。

艳芬现在帮儿子经营一家京城网红的清真餐厅“天一楼”。

回迁后，艳芬租下小区里一套一楼的一居室，稍加改造，开了个小饭铺。雇了一位通州来的厨师，自己采买、打下手并充当跑堂的。他们做的虽都是家常菜，但厨师就是厨师，比艳芬自己做的色、香、味都上个档次。开业后，周围楼里的邻居都挺捧场，地方太小，坐不下几位，艳芬索性就给打包。哪家人想吃哪个菜了，打个电话，过十来分钟，下楼取走就行了。她原以为自己这是小本生意，又在楼群里，应该没事。但是，没几个月，就被人举报了。工商、食品卫生、税务都来人查了，勒令关张并罚款。因为这不是铺面房，她和大师傅虽然都有健康证，但没到工商局办营业执照，也没到税务局办税务登记，属于无照经营、偷税漏税。

正巧，这年儿子小军到了该上高中的年龄，这孩子本来学习就吃力，艳芬和周强从来也没在孩子学习上下过功夫。所以当听说市里的民族职业高中有清真烹饪专业，就鼓动儿子报考。

小军职高毕业后，请了两个业内朋友，艳芬一家在附近开了家中等规模的清真餐馆。有大小六间包房，大厅里摆放了两张十人桌、七八张四人桌。“天一楼”虽装修得不算华丽，但四周白墙搭配绿色门窗、腰线，大小餐桌都铺上雪白的桌布、绿色椅套，一水儿白底绿花镶金边的餐具，处处彰显清真特色，透着干净、美观。餐馆主打传统北京清真宴席，适合牛街人的口味，菜量足、服务好，附近人家红白喜事都爱去这里。因为经营得好，有特色，不久还上了电视，成为网红餐厅。

怕艳敏感到无助，在她住院后秀琪、秋云、艳芬三人轮流陪护。艳敏的早餐在医院订，午餐和晚餐都是她们先到艳芬的“天一楼”取来再送到医院去。玉玲这些日子不在北京，她为了不让丹丹和新加坡商人交往，一会儿横店、一会儿西部影城地跟着跑，看着她。玉玲人来不了，心里着急，微信给艳敏转了一笔钱，艳敏没收，她又把钱打到艳芬的名下。拜托她给艳敏雇个手脚麻利会照顾病人的护工，再弄点好吃的。

艳敏吃完了，艳芬去洗餐具，秀琪扶她起来，下地在病房里走了两圈儿，然后，又让她半躺在床上。艳芬收拾完，三人坐下闲聊。

艳敏问艳芬：“小军回来了吗？”

“回来了，出去转悠一趟有想法了。”

“什么想法？”

“说想在纽约的发了什么开家分号？”

“是纽约的法拉盛吧？”秀琪插话道。

“对对，就是那儿，净出幺蛾子！”

“年轻人头脑灵活，说不定是好事呢！”艳敏说。

艳芬的脑袋摇得跟拨浪鼓似的，“不能由着他的性子来！才去一趟，两眼一抹黑，去那人生地不熟的外国地界。才过上几天好日子，跑美国瞎折腾什么呀！”

“我那年去美国时倒是也去过纽约的法拉盛，那里中餐馆不少。”

“有清真中餐馆吗？”艳敏、艳芬几乎同时发问。

“还真有！法拉盛是各国穆斯林游客都常去的地方，有中东人开的、印巴人开的清真饭馆，也有咱中国人开的。”

“是吗，扎堆才好！”艳芬半信半疑地看着秀琪喃喃地说。

艳敏对艳芬说：“你别老把持着，放手交给年轻人干吧！”

“是呀，该放手时就放手吧！”秀琪也附和着。

说到年轻人，艳芬爆了个料。

“早上，我看见买美霞陪丁四哥上医院时戴个大墨镜。”

“呦，这雾霾天太阳都被遮住了，戴墨镜乌漆麻黑的干吗呀？别再撞上哪儿。”艳敏嘲笑道。

“嗨，还真撞了！可不是因为戴墨镜，是急着出门，撞门框上了。”

秀琪关切地问：“没伤哪儿吧？”

“眉头磕了一个小口子，也是巧了，丹丹正好在家，听说了，就带她找自己的一个化妆师介绍的美容院，你们猜怎么着，人家不光用最细的针给她缝合，说是拆了线不留痕迹，还顺便给她植了眉、做了眼袋。”

“啊！”艳敏和秀琪不约而同地叫出了声。随后，艳敏咯咯笑起来，“哎哟”，因为笑大发了，伤口一阵疼痛，她连忙用手去捂伤口。同时还不忘调侃，“怎不趁机把脸上的皮也磨磨呀？”

艳芬回答：“估计人家没这项，不然丹丹肯定会鼓动她做的。”

“爱美之心人皆有之，美霞这辈子就因为这张脸，受了不少委屈，她也不自信了这么多年。现在条件好了，做点美容手术也显得年轻，对着镜子一照，人变美了，往后的日子越活越带劲儿。”秀琪说。

“七十都过了，还能美哪儿去呀！”

“不同年龄有不同年龄的美嘛，得自信呀！”

秀琪她们要回去了，问艳敏下午想吃什么，艳敏摇摇头，“没胃口。”秀琪说：“身体就像一部机器，到咱们这个年纪，多少都有点老化出毛病了。保养保养还能凑合运转。一辈子其实好短，回头看，有一座金山银山也不如有一个好身体。但生病了，也不用害怕，要积极治疗，现代医学在发展进步，治疗手段也多。关键是你要使自己的心情好起来，泰然处之。”

接着，又轻声开导她：“想开心的事。这点你得向美霞学习。向前看，学会放下。艳敏姐，等明年开春你好些了，到我那小院去住上一阵子，散散心、调理调理，你别说，乡下就是比城里空气好，没有雾霾。吃点粗粮、新鲜蔬菜和土鸡蛋，每天进山走走，对你恢复一定有好处。”

“秀琪，还是你会生活！”艳敏羡慕地说。

“必需的啊，咱都活了大半辈子了，经历多少坎坷，现在要学会享受生活。你赶快好起来，东四那边的胡同正在保护性修复，原来菜市口十字路口西北角那片拆了，新建了一个街头休闲公园也不错。到时候咱一起去转转。”

“保护性修复？”

“就是修旧如旧，保存恢复老北京风貌。”

艳敏看着天花板，“那真好，最近做梦老梦见咱的小胡同和咱那几个小院。唉，你看这满京城的住宅小区，好多住了几年的邻居出来进去都不打个招呼，过去咱的胡同小院，虽然住得紧巴，但人情多热乎。”

“可不，谁家不是几代人从出生、结婚到出殡可能都在胡同小院里。孩子‘洗三’‘满月’‘百岁’‘抓周’街坊四邻都来道喜、帮忙。我还记得小四的婚礼，满胡同的人都来凑热闹，多红火呀！”秀琪附和着。

“咱组个阿姨团，周游世界去吧！你看，现在旅游景点到处是成群结伙的大妈，端着高档相机，穿着鲜艳的衣服，配上纱巾、墨镜摆出各种 Pose。旁人笑话她们，可人家玩得多开心呀！咱要出游，低调点，别像她们那么夸张就行啦。”

“艳芬说得对，主要是去体会那种无牵无挂，奔走在天地间的感觉。”

“对，对，咱先去趟西藏，不然岁数越来越大就去不成了！”

“谁知我还行不行。”艳敏有气无力地说。

“你一定行！”秀琪鼓励她，并对艳芬说：“我倒是觉得，你该先去趟纽约，考察一下，要是行了，今后咱旅游到了纽约就到你的饭馆吃饭！”

“说得也是，我回去跟小军他们商量商量。”

从医院回来的路上，秀琪看到东西城不少社区正在拆除违章建筑，开车经过教子胡同，见南口路西也在整修墙面。原本的一溜小店儿已被拆除，拥挤的街道规整了不少。回到家里，回想着跟艳敏姐妹的对话，加上她近来的思考，她打开电脑，一篇酝酿中的关于疏解北京非首都功能与民生关系，提高社区治理能力、促进和谐社区建设、提高居民文明素质的论文，随着一阵敲敲打打正在形成。

重逢

随着汽笛一声长鸣，有十几层楼高，船身雪白，船尾耸立着一个高大的红色鲸鱼尾状烟筒的灵感号邮轮，缓缓启动了，驶向蔚蓝色的大海深处。

“姑姑，他们都等您呢，进去吧！”萧然走到甲板上来叫秀琪。

萧然在硅谷一家电子科技公司工作的儿子圣诞节前在美国举行婚礼，邀请全家人前来参加。婚礼结束后，小夫妻飞到夏威夷度蜜月去了。萧然夫妇计划周密，邀请长辈们一起去旅行，考虑父母和姑姑年龄大了，就安排大家一起坐邮轮，然后从洛杉矶回国。

秀琪从小怕水，不会游泳。看过电影《泰坦尼克号》后，曾一连几天都做噩梦。起初，听萧然说要带他们去坐邮轮，她有些害怕，也担心自己会晕船。萧然想得非常周到，给父母和姑姑准备了晕船药，

并且告诉他们船很大、很稳，沿着海岸线走，不会深入太平洋深处去，风浪不大，还是很安全的。而且，船走走停停，晚上航行白天下来看景，最适合老人孩子。秀琪也就不好再说什么，她不愿扫大家的兴，便答应了，并怀着忐忑的心情登上了船。

这是一次五天三夜的邮轮旅行。行程是：从洛杉矶的长滩港出发，经卡特琳娜岛到墨西哥的恩森纳达，再游弋于公海上，最后返回长滩港。

一家人租了一辆中型车，萧然夫妇轮流开车，载着三位长辈沿着美国西海岸最美的海岸公路由北向南，开到洛杉矶。事先他们做了详细的攻略，沿途游览十七里湾、卡梅尔小镇后又换到另外的路线上，参观了赫氏古堡、丹麦村，最后到达洛杉矶，结束陆路行程，改乘邮轮。

秀琪随萧然回到船舱，一家人准备在船上四处参观一下。从登船到现在已经过去好几个小时了，每个人都感觉肚子咕咕叫，文琪说："我看咱先解决吃饭的问题吧。"嫂子也说："我也饿了。"

"好，先吃饭！你们信不信，坐邮轮下来，每个人都会长分量的！"文琪边走边说。

邮轮上不但有自助餐厅还有几间特色餐厅和酒吧。萧然对长辈们说："今晚就去自助餐厅吧，前面就是了，进去后选自己能吃的，拿不准的问一下服务员。"

来到自助餐厅，只见里面大得一眼望不到头儿，各类海鲜、烧烤、意大利面、沙拉、面包、点心、水果、冷热饮料令人眼花缭乱，从早晨到午夜不间断供应。餐厅里能见到各种肤色、年纪的人，其中不乏一些穿着长袍、包着头巾的穆斯林游客，三三两两地坐在餐桌前，穿梭于大厅里亚洲面孔的侍者，不论男女都明显个头不高。肤色较深，一看就是东南亚人。

饭后，一家人继续参观。船上的娱乐设施真不少，有剧场、影院、水疗中心、青少年活动室、赌场。他们来到顶层甲板上，文琪对迷你高尔夫球场来了兴趣，找来球杆玩了起来。萧然对他说："先带你们都走一遍，您自己什么时候想玩了再过来行吗？"

文琪听了，只得恋恋不舍地放下球杆，跟着大家继续参观健身房、运动场、泳池。

萧然媳妇眼尖，走着走着惊呼："那边好像就是购物中心，去看看，是不是船上的东西免税呀？"

萧然看了看大家无奈地说："她到哪儿都想买东西。你自己过去吧！"

秀琪挥了挥手："我陪她过去，你们在附近转转吧。"

购物店不大，进去后，萧然媳妇忙得眼睛都不够用，一会儿指着手袋问店员，一会儿又去看手表。秀琪迅速看了一圈就退到门口，她注意到在购物店不远的过道处，摆放了不少油画，她看过邮轮的介绍，猜想那大概是艺术画廊。于是，她跟萧然媳妇说在外面等她，便独自向画廊走了过去。

从上到下参观了一大圈，回到房间秀琪感到有些疲倦，赶紧洗了澡躺在床上。从舱房里隔着阳台的窗望去，有着璀璨灯火的海岸渐行渐远只剩一条金色的光带，而她也不知不觉在邮轮发动机有节奏的轰鸣声中伴着海浪带来的晃动进入了梦乡。

天亮了，秀琪爬起身一看，船好像停了。不一会儿，萧然来敲门，告诉姑姑去吃早饭，饭后下船坐小艇登岛。

Catalina Island（卡特琳娜岛）是太平洋中的一个小岛，岛不大，绿树成荫，红瓦白墙的各式建筑星罗棋布，新月形码头外桅杆林立，港湾里停泊着各式游艇，白色的海鸥在自由翱翔。岛上的动植物资源非常丰富。岛上居民不多，山上石头缝隙中遍布仙人掌类植物，也有高大的棕榈树和桉树，偶尔可见秃鹰，据说还有野牛出没。海水特别清澈，站在岸边，可以清楚地看到几米深的水下世界，不时有红色的鱼游过，偶尔还能看到舞动的海藻下奇形怪状的海螺、海星。

岛上可以租到电瓶车和脚踏车，萧然租下一辆电瓶车，载着大家沿环岛公路缓缓而行。

车开到半山腰时，秀琪俯瞰静静地停泊在远处茫茫大海上的灵感号，不禁感叹："看那邮轮，就像一叶小舟！真可惜，扬扬她们一家没来成。"文琪说："都忙，请不了假，以后有机会的！"

午饭是在岛上一家很有名的比萨店吃的。吃完饭，萧然媳妇拉着他去逛商店。文琪想去看码头木桥上的人钓鱼，秀琪就让嫂子陪他过去，自己准备在码头附近走走。

秀琪一个人走走停停，不断地拍照。一座猫的铜像吸引了她的目光，她走了过去。这是人们为纪念在岛上生活了二十年的一只名叫"Ieroy"的猫立的。秀琪凑上前仔细看碑座上面的说明文字，并拿起手机准备为它拍照。

忽然，铜像后一个孤独而苍老的身影进入了她的镜头，那身影似乎有些熟悉，还没来得及按下手机的拍照键，人影一闪而过。秀琪愣了一下，这会是谁呢？她想着，然后用目光找寻那个身影。几个玩飞盘的年轻人吸引来一批游客，人群晃动，挡住了秀琪的视线。

正在这时，萧然夫妻快速走来："我们快走吧，时间不多了。码头上坐快艇的人多，已经排起长队了。"于是，秀琪叫上看钓鱼的文琪夫妇，大家一起排队等着上快艇。

又是一夜的航行。第二天一早，邮轮在晨光中停在了墨西哥的恩森纳达港。恩森纳达是巴哈半岛的深水良港，既有公路通向美国，又可停靠大型邮轮，因此，这里成了墨西哥下加州繁华的旅游城市。

下了船，坐上免费接送游客到港口附近街市的班车，一家人开始逛街、游览。

恩森纳达的建筑极具视觉冲击力，蓝天白云下，菊黄色的楼配蓝瓦"人"字顶，砖红色的围墙搭明黄色的钟楼，翠绿的墙头描着紫色的边儿，鲜艳、明快、热烈。

秀琪跟着家人在并不宽绰的街道上徜徉、穿梭，热情的墨西哥人向游客们兜售着各种当地的旅游特产——牛仔帽、家庭手工织的粗布、土陶制品、辣椒酱、龙舌兰酒、玉米片。他们经过海鲜店时，被店家的手艺吸引住了，鲜鱼、大虾都被码放成艺术图形，令人叫绝。秀琪对色彩斑斓的做成水果、蔬菜、动物形状的土陶工艺品爱不释手，喜欢得不得了。她买了些蝴蝶、青蛙、蜥蜴、红辣椒等造型的土陶工艺品准备带回去给姐妹们做个纪念。当他们一行继续往前走，来到一个路口的时候，被街头演唱的男子三人组吸引住了。三个胖子都戴着礼帽，穿着白衬衫、黑裤子，扎着红领结，一个人抱着吉他，另外两人则弹奏一种墨西哥特有的乐器，三人声音洪亮、表情丰富地边弹边唱，时而悠扬时而欢快。有路人忍不住竟随着他们的乐曲扭动起舞。

萧然买了根 2 尺来长的炸土豆片串，让每人都尝尝。太阳高悬在头顶，看着热情洋溢的街头表演，吃一口粘满辣椒粉的炸土豆片，刚下船时的寒意被驱散得无影无踪了。

在街上吃了顿墨西哥风味餐，他们决定先回船上，放下买的东西，再坐有导游带领游玩的付费车去离码头较远的景点。

下午坐车来到了市中心。秀琪他们沿主要大街走着、看着，拍了不少照片。说好四点乘车回码头。不知不觉天阴上来了，云越积越重，还没赶到乘车点，瓢泼大雨就下来了，他们只好躲进了路边一家皮鞋店。趁避雨时段，文琪还买了双皮鞋。

左等右等雨还不停。怕错过了回程车，萧然就对大家说："我们还是走吧，这雨没有停的意思啊。"等雨稍小了一点，萧然在前面带路，哥哥把外衣脱下来披在嫂子头上，自己快步跟着儿子。萧然媳妇过来搀秀琪，秀琪说："我自己行，你还是去扶着点你婆婆吧！"说着，把手里的提包顶在头顶上，踩着一地的雨水，一行人往上车点赶去。

因为下雨，下船玩的游客们陆续返回，码头上排起长队等着过安检后上船。虽然是在雨中，但没有人插队，也没有人着急叫喊，就这样安静地一点一点地向前挪动着。人们都盯着远处的舱口，内心期待着早点登上船。忽然，秀琪好像又看到了在卡特琳娜岛上见到的那个背影在舱口一闪，进去了。她往前跑了几步，踮起脚、抻长脖子张望，随即又失望地回到家人身边。

邮轮驶离了恩森纳达港，游弋在公海上。远离了海岸，水深浪大，船的晃动比以前大了不少。秀琪感到些微的晕眩，她服了萧然给她的晕船药后感到好了一些。

晚上，船上热闹非凡。船中央有个下沉式的大厅，有好几层楼深。船上的人们都换上华丽、漂亮的衣服，有的人穿上了晚礼服，打扮得珠光宝气，孩子们也有的画上彩妆，戴上面具。人们纷纷走出船舱聚集到大厅里，或站在不同的楼层中间，隔着栏杆观看大厅里的活动。大厅靠右有个吧台，俊男靓女有的坐在吧台品酒聊天，有的随着悠扬的乐曲翩翩起舞。船长、大副及几位船员也都穿上了笔挺的正装出席舞会。

船上的摄影师们也忙碌开了，为很多家庭在船上以大海或本艘邮轮的巨幅照片为背景拍摄全家福，也有的人愿意在船舷或下沉大厅的螺旋形楼梯上拍照。拍照是随意的，过上一两个小时，冲洗好的照片就会挂在船上的某个位置。人们走过，会看到自己及家人挂到上面的照片，觉得好就买下，不想花钱也可以不要。

文琪招呼家人："来，来，咱们也照张相。"于是，他们一家人很自然地走到邮轮照片前拍下了一张与邮轮的合影。照完，萧然看了看螺旋形楼梯前一家人刚拍完照正准备离开，就走过去冲大家招手，"这里也不错。"于是，大家凑过去，按摄影师的要求站到不同的位置上，就在摄影师调焦距要求大家不要动的时候，秀琪抬眼往左前上方的楼上看了一眼，只见那个苍老的身影正趴在栏杆上看下面大厅里的人跳舞。秀琪一下僵住了，突然，转身顺着楼梯往上跑。等她一连跑上四层楼的时候，再看刚才站在那里的人早不知去向了。秀琪愣愣地、晕乎乎地靠着柱子喘气、发呆。追上来的萧然扶着她的胳膊问："姑姑，您怎么了？"秀琪脸色苍白，说不出一句话。不一会儿，文琪和嫂子也上来了，一家人被秀琪的举动搞得茫然不知所措。

"我好像看见子轩了。"秀琪用蚊子飞舞般细微的声音吐出一句。

"你确定没看走眼？"文琪惊愣了。

"我已经见他背影两次了，在卡特琳娜岛上，还有今天下午在登船的时候。"

"真的吗？你确定？"

"白天不敢确定，但刚才我看得很清楚！"

"天哪，真是奇遇，可这船上三千多人我们怎么能再找到他呢？"

"有办法，我们广播找人呀！"萧然这一说提醒了大家。

"对呀！还是你脑子快，快去！"文琪激动地说。

"好，我就说你找他！"萧然一路小跑着远去了。

大厅里的乐曲停顿的时候，插播了一则寻人启事。邮轮里响起广播员富有磁性的声音，大意是："尹子轩先生，很高兴转告您，多年不见的朋友马文琪及家人幸运地与您同船，非常渴望见到您，如方便，请马上到大厅吧台前或广播室。"

音乐再次响起，人们沉浸在无限的欢乐中，只有等在吧台前的秀琪一家感到时间是那么难熬。等了一会儿，文琪支开了妻子和萧然夫妇，自己留下陪秀琪静静地等着。

秀琪一会儿四下张望，一会儿打开手机的自拍功能，对着镜头理了理头发，又抻了抻毛衣的领子。“别看了，小老太太，精神着呢！”听一旁的哥哥调侃自己，秀琪不好意思地笑了。

一个穿着西装的老人顺着螺旋楼梯的内侧走下来，他不时侧身避让上下楼梯的人，白发妥帖地伏在头上，瘦长的身影被灯光投在身后的楼梯上，眼睛在往吧台这边张望。

“子轩，是他！”文琪激动地大声喊道，“子轩！”抢步上前。

两位白发苍苍的老人紧紧拥抱在一起，互相拍打着。子轩一抬头，发现文琪身后站着个头发花白，仪容端庄优雅，摘了金丝眼镜正用纸巾擦拭泪水的女士。他盯着那女士看了几秒，挣脱文琪，踉跄着奔过去，“秀琪！是秀琪吗？”

“子轩哥！”

子轩心头一震。

梦中常见的两人泪眼蒙眬地紧紧握着双手，空气仿佛凝固了，两人相互凝视，都在对方被岁月打磨过的脸上搜寻彼此留在自己记忆深处的样子，都不愿相信眼前的人就是自己四十年朝思暮想的爱人。

飞机在万米高空的云层之上平稳地飞行。吃完饭以后大部分人都昏昏欲睡，机舱里也有个别人在看电视。秀琪靠舷窗而坐，她悄悄掀起遮光板，看了一眼窗外黑黝黝的夜和下面经过的小城市星星点点闪烁的光亮。她的思绪回到那天深夜的船甲板上。

那天，眼前的大海也是黑漆漆的，天空中星星和月亮格外耀眼。秀琪和子轩凭栏远眺。

“刚才，你回去加衣服的时候，文琪把你这些年的情况简单跟我说了一下。难为你了！是我耽误了你。我太自私，只想证明自己。你虽然在当年给我的最后一封信上说你已经有了自己的人生规划，不想彼此拖累，让我自由放飞，但我知道这不是你的真心话。来美国后我总想联系你，我给你写了好几十封信，可我没有勇气寄出，我怕你不原谅我的不守信，又怕给你惹麻烦。我知道你一定会继续深造，早年在政审那些关口上我吃够了苦头，我怕因为我影响了你。再后来，时间久了，我想你一定心有所属了。”

“这些年国内发展这么快，你没想过回来？”秀琪看着远方委婉地问。

“哪能不想，美国大学提供的研究资源支持很到位，研究环境宽松，但导师认为你既然能来到这里，就该是个有想法、独立的学者。学生须具备独立解决问题、有效规划时间的能力，我英语不是很好，但我还算努力，比较抓紧时间，短时间内就摸索出自己的学习方法。我不记得过节假日，但就是这样，我也花了七年时间才毕业。毕业后获得了教职，有了研究项目，我也曾和国内的一些研究机构有交流、合作。1994 年开会去过上海一趟， 2000 年到香港时顺道去了深圳、珠海。但很多事身不由己呀！”

一阵沉默。

“像我这种心思重又孤僻的人就该孤独终老，我……”子轩深情地看着秀琪，哽咽着说不下去了。

秀琪听到他说“孤独”，内心掀起一层波澜，她知道，寂寞是心会发慌，孤独则是内心饱满。记得尼采说过，只有天才和疯子才享受孤独。这话在子轩身上贴切。

秀琪从穿在身上的薄款羽绒服口袋里慢慢地掏出那个外壳早已褪色，变得发黄的小闹表，拧了几下上了弦；托在手掌心，两个小鸟叽叽喳喳地鸣叫起来。

“你还留着它？”子轩惊喜地问。

“这么多年它就没离开过我。”

“啊。”

接着又是长久的沉默。

很久，子轩一声叹息，仰望天空，无意间说了一句：“唉，明月不知离愁苦啊！”秀琪不假思索地接上，“斜光到晓穿朱户。”子轩听了苦笑了一下，狐疑地转过脸问：“怎么，此刻有诗意？”

“你刚才的话让我想起诗人晏殊的一首《蝶恋花》，不过他是这么写的：

槛菊愁烟兰泣露，罗幕轻寒，燕子双飞去。
明月不谙离别苦，斜光到晓穿朱户。
昨夜西风凋碧树，独上高楼，望断天涯路。
欲寄彩笺兼尺素，山长水阔知何处？”

“还有这样一首诗，能为我再背一遍吗？”子轩急切地转向秀琪，苍老的脸上写满渴望。秀琪点点头，饱含深情地背诵起来，子轩一字一句听得真真切切。

借着船舱里射出的灯光，子轩看到成串的泪水正顺着秀琪已不再丰腴的脸颊淌下，昔日那玉润冰清、月中聚雪的娇容哪里去了？他心头陡然升起无限悲哀和愧疚，一阵绞痛，“秀琪，其实我这些年想你呀，一个人也是苦死了。”

“你是一个人？为什么？”

“我忘不了你！”子轩举起右手食指，他用回回的方式发誓，“我和二伯拿过手，得过他的‘口唤’，我不是个背信弃义的人呀！”说完他实在忍不住了，把头伏在栏杆上失声痛哭。

一股暖流传遍秀琪周身，多少年埋藏在心底的疑虑、想念、埋怨顷刻间灰飞烟灭。她难以抑制自己，用手捂住嘴“呜呜”地哭出声来。好一会儿，秀琪轻轻把手插进子轩稀疏的头发里，捋着他被海风吹乱的白发。

“好了，好了，我知道了，别难过，外面风大，咱们到里面坐下慢慢聊吧。”子轩慢慢抬起头，泪眼婆娑地凝视着秀琪，伸过左臂，秀琪把手放在子轩的臂窝里，还是那么自然、那么熟悉。两人挽着臂相互依靠着，踉踉跄跄地走进舱里。

坐在秀琪旁边的文琪一觉醒来，见秀琪还睁着眼睛，就小声问：“你没眯一会儿？”

“不困，睡不着。”文琪打了个哈欠，挪了一下被睡熟的妻子压麻木的胳膊，好像来了精神。

“几点了，我是不是该吃药了？”文琪问。

秀琪看了看手表，“才过去一个多小时，你不舒服吗？”

“没有，我怕过了点，忘了。子轩这老小子好像除了瘦，气色还不错哈。”

“他说一直坚持跑步，心脏、血压都相对正常。”

“是吗？那不容易，奔八十的人了，谁还没点毛病！”

“他可自律了，只吃瘦牛肉，蔬菜也吃得多，不像你，就爱吃油炸的，吃肉也挑肥的。”

“呦，刚见到子轩就不待见我了！”

“别起哄！”

“说真格的，他打算回国跟你一起养老我没想到，放弃美国籍简单，再入中国籍可就难了。”

“他说他入美籍也是为了生存。”

“他在美国是终身教职，有退休金又有房子，我想他回来住些天，你再过去陪陪他，你两人就两边跑着也不错。”

“一个古稀、一个近耄耋，还两边跑，吃不消了！再说，谁不想叶落归根？”

“也是！”文琪点点头。

“子轩说他先回去准备准备，办好手续，把房子卖了，他在香港存了些钱，回来应该生活上没什么问题，就是有些担心以后生病。我跟他说，两人相互扶持，再老点，就把我的房子也卖了，住养老院去！现在国内已逐渐步入老龄化社会，北京的社会化养老机构逐渐多起来，社会越来越关注老年人，养老问题不大。”

“都说到今后生活的细节安排了？你们俩那天聊了大半夜，他没跟你说点别的？”

“这是你当哥哥的该问的吗？”秀琪佯装生气。

“哈哈，我这也是瞎操心！不过，曾听说他身边有个洋人。”文琪想起尹伯伯的话。

“他有个助手，人家是有夫之妇，他们多年在一起搞研究。”秀琪平静地说。

“我们那天简单聊了一下，他确实取得了不凡的成就，以国内当时的科研环境看，他选择留在美国搞项目没什么不对！”文琪说。

“这些年你在国内不是也没少出成绩吗？”秀琪说。

“个人情况不一样，他当时的处境有点复杂。”文琪说。

“他努力想证明自己没有错，但在我心里他比不上你！我虽然心里有他，但并不代表我完全认同他。他说过，你是又红又专。一点没错，你做事不是为自己。”秀琪说。

“这话我可头一次听你说。”文琪挺了挺身子。

“我问你，1976 年地震时有车把你接走了，你去哪儿了，当时乱成那样，你丢下爸爸和咱全家人。”提起这件事，秀琪有些嗔怪哥哥。

文琪看了看妹妹，说道：“现在可以告诉你了，当时是秘密。”

“还是秘密呀！”秀琪来了兴趣。

“对！地震有可能对水库大坝造成破坏，密云水库地势高悬在咱北京城区，我被抽调到紧急抢险小组，参加用声呐探测大坝是否发生位移或破坏。当时情况不明，不能对外泄露消息，怕引起恐慌。”

秀琪用充满敬意的目光看着哥哥，“舍小家为大家，你了不起！”

“我相信换你也会这么做！”文琪眯起眼，“哦，这次时间太紧了，要不咱怎的也得去子轩那儿看看呢！”

“你不放心？”秀琪问。

“那倒不是，子轩我还是了解的，我是说，咱下船当天就得往回赶，不然第二天晚上回国的航班就得改签，太仓促了。”

“是呀，就一起吃了顿饭就又分手了！”秀琪充满遗憾地说。

“当时我也是脑子不好使了，让你留下，机票改签一下不就得了，反正入关时给了你三个月的时间呢！干吗追追赶赶地跟我们一起回来呢，你们好不容易才见面。”

“我没有思想准备，不会一个人跟他走。”秀琪有些腼腆地说。

“也是，我们大小姐怎会私奔？”文琪说完坏笑了一下。

“越老越没正经，再睡会儿吧，不跟你聊了！”秀琪说着把头往后一靠，自己先闭上眼睛。

扬扬和蔷蔷的爱人晓明各开一辆车来接秀琪一家人，两车一前一后直接把秀琪他们拉到艳芬的餐馆，艳芬等在门口，见了秀琪两人拥抱在一起。“大冷天的，你还等在门口，又不是外人。”秀琪心疼地说。

“想你了，都准备好了，快，都赶紧到雅间。”

晓明说什么也不肯留下来吃饭，说家里有事。秀琪拉着他说：“也不在乎这一时半会儿，吃了饭再走呗。”“改天吧，改天给您接风。”艳芬对秀琪使了个眼色，然后跟小伙子说，快回去吧。

看着艳芬准备的香喷喷的热汤面和一些小菜，秀琪高兴坏了，搂着艳芬说：“还是艳芬妹妹贴心，在国外待了二十多天就想吃家常饭，你太贴心了。”艳芬笑着说，“知道你们坐了十几个小时的飞机，肯定累了，也不会太饿。所以做点清淡、爽口的，吃完了你们赶快回家休息。”

一家人随即坐下来吃饭。一边吃着饭，秀琪一边同艳芬打听着大家的情况。

“都挺好，就是秋姐住院了。”

“怎么了？”秀琪着急地问。

“说是心脏不太好。”

“哦，路上我问晓明，他也没说，这孩子。”

“听说做了检查，没什么大事，马上过节放假了，我这两天忙走不开，昨天让小马给她送了点吃的。”

正说着，雅间的门开了，服务员小马端着一碟酱豆腐进来了。“马老师，您好着呢吗？”

秀琪回头一看，“是尕妹呀，我好着呢！”

秀琪转向艳芬，“这个姑娘干得怎样？”

“挺能干，也勤快，就是倔了点儿。”听到艳芬对自己的评价小马不好意思地跑了出去。

秀琪回想起去年，她去国图查资料，中午到魏公村吃饭，在一个拉面馆里，一个戴着盖头的服务员愣愣地看了她一会儿，走过来悄悄问：“您是北京的马老师吗？”

秀琪抬起头看了她一眼觉得有些面熟，“你认识我？”

“您去过我们村！”

“你是尕妹？”

“对着呢，就是！”

“你果真出来打工了？你后来上学了没？”

“我又上了三年，小学毕业啦！”

“结婚了没？”

“娃都四岁了！”

“那你还能出来？你弟弟呢？”

“我跟家里闹嘞，后来婆婆答应帮我带娃。我弟弟后来也上学了，他这会儿在西宁呢。我刚来没几天，跟老乡一起出来的，我还没出去过，我想去牛街！”

“好，你下了班我带你去！”

在牛街尕妹转了一圈儿，一眼看中艳芬的饭馆。“我要是能在这里打工就好了。”

“你想来？好办，我可以替你问问要人不，不过，你原先打工的拉面馆同意你出来吗？”

“没问题，那是我老乡开的，我们说好，我找到新地方就走的。”就这样，她在艳芬的饭馆干上了。

饭后，扬扬开车拉着大家的行李，送文琪夫妇回小区，秀琪坚持和萧然两口一起溜达回去。艳芬把大家送到餐馆门口，“秀琪姐，今儿这不算啊，改日给你们接风。”秀琪转身说：“不用啦，还弄得这么正式，我们哪天再约吧。”随即她想想说：“明天就是元旦了，也不调休，要不周日吧，都到我那儿去聚吧。”

“行啊，再约，你们慢走，回去好好休息。”

“秀琪姐，你可回来了！”第二天一大早玉玲就来了。进门儿就一把抱住秀琪。“哎呀，才走了二十来天，怎么就觉得好长时间没见面儿似的？”

“我也想你们，可能是岁数大了！出门还想家了。”

“秀琪姐，你容光焕发的，看来吃得、玩得都不错！萧然的洋儿媳妇漂亮吧？”

“漂亮，来，给你看看照片。”秀琪打开手机递给玉玲。

玉玲一边翻看一边感叹：“哎哟，真好看，你们去了这么多地方呀！”

“秀琪姐，你回来得正好，电视台准备做一期节目，丹丹被请去做嘉宾主持。回迁二十年，她们要采访咱们牛街民族小区的居民，丹丹就把咱们几个人推荐给节目组了，人家说约个日子来咱们这儿，节目做好了争取春节的时候播出。”

“那挺好的，你在群里跟大家说说吧！”

“好，不过，秋姐住院了，你知道了吗？”

“听说了，我明天想去看看她呢。”

“一起去吧！明天下午行吗？”

“好！”

“哎哟！秀琪姐，这是谁，怎么那么像尹子轩呀？”玉玲瞪大眼睛盯着秀琪手机里一张在长滩港下船时秀琪一家与子轩的合影。

“就是他！”秀琪放下茶杯平静地回答，玉玲听了险些惊掉下巴。

“你怎么找到他的？”

“说来你都不会信，我们坐的是同一艘邮轮出游，相互不知道，巧遇！”

“太不可思议了！秀琪姐！踏破铁鞋呀！要不是看到这照片，我都觉得你在编故事。”玉玲摇着秀琪的胳膊，因为替秀琪高兴，她竟激动得眼里闪出了泪花。

“他也老了，不过身板不错！”玉玲盯着手机端详了一会儿，忽然又问秀琪：“他现在什么情况？”

见秀琪没说话，玉玲连珠炮似的说：“他当年一走了之，无情无义，害得你大好年华都耽误了，现在孤独一人。”

“这些年他也是孤身一人！”

秀琪坐到玉玲身边，把见到子轩的情况详细讲给玉玲听。

随着秀琪的讲述，玉玲一会儿笑，一会儿流眼泪，“哎哟！说句咱老辈人常说的话：这是真主的前定！是天意！你们就是天生的一对！”玉玲一拍大腿，自言自语地感叹。听着听着，她又“噌”的一下站起身：“秀琪姐，别轻易原谅他！为什么不回来找你！”可当她看见秀琪布满泪水的脸，就一把搂住她，“你终于等到这天了？”说完，两人抱头痛哭。

第二天下午，秀琪跟玉玲一起去了宣武医院。

从医院出来，秀琪觉得秋云病得蹊跷，她对玉玲说：“平时秋姐挺注意保养的，没听说心脏不好。”玉玲点头应着，“嗯，秋姐身体一直挺好，这几年小二就没让他妈断了补品，不是蜂王浆就是燕窝、鱼翅地吃着，不会是那东西吃多了吧？”

“应该不会，她有心事！”

“等秋姐出了院，稍微歇几天咱们再合计接受采访的事。对了，芳芳又去海南了，我给她发微信让她争取回来，咱们难得有这么一次集体出镜的机会。”玉玲对秀琪说。

“你通知艳敏姐了吗？”

“艳敏姐最近恢复得不错，可精神了，她说一定参加。”

“四嫂愿意吗？”

“一开始她一听说要上电视，说什么也不参加，后来，丹丹劝她，她也答应了。”

“说到丹丹，我问你，她那对象的事怎样了？”

“一言难尽！你也劝，我们家也没给她好气，她油盐不进，那人能量大，我也没办法，丹丹也三十多岁了，随她吧！”

“好在我那学生小慧性格刚强、独立，人家不拖泥带水，说了，也不全怪她老公花心，谁让自己一心扑在事业上，夫妻好离好散，她只想带走孩子。唉，婚姻是需要双方维护的，一旦发生变故，双方都受伤。感情的事情旁人说不清，也盼着那人对丹丹是真心的。”

“这都什么事呀！没法子！”

“对了，你又把满丽忘了吧？”

“瞧你，没忘，我跟满丽说了，线儿可能是听满丽说的，这人，真拿她没办法，那天在小区里遇见我，跟我说她也要参加，有她什么事呀，她一天回迁房也没住哇！”

“来就来吧，她也是在咱小胡同里长大的呀，小韩要愿意也一起参加。”

“哎哟，人家小韩可是大忙人，过去都看不起人家农村人，她家那村早就‘农转非’了，她妹妹嫁到黄土岗那边。现在，国家的政策好，她和她妹妹合伙挑头开个农商公司，节前年销花卉正是卖钱的时候，数钱数到手发软，人家才没空参加这种聊天活动呢！”

元旦过后的周日上午，秀琪把从美国带回的夏威夷果、蓝莓干和从墨西哥精心挑选的各种土陶工艺品摆在桌子上，等着姐妹们。

门铃响了，艳敏穿一件半长的大红色羽绒服出现在门口。艳敏肤色白皙，红色衣服衬托出她面色粉红，完全看不出像是大病初愈的样子。

“艳敏姐，恢复得真不错，从国庆节到现在也就两个月没见，你看上去又回到年轻时候了！”秀琪一边帮艳敏把脱下的羽绒服挂在衣架上一边夸赞。

“我想开了，生气、较劲儿过一天，轻松愉快也过一天，干吗不每天快快乐乐的呢！我现在每天听听音乐、做做瑜伽。”

“说得太好了！”

“我们来了！”再开门时，玉玲和买美霞扶着秋云一同走进来。

“秋姐，你能过来，我太高兴了！”

“艳芬说今天她从饭店带菜过来，让咱们大家开心聊天，焖锅米饭就行了，待会儿满丽过去帮她拿。”玉玲对秀琪说。

“好，艳芬想得周到！”

“这个蜥蜴太好看了！”玉玲一眼瞥见桌上的土陶。

“妈呀，别让我瞧见它，你拿远点！”艳敏见了蜥蜴惊叫起来。

“假的，看把你吓的！”买美霞凑过去看。

“我在墨西哥买的，你们每人挑一件吧！”

“哎，差点忘了，一会儿有个重大喜讯要宣布！”玉玲一拍手得意地看了一眼秀琪，秀琪会心地一笑。

趁大家围着礼物挑选的时候，见秋云有些闷闷不乐，秀琪坐到她身边，拉过秋云的手：“秋姐，好些了吧，吃药了吗？”

秋云点点头，“我这一时半会儿怕是好不了！”

“别这么想，慢慢调养，你看艳敏姐，她现在看着就跟没病前一样，不对，比原来还好呢！”

“秀琪，这果儿油大，好吃。它叫啥来着？”

“这个是夏威夷果。”秀琪回答买美霞。

艳芬拉着一个小车，上面放着一个装满一次性饭盒的大塑料箱，满丽还提着个鼓鼓的大塑料袋。“腾地方，腾地方，菜来了。”

菜装盘摆上桌，秀琪拿出果汁给大家倒上，她看了一眼大伙儿，“可惜，芳芳没回来！”

“她订了 15 日的机票。”玉玲说。

“2020 年已经到了，一转眼咱们搬进这个小区的楼里 20 年了！今天庆祝新年，也为了我们大家住进新楼 20 年……”

“最重要的是庆祝秀琪姐找到了、找到了……”玉玲抢过话茬儿，但故意卖了个关子。

“找到什么？”艳芬急切地问。

“让她自己说。”

“秀琪，怎回事？”艳敏拉拉秀琪的手，众人再看秀琪时，只见她眼里噙满泪水，“呦，这是怎了？”

秀琪再也忍不住，她也无须掩饰，积压了几十年的思念、委屈和欢喜在众姐妹们面前一股脑地倾泻而出，她伏在艳敏身上哭出了声。

在惊愕间众人一起把目光转向玉玲，仿佛都在说：“你快说！”

“到底怎么了！”

“秀琪姐找到尹子轩了，而且他也一直在等着秀琪姐！”

“啊！”

“哎哟！”艳敏使劲儿拍着秀琪的背，秋云声音嘶哑地喊着：“秀琪呀！你熬出头了！”也扑到秀琪身上。大家都喜极而泣，抹着泪。“太不容易了！”

“来，来，给你们看看照片，秀琪姐，你手机呢？”玉玲一边给大家看手机，一边讲秀琪他们重逢的经过。

“你们俩怎么打算的？”大家在看手机里的照片，艳敏一边替秀琪擦眼泪一边关切地问。

“他在做准备，等办好手续就回国。”

“唉，真是好事多磨，他要是不走，你们俩都快金婚了吧！”

“艳敏姐，我没记错的话你应该过了年就是金婚吧？”玉玲口无遮拦随口一说。众人一下都沉默了。

艳敏大度地笑了笑，低声说：“可不，我也是太作了！不然可不就跟长生金婚了。我对不起宋长生，一开始我俩是相互利用，后来是我嫌弃他。我这个人就是为自己想得多，考虑别人少。我想好了，今后自己过，跟姓严的离婚，都这岁数了，现在怎么开心就怎么活，过两年把房子一卖，钱给儿子，我有点理财的钱，够我用，找个养老的地方，不给别人添乱。”

秀琪擦干眼泪抬头看了看艳敏，她能真诚地检讨自己，客观地看待自己和别人，说明她已经完全放下自己的过往，而且因摆脱了斤斤计较、恩恩怨怨的心态说话时的样子显得有些腼腆。

“咱们都到了古稀之年，活一天快乐一天，我提议咱到时找个好地方抱团养老怎样？”

“那必需的，不过，你和我们不一样，尹子轩一来，你俩二人世界的小日子还不得过得红红火火，你们卿卿我我的，哪还顾得上跟我们这些人在一起！”艳敏打趣地说。

“一边去！八字刚有一撇就开我玩笑。咱们姐妹到什么时候也分不开！”秀琪得意地说。

“都别瞎贫嘴，咱得帮秀琪姐好好策划一场世纪婚礼！”艳芬说。

“对，必须风风光光的！”满丽点头表态。

艳敏站起身：“不只是风风光光，必须惊世骇俗才对得起秀琪这几十年！”

“我提议，就在秀琪姐那小院，”玉玲说。

“哎，太对了，小院婚礼！圆梦！”

“行了，先吃饭吧，不然凉了！”秀琪催促大家。

“为了秀琪姐迟到的幸福！”艳芬举起杯子。

“来！”

大家愉快地吃着、聊着，秀琪见秋云拿起筷子又放下，就轻声问：“秋姐，心脏不好是不是要控盐呀，你要是觉得今天这菜咸就别吃，我给你蒸个鸡蛋羹怎样？”

“别忙了，我什么也吃不下！你们吃你们的。”

“别勉强她吃，她不舒服没胃口，吃了难受。”艳敏的话音未落，秋云“唉”的一声长叹。

“秋姐，心里有事就说出来，别憋着！”秀琪放下碗走到秋云的背后，用手轻轻摩挲着她的背。

“都是好姐妹，我也不瞒着你们了。我这病啊都是让小二给气的。小二，他，他被‘双规’了。”

“什么？”

一时间屋里的空气仿佛凝固了，静得连根针掉到地上都能听见。

“唉，真是不知该怎么说啊。这孩子从小就爱出个头，他就是自不量力，太逞强！好帮人家办点事儿，这年头办事不容易，没点

好处办不成呀！他收了钱，误在一个工程上了。”秋云低着头摆弄着桌布的一角慢吞吞地说。

“能打听到消息吗？如果可以，劝他主动交出不该收的钱款，争取宽大吧！除了钱还有没有别的方面的事？”

秋云无可奈何地摇摇头，“谁知道呢？这孩子，什么事也不跟我们说呀！”

“你也别着急，他四十好几的人了，什么事该做什么事不该做他心里都清楚，把你搭上也解决不了问题。你别把自己身体搞垮了。”秀琪劝慰她。

“我说句不好听的，你别往心里去，小二逞强你有责任，打小你就娇惯他，总是夸，让他不知自己的能力高低，再加上李家在当地有点小背景，你们处处为他铺路，让他以为有钱有权就能办一切事。还有啊，他拿好处肯定不是一两回了，你们就一点也没察觉？”艳敏毫不客气的一番话说到大家心里，大伙儿频频点头。

“这传出去让我以后怎么做人呢！”秋云抽泣着。

“谁违法谁担责受过，又不会连坐。”买美霞抢着说。

“你别有思想负担，咱们还是好姐妹，不会看笑话，有什么难处大家替你分担。”秀琪搂着秋云的肩膀一字一句地说。

“对，对！”

秋云感激地点点头，“这些天我这心里就像压着块大石头，说出来轻松多了！”

满丽也安慰秋云道：“没有过不去的坎儿！”

玉玲趁机说：“电视台采访的事大家都做个准备，等芳芳一回来就约他们来，还在秀琪姐家吧！”

“行！”

芳芳终于回来了，春运机票难买。人齐了，丹丹联系了电视台节目组，说好 23 日上午来采访。

21 日晚，秀琪正在看电视，扬扬打来电话，“姑姑，你最近听说了吗？武汉华南海鲜市场的不明肺炎是一种新型冠状病毒，说是有点像‘非典’，你们年纪大了，少出门。我刚才也叮嘱我爸妈了。”

“这不正看新闻嘛，SARS 又来了？”秀琪警觉地问。

“说不好，反正你出门最好戴个口罩。”

“我不习惯戴，憋气，你哥给我的防雾霾的口罩，我戴着觉得喘不过气来。”

“这次您真的要小心呀！”

上午，秀琪从超市出来，见到对面的药店前面挤着不少人，店员把一则告示贴在门外，原来是口罩已售罄。又开始抢购口罩了，秀琪想起了 2003 年时的情景，昨晚扬扬的提醒使她心里一紧。

1 月 23 日清早，每个人的手机都被这样一条消息刷屏：

武汉市新型冠状病毒感染的肺炎疫情防控指挥部通告（第 1 号）

为全力做好新型冠状病毒感染的肺炎疫情防控工作，有效切断病毒传播途径，坚决遏制疫情蔓延势头，确保人民群众生命安全和身体健康，现将有关事项通告如下：

自 2020 年 1 月 23 日 10 时起，全市城市公交、地铁、轮渡、长途客运暂停运营；无特殊原因，市民不要离开武汉，机场、火车站离汉通道暂时关闭。恢复时间另行通告。

恳请广大市民、旅客理解支持！

武汉市新型冠状病毒感染的肺炎疫情防控指挥部

2020 年 1 月 23 日

武汉封城了！一个人口超千万的城市被迫封城，可见疫情该有多凶猛。这在人类的城市发展史上前所未有。秀琪惊得出了汗。

“叮叮当当”，秀琪抓起手机，是子轩的视频请求，秀琪接通后，也许是镜头的原因，也许因为着急，子轩清瘦的脸变得很难看。“秀琪，新闻我看了，情况应该很严峻，北京的情况怎么样？”

“有些紧张，好像跟‘非典’时期差不多。大家都不大敢外出了。”

“要不你赶快订机票来我这里吧！你是十年美签。”

“真没想到，怎么发展得这么快。你那边办得怎么样？”

“我刚找了律师，材料才递上去没两天。”

“好，别急，我考虑一下。”

“别犹豫，晚了就来不及了。”

微信语音结束，秀琪马上接通了哥哥的电话，她把子轩的意思告诉哥哥。文琪沉默着听完，说道：“子轩说得也许有道理，这疫情来势汹汹，看样子一时半会儿结束不了，他的手续不可能马上办下来，你过去也好。”

“那我就先看看机票再说吧！明天就是除夕了，赶上春运，不一定好买！”

这几年除夕，马家基本都是到秀琪那里聚，秀琪准备一桌丰富的晚宴或是早早订下饭店的包间，饭后大家一起回到秀琪家看春晚。秀琪给哥哥打完电话不一会儿，嫂子来电话了，试探着问今年还聚吗？秀琪一听：“聚！咱在自己家里没问题，不然让孩子们多扫兴。”

疫情的发展速度及严重性令人始料不及。除夕，尽管秀琪精心准备了一桌传统菜，但看着电视谈论着疫情，一家人吃饭时显得很沉闷。

“这松肉是不是咸了点儿？”秀琪夹起一块咬了一口，微微皱了下眉。“还好。”嫂子应着，其他人都没吭声。

吃到半截儿，哥哥说：“煨牛肉好像欠点火候。”

“是吗？”

“孩子们，说说今天我做的哪道菜最好吃？”

大家你看看我，我看看你，“这个吧！”扬扬的女儿指了指大虾。

“姑姑，要听真实的评价吗？”

“这孩子，那还能有假？”

“要我说，您今天有失水准！”

“呦，合着我白忙活了？”秀琪不高兴了。

“不是，不是，您辛苦归辛苦，可您恐怕没放心思在里面。您就说这道‘醋熘木须’哪有酸味呀，您搁醋了吗？”

秀琪茫然地看着萧然，努力回忆，嫂子忙说：“别听他胡说，好吃！”说着往自己碗里夹了一筷子，又给文琪夹了些。

谁知，文琪尝了一口也跟着起哄：“秀琪，你心不在焉呢！哈哈！”

情况越来越糟糕，春节期间家家户户都闭门不出，就连家庭内亲人的团聚都变得谨慎小心。萧然给姑姑买了菜、水果、鸡蛋、牛奶送到门口，站在那儿说："我就不进屋了，去了趟超市，怕身上不干净，您一会儿把所有外包装都扔掉，换塑料袋后再放进冰箱啊。另外，没重要的事您尽量别出去，有事打电话叫我。"说完忧心忡忡地走了。学生们也一改往年登门拜年的传统，纷纷给秀琪发来网上拜年的贺卡和视频。

子轩那边天天催，秀琪每天在家里用电脑登录航空公司官网和各大旅行网站刷机票。功夫不负有心人，她终于买到了经韩国济州岛转机的机票。她怀着复杂的心情开始收拾东西，准备行囊。

命运就是这么捉弄人。1 月 31 日这天，美国突然宣布了旅行禁令，从美国东部时间 2 月 2 日 5 点起，过去 14 天内曾到过中国的非美国公民不能进入美国境内，多家美国航空公司也暂停了中美之间的航班。

当秀琪从电视中看到这条新闻的时候，她长叹一声，倒像是如释重负。在沙发上坐了好一会儿，才打开手机。当子轩出现在视频画面时，她一句话也说不出来，只是用手轻轻触摸手机屏幕上子轩的脸颊，无奈地摇着头，没有悲伤也没有一句抱怨。多年来，虽然命运多舛，但她早已学会以柔克刚，习惯用自己的方式化解危机。大洋那边的子轩唏嘘不已，不断重复着："秀琪，秀琪，等着我，等着我……"两个白发人就这样长久对视着。

3 月 26 日，中国外交部、国家移民管理局发布通告，鉴于新冠肺炎疫情在全球范围快速蔓延，中方决定自 2020 年 3 月 28 日 0 时起，暂时停止外国人持目前有效来华签证和居留许可入境。

子轩的归国路也被阻断了！

“气象台发布暴雨黄色预警信号了，说今天白天北京市大部分地区强降水，还有雷电，局部地区有短时大风、冰雹。要不你们再多待一天吧。”清早，秀琪站在屋里朝在院子里聊天的姐儿几个说。

“不行，我必须得回去！”秀琪话音刚落，满丽就着急地说。

“就你没扯腿的，你倒先急着回，想老双了？”秋云逗她。

“嗯，我，唉，反正得赶紧回去。”满丽一副欲言又止的样子。

“也是，这都待了好几天了。现在已经恢复堂食了，餐馆顾客多，我怕他们忙不开，我也得回去了，要不，姐，你没事儿，你就多住几天呗？”艳芬对艳敏说。

“一会儿小辉就来接我了，一块儿回去吧，让秀琪歇几天。”

“下雨天留客天留我不留！”芳芳拿粉笔在地上写了这么一句，买美霞站在她身后，边看边念出声：“下雨，天留客，天留我不留！”

“哎哎，我可不是这意思啊！”秀琪对她大喊，逗得大家都笑了。

“看，这丝瓜都长这么老长了。”玉玲手摸着一根丝瓜说。

“对，对，你们赶紧摘走吧，要不就老了。现在也不留老丝瓜用里面的丝瓜瓤子刷碗了。就趁着嫩摘下来吃吧。来，给你们这个小篮子。”秀琪递给玉玲一个小竹篮。

“我摘两根黄瓜吧。”满丽走到黄瓜秧前。

“你们谁能摘什么就摘什么，不然我一个人也吃不完。”

“这朝天椒漂亮，都红了。”秋云对着朝天椒弯下腰。

“秋姐，你这一阵子缓上来了，气色也好了，小二没被起诉算他万幸，说明他陷得还不深，再加上积极退赔。不当官做个普通人也得劝他端正心态。”秋云听了对秀琪点点头。

“小辉来了！”

“看你，还买东西干什么。”秀琪指着小辉带来的纸箱。“就一点牛奶、豆制品，妈、小姨，你们都收拾好了吗？我下午还有事呢，买大大、玉玲姑或其他几位谁跟我这车走？”

“一会儿丹丹接我去她那儿，让你买大大坐你车走吧！”

“老谢接我，满丽坐我们的车吧！”芳芳说。

艳敏挥挥手，“满丽就跟我们一起吧，你就别绕道了。”

“也行！”满丽和芳芳都点头。

“秀琪姑姑，您进来一下，看我把这些搁这里行吗？”听小辉叫自己，秀琪进了屋。

“姑姑，出事了，线儿吃安眠药了，送医院正抢救呢。”

“什么时候的事？”

“我来之前去清真超市给您买东西时遇见老双正在小区门口找共享单车，是我给他送到医院门口的。”

“啊，知道为什么吗？”

“她的那家理财公司暴雷了，他们本身就高息揽客，加上很多暗箱操作，疫情一来，下游公司还不上钱，资金链断裂，她没法面对投资人！”

听到这些，想到艳敏曾说要靠理财的钱到养老中心去养老的话，秀琪感到脊背一阵发凉，“怨不得满丽急着要走呢，她可能得着信儿了，千万先别跟你妈和秋姑姑说。”秀琪叮嘱小辉。

“秀琪，你们干吗呢？”

“来了，来了。”

秀琪装作若无其事的样子从屋里出来，对小辉招招手：“小辉呀，你来得正好，看，枣都熟了，你喝点水，歇会儿，帮我们打枣。”

“这好办，”小辉走到树下仰头看了看又用脚蹬了一下树干，“这树不粗，但没少结呀！”

小辉用力摇晃树干，连枣带叶扑通通落下，秀琪递过去一根木棍儿，“用这个，没听说过‘有枣没枣给一竿子’嘛，用力打！”

众人笑着捡拾落在地上的枣。新鲜的枣青里透红，买美霞捡起来，在手里搓搓，送进嘴里，“旱瓜涝枣！这枣真甜！”

玉玲也尝了一个说：“秀琪姐，这枣甜是甜，但没以前你家的老枣树的枣脆生！原来那棵树的枣是两头尖的！”

艳敏感叹：“有个小院儿真好！我真怀念咱的小胡同、小院子！”

“咱几个在这照张相吧。”玉玲提议。

“这主意好！”

小辉说：“我来给你们照，你们选背景。”

姐妹几个先是围坐在葡萄架下的小茶几边，又站在瓜秧前，有的捧着一小捧朝天椒，有的手举丝瓜、黄瓜把秀琪围在中间。

“咔嚓、咔嚓”，小辉不断地按着手机的拍照键，几位白发苍苍的老姐妹笑靥如花，就是天气阴沉沉的。

“快，快，发到群里！”

“秀琪，听说微信在美国被禁用了！你和子轩抓紧下个别的软件吧！他回不来，你又去不了，联系可离不开这微信呢！”艳敏提醒秀琪。

“是呀，这几天都传疯了，因为 TikTok 的事，都猜微信也悬了，这世界真是看不透了！难道又要回到靠写信联络的年代吗？”芳芳也摇着头说。

“赶上疫情了，小军纽约的饭店刚装修完，估计一时半会儿也开不了业了！他一直托那边的朋友给照看着，要是连微信也不能用了，怎样联系呀！”艳芬也忧心忡忡。

“车到山前必有路！这不还能用吗？现在科技这么发达，还能被逆全球化束缚住手脚！”秀琪轻松地一笑。她拍了拍艳芬的肩膀，“不过，你这个投资还真难说会不会打水漂。”

“是呀，难说！”大家纷纷点头。

秀琪郑重地对大家说：“今年特殊，会发生很多意想不到的情况，咱们无论如何都要做好准备，坚强面对。”她看看大家，“身外之物少想，留得青山在，熬过这场灾难！”

“咱这大半辈子什么苦和难没经过，不也都过来了吗，咱怕过吗？”艳芬的话引起大家共鸣。

“说得是呀！”

“击掌！耶！”

“哎，电视台还来不来人采访咱呀，还有没有这档子事呀？”艳敏对着玉玲发问。

“疫情不是还没过去吗，肯定得来！等着吧！”

送走了大家，秀琪静静地坐在葡萄架下，打开手机微信，想和子轩视频通话。远处滚过雷声，秀琪抬头看看天空，黑云翻卷，暴风雨就要来了！